Die Hure von Bremen

Kirsten Riedt, Jahrgang 1964, hat sich mit Psychologie, Kunst und Fotografie beschäftigt, ehe sie sich dem Schreiben widmete. Sie lebt mit ihrer Familie in Bremen und ist in der Stadt tief verwurzelt.

Dieses Buch ist ein Roman. Handlungen und Personen sind frei erfunden, wenngleich im historischen Umfeld eingebettet. Einige Personen, Ereignisse und Orte sind historisch, einige sind es nicht.

KIRSTEN RIEDT

Die Hure von Bremen

HISTORISCHER KRIMINALROMAN

emons:

Bibliografische Information der Deutschen Bibliothek
Die Deutsche Bibliothek verzeichnet diese Publikation in der Deutschen Nationalbibliografie; detaillierte bibliografische Daten sind im Internet über http://dnb.d-nb.de abrufbar.

MIX
Papier aus verantwortungsvollen Quellen
FSC® C083411
FSC
www.fsc.org

Umschlaggestaltung: Kirsten Riedt und Tobias Doetsch unter Verwendung des Gemäldes »The Bather« von Vigée-Lebrun, 1792
Gestaltung Innenteil: César Satz & Grafik GmbH, Köln
Druck und Bindung: CPI – Clausen & Bosse, Leck
Printed in Germany 2013
ISBN 978-3-95451-185-3
Historischer Kriminalroman
Originalausgabe

Mit meinem zweiten Roman möchte ich mich bei meiner Mutter bedanken, die immer für andere da ist und nie an sich selbst denkt. Danke, dass es dich gibt! Ich liebe dich!

Prolog

Die Talglichter warfen flackernde Schatten an die Holzwände der alten Hütte, in der Marie seit vielen Sommern lebte. Wenn Leute von höherem Stand sie besuchten, dann nur Frauen, denen Marie bei einer ungewollten Schwangerschaft helfen sollte. Hin und wieder kamen auch höhergestellte Männer, die ein Stärkungsmittel wollten. Nach Gift hatte noch keiner verlangt. Anders dieser Mann, der ihr nun gegenübersaß.

»Sieh mich ja nicht an, altes Weib. Man sagt, du hast den bösen Blick, und am Ende stimmt es noch!«

Ihr Besucher hatte sich vorgebeugt, seine Körperhaltung verriet Anspannung. Sein Gesicht konnte sie nicht sehen, weil er die Kapuze weit über die Augen gezogen hatte, doch die Stimme war ihr bekannt. Um weiter darüber nachzudenken, war sie jedoch viel zu aufgeregt. Seine sauberen und feingliedrigen Finger waren ineinander verschränkt, die Fingernägel zeigten einen gelblichen Schimmer. Vielleicht war er dem Alkohol verfallen und litt an einer Erkrankung der Leber.

»Glaubt bitte nicht, was man über mich erzählt, ich bin nur eine einfache Frau, die versucht, den Menschen in ihrer Not zu helfen.« Marie versuchte, ruhig zu sprechen, denn sie wusste, dass jeder Streit die Aussicht, dass er Veronika zu ihr zurückbrachte, schmälern würde.

Gestern hatte er die Kleine mitgenommen, als Marie ihm nicht das Gift geben konnte, nach dem er verlangte. Er hatte sich das spielende Mädchen gegriffen, auf sein Pferd gehoben und gedroht, es zu töten, sollte Marie nicht bis heute haben, was er wollte. Auch wenn sie irgendjemandem von ihm erzählen würde, sehe sie das Kind nie wieder. Sie hatte keinen Zweifel daran, dass er wahr machen würde, womit er drohte, und sich an diese Anweisung gehalten.

Heute war er ohne das Kind erschienen, und Marie ahnte Böses. Ihr war angst und bange, versuchte es ihn aber nicht spüren zu lassen. Sie hatte eine schlaflose Nacht hinter sich. Einerseits war sie damit beschäftigt gewesen, die Wolfswurz zu trocknen und zu mahlen, andererseits hatte sie aus lauter Sorge um Veronika sowieso kein Auge zumachen können.

Marie faltete ihre Hände, als wollte sie beten, doch sie wusste, dass Gott sie nicht erhören würde. Zu lange schon hatte sie sich von ihm abgewandt. Sie mied die Messe, ging nicht zur Beichte, denn sie glaubte nicht an einen Gott, der den Menschen unschuldige Kinder nahm, die Guten bestrafte oder die Bösen entkommen ließ. Sie war auch nie so heuchlerisch gewesen, in Momenten der Bedrängnis oder Not zu ihm zu beten, und das würde sie auch jetzt nicht ändern.

Nervös wippte der Mann mit seinem Knie. Wen wollte er mit dem Gift töten? Wer auch immer es sein mochte, man würde später nicht erkennen, dass er ermordet wurde.

»Herr, wo habt Ihr das Kind? Ich habe meinen Teil der Vereinbarung eingehalten und hergestellt, was Ihr wolltet. Nun ist es an Euch, den Euren Teil einzuhalten.«

»Woher soll ich wissen, dass du die Wahrheit sprichst. Gib mir, was ich verlange. Ich werde es ausprobieren, und wenn es das Richtige ist, bekommst du vielleicht das Kind zurück«, antwortete er verächtlich, griff unter seinen Umhang und zog einen Lederbeutel hervor. Es klimperte darin, als er ihn auf den Tisch warf, und wenn ihr Gehör sie nicht täuschte, war es der Klang von Talern, nicht von Pfennigen. Neugierig sah sie auf, blickte jedoch augenblicklich wieder zu Boden.

»Wenn du mir gibst, was ich verlange, sollst du die Münzen haben.«

Marie schüttelte den Kopf. »Die Münzen sind mir nicht wichtig, ich möchte nur das Kind unversehrt zurück. Vorher gebe ich nichts heraus.«

An seinem Schatten sah Marie, dass sein Arm sich schnell hob, als wolle er sie schlagen. Unwillkürlich duckte sie sich und sprach weiter: »Herr, ich bitte Euch inständig. Gebt mir das Kind zurück. Die Kleine ängstigt sich bestimmt. Habt Mitleid. Ich werde niemandem etwas sagen, das schwöre ich.«

Als sie das letzte Wort ausgesprochen hatte, traf seine Faust sie hart an der Schläfe. Marie verlor das Gleichgewicht und kippte vom Stuhl. Für einen Moment hüllte sich die Welt in Dunkelheit.

»Wage es nicht, Forderungen zu stellen«, fauchte ihr Gegenüber.

Sie rieb sich die schmerzhafte Stelle am Kopf. Die Angst legte sich wie ein Gürtel um ihre Brust, aber sie durfte es ihm nicht zeigen. Leicht benommen raffte sie sich wieder auf und setzte sich.

»Verzeiht … mein Herr, das wollte … ich nicht. Ich bin nur in Sorge.«

»Nun, hast du Gifte im Haus oder nicht?«

»Ja, Herr.«

»Wolfswurz, wie ich verlangt habe?«

»Ja, Herr.«

Ungehalten stieß der Mann die Luft durch die Nase. »Dann lass mich nicht länger warten. Gib es mir auf der Stelle, oder ich reite davon und töte das Kind!«

Sie sah aus dem Fenster und sehnte ihren Neffen Laurenz herbei, der sich immer um sie kümmerte. Er würde mit dem Mann fertig werden, immerhin war er Büttel. Aber Laurenz kam nicht, der Pfad lag verlassen da. Jetzt bereute sie, dass sie ihn nicht eingeweiht hatte. Hätte sie es doch nur getan.

Sie zögerte einen Moment, ehe sie antwortete: »Wann bringt Ihr mir das Kind, wenn ich Euch das Gift jetzt gebe?«

»Morgen.«

Marie wollte seine Augen sehen, wollte erkennen, ob er die Wahrheit sprach, und sah auf.

»Dummes Weib«, sagte er, erhob sich blitzschnell und schlug auf sie ein. Er traf sie am Hals, und ihr blieb die Luft weg.

Taumelnd versuchte sie zu atmen. »Bitte«, stieß sie hervor. »Ich tue alles.«

»Zu spät.« Damit traf sie ein weiterer Schlag. Dieses Mal in den Unterleib. Sie stöhnte auf, krümmte sich und sackte zusammen. Es fühlte sich an, als wäre ein Stein auf sie gestürzt.

»Warum musstest du darauf bestehen zu sehen, wer ich bin …« Er traf ihren Kopf. Marie riss ihre Arme vor das Gesicht. Dann erwischte er ihre Brust. Sie hörte das entsetzliche Knacken, als eine ihrer Rippen brach. Gleichzeitig formte sich in ihrem Geist ein Gesicht zur Stimme des Mannes.

»Warum … hast …« Ein Tritt streifte ihre Hüfte. Marie wusste, dass er sie nicht am Leben lassen würde, egal, was sie tat oder sagte. Sie dachte an ihren Neffen, ihre Mutter und ihre Ziehtochter. »… du es mir nicht gleich gegeben!«

Ihr ganzer Körper schmerzte und brannte. Ihr wurde speiübel, und sie übergab sich zu seinen Füßen. Der Mann machte einen Satz zur Seite und fluchte. Marie war alles egal. Mit letzter Kraft sah sie auf. Sie musste sehen, ob sie recht hatte. Seine Kapuze war nach hinten gerutscht. Sie hatte sich nicht getäuscht.

»Ihr?«

Er trat erneut zu, zückte einen Dolch und stach auf sie ein. Dann verlor sie die Besinnung.

Als sie das nächste Mal die Augen öffnete, beugte sich Lena mit schreckensbleicher Miene über sie. »Was ist geschehen? Wo ist mein Kind?«, fragte sie.

Kapitel 1 – Vier Jahre zuvor

Lena zitterte, doch nicht die Kälte ließ sie frieren, sondern der Streit ihrer Eltern, den sie seit einer Weile mitanhörte. Sie hatte mit den Armen ihre Knie fest umschlungen, lauschte in der Dunkelheit dem immer heftiger werdenden Wortgefecht. Mehrfach war ihr Name gefallen, und das verhieß nichts Gutes. Ihre Brüder schliefen und bekamen nichts davon mit. Immer wieder fragte Lena sich, ob sie etwas angestellt hatte, das den Stiefvater erzürnt haben könnte, aber ihr fiel nichts ein.

»… sie ist doch noch ein Kind«, hörte sie die flehende Stimme ihrer Mutter gedämpft durch die Holzwand.

Ihr Stiefvater wurde indessen lauter: »Das ist sie nicht mehr. Es wird schwer genug sein, unsere Söhne immer satt zu bekommen. Außerdem wird sie es dort warm haben, und genug zu essen bekommt sie auch. Das ist mehr, als wir ihr bieten können. Du solltest dankbar sein.«

Lena ging noch einmal den Tag durch, überlegte fieberhaft, ob sie etwas versäumt hatte. Die Wäsche hatte sie gewaschen, die Hühner gefüttert und die Eier eingesammelt, ohne eins zu zerbrechen. Bei der Ziege hatte sie einen Moment den Milcheimer stehen lassen, um ihre streitenden Brüder zu trennen, aber die Milch dann unversehrt aus dem Stall geholt. Sie hatte den Boden zwischen den Ackerpflanzen aufgelockert, bei den Küchenkräutern das Unkraut gezupft und mit ihrer Mutter die Laken zusammengelegt. Holz war noch genug im Korb neben der Feuerstelle gewesen, darum hatte sie kein neues hereinholen müssen. Lena war sicher, sie hatte nichts vergessen. Was also hatte seinen Unmut heraufbeschworen?

»Wir können es auch mit ihr schaffen, das haben wir doch immer. Sie ist grade erst vierzehn geworden!« Obwohl ihre Mutter leise sprach, überschlug sich ihre Stimme. Mit zitternden Fingern nahm Lena ihre Decke und zog sie bis ans Kinn hoch, so als könne sie sich vor dem, was kommen würde, schützen.

»Weib! Sie ist alt genug.«

»Bitte –« Ein Klatschen ertönte, und die Stimme ihrer Mutter verstummte. Lena zuckte zusammen.

»Jetzt ist es aber genug! Ich bringe sie heute noch weg.«

Unter Tränen verschwamm Lenas Sicht. Er würde sie fortbringen, fort von der Familie, doch wohin und warum und wie lange? Hastig wischte sie sich die Tränen weg, als seine Schritte sich der Tür näherten, die nun polternd aufflog. Kurt schreckte aus dem Schlaf hoch und begann zu wimmern. Lena drückte sich weiter an die Wand und blickte ihrem Stiefvater entgegen.

»Zieh dich an, Mädchen, und komm raus.« Dann schloss er die Tür wieder und verließ hörbar die Hütte.

»Scht … schlaf weiter, es ist alles gut«, raunte Lena ihrem weinenden Bruder zu, griff zitternd nach ihrem Kleid und zog es über den Kopf. Dann schlüpfte sie in die Leinenschuhe, stand auf, streichelte Kurt liebevoll über den Kopf und deckte ihn wieder zu. Er blickte sie mit großen Augen an, nickte aber brav und kroch näher an seinen größeren Bruder heran, welcher immer noch tief schlummerte oder es zumindest vorgab.

Zögerlich öffnete sie die Tür zur elterlichen Wohnkammer. Die Wärme der immer brennenden Feuerstelle schlug ihr entgegen. Wie üblich hing ein Topf darüber, in dem heißes Wasser dampfte. Lenas Mutter kniete auf dem mit Stroh ausgelegten Lehmboden. Ihr Körper wurde von Weinkrämpfen geschüttelt.

Lena streckte die Hand aus und berührte sie sachte an der Schulter, worauf ihre Mutter zusammenzuckte und erschrocken den Kopf hob. Einen kurzen Moment sahen sie einander an, dann senkte die Mutter den Blick, und ein Schwall Tränen rann über ihre Wangen. Selten hatte Lena sie weinen sehen. Selbst bei den beiden Totgeburten letztes und vorletztes Jahr hatte sie unerschütterlich gewirkt.

»Mutter, wohin wird er mich bringen. Was habe ich getan?«

Ihre Mutter schüttelte den Kopf, schob sich die losen dunklen Haare wieder nach hinten und riss Lena plötzlich in ihre Arme. Eine Weile hielten sie sich fest umklammert. Lena atmete ihren Geruch ein. Etwas Blütenduft, Kräuter, frische Wäsche und Honig. Dann straffte die Mutter sich und schob Lena um eine Armlänge von sich. Sie spürte den weichen Stoff der Schürze in ihrem Gesicht, mit der die Mutter ihr und dann sich selbst die Tränen abwischte. Anschließend fuhr ihre Mutter ihr mit der Hand über den Kopf.

»Wie lang dein Haar geworden ist«, sagte sie verträumt. »Du hast nichts getan, sei unbesorgt.« Sie schluckte. »Er wird dich nach Bremen bringen.«

»Aber warum und zu wem?« Bremen, eine große Stadt voller Farben und buntem Treiben, voller Menschen, die dicht zusammenlebten. Unzählige Kirchen, Gerüche und Musik. Auch wenn es verlockend klang, konnte Lena sich nicht vorstellen, von ihrer Familie getrennt zu sein.

Gedankenverloren sah ihre Mutter in die Feuerstelle, ehe sie antwortete. »Du bist jetzt erwachsen und musst für deinen Lebensunterhalt selbst sorgen, darum wird er dich in die Stadt bringen. Dort wirst du leben und …«, sie stockte einen Moment. »… und arbeiten. Du wolltest doch immer nach Bremen, oder?«

Lena nickte langsam. Tatsächlich hatte sie jedes Mal von der Stadt geschwärmt, wenn ihr Stiefvater auf dem Bremer Markt seine Fackeln verkaufte und sie dabei sein durfte. Ihren Brüdern erzählte sie dann immer, dass sie eines Tages dort leben würde. Die beiden größeren Brüder lachten sie aus, aber Lena liebte die Vorstellung. Jetzt allerdings fühlte es sich nicht wie ein schöner Traum an.

»Aber Mutter, wer wird dir hier helfen und sich um Kurt kümmern?«

Kurt, Lenas jüngster Bruder, war schwach, er litt an einem Husten und konnte nicht wie die anderen bei den täglichen Aufgaben helfen. Weil er nach der Geburt beinahe gestorben wäre, hatte Lena ein innigeres Verhältnis zu ihm als zu den größeren Brüdern. Ihre Mutter hatte zudem keine Milch gehabt, eine Amme konnten sie sich nicht leisten. So hatte Lena ihn gewärmt und mit einer Engelsgeduld mit Ziegenmilch gefüttert. Erst hatte es so ausgesehen, als ob er sie nicht vertragen würde, aber nach und nach war er kräftiger geworden.

»Deine größeren Brüder müssen eben deine Aufgaben übernehmen. Sorge dich nicht um uns.«

Der Gedanke, dass Hubert den Stall ausmisten würde, erheiterte sie ein wenig.

»Eins musst du mir versprechen. Weine nie vor einem Mann.«

Lena wusste, warum ihre Mutter ihr dieses Versprechen abnehmen wollte. Wenn jemand in dieser Familie weinte, wurde er meistens hart vom Stiefvater dafür bestraft. Auch Lena hatte es einige Male am eigenen Leib erfahren. Er hasste es, wenn jemand so verweichlicht war, dass er eine Träne vergoss.

»Ja, Mutter, ich verspreche es.«

Diese lächelte Lena aufmunternd zu. »Hol deinen Schal und sei leise, damit deine Brüder nicht aufwachen. Ich werde es ihnen morgen erklären.«

Erkläre es mir, wollte Lena am liebsten schreien, doch stattdessen ging sie mit hängenden Schultern in die Kammer und holte ihren Schal. Sie sah sich ein letztes Mal um. Viel hatte sie nie besessen. Das geschnitzte Holzpferd, das ihre Mutter ihr zu ihrem fünften Namenstag geschenkt hatte, stand auf dem kleinen Tisch. Sie nahm es in die Hand, als ihr Stiefvater zurückkam. Er blieb wartend im Eingang stehen. Rasch legte sie Kurt das Pferd aufs Kissen und schlüpfte leise aus der Kammer.

»Wir müssen uns beeilen, es sieht wieder nach Regen aus.« Ungeduldig schob der Stiefvater Lena aus der Tür und zog diese dann geräuschvoll hinter sich zu. Feucht schlug ihr der Wind entgegen, während sie sich sehnsüchtig nach der kleinen Hütte umsah, in der sie mit ihrer Familie so lange gelebt hatte. Sie ahnte, dass sie nicht so schnell zurückkehren würde, und prägte sich jedes Detail ein, damit sie sich genau daran erinnern würde. Das kleine Fenster, das mit einer Kuhhaut bespannt war, das strohgedeckte Dach, die schiefe Eingangstür, durch die der Wind immer pfiff, und vor dem Haus der kleine Kräutergarten. All das wollte sie sich merken.

Ihre Mutter war nicht mit hinausgekommen, es hatte nur einen kurzen Abschied im Haus gegeben. Der Vater sollte nicht sehen, dass sie weinten. »Du bist jetzt ein großes Mädchen, beinahe eine Frau«, hatte ihre Mutter gesagt, und die Worte erfüllten Lena mit Stolz. Eine Frau. Sie nahm sich vor, sich von nun an auch so zu benehmen.

Je weiter sie sich jedoch von ihrem Zuhause entfernten und je kleiner der schwache Lichtschein aus dem Kammerfenster wurde, desto schwerer fielen ihr die Schritte. Angst und Traurigkeit drohten ihr beinahe den Atem zu nehmen. Immer weiter fiel sie zurück. Als der Stiefvater es bemerkte, drehte er sich zu ihr um.

»Komm schon!«, rief er streng und setzte unbeirrt seinen schnellen Gang fort. Lena musste rennen, um ihn einzuholen. Schließlich verließen sie den schmalen Pfad und bogen auf die Hauptstraße ab, womit das Licht ihres Heims hinter den alten Eichen verschwand. Sie passierten das Dorf Riede mit der Kirche, in der Lena und ihre Familie so oft gewesen waren, die Messe gehört und gebetet hatten, dann verschwand auch dies aus ihrer Sicht und der Wald umgab sie.

Für den Wonnemonat war es viel zu kalt. Die Wege waren schlammig und schlecht passierbar, und jeder Schritt barg die Gefahr, auszurutschen. Die Stürme der letzten Wochen hatten sogar kleine bis mittlere Äste von den Bäumen geholt, die nun überall als Stolperfallen herumlagen. Da sich nach Wochen noch immer keine Wetterbesserung andeutete, mussten die Bauern erneut um eine Ernte bangen. Auch Lenas Familie hatte es am eigenen Leib erfahren.

Im letzten Jahr war im Frühling kaum Regen gefallen, und die jungen Pflanzen waren auf den Feldern verdorrt. Nun drohten sie in der Erde zu verfaulen. Das wäre das dritte Jahr in Folge, in dem es eine Missernte gab, und schon jetzt hungerten viele Menschen und konnten die Abgaben an den Grafen von Hoya nicht mehr bezahlen. Auch passten seine Förster mehr auf als sonst, dass niemand wilderte, und die Strafen dafür wurden verschärft. Nicht selten wurde sogar jemand dafür öffentlich gehängt.

In der Kirche in Riede sprach man hinter vorgehaltener Hand vom Zorn Gottes, weil dem Grafen von Hoya die Bauern wegliefen. Man munkelte, der Graf müsse eine große Schuld auf sich geladen haben, dass das Wetter ihnen derart übel mitspielte. Auch Lenas Familie gehörte zu den Leibeigenen des Grafen von Hoya, obwohl sie nahe der Stadt Bremen wohnten, doch das Land, welches sie bestellten, gehörte noch zu seiner Grafschaft. Der Stiefvater war Seil- und Pfeilmacher, doch durch das Land war er zum Bauern geworden. Für ihr Auskommen verkaufte er zusätzlich zweimal im Jahr auf dem Bremer Freimarkt Seile und Fackeln, weil er dort mehr Geld dafür bekam als vom Grafen. Zwar war dies nicht gern gesehen, aber die Menschen mussten irgendwie zurechtkommen, und so wurde es still geduldet.

Nach einer Weile wurde der Wald links und rechts des Wegs

dichter und verschluckte beinahe zur Gänze den Himmel, sodass es hier bereits dunkel war. Je länger sie unterwegs waren, desto mehr verließ Lena der Mut, ihren Stiefvater zu fragen, wann sie wieder nach Hause dürfte. Zunehmend strauchelte sie, und zweimal griff er ungehalten nach ihrem Arm, ehe sie fiel.

»Pass auf, wohin du trittst.«

»Es tut mir leid.«

Versöhnlich nickte er, und sie fasste sich ein Herz. »Wohin bringst du mich?«

Er warf ihr einen kurzen Seitenblick zu und atmete tief durch, so als überlegte er, ob er antworten sollte oder nicht. »In ein Haus, in dem Frauen leben und arbeiten.«

Fast meinte sie, Bedauern in seinem Gesicht zu lesen, doch sie musste sich täuschen. Er hatte nie besonders viel für sie übrig gehabt, was wohl daran lag, dass sie nicht seine Tochter war. Zu ihren Brüdern war er zwar streng, aber auch geduldig und gütig, und oft hatte Lena die Buben darum beneidet. Doch sie hatte sich in ihr Schicksal gefügt und sich so gut es ging von ihm ferngehalten. Man wusste nie, wann er wütend genug war, um sie grundlos zu schlagen. Dafür hatte Lena ein besonders herzliches Verhältnis zu ihrer Mutter und zu Kurt, was ihr genügte.

»Werde ich zurückkehren?« Sie versuchte, mit fester Stimme zu sprechen, obwohl sich ein dicker Kloß in ihrem Hals gebildet hatte.

»Nein.«

Ihr war, als würde ihr jemand einen Stein aufs Herz legen. In ihren Ohren begann es zu summen, und sie blieb stehen, um die aufsteigende Übelkeit mühevoll hinunterzuschlucken. »Ich werde euch nie wiedersehen? Mutter, Kurt, Martin, Hubert und dich?«

Ihr Stiefvater blieb ebenfalls stehen. Sein Kiefer mahlte einen Moment, dann schüttelte er den Kopf. »Komm jetzt.« Damit drehte er sich wieder um und schritt schneller aus als zuvor.

Lena atmete tief ein, schluckte kräftig und eilte ihm nach.

Nach und nach wurde die Wolkendecke dunkler, und bald begann es zu regnen. Erst ein paar einzelne Tropfen, dann wurde es schnell mehr.

»Gleich kommt ein Unterstand mit einer Futterkrippe. Dort

können wir übernachten.« Er deutete in den dunklen Wald vor ihnen, und Lena war verwundert, dass er in der Nacht und bei dem Regen noch erkennen konnte, wo diese Stelle war. Für sie wiederholten sich in der Finsternis nur die Umrisse der Bäume und die Schatten.

Tatsächlich erreichten sie nach kurzer Zeit eine kleine Lichtung mit der besagten Krippe. Das Dach bestand zwar nur aus Zweigen, Blättern und Moos, aber es hielt den meisten Regen ab. Rasch hatte ihr Stiefvater ein kleines Feuer entfacht, denn er hatte immer etwas trockenes Stroh in der Tasche. Lena kauerte sich in eine Ecke und deckte sich mit ihrem nassen Umhang zu. Sie war durchgefroren, aber das knisternde Feuer wärmte sie zumindest von einer Seite.

Ihr Stiefvater hockte sich auf die gegenüberliegende Seite der Feuerstelle und sah sie an. Sie vermochte den sonderbaren Blick nicht zu deuten, aber er war ihr unangenehm.

»Vater?«, fragte sie ängstlich in die Dunkelheit, und es schien, als kehrte er dadurch in die Gegenwart zurück.

»Schlaf jetzt.« Damit zog er seinen Mantel enger um die Schultern. Nach kurzer Zeit hörte sie ihn leise schnarchen.

Um selbst in den Schlaf zu finden, war Lena viel zu durcheinander, und so lauschte sie dem prasselnden Regen und den Geräuschen, welche umherstreunende Tiere verursachten. Mal war ein Fiepen zu hören, mal ein leises Rauschen wie von einem kreisenden Greifvogel. Die von den Blättern fallenden Regentropfen dämpften jeden Laut, und alles kam ihr unwirklich vor. Noch vor Kurzem hatte sie ein warmes Zuhause gehabt, mit einer Mutter, die sie liebte, mit ihren Brüdern, die manchmal rechte Plagegeister waren, und einer vertrauten Umgebung. Jetzt befand sie sich auf dem Weg in ein anderes Leben, und sie hatte keinerlei Ahnung, wie es aussehen würde.

Einigen Mädchen aus Riede, so wie Gesine und Brunhilde, waren als Mägde bei reichen Herrschaften in den Dienst gegangen. Viele andere Mädchen aus ihrer Gegend verrichteten jedoch die gleiche Arbeit wie ihre Mütter oder waren inzwischen verheiratet. Lenas Mutter hatte ein paar Pfennige mit Näh- und Stickarbeiten hinzuverdient und hatte ihr das eine oder andere beigebracht. Nach anfänglichen Schwierigkeiten war Lena dabei zusehends geschickter geworden und hatte immer mehr Arbeiten übernommen, zumal ihre Mutter immer schlechter sah.

Vielleicht würde sie Näherin in Bremen werden. Lena hatte es als selbstverständlich betrachtet, dass sie eines Tages genau das Gleiche tun würde wie ihre Mutter, hatte aber nie damit gerechnet, dass sie dafür fortgehen müsste.

In diesem Augenblick schwor sie sich, dass ihr Stiefvater nicht recht behalten sollte. Sie würde ihre Mutter und ihre Brüder wiedersehen.

Lena lag noch lange wach und fiel erst in den Schlaf, als die Nacht schon weit vorangeschritten war.

Kapitel 2

Viel zu schnell rüttelte ihr Stiefvater sie. Das Feuer war längst heruntergebrannt. Der Regen hatte aufgehört, doch die Sonne reichte noch nicht über die Baumwipfel. Ihre Kleider waren klamm und feucht. Übermüdet erhob sich Lena. Sie fror noch schlimmer als in der Nacht. Es roch nach frischem, feuchtem Grün, und die Farbe von Gräsern, Bäumen und Blättern wirkte durch die Nässe noch intensiver.

Nach einem wortkargen Mahl packten sie ihre Sachen zusammen. Lenas Stiefvater war von jeher ein stiller Mensch gewesen, ganz anders als ihre Mutter, die gern und viel redete und ihren Kindern immer wieder Geschichten erzählte, und so setzten sie nun recht schweigsam ihre Reise fort.

Um sie herum jedoch wurde es immer belebter. Gestern war ihnen auf ihrem Weg niemand begegnet, doch je näher sie der Stadt kamen, desto mehr Menschen sahen sie jetzt. Als sie einen berittenen Spähtrupp mit dem Bremer Wappen auf deren Lederrüstungen sahen, wusste Lena, dass ihr Ziel nicht mehr weit entfernt sein konnte.

Vom Ufer der Weser aus konnte man schließlich schon die gewaltige Mauer sehen, die die Stadt umschloss und auf deren Wehrgang Waffenknechte ihre Runden machten. Ein zahnloser Fährmann brachte sie mit einigen anderen Reisenden und einer Ziege auf die gegenüberliegende Seite der Weser, die jetzt vom vielen Regen Hochwasser führte und schneller floss als gewöhnlich. Die Fähre schaukelte bedenklich, aber sie kamen trockenen Fußes wieder an Land.

Fuhrwerke, Fußgänger und Viehhirten mit Kühen, Ziegen und Schafen drängten zum Stadttor hinein oder kamen ihnen entgegen. Einige wurden kontrolliert, andere einfach hindurchgewunken. Ihr Stiefvater hielt an, reichte ihr einen Schlauch mit Bier und ein trockenes Stück Brot.

»Wenn du gegessen hast, wasch dich hinter den Ohren.« Damit deutete er auf die Weser, an der einige Wäscherinnen fleißig ihre Arbeit verrichteten.

»Ja, Vater.«

Essen war das Letzte, woran Lena jetzt denken konnte. Ihr Magen war wie zugeschnürt, dennoch biss sie zweimal vom Brot ab, kaute unwillig darauf herum und trank etwas Bier, um das Schlucken zu erleichtern. Als sie wirklich nichts mehr hinunterbekommen konnte, ging sie ans kühle Wasser und wusch sich das Gesicht, band ihre langen dunklen Haare noch einmal ordentlich und richtete ihre Sachen. Die Weser roch nicht so gut wie der kleine Bach zu Hause, aber sie war beinahe so klar. In der Ferne sah sie zwei Segelschiffe vor Anker liegen. Menschen, von hier aus klein wie Puppen anzusehen, tummelten sich darauf zu und wieder fort.

»Komm jetzt!«, drängte ihr Stiefvater, und Lena beeilte sich, ihn nicht zu verärgern.

Je zwei Stadtwachen rechts und links vom Tor sowie ein Kriegsknecht der Kirche musterten die Ankömmlinge und fragten nach dem Woher und Wohin.

Als ihr Stiefvater an der Reihe war, bedeutete er ihr zu warten und ging zu einem der Männer. Sie sprachen sehr leise miteinander. Der eine Wachmann hatte dunkle Locken, die frech unter seinem Helm herausschauten. Er schien nur ein paar Jahre älter als Lena zu sein. Er hörte ihrem Stiefvater zu, sah an ihm vorbei und betrachtete Lena neugierig. Sie spürte, wie ihr die Röte ins Gesicht stieg, und senkte hastig den Blick.

Ein zweiter Wachmann, welcher um einiges älter war, trat zu den beiden, worauf der Jüngere ihm etwas zuflüsterte. Auch der Ältere sah daraufhin zu Lena herüber. Seine Miene war ernst, und sie las zu ihrem Erstaunen Mitgefühl in seinem Blick. Dann wandte er sich wieder ihrem Stiefvater zu und spuckte verächtlich vor diesem aus. Ihr Stiefvater machte einen Schritt nach hinten und gestikulierte beschwichtigend. Der Jüngere deutete hastig in Richtung Stadt und sprach beruhigend auf seinen Kameraden ein, worauf ihr Stiefvater sich beeilte, Lena am Arm ergriff und rasch durch das gewaltige Tor zog. Die Mauern waren mindestens zweimal so dick, wie ihr großer Bruder Martin lang war. Erst als sie sich ein Stück davon entfernt hatten, verlangsamte er seine Schritte wieder.

»Vater, was hatte dieser Wachmann mit dir?«

»Nichts«, war seine barsche Antwort.

Sie konnte sich nicht erklären, was geschehen war. Immerhin waren sie schon einige Male in Bremen gewesen, doch so etwas hatte sie noch nie erlebt. Da der Stiefvater beharrlich schwieg, betrachtete sie neugierig die Menschen der Stadt.

Früher war ihr nie aufgefallen, dass es hier anders roch als zu Hause, aber heute drangen ihr die Gerüche mit einer Heftigkeit entgegen, dass sie versucht war, sich ihren Umhang vor die Nase zu halten. Es roch nach menschlichen Ausdünstungen gemischt mit Backwaren, Kräutern und Blüten und nach Pisse, nach Tieren und schlechtem Atem. Schmutzige Kinder spielten in Hauseingängen oder aufgeweichten Gassen, Frauen kippten ihren Unrat in die Gosse. Schwere Fuhrwerke, beladen mit allerlei Gütern, fuhren kreuz und quer. Ein stecken gebliebener Ochsenkarren versperrte den Weg für nachfolgende Gespanne, und es gab einen kleinen Aufruhr, den Lena fasziniert beobachtete, während ihr Stiefvater sie durch die Straße führte: Drei Männer versuchten gerade, den Wagen aus dem Schlamm zu befreien, doch der Ochse weigerte sich nachzugeben. Fluchend zogen sie ihn an den Hörnern und gaben ihm die Rute aufs Hinterteil. Irgendwann wurde es dem Tier offenbar zu bunt, und es setzte träge seinen Weg fort. Der Fahrer schwang sich schwitzend auf den Kutschbock, bedankte sich bei seinen Helfern und lenkte sein Tier vorwärts.

Sie kamen an großen Kirchen vorbei, doch keine von ihnen war so gewaltig wie der Dom, der hoch in den Himmel ragte. Zu dessen Füßen war gerade Markt, kein so großer wie der Freimarkt, aber dennoch voller Menschen und Händler, die sich um den hölzernen Roland versammelt hatten. Laut schreiend wurden Waren angeboten, es wurde an Käufern gezerrt und verhandelt. Es gab Felle und Tuche, Lebensmittel wie Fleisch, Fisch, Gemüse, Brot, süßes Gebäck und geröstete Maronen bis hin zu Hühnern, Schafen, Ziegen und Pferden.

Ebenso zahlreich waren die Leute, die etwas von diesen Dingen erstanden. Lena beobachtete ein vornehm gekleidetes Mädchen in ihrem Alter, das sich ein langes Stück roten Stoff unter das Kinn hielt und eine ältere Frau flehend anlächelte. Die schüttelte jedoch energisch den Kopf, griff nach einem grünen Tuch, hielt es dem Mädchen ebenfalls unter das Kinn und nickte. Dann wandte sie sich damit dem Händler zu. Mit enttäuschtem Gesicht legte das Mädchen das rote Tuch wieder auf den Stapel und erhaschte dabei einen Blick auf Lena. Plötzlich streckte sie ihr die Zunge heraus. Einen Moment war Lena versucht, es ihr gleichzutun, doch zwei uniformierte Büttel versperrten ihr die Sicht. Die Männer schleiften einen jungen Burschen am Ohr hinter sich her, welcher sich unter Schmerzen wand und sichtlich Mühe hatte, mit seinen Peinigern Schritt zu halten.

Ihr Stiefvater zog sie von all dem ungerührt in eine schmale Gasse, und sie ließen den Markt und das bunte Treiben hinter sich. Der Weg führte zum Hafen hinunter, doch kurz bevor sie ihn erreichten, bogen sie ab. Die Menschen, die ihnen hier entgegenkamen, blickten finster drein, und Lena drückte sich enger an ihren Stiefvater. Je weiter sie sich vom Markt entfernten, desto weniger Leute sahen sie.

Die Sonne brannte nun, als wolle sie beweisen, dass sie es noch konnte. Lenas Kleider waren inzwischen getrocknet, und sie begann zu schwitzen. Die Menschen wie auch die Häuser wirkten hier schäbiger, und je weiter sie gingen, desto unerträglicher wurde der Gestank. Diesmal hielt Lena sich ihren Umhang vor die Nase. Aus Holzrinnen floss bläuliche, nach Pisse riechende Farbe auf die Straße und vermischte sich mit den aufgeweichten Fahrrinnen. Zwischen den Häusern hingen blau gefärbte Tücher und Stoffe.

Als sie erneut abbogen, wurden auch die Häuser spärlicher. Hin und wieder hörten sie aus den Fluren ein panisches Muhen oder Quieken, und in den Rinnen dieser Gassen floss jetzt das Blut geschlachteter Tiere. Zwei Straßen weiter war es menschenleer. Ihr Stiefvater sah sich prüfend um, dann blieb er vor einem hohen Holzzaun stehen.

»Warte hier.«

Lena nickte folgsam, und er verschwand durch ein doppelflügliges Tor. Dahinter sah sie die beiden oberen Geschosse eines großen Fachwerkhauses, dessen Läden geschlossen waren. Eine kleine Glocke ertönte. Das Tor spendete ein wenig Schatten, und so lehnte Lena sich dankbar gegen das Holz.

Lange musste sie nicht warten, denn nach kurzer Zeit kam ein leicht bekleidetes Mädchen, vielleicht zwei, drei Jahre älter als sie selbst, aus dem Tor und musterte sie von Kopf bis Fuß. Sie hatte eine unbändig wirkende blonde Mähne, schräge Augen und einen kleinen, aber vollen Mund.

»Du bist also Lena.« Es war keine Frage, sondern eine Feststellung, und sie klang spitz und ungeduldig. Lena straffte sich unter dem prüfenden Blick und nickte.

»Mein Name ist Kora, merk ihn dir. Ich soll dich hereinholen.« Damit schritt das Mädchen voraus. Lena folgte ihm durch das Tor und über eine Treppe nach oben in das Haus.

Gleich hinter dem Eingang saß ein älterer Mann an einem Tisch und blickte ihnen neugierig entgegen. Er hatte eine große Holzschatulle vor sich stehen. Seine Hände ruhten darauf, ganz als würde er sie mit aller Macht verteidigen wollen. Lena machte einen Knicks, was dem Mann ein Grinsen entlockte, während er nickte. Von überall waren gedämpftes Kichern, leise Unterhaltungen und sogar Kinderstimmen zu vernehmen. Als Lena sich in der geräumigen Diele umsah, war sie sprachlos. Viel mehr Talglichter als nötig erhellten den Raum, und sie fragte sich, warum man nicht einfach die Läden öffnete, um Licht hereinzulassen, aber es war nicht ihre Angelegenheit.

Die Dielenbretter waren mit Stroh ausgelegt, und es roch nach Lavendel und schwerem Rosenwasser. Mehrere richtig gepolsterte Stühle standen um kleine Tische herum, auf jedem waren ein Krug und einige Becher verteilt. An den Wänden hingen rote Tücher und Wandteppiche mit Szenen nackter Frauen und Männer, bei deren Anblick sich Lenas Wangen erhitzten. Hastig wandte sie den Blick ab.

Es gab verschlossene Türen, und eine Treppe führte hinauf in ein weiteres Stockwerk. Kora jedoch ging zielstrebig auf eine Treppe im hinteren Teil zu, die nach unten führte. Lena wollte ihr schon folgen, blieb jedoch mit offenem Mund stehen, als ihr eine andere junge Frau aus einer der Kammern entgegenkam. Ihre Augen standen sehr weit auseinander und waren stark bemalt. Das Schlimmste aber war, dass sie nur ein Laken um den Körper geschlungen hatte und ein Mann mit freiem Oberkörper und Bruche ihr lachend folgte. Beide hatten einen irdenen Krug in der Hand, gerötete Wangen und wirkten betrunken. Als sie an Lena vorbeikamen, maß der Mann sie mit keckem Blick.

»Sieht so aus, als bekämt ihr eine Jungfrau ins Haus.«

»Das soll dich jetzt nicht kümmern, mein Wilder«, hauchte das Mädchen mit einem ungehaltenen Blick auf Lena und zog ihren Begleiter ungeduldig weiter.

Mit gesenktem Kopf und beschämt ob so viel seltsamen Treibens folgte Lena Kora die ausgetretenen Stufen hinunter. Was war das hier? Wo hatte ihr Stiefvater sie hingebracht? Fast schien es ihr wie etwas, von dem ihr Priester zu Hause immer sprach: Sodom und Gomorrha. Sie war erschüttert. Ihrer anfänglichen Aufgeregtheit folgten jetzt bleierne Ernüchterung und Angst.

Unten angekommen, ging es einen Flur entlang, an dessen Ende ihr Stiefvater vor einer Tür auf sie wartete. Kora verschwand ohne ein weiteres Wort wieder nach oben.

»Geh hinein.« Ihr Stiefvater hielt Lena die Tür auf, worauf sie zögernd den dahinterliegenden Raum betrat. Er folgte ihr.

Die Tür fiel hinter ihr zu, und Lena fröstelte innerlich, obwohl es zusätzlich zu der heutigen Hitze eine brennende Feuerstelle gab. Im Raum herrschte dämmriges Licht, die Fenster waren mit Tüchern verhangen, und sie konnte das Gesicht der Frau, die auf einem Stuhl gegenüber der Tür saß, erst erkennen, als sie etwas näher trat. Der Raum wurde, ganz im Gegensatz zum Eingang oben, nur spärlich von zwei Talglichtern erhellt. Auf dem Boden lag ein Hirschfell, der Kopf dazu hing an der Wand und starrte schauerlich auf sie herunter. Ein weiterer Vorhang teilte die Kammer offenbar.

»Das ist Lena.« Ihr Stiefvater legte ihr die Hand auf die Schulter. »Lena, das ist Frau Margarete.«

Lena machte einen Knicks, und die Augen der Frau flackerten ebenso amüsiert auf wie die des Mannes vorhin im Eingang.

»Zieh deinen Mantel aus und dreh dich einmal herum«, sagte sie freundlich, aber ihre Stimme klang rau, fast wie die eines Mannes. Lena sah zu ihrem Stiefvater, der seinen Druck auf ihre Schulter kurz verstärkte.

Folgsam legte Lena den Mantel ab und drehte sich im Kreis. Dabei sah sie an einer Wand eine Zeichnung hängen, welche die Frau auf dem Stuhl zeigte. Das Bild strahlte Traurigkeit aus, fand sie.

»Sie ist zu dünn. Die Knie sind spitz, und die Schulterknochen schauen heraus. Es kommt mich teuer zu stehen, sie erst einmal ordentlich zu füttern, damit sie ein paar Rundungen bekommt. Was hast du ihr zu essen gegeben, Knochen zum Abnagen?«

»Aber nein«, protestierte ihr Stiefvater rasch, es klang beinahe unterwürfig. So hatte sie ihn bisher nur erlebt, wenn der Vogt die Abgaben eintrieb.

»Sie hat mehr gegessen, als ich heranschaffen konnte, aber in letzter Zeit einen kräftigen Schuss in die Höhe gemacht. Darum sieht sie so dürr aus.«

Lena hörte verwirrt zu und verstand überhaupt nicht, worum es hier ging. Wofür sollte sie zu dürr sein? Und was das Essen anbelangte, übertrieb ihr Stiefvater maßlos. Meistens bekam sie das kleinste Stück von allem. Wenn in seltenen Fällen einmal Fleisch auf den Tisch kam, gab ihre Mutter ihr heimlich etwas ab. Am Tisch hieß es immer, das Fleisch wäre für die Jungs, da diese stark am Wachsen wären und harte Arbeit verrichten müssten.

»Das bezweifle ich. Aber wie dem auch sei, sie braucht etwas auf die Rippen, so kann ich sie nicht anbieten. Das wird zu teuer«, sagte die Frau in ruhigem Ton.

Ihr Stiefvater sog scharf die Luft ein. »Ich bitte euch, Frau Margarete. Es war ein langer und beschwerlicher Weg, und wir wissen sonst nicht weiter.«

Als Frau Margarete Lena erneut musterte, schob sie trotzig das Kinn vor. Sie kam sich vor, als wäre sie eine Kuh, um die man feilschte, weil sie zu wenig Milch gab. »Ich bin stark, Frau Margarete, habe mit meinem Stiefvater und den Brüdern die Ernte eingeholt, unsere Tiere versorgt und den Stall ganz alleine ausgemistet. Ich brauche nicht viel Essen. Täuscht euch nicht in meinem Aussehen.«

Ihre Worte brachten ihr eine Ohrfeige ein. »Wie redest du denn?«, fragte ihr Stiefvater zornig.

Betroffen senkte Lena den Blick.

»Lass sie in Ruhe«, fuhr Frau Margarete barsch dazwischen und erhob sich. »Sie hat schöne Zähne, nicht dass du sie ihr noch einschlägst. Für ihre krumme Nase bist du sicherlich auch verantwortlich.«

»Ich bitte um Verzeihung, Frau Margarete«, heuchelte ihr

Stiefvater. »Das mit der Nase war ein Unfall.« Sichtbar verwirrt ließ er die Hand sinken.

Empört sah Lena ihren Stiefvater an, wusste jedoch sein gefährliches Funkeln in den Augen gut zu deuten und schwieg. Warum um alles in der Welt log er so viel? Ihre Mutter hatte immer gepredigt, dass man mit Lügen nicht weit käme und der Herr so etwas bestrafen würde. Wieso wurde er jetzt nicht bestraft?

Die Frau maß sie mit einem eindringlichen Blick. »Also gut. Ich zahle dir zwei Drittel von der vereinbarten Summe.«

»Das ist zu wenig. Wir müssen neu anfangen, eine Bleibe suchen. Dafür kann ich sie nicht hergeben.«

»Du hast sie aber üppiger beschrieben, als sie in Wahrheit ist. Außerdem könnte deine Ernte sich noch erholen, oder? Dann bist du fein heraus, und ich habe das Nachsehen.« Sie seufzte. »Aber gut, du bekommst dein Geld.« Sie wandte sich an Lena. »Warte draußen, Kind.«

Eilig nahm Lena ihren Mantel und verließ den Raum. Draußen in der Diele atmete sie erleichtert durch. Sie verstand nichts mehr. War es so, wenn junge Mädchen von ihren Eltern in die Welt geschickt wurden? Sie wusste nicht, ob es üblich war, aber sie wusste, dass sie nicht hierbleiben wollte, auch wenn Frau Margarete ihr freundlich erschien und sie Lena vor weiteren Schlägen des Stiefvaters bewahrt hatte.

Es dauerte nicht lange, und er trat zu ihr auf den Flur.

»Vater …« Dicke Tränen quollen aus Lenas Augen. Sie konnte nichts dagegen tun. »Was ist das hier?«

Sein blasses Gesicht verfinsterte sich. »Das wird sie dir gleich sagen.«

»Bitte lass mich nicht hier, bitte. Ich werde alles tun …«

Er schnitt ihr mit drohender Hand das Wort ab. »Es muss sein. Geh hinein und befolge, was sie dir aufträgt. Mach uns keine …« Er stockte und presste seine Lippen fest aufeinander. Seine Hand bewegte sich in ihre Richtung, doch ehe er ihr Gesicht erreichte, ließ er sie wieder sinken. »Leb wohl.« Ohne sich noch einmal umzudrehen, eilte er die Treppe hinauf und verschwand aus ihrer Sicht.

Lena wollte hinter ihrem Stiefvater herrennen, doch die Tür öffnete sich, und Frau Margarete zog sie am Arm hinein. Im

Licht der Diele sah Lena, dass die Frau ein edles blaues Kleid trug, an dem ein rotes Band auf der linken Brust angebracht war. Der schwarze Umhang war aus kostbarem Tuch, und zwei große goldene Ringe zierten ihre Finger. Sie hatte weißes Haar und war um einiges älter als Lenas Mutter.

»Er wird dich nicht mitnehmen, das tut keiner von ihnen. Finde dich damit ab, dann wird es leichter zu ertragen sein. Aber lass uns nicht hier stehen bleiben, setze dich, Kind. Ich werde dich weder fressen noch schlagen, und wir haben viel zu bereden.«

Hinter ihr fiel die Tür zu. Frau Margarete deutete auf einen gepolsterten Stuhl. Lena setzte sich auf die Kante, stellte sich ihr Bündel auf den Schoß und schob die Hände unter ihre Oberschenkel. Sie zitterten so sehr, dass sie sich dafür schämte.

Frau Margarete füllte zwei Becher voll Wein, schob einen über den kleinen polierten Tisch herüber und setzte sich mit einem milden Lächeln. »Trink, es hilft gegen die Angst und das Zittern.«

Dieser Frau entging offenbar nichts. Lena fühlte sich ertappt und nickte. Widerwillig gab sie die Deckung für ihre Hand auf, griff nach dem Becher und nahm einen kleinen Schluck. Der Wein schmeckte süß und war nicht so dünn wie der zu Hause. Sie nahm einen weiteren Schluck und stellte den Becher wieder hin.

Frau Margarete nahm eine kleine silberne Glocke vom Tisch und läutete. Bevor sie die Glocke wieder abgestellt hatte, ging die Tür bereits auf und eine dick beleibte Frau betrat den Raum. Sie war vermutlich so alt wie Lenas Mutter, hatte rote Wangen und ein freundliches Gesicht. Rote Haare lugten unter ihrer Haube hervor, und die Stirn glänzte verschwitzt.

»Dorothea, ist schon etwas vom Mittagsmahl fertig?«

»So gut wie alles«, erwiderte die Angesprochene.

»Dann sei so gut und bring Lena von deinen Leckereien. Spare nicht, sie ist sicher halb verhungert.«

»Lena.« Dorothea lächelte ihr zu. »Ich hoffe, du hast einen gesunden Appetit.«

Lena wollte protestieren, weil sie glaubte, nichts herunterzubekommen, der Höflichkeit halber nickte sie jedoch.

Nachdem Dorothea wieder gegangen war, lehnte sich Frau Margarete zurück. »Weißt du, wo du hier bist?«

»Nein«, antwortete Lena wahrheitsgemäß, worauf die Frau einen ungehaltenen Laut ausstieß.

»Das dachte ich mir. Dazu, euch die Wahrheit zu sagen, sind eure Väter nie Manns genug.« Sie seufzte.

»Er ist nicht mein richtiger Vater«, warf Lena ein.

»Das ändert nichts. Es ist wohl an mir, es dir zu erklären. Dieses Haus hier ist ein Töchterhaus. Die Mädchen, die hier arbeiten, sind Hübschlerinnen. Böse Zungen nennen uns allerdings anders. Neben Näharbeiten, Spinnen und Sticken, womit wir einen Teil unseres Auskommens bestreiten, dienen wir Männern auf eine ganz besondere Weise.«

Lena nickte – jemanden zu bedienen sollte kein Problem sein, schließlich hatte sie das zu Hause unentwegt getan. Ihre Brüder brauchten nie zu helfen, wenn es um den Haushalt ging. Lena kochte mit ihrer Mutter, manchmal sogar allein, deckte auf, deckte ab und spülte das Geschirr, kümmerte sich mitunter auch ums Brennholz und um die Feuerstelle. Allmählich hörte das Zittern in ihren Händen auf, und sie beruhigte sich. So schlimm klang das alles gar nicht.

Als hätte Frau Margarete ihre Gedanken gelesen, lächelte sie und schüttelte den Kopf. »Nicht diese Dienste, Lena. Doch dazu gleich. Das oberste Gebot bei uns ist die Reinlichkeit. Hier wird täglich gebadet und sich gewaschen, nachdem ein Mann bei euch gelegen hat.«

»Täglich?«, fragte Lena verblüfft. Zu Hause wurde einmal die Woche gebadet, und das auch nicht immer, je nachdem wie schmutzig man war oder wie die Witterung mitspielte – und wieso sollte ein Mann bei ihr liegen?

Lena hoffte, dass es nicht das war, was sie befürchtete. Die Mädchen zu Hause erzählten immer gern unheimliche Geschichten, und Beiliegen bedeutete darin eigentlich, Kinder zu zeugen. Lena wurde erneut angst und bange, und sie musste sich zwingen, weiter zuzuhören und nicht aufzuspringen und wegzulaufen.

Frau Margarete fuhr fort. »Die Männer zahlen dafür, dass sie euch beiliegen dürfen …«

Da war das Wort schon wieder. Dieses Mal in Verbindung mit Sauberkeit. Es musste doch etwas mit dem zu tun haben, was die Mädchen zu Hause erzählten. Lenas Hände begannen wieder zu zittern, und sie rutschte unruhig auf ihrem Stuhl hin und her, während Frau Margarete ungeniert fortfuhr.

»... und dass ihr sauber seid. Je zufriedener sie mit euch sind, desto öfter kommen sie auch und desto mehr verdient ihr. Ihre Bezahlung erfolgt an mich, dafür versorge ich euch und lasse es euch an nichts fehlen. Wenn ihr eure Schulden bei mir abgearbeitet habt, bekommt ihr von mir für jeden Dienst etwas Geld. Damit erhaltet ihr die Möglichkeit, zu sparen und euch eines Tages freizukaufen.«

Vollkommen starr beobachtete Lena, wie Dorothea hereinkam und ein Tablett mit duftenden Köstlichkeiten auf den Tisch stellte. Eine heiße Brühe dampfte, dazu gab es warmes Brot, Käse und gebratenes Fleisch.

»Nimm ordentlich. Es wird dir schmecken, da bin ich sicher.« Damit verschwand Dorothea wieder.

Lena hatte nie so viele Leckereien auf einem Haufen gesehen und starrte verwundert auf die feinen Sachen. Nach Essen war ihr allerdings nicht zumute. Nicht nach dem, was sie eben erfahren hatte.

»Iss etwas, ehe es kalt wird.« Mit einer Handbewegung forderte Frau Margarete sie auf, zuzugreifen. Gehorsam versuchte Lena die Brühe, in der klein geschnittenes Rindfleisch und Gemüse in Fett schwammen. Sie schmeckte wirklich sehr gut, und jetzt spürte sie auch, wie hungrig sie war. Dennoch musste sie sich beherrschen, nicht dem Verlangen nachzugeben, einfach wegzulaufen. Wohin sollte sie auch gehen? Ein Zuhause hatte sie vermutlich nicht mehr. Der Stiefvater würde sie nach einer ordentlichen Tracht Prügel sicherlich wieder hierher zurückbringen.

Frau Margarete aß nichts, sondern sah ihr mit einem gütigen Gesichtsausdruck zu. »Es gibt Regeln in diesem Haus, die eingehalten werden müssen. Wenn du sie befolgst, werden wir keinen Ärger haben.«

Lena nickte widerwillig. Ihre Gedanken kreisten immer noch um das Wort »beiliegen«.

»Wenn ein Mann sich eins der Mädchen ausgesucht hat, drängt sich keine andere dazwischen. Die Mädchen werden in den Kammern nicht gestört, es sei denn, sie rufen um Hilfe oder das Haus brennt.«

Langsam ließ Lena den Löffel sinken. Es wurde immer verrückter, oder hatte sie am Ende etwas falsch verstanden? Mit so viel Geduld, wie sie gerade noch aufbringen konnte, wartete sie auf eine weitere Erklärung.

»Keine Angst, das geschieht äußerst selten. Aber iss ruhig weiter.«

Lena schob die leere Schüssel von sich und nahm stattdessen ein Stück Fleisch.

»Wir gehen nicht in die Kirche. Ihr macht eure Vergehen im Gebet mit Gott selbst aus. Wenn ihr krank seid, kommt Marie zu uns. Sie ist Heilerin. Am Samstagabend verlassen wir die Stadt und lassen es uns am Sonntag außerhalb von Bremen in einem kleinen Haus gut gehen. Im Sommer könnt ihr dort in der Weser planschen oder einfach nur faul herumliegen.« Frau Margarete nippte an ihrem Becher.

Lena schwieg weiter, nahm sich noch ein Stück von dem Gebratenen, schob es sich in den Mund und kaute langsam, um sich selbst am Sprechen zu hindern. Sie hatte noch nie faul herumgelegen, außer als sie krank war und das Bett hüten musste, aber die Vorstellung gefiel ihr sogar.

Nachdem Frau Margarete ihren Becher abgestellt hatte, sprach sie weiter: »Wenn ihr etwas in der Stadt zu besorgen oder zu erledigen habt, fragt ihr mich vorher. Keine geht alleine und ohne Erlaubnis. Ihr tragt auf der Straße dieses Zeichen an eurem Kleid.« Sie deutete auf ihr eigenes Kleid, an dem dieses rote Band angebracht war.

»Ihr schaut keine Bürger direkt an, seht ihnen nicht ins Gesicht. Ihr sprecht nur das Nötigste außerhalb dieses Hauses und vermeidet jeden Blickkontakt. Man sagt uns den bösen Blick nach, den wir bedauerlicherweise nicht haben.« Nun grinste sie breit. »Hast du das so weit verstanden?«

Endlich durfte sie sprechen und platzte sofort mit ihrer Frage heraus. »Ich soll Männern beiliegen?«

»Ja, das wird für die nächsten Jahre deine Aufgabe sein.«

»Verzeihung, aber ich glaube, mir wird schlecht. Wo …?«

»Kotz nicht auf das Fell!« Frau Margrete sprang auf, zog Lena im Vorbeigehen vom Stuhl, riss die Tür auf und reichte ihr einen Eimer, der in einer Ecke auf dem Flur stand. Ohne jede Scham übergab Lena sich. Als sie fertig war, hielt Frau Margarete ihr ein nasses Tuch hin, das sie dankbar ergriff, um sich das Gesicht abzuwischen.

»Herr Gott. Wie ich es hasse.«

»Es tut mir leid«, stammelte Lena, als ihr bewusst wurde, wie schlecht sie sich benahm.

»Ach, Mädchen, doch nicht du. Eure Väter sind es, die mich wütend machen. Aber genug davon. Meinst du, es geht wieder?«

»Ich denke schon«, antwortete Lena erleichtert.

»Dann komm. Sicher hast du noch Fragen.«

»Es ist Sünde, einem Mann beizuliegen, wenn es nicht der Ehemann ist.«

»Sünde … Sünde … Wir Frauen müssen sehen, wie wir überleben. Aber um dich zu beruhigen: Der Erzbischof hält seine Hand über dieses Haus. Meinst du, dann kann es Sünde sein?«

Nachdenklich setzte Lena sich, vermied es aber, noch einmal auf die Speisen zu schauen. Sie misstraute ihrem Magen. Wenn so ein hoher Geistlicher dieses Haus schützte, dann konnte es wirklich nichts Schlechtes sein. »Ich glaube nicht.«

»Wir tun etwas für die Stadt. Die Männer lassen ihre Weiber in Ruhe, und die, die keine haben, haben uns. Es ist ein Beruf wie viele andere auch.«

Das klang vernünftig, und Lena nickte.

»Hast du noch weitere Fragen?«

»Um ehrlich zu sein, ja, Frau Margarete. Warum denken die Menschen, wir haben den bösen Blick, und warum gehen wir nicht in die Kirche, wenn der Erzbischof es doch gutheißt, was wir tun?«

»Weil einige der Menschen nicht verstehen, was wir tun, und deswegen Angst vor uns haben, vor allem die Weiber, dieses tratschsüchtige Volk.«

Etwas entspannter lehnte Lena sich zurück. Sie dachte an das Geld, das sie hier verdienen würde. Zwar wusste sie nicht, wie viel es sein würde, aber irgendwann würde sie damit wieder zu ihrer Mutter zurückgehen.

»Hast du deine Jungfräulichkeit noch?«

»Wie?«

Frau Margarete machte eine ungeduldige Handbewegung.

»Lena, du musst offen mit mir sprechen. Gewöhne es dir gleich an. Also hast du sie noch oder nicht?«

Lena war nicht sicher, was gemeint war, obwohl sie es ahnte. Sie zuckte mit den Schultern.

»Hat ein Mann dir beigelegen, irgendeiner, auch wenn es dein Stiefvater war?«

Schockiert sah Lena ihr Gegenüber an. »Nein!«

»Ich gehe davon aus, dass es die Wahrheit ist. Du darfst mich nie belügen, hörst du?«

»Ja«, presste Lena heraus.

»Gut. Dann werden wir einen guten Preis für deine Jungfräulichkeit erzielen.«

Ihr Herz begann zu rasen. So schnell hatte sie nicht damit gerechnet. Die Worte ihrer Mutter kamen ihr in den Sinn. »Die Jungfräulichkeit ist etwas Besonderes. Ein Geschenk an deinen Ehemann. »Meine Un…«

Frau Margarete sah sie ernst an. »Ja.«

»Aber meine Mutter sagte immer, dass das nicht recht ist.«

»Sicher liegt das schon eine Zeit zurück, dass sie es zu dir gesagt hat.«

»Es war im letzten Sommer, als sie meinte, dass wir bald einen Ehemann für mich finden müssen.«

Lena erinnerte sich, wie ihr Vater davon gesprochen hatte, keine Mitgift für sie zahlen zu wollen, und die Mutter hatte ihn angefleht, es doch zu tun, denn sonst würde sie keinen Ehemann bekommen. Doch der Vater war, wie so oft, unnachgiebig geblieben.

»Die Zeiten haben sich geändert. Viele Mädchen werden jetzt von ihren Familien verkauft. Manche finden Arbeit fernab von zu Hause. Im besten Fall werden sie in eine Ehe gegeben. Auch hier klopfen täglich Väter an die Tür und wollen uns ihre Töchter dalassen, doch wir können nicht jede aufnehmen.« Ein Lächeln umspielte ihren Mund, und sie schien einen Moment mit den Gedanken in die Ferne zu schweifen, dann kehrte sie zurück.

»Du hast schönes dunkles Haar, trage es im Haus offen oder binde dir einen Zopf. Aber mach keinen Knoten und bedecke es auch nicht.«

Lena nickte. Sie hatte nie viel auf ihre Haare gegeben und sie eher als störend empfunden, weil sie schwer zu kämmen waren, aber die Worte von Frau Margarete schmeichelten ihr.

»Manche Mädchen haben Freude an dem, was sie tun.«

Lena nahm einen Schluck Wein, um den schlechten Geschmack loszuwerden. Trotz ihrer Angst vor der Antwort, die sich bereits in ihrem Unterbewusstsein abzeichnete, musste sie die Frage stellen: »Was muss ich denn mit dem Mann tun, der mir beiliegt?«

»Hast du nie deinen Eltern dabei zugesehen, wenn auch heimlich?«

Lena spürte die Röte ihre Wangen hinaufkriechen. Tatsächlich hatte sie einmal zugesehen. Martin hatte eine ansteckende Krankheit gehabt, und so musste sie mit ihren anderen Brüdern in der Wohnkammer der Eltern schlafen. Sie konnte sich erinnern, dass ihre Mutter unter ihrem Vater gelegen hatte und er sich schnell auf ihr bewegte. Dann hatte er einen Grunzlaut von sich gegeben und war auf die Seite gerollt. Das war alles. »Nur einmal«, sagte sie zu Frau Margarete, die immer noch auf Antwort wartete.

»Was hältst du davon, wenn wir weitere Fragen auf später verschieben und Dorothea dir erst einmal deine Kammer zeigt?«

Lena schüttelte den Kopf. Sie wollte es jetzt wissen, nicht erst später. Frau Margaretes linke Augenbraue fuhr nach oben, und sie schob energisch das Kinn vor.

»Gehorsam, mein liebes Mädchen, ist etwas, das ich ebenfalls von euch erwarte. Also lass uns später weiterreden. Ich bin müde. Und du sicher auch.« Ohne auf eine Antwort zu warten, läutete Frau Margarete, und Dorothea erschien.

»Gib ihr die Kammer von Almut.«

»Aber die sollte Herbert bekommen«, widersprach Dorothea freundlich.

»Hm. Stimmt, er wartet schon zu lange darauf. Wo ist denn ein Bett frei?«

»Nur bei Angelika.« Dorothea verdrehte die Augen.

»Nun ja, ich denke, es wird gehen. Führe sie hinauf.«

»Dann komm mit mir.«

Wie benommen erhob sich Lena mit wackeligen Beinen,

machte noch einen Knicks und folgte der Frau hinaus. Sie sollten nicht merken, wie groß ihre Angst war.

Ob ihre Mutter wohl wusste, wohin ihr Stiefvater sie gebracht hatte? War ihre Mutter in Sorge um sie, oder war es ihr inzwischen vielleicht auch egal? Lena verdrängte diese traurigen Gedanken und bemühte sich, einen Fuß vor den anderen zu setzen.

Während sie die Treppen hinaufstiegen, drehte sich Dorothea zweimal nach ihr um. »Hörst du die lachenden Mädchen?«, fragte sie unvermittelt.

Lena lauschte einen Moment. Sie hörte tatsächlich das eine oder andere Lachen und nickte.

»Siehst du. Wenn es hier so furchtbar wäre, wie du grade denkst, wenn das, was ihr tut, so schrecklich wäre, glaubst du, dann würde hier auch nur einem Mädchen nach Lachen zumute sein?«

Lena dachte darüber nach und zuckte mit den Schultern.

»Sie sind alle aus den gleichen Gründen hier wie du. Weil ihre Eltern Geld brauchten oder sie ihnen lästig waren oder weil sie Hunger gelitten haben oder auf sich allein gestellt waren. Den meisten erging es am Anfang so wie dir. Und bedenke, es sind nur ein paar Jahre. Jahre, in denen ihr keinen Hunger leiden müsst und im Winter nicht zu frieren braucht. Es ist keine schwere Arbeit. Glaub mir. Mir ging es auch mal so wie dir.« Dorothea streichelte Lena kurz über den Kopf, dann blieben sie vor einer Tür stehen.

»Das wird deine Kammer. Du teilst sie mit Angelika, ein sehr nettes Mädchen. Wenn du Fragen hast, komm zu mir.« Damit öffnete sie die Tür und schob Lena sanft hinein, ehe sie die Tür wieder von außen schloss.

In dem Raum gab es eine große verschlissene Truhe, zwei Hocker, einen Tisch und eine Feuerschale. Außerdem ein Fenster mit Blick auf die Wehrmauer und dahinterliegende Bäume. Der Leinenstoff zum Schutz vor Regen war im Moment hochgebunden, sodass etwas frische Luft hereinwehen konnte. Die Wände der Kammer waren grauschwarz vom Ruß, den das Feuer verursachte. Lena sank auf den Hocker und sah sich um. Hier also sollte sie die nächsten Jahre leben.

Resigniert ließ sie den Kopf hängen. Allein konnte sie ihren Tränen freien Lauf lassen, und das tat sie auch, bis sie sich müde geweint hatte. Dann stand sie auf, rollte sich mit ihrem Bündel im Arm auf einem der Lager zusammen und schlief ein.

Kapitel 3

Sie wachte auf, als die Tür aufging und eine junge Frau eintrat. Ihr Gesicht war schmal und spitz, das Haar dunkel, und sie war von schlanker Gestalt.

»Ich bin Angelika. Du hast das richtige Bett gewählt, das unter dem Fenster wird deines sein.« Sie betrachtete Lena aufmerksam mit ihren braunen Augen. »Du bist noch eine Jungfrau?«

Lena fühlte die Röte in ihre Wangen kriechen und nickte stumm.

»Dann verstehe ich deine Trauermiene. Aber es geht vorbei.«

Kinderstimmen näherten sich plötzlich ihrer Kammertür, dann wurden sie wieder leiser, als sie sich entfernten.

»Hier leben tatsächlich Kinder?« Lena war entsetzt, dass sie sich am Mittag nicht verhört hatte.

»Aber natürlich. Wohin sollen unsere Kinder sonst? Sie haben ja nur uns.«

»Hast du auch ein Kind?«

»Ja, einen kleinen Sohn. Otto. Er wird im Herbst fünf.«

»Und es macht dir nichts aus, dass er … er …«

»… mit mir hier leben muss?«, ergänzte Angelika.

Lena nickte. »Ja.«

»Warum sollte es? Er kennt ja nichts anderes. Außerdem sind alle im Haus gut zu den Kindern, und es ist besser, als auf der Straße zu leben.«

»Wie alt bist du?«

»Alt genug, um bald fortzugehen. Ich werde im Badehaus arbeiten, wenn ein Platz frei wird. Wir nehmen uns dann eine kleine Kammer, mein Otto und ich, und dann kann ich alleine für uns sorgen.«

Beim späteren Abendessen lernte Lena die anderen Mädchen kennen. Die meisten waren nett, manche sehr zurückhaltend. Ursula, eine dralle Blonde von gut zwanzig Jahren, schien die Älteste zu sein. Sie gab den Ton an und war Lena sehr schnell lästig. Kora galt unter den meisten als eitel. Ingrid war schüchtern, hatte sehr männliche Züge und sagte ganz offen, dass sie Männer hasste.

Herbert, der Hurenwirt, hatte wenig mit den Mädchen zu tun. Er achtete eher darauf, dass kein Freier ausfallend wurde oder den Mädchen etwas antat, und er kassierte das Geld von den Männern. Er war auch für Bestrafungen zuständig, wenn ein Mädchen sich eines Vergehens schuldig gemacht hatte.

An den folgenden Tagen lernte Lena neue Dinge über die weibliche Reinlichkeit. Etwas, das sie zuvor noch nie getan hatte, war hier an der Tagesordnung. Die Mädchen nannten es innere Wäsche. Ursula zeigte ihr, wie sie es machte. Dazu wickelte sie sich etwas feuchte Schafwolle um den Zeigefinger und wischte sich das Innere ihrer Scham damit aus.

»Nun bist du an der Reihe, aber als Jungfrau darfst du deinen Finger nicht zu weit hineinstecken. Wasch dich am besten nur vorne an.«

Lena versuchte es und fand es ausgesprochen unangenehm, es vor jemand anderem zu tun, doch Ursula wartete, wobei sie die ganze Zeit ungeduldig mit dem Fuß auf den Boden tippte.

»Nun mach schon«, drängte sie schließlich, und Lena beeilte sich.

»Gut, und das tust du jetzt jeden Tag drei Mal, und in drei Tagen schaue ich, wie gut du es kannst.«

Angeekelt entledigte Lena sich der Schafwolle und zog sich wieder an.

»Und deine Schüchternheit solltest du hier ablegen. Wir haben keine Geheimnisse voreinander und helfen uns gegenseitig.« Sie zupfte an ihrem Kleid herum. »Wo wir grade dabei sind, wie sitzen mein Kleid und mein Haar?«

Lena sah an Ursula herunter. Das Kleid saß gut, war aber zu freizügig. Die Haare waren hübsch über die linke Schulter gekämmt. »Leg dir ein Tuch um, das deine Brüste etwas bedeckt, dann sollte es gehen.«

Ursula sah sie groß an, dann brach sie in schallendes Gelächter aus. Es klang schrill in Lenas Ohren, und sie wusste nicht, was an ihrem Rat so komisch war.

»Mädchen, Mädchen. Je mehr man von dem sieht, was brave Frauen züchtig verstecken, desto besser. Merk dir das.« Sie kniff Lena so kräftig in die Wange, dass diese kurz aufschrie, drehte sich um und ging.

Mit der Tatsache, dass dieses ein Sündenhaus war, ging man hier so gelassen um, als würde man in einem Kloster arbeiten. Lena versuchte, sich von dieser Ruhe anstecken zu lassen, doch es wollte ihr nicht so recht gelingen. Ihr Stiefvater hatte genau gewusst, wohin er sie brachte. Aber konnte es denn dann wirklich so schlimm sein? Lena beantwortete sich die Frage selbst. Schlimm war es, aber anders, irgendwie war die Sünde des Fleisches hier eine Selbstverständlichkeit und fühlte sich nicht böse an. Und wenn ein Erzbischof es guthieß, war es das sicher auch.

Die Mädchen begegneten Lena freundlich, aber zurückhaltend. Auch Angelika kümmerte sich in ihrer freien Zeit nur um ihren Jungen, sodass Lena sich einsam fühlte wie noch nie in ihrem Leben. In der Nacht, wenn Angelika tief und fest schlief, weinte Lena sich heimlich in den Schlaf. Sie vermisste ihre Mutter und die Brüder so sehr, dass es schmerzte. Aber sie konnte jetzt nichts daran ändern, zumindest noch nicht.

Jeden Nachmittag, kurz vor der Abendstunde, kamen die Freier. Es wurde in der großen Diele getrunken und gelacht, gekichert und getuschelt. Für Frau Margarete war es wichtig, dass Geld in die Truhe floss. Darum wurden die Mädchen auch immer wieder von ihr angehalten, die Gäste zum teuren Wein zu überreden. Und wenn ein Mann sich dann ein Mädchen ausgesucht hatte, gingen sie in eine der Kammern, die nur diesem einen Zweck dienten und viel edler eingerichtet waren als die übrigen.

In den ersten Tagen arbeitete Lena in der Nähstube, bestickte Kleider und besserte Löcher oder geplatzte Nähte aus. Das lag ihr, und sie hoffte inständig, dass Frau Margarete sie hier einfach vergessen würde. Aber dem war nicht so.

***

Nach ein paar Wochen war es so weit. Der Stadtrat Erich von Geestemünd hatte Lenas Unschuld zu einem guten Preis ersteigert. Zuvor war sie einer Reihe von Männern gezeigt worden, und Frau Margarete hatte ihre Tugendhaftigkeit gepriesen. Beinahe alle anwesenden Männer hatten geboten, und der Ratsherr war schließlich der Sieger gewesen.

Lena hatte immer noch Angst, aber sie war vorbereitet. Angelika hatte sich als nette Kammergenossin erwiesen. Seltsam an ihr war nur, dass sie alles tat, um was man sie bat, liebevoll zu ihrem Sohn war, aber hysterisch wurde, wenn nicht alle Dinge ordentlich an ihrem Platz lagen. Lena hatte das schnell begriffen und versuchte, so gut es ging darauf zu achten. Angelika machte nur eine einzige Ausnahme: Bei ihrem Sohn Otto tobte sie nie. Egal, was dieser anstellte, sie würde ihm nie zürnen. Er gab ihr aber auch selten Grund dazu und war ein recht folgsamer und stiller Junge.

Angelika war es, die Lena zeigte, wie man sich das Gesicht bemalte, die Augen betonte und die Lippen färbte. Für die normalen Bürger war es unter strenger Strafe verboten, sich zu bemalen. Es galt als eitel, doch die Mädchen im Töchterhaus hatten die Erlaubnis des Erzbischofs, obwohl sich schon Männer vor Gericht beklagt hatten, dass sie dadurch nicht das wahre Alter der Mädchen erkennen könnten.

Inzwischen hatte Lena sogar ein paarmal zugesehen, wenn ein Mann einem der anderen Mädchen beigelegen hatte. Extra dafür war in der Nähkammer ein Loch in der Wand. Da hindurch mussten die neuen Mädchen den erfahreneren zusehen, wie sie mit Männern umgingen. Heute, kurz bevor sie selbst ihren ersten Freier haben würde, stand Lena wieder vor dem Guckloch.

Ursula war mit einem Freier in der Kammer auf der anderen Seite der Wand. Sie sagte nette Dinge zu dem Mann, der gut und gerne ihr Vater sein konnte. Er war sehr beleibt, und sogar von hier aus konnte Lena sehen, wie er schwitzte. Ein Ekelgefühl kroch ihren Magen herauf. Tapfer sah sie jedoch weiter zu, wie Ursula geschickt ihr Kleid zu Boden gleiten ließ und ihm dabei ihr üppiges Hinterteil zeigte. Der Mann, in dessen Beinlingen sich bereits sein erregtes Glied abzeichnete, fasste sie von hinten an den Busen. Ursula kicherte, drehte sich um und schob ihn sanft auf das Bett. Dabei warf sie heimlich einen Blick zum Loch, durch das Lena zuschaute, und zwinkerte kokett.

»Möchtest du, dass ich auf dir reite wie auf einem Pferd?«, fragte Ursula ihren Freier.

»Ja«, keuchte der Mann.

»Du weißt, dass es einen Pfennig extra kostet.«

»Unwichtig.«

Ursula setzte sich auf ihn, hantierte kurz zwischen seinen und ihren Beinen herum und begann sich dann auf und ab zu bewegen. Dabei wurde sie schneller und schneller. Der Mann griff ihr dabei erst an den Busen, dann an den Hintern und, eher als gedacht, war es vorbei. Stöhnend und schwitzend lag er da. Ursula reichte ihm einen Krug Wein, und er trank, noch immer außer Atem.

»Noch mal?«

Der Mann setzte sich langsam auf, wobei Ursula von ihm herunterrutschte.

»Nein. Du hast mich geschafft, und meinen Geldbeutel dazu.« Er lachte.

Die beiden verließen die Kammer. Der Freier ging nach unten, während Ursula Herbert zurief, was er bezahlen musste. Dann ging sie sich reinigen.

Es sah wirklich nicht schwer aus. Meistens war es das gleiche Schauspiel, das Lena sah. Hin und wieder bewegte sich das Mädchen unter dem Mann oder sagte ihm, was er doch für ein glühender Liebhaber sei. Jedes Extra kostete auch extra Geld, nur die sogenannte Missionarsstellung war im Preis inbegriffen. Wollte einer der Freier geritten werden, so wie dieser eben, so musste er tiefer in die Tasche greifen. Ob ein Mädchen sich küssen ließ und dafür ebenfalls mehr Geld kassierte, blieb jeder selbst überlassen. Nach der Reinigung gingen die Mädchen mit dem Kerbholz zu Frau Margarete und ließen sich eine Kerbe hineinritzen. Einmal wöchentlich wurde abgerechnet und das Holz erneuert.

Alle Mädchen wünschten Lena Glück, als sie nach oben ging, um auf den Ratsherrn zu warten. Im Haus herrschte eine eigenartige Stille. Dorothea war extra mit den drei Kindern der Huren, zwei Mädchen und ein Junge zwischen zwei und fünf Jahren, auf das Landhaus gegangen, damit an diesem Tag Ruhe im Haus herrschte. Es war immer etwas Besonderes, wenn eine Jungfrau ihre Unschuld verlor, und anschließend wurde gefeiert.

Lena bekam sogar einige Geschenke. Zwei neue Kleider,

ein paar Schuhe, zwei Haarschleifen, Leibwäsche, die kürzer und knapper war als die herkömmliche, und ein eigenes Stück Rosenseife. So viele und teure Geschenke hatte sie nie zuvor erhalten. Sie war beinahe glücklich, auch wenn Frau Margarete ihr eins der Kleider berechnen wollte. Es wurde ihre Leibspeise, ein gutes Stück Rindfleisch, zum Mittagsmahl gebraten, die sie gleich mit dem Freier in der Kammer essen würde. Lena trug eins der neuen Kleider. Es war tief ausgeschnitten, aber noch gab es bei ihr nicht viel zu sehen, denn ihre Brüste waren sehr klein, obwohl sie sicherlich an Gewicht zugenommen hatte, seit sie hier war.

Sie setzte sich an den gedeckten Tisch und wartete. Es duftete nach Kräutern, vermischt mit Rosenwasser. Zwei Talglichter standen in der Mitte des Tischs. Das Bett hatte keine Decke und war frisch bezogen. Angelika hatte gesagt, dass der Mann das Laken später den anderen zeigen würde. Lena wurde rot bei dem Gedanken.

Unvermittelt ging die Tür auf. Sie hatte keine Schritte gehört und fuhr zusammen. Ein lächelnder Mann von Mitte vierzig trat ein und verbeugte sich. Als Lena ihn bei der Versteigerung gesehen hatte, war es nur flüchtig gewesen, und bereits nach einer Stunde hatte sie sich nicht mehr an sein Aussehen erinnern können. Er hatte schlaue graue Augen, einen Zopf und war etwas füllig, aber nicht wirklich dick, dafür aber auch nicht sehr groß.

»Holde«, grüßte er sie und schloss die Tür.

»Mein Herr.« Lena stand auf und machte einen Knicks.

»Manieren hast du, das freut mich. Heute darfst du mich Erich nennen. Aber setze dich nur wieder.«

Als Lena Platz genommen hatte, kam er zu ihr herüber, griff sich eine Strähne ihrer offenen Haare und schnupperte demonstrativ daran. »Hm, ich mag Rosenwasser. Es ist sehr anregend.«

»Danke.« Lena schob verlegen ihre Hände unter ihre Schenkel, und Erich zog seinen Stuhl heran, setzte sich neben sie, wobei er wie selbstverständlich eine Hand auf ihr Knie legte und es drückte. Lena war diese Berührung unangenehm, aber sie hatte sich vorgenommen, alles zu ertragen. Mit der freien Hand goss er ihnen Wein ein.

Durch das Kleid spürte Lena seine Wärme. Seine Hand schien

zu glühen, nein, sein ganzer Körper strahlte Hitze aus, und ihr wurde warm, obwohl ihr gleichzeitig ein kalter Schauer über den Rücken lief.

»Ängstige ich dich?«

Da Lena den Kopf gesenkt hatte, griff er ihr unter das Kinn und hob ihr Gesicht, sodass sie ihm in die Augen sehen musste.

»Nein, Herr Erich. Es ist nur …«

In diesem Moment ging die Tür auf und Angelika, brav gekleidet, trat mit einem Tablett ein. Sie brachte ihnen lächelnd einige Leckereien wie Rinderbraten, Hühnerkeulen, etwas Grieß mit Kirschen, Käse und Brot. »Wohl bekomms«, sagte sie und ging wieder.

»Trink etwas, dann lässt das Zittern nach. Ich habe Erfahrungen mit Jungfrauen, weißt du. Also fürchte dich nicht.« Er drückte wieder ihr Knie, dann griff er zum Fleisch. Beim Essen begann Erich lustige Geschichten zu erzählen.

»Gehen zwei Landsknechte an der Taverne vorbei.« Erwartungsvoll sah er Lena an. »Na? Soll ich ihn noch einmal erzählen?«

»Ja bitte.« Lena wusste nicht, was daran komisch sein sollte.

»Gehen zwei Landsknechte an der Taverne vorbei.«

Langsam spürte Lena die Wirkung des Weins und begann zu kichern.

Zufrieden stellte Erich ihr kleine Aufgaben, und nach und nach vergaß Lena, dass er ihr fremd war.

»Pass auf, wir spielen ein Ratespiel. Für jede falsche Antwort musst du ein Kleidungsstück opfern. Umgekehrt darfst du es ebenso mit mir machen. Einverstanden?«

»Ja.« Lena lachte und konzentrierte sich, was ihr aufgrund der Menge an Wein jedoch schwerfiel.

»Ein Graf hatte einen Hund. Er gab ihm den Namen mit seinem Mund. Also hieß der Hund … Wie hieß der Hund?«

Lena grübelte. »Hm? Wuff?«

Erich lachte. »Nein. Nun darfst du mir deine Schuhe vermachen.«

Lena zog die Schuhe aus und reichte sie ihm.

»Das sind ausgesprochen hübsche Schuhe.«

»Sie sind noch neu.« Lena lächelte.

»So, dann also noch mal. Denk nach.« Er wiederholte das Rätsel, und Lena bemühte sich nachzudenken.

»Ich hab es.« Stolz setzte sie sich grade hin. »Der Hund heißt Graf!«

»Leider falsch. Ich bin untröstlich.«

»Och.«

»Dann hätte ich jetzt gerne … mal überlegen, was du entbehren kannst.« Er betrachtete sie von oben bis unten, und dieses Mal war es Lena nicht mehr so unangenehm.

»Dein Kleid ist leider das Einzige, was ich sehen kann.«

»Hmpf«, machte Lena, stand jedoch auf und entledigte sich ihres Kleides. Noch trug sie ihre Leibwäsche.

»Wie schön du bist.« Unverhohlen betrachtete er ihren Körper. »Also nun ein letztes Mal, dann darfst du dir etwas ausdenken.«

Zum dritten Mal wiederholte er das Rätsel. Lena grübelte und grübelte und plötzlich hatte sie eine Idee. »Also! Der Hund heißt Also!«

»Richtig!« Erich applaudierte. »Nun darfst du dir etwas von mir aussuchen.

Lena fühlte sich benebelt. Sie spielten dieses Spiel noch eine Weile, und schließlich saßen sie nur noch in Hosen da, als Erich langsam aufstand, sie auf den Arm nahm und zum Bett trug, wo er sie sachte hinlegte. Dabei flüsterte er ihr Schmeicheleien ins Ohr und legte sich schließlich auf sie.

Nun war es so weit. Lenas Herz klopfte, aber sie empfand keine Angst, eher Neugierde, gepaart mit Aufregung.

Sie spürte seinen harten Penis zwischen ihren Schenkeln, spürte, wie er sich seinen Weg suchte. Dann drang er in sie ein. Es fühlte sich an, als wollte man einen Stock in ein Nadelöhr zwingen.

»Bitte nicht«, flehte Lena, während sie vor Schmerz zusammenzuckte.

»Still«, war seine Antwort, während er versuchte, tiefer in sie einzudringen.

»Bitte, bitte! Ich will das nicht.«

»Eine Hure hat keinen Willen. Und nun schweig.«

Hart, unnachgiebig und brutal suchte er sich seinen Weg in sie hinein. Lena blieb die Luft weg. Sie glaubte innerlich zu zerreißen.

»Aua«, schrie sie, doch er drückte ihr die Hand auf den Mund und stieß laut stöhnend weiter zu. Wieder und wieder. Schmerzen wie Feuer durchzuckten ihren Unterleib. Tränen schossen ihr in die Augen, die sie nun fest verschloss. Eben war ihr dieser Mann liebenswürdig und einfühlsam erschienen. Jetzt war er ein wildes, unnachgiebiges Tier. Wie ein Reibeisen drang er wieder und wieder in sie ein. Wut und Enttäuschung halfen ihr, den Schmerz zu ignorieren. Brutal wie er drückte sie ihre Fingernägel in seine Haut. Er schrie kurz auf, dann stöhnte er. Es klang wie ein Tier. Dann war es vorbei. Schnaufend ließ er von ihr ab.

»Das war ein ausgesprochen erregender Ritt.« Er war außer Atem, lächelte aber.

Wie betäubt stand Lena auf, griff sich ihr Kleid und lief zur Tür, so schnell sie konnte.

»Warte. Wir müssen den Frauen das Laken zeigen.«

Lena blieb stehen und warf ihm einen hasserfüllten Blick zu, doch er ignorierte sie, zog das Laken vom Bett und reichte es ihr.

»Halte die blutige Stelle hoch, wenn du rausgehst.« Er machte eine Verbeugung. »Es war mir eine Ehre.«

Lena spuckte vor ihm auf den Boden und ging gedemütigt hinaus. Frau Margarete und einige Mädchen standen unten vor der Treppe und jubelten ihr zu. Erschüttert blieb Lena stehen. Sie konnte kaum glauben, dass dies wirklich geschah.

»Das Laken, Kind. Halte es hoch, damit wir es sehen können, und komm herunter. Das muss gefeiert werden.« Frau Margarete breitete ihre Arme aus.

Unschlüssig, was sie machen sollte, stand Lena da und starrte auf die lachenden Gesichter. Sie wollte weglaufen, weit weg, nur fort von diesem Haus, den Männern und den verrückten Frauen. Plötzlich stand Erich hinter ihr und schob sie sanft die Treppe hinunter. Angeekelt schüttelte sie seine Hand ab und nahm die letzten zwei Stufen im Sprung. Nur weg von diesem Mann.

»Sie ist noch etwas schüchtern und kratzbürstig«, lachte er, »aber gut eingeritten.«

Unten wurde Lena freudig umarmt, doch ihr war zumute, als müsste sie sich übergeben. Frau Margarete nahm ihr das Laken aus der Hand und hielt es demonstrativ in die Höhe. In der Mitte war ein kleiner roter Blutfleck zu sehen. Angewidert wandte Lena sich ab. Ausgerechnet Kora, die ihr sonst abweisend gegenübertrat, legte ihr jetzt tröstend den Arm um die Schulter.

»Er ist ein brutales Schwein, das haben schon einige von uns zu spüren bekommen. Aber nun ist es vorbei. Die meisten Männer sind nicht so. Kopf hoch, der Schmerz geht vorüber.«

Lena war dankbar für die Worte. »Es war furchtbar, Kora. So furchtbar.«

»Ich weiß. Nun geh dich waschen und leg dich dann schlafen. Morgen sieht alles ganz anders aus.«

Kapitel 4 – Viele Monate später

Kora beeilte sich mit dem Einkauf derartig, dass Lena mürrisch wurde, weil sie keine Zeit bekam, sich an den Ständen etwas umzusehen. Die leckeren Düfte der Zuckerbäcker kribbelten ihr so stark in der Nase, dass sie an kaum etwas anderes denken konnte.

»Trödel nicht«, mahnte Kora sie immer wieder, wenn Lena stehen geblieben war.

»Wieso hetzt du so?«

»Ganz einfach, weil ich meine Zeit für den Badezuber sonst verpasse.

»Hm«, machte Lena. Als würde das wichtiger sein, als sich die wunderbaren Stoffe und Schleifen, die Schmiedearbeiten und vor allem die Köstlichkeiten anzusehen. Immerhin hatte sie sich extra für heute etwas Geld eingesteckt, und nun sollte sie keine Gelegenheit bekommen, es auszugeben. Nicht mit ihr! Lena blieb stehen, stemmte ihre Hände in die Hüften und funkelte Kora wütend an.

»Ich gehe keinen Schritt weiter, ehe du mich nicht einen Honigkuchen kaufen lässt. Und deine Badezeit ist mir egal!«

Kora lächelte. »Ich musste grade an das harmlose schüchterne Ding denken, dass du noch warst, als du zu uns gekommen bist. Und nun sieh sich einer diese kecke junge Frau an!«

Lena grinste triumphierend. Sie hatte sich verändert, da hatte Kora recht, und daran waren nicht nur die vielen Männer schuld. Sie hatte gelernt, worauf es im Leben ankam: auf einen starken Willen und ein Ziel. Egal, wer oder was man war. Und ihr Ziel lag klar vor ihr: Sie wollte sparen, bis sie sich freikaufen konnte, und dann zu ihrer Mutter zurück. Außerdem glaubte sie nicht mehr alles und jedem blind, so wie früher, und sie wusste sich ihrer Haut zu wehren. Wenn sie etwas für ungerecht hielt, begehrte sie auf. Mit Frau Margarete hatte sie inzwischen so manches Wortgefecht ausgetragen, dass selbst die Älteren große Augen bekamen. Die anfänglich verständnisvolle Hurenwirtin hatte sich als eine Geld hortende und manchmal unnachgiebige Frau entpuppt.

Lenas Einsatz im Töchterhaus hatte allen Mädchen Vorteile gebracht. Sie bekamen jetzt einen Groschen mehr die Woche, und sie durften auch Männer ablehnen. Dazu war es gekommen, als Lena einen stinkenden alten Mann mit auf das Zimmer nehmen sollte. Er hatte nach Pisse und Scheiße gerochen, hatte faulige Zähne und sich vermutlich seit Wochen nicht mehr gewaschen. Er wollte Lena und zeigte dafür ein kleines Vermögen vor. Das war zu viel für Lena gewesen, und so war es zum Streit mit der Hurenwirtin gekommen. Seit dem Tag behandelten die anderen Mädchen Lena mit mehr Respekt, und sie hatte gelernt, was es bedeutete, für etwas zu kämpfen.

»Nun, dann beeile dich.« Kora zeigte auf einen Stand, den Lena jedoch längst entdeckt hatte.

Freudestrahlend starrte sie in die Auslage, und als sie an der Reihe war, konnte sie sich kaum entscheiden.

»Nun mach hinne, du Hure«, drängte die nächste Kundin hinter ihr.

Lena vermied es, die Leute anzusehen, deutete auf einen Honigkuchen und legte ein Kupferstück auf die Ablage. »Ich hasse dieses rote Band. Warum müssen wir es nur tragen?«, fragte sie Kora und nestelte an ihrem Zeichen herum.

»Untersteh dich, es abzumachen. Wenn es jemand sieht, landest du am Pranger oder im Kerker.«

»Aber jeder beschimpft uns. Ich weiß nicht, was schlimmer ist.«

»Damit musst du leben. Und nun beeil dich, ich will nicht mein Bad verpassen.«

Nachdem sie ihre Einkäufe erledigt hatten, erregte plötzlich ein Menschenauflauf ihre Aufmerksamkeit.

»Da versammeln sie sich wieder um den Pranger. Komm, lass uns sehen, welchen armen Teufel es heute erwischt.« Kora wartete Lenas Antwort gar nicht erst ab, sondern eilte neugierig voraus.

»Aber dafür hat sie Zeit«, murmelte Lena und bahnte sich hinter Kora einen Weg durch die Menge, um etwas sehen zu können. Während sie immer näher kamen, hörten sie den Pfiff der Peitsche und dann einen Knall, der von den Wänden der umliegenden Gebäude widerhallte, gleich darauf den unterdrückten Schrei einer Frau. Ein Raunen ging durch die schaulustige

Menge. Plötzlich blieb Kora stehen und hielt sich die Hand vor den Mund.

Hatte es vielleicht jemanden erwischt, den sie kannten? Lena grübelte, während sie sich nach vorn zwängte. Dann sah auch sie, wer am Pranger stand. Wie versteinert blickte sie auf Marie, deren Oberkörper nackt war und die bereits einige blutige Striemen auf dem Rücken davongetragen hatte.

»Herr im Himmel«, entfuhr es Lena. Die Heilerin hatte schon einigen Mädchen aus dem Töchterhaus das Leben gerettet. Immer brachte sie kleine Geschenke mit, mal ein Duftwasser, das sie selbst herstellte, mal eine Blumenkette, mal Seife. Sie heilte nicht nur die Krankheiten, sie hörte sich auch die Sorgen der Mädchen an und versuchte dort zu helfen, wo es in ihrer Macht stand. Auch Lena war schon von ihr wegen Übelkeit und ihrer dauernden Unterleibsschmerzen behandelt worden. Marie war geschickt, kundig und äußerst liebenswert. Lena konnte sich nicht vorstellen, was diese Frau an den Pranger gebracht haben sollte.

Wieder sirrte die Peitsche, worauf die Menschen den Atem anhielten. Manche blickten erschrocken und betroffen, doch keiner tat etwas. Nur Lena konnte nicht länger zusehen, als der Mann erneut ausholte.

»Halt!«, schrie sie aus voller Kehle und trat entschieden vor.

Die Peitsche verfehlte ihr Ziel, und verärgert blickte der Carnifex sich nach Lena um, ebenso wie die umstehenden Menschen, die ihr nun Platz machten.

»Bist du von Sinnen?«, zischte Kora hinter ihr, aber Lena ignorierte es.

»Verschwinde, sonst bist du die Nächste«, mahnte der Carnifex mit zusammengekniffenen Augen.

»Nein. Erst will ich wissen, was Frau Marie getan hat!« Lena spürte von hinten Koras Hand auf ihrer Schulter, die sie zurückhalten wollte, doch sie wehrte sie ab, ohne sich umzudrehen, und ging geradewegs auf Marie zu.

»Sieh an, eine der Huren spuckt große Töne. Die will sich wohl welche fangen«, rief eine Frau, und die Leute lachten.

»Kind, geh«, presste Marie mühsam nach Atem ringend hervor.

»Verschwinde«, mahnte der Carnifex erneut, und Lena wusste, dass es seine letzte Warnung war.

»Den Teufel werd ich«, erwiderte sie, so ruhig sie konnte.

Ein Raunen war zu hören, viele der Umstehenden bekreuzigten sich.

»Dann gehörst du wohl zu ihr?«, wollte der Carnifex wissen.

»Und wenn es so wäre? Was also hat diese Frau Furchtbares getan, dass Ihr sie so hart bestraft?« Herausfordernd stemmte sie ihre Hände in die Hüften, wusste aber schnell, dass ihr Aufbegehren böse Folgen haben würde, denn in diesem Moment erschienen zwei Büttel neben Lena und packten sie rechts und links am Arm.

»Ich kann dir sagen, was man ihr vorwirft«, sagte der eine und grinste spöttisch, als sie Lena zu Marie führten. »Sie hatte Hexensalbe bei sich, und das ist bei Strafe verboten.«

»Aber sie ist Heilerin und hat immer Salben oder Tränke. Warum muss nur alles immer mit dem Bösen zu tun haben?« Lena sah Marie an, die resigniert den Kopf sinken ließ.

»Hättest du dich nur herausgehalten, Kind«, flüsterte sie.

»Dafür ist es zu spät«, warf der Büttel ein. »Aber ich bin sicher, dass es den Leuten besser gefällt, wenn sie einen jungen Rücken zu sehen bekommen als den einer alten Frau.«

Der Büttel sah grinsend in einzelne Gesichter, dann wandte er sich an den Carnifex. »Binde sie los und nimm die hier. Für ihre gotteslästerlichen Worte fünf Hiebe, für ihre Aufsässigkeit noch mal fünf. Dafür, dass sie mich und andere ehrbare Bürger angesehen hat, weitere fünf. Außerdem wird sie zwei Tage und Nächte am Pranger verbringen.«

Lena straffte sich, obwohl ihr Mut sie in Anbetracht der Strafe kläglich zu verlassen drohte. Zeigen wollte sie es den Leuten aber nicht. Wenigstens wurde Marie jetzt in Ruhe gelassen, womit Lena erreicht hatte, was sie wollte, und das gab ihr auch in dieser Situation eine innere Genugtuung.

Marie wurde losgebunden und hielt sich erschöpft am Pranger fest. »Aber das Kind wollte nur helfen. Habt doch Erbarmen«, flehte sie den Büttel an.

»Schweig, oder ihr steht gleich beide am Pfahl«, antwortete dieser barsch. »Und nun sieh zu, dass du Land gewinnst.«

Zwei verhärmte Frauen nahmen sich Maries an, rafften ihre Kleider zusammen, bedeckten ihre Blöße damit und führten sie aus der Mitte.

Lena wurde indes an den Pranger gebunden, der Carnifex riss ihr das Kleid mit einem lauten Reißen bis zur Hüfte hinunter, prüfte seine Peitsche und maß den Abstand.

»Schade um die Titten«, rief ein Jüngling und erntete Gelächter.

Lena fing den entsetzten Blick von Kora auf, die sich nun in Richtung Hurenhaus davonstahl. Was würde wohl Frau Margarete zu dem zerfetzten Kleid sagen?

Als Lena den Pfiff der Peitsche hörte, hielt sie die Luft an. Der Knall und der Schmerz kamen gleichzeitig. Erschrocken schrie sie auf. Es schmerzte unglaublich. Ihre Haut musste aufgeplatzt sein wie die einer reifen Kirsche. Es brannte wie Feuer, und Tränen stiegen ihr in die Augen. Sie wollte nicht weinen und biss sich auf die Lippe. Erneut sang die Peitsche. Lena schloss die Augen und hielt den Atem an. Der Schmerz war genauso heftig wie der erste. Wieder entfuhr ihr ein Schrei. Alles, nur nicht weinen. Sie atmete tief durch und versuchte, sich einen kühlen Fluss vorzustellen, der das Brennen linderte, und tatsächlich half es etwas. So stand sie Hieb um Hieb durch. Die Leute hatten inzwischen aufgehört zu lachen. Lena wollte nicht wissen, warum, und ließ die Augen geschlossen.

Als der Carnifex elf Schläge gezählt hatte, rief eine Frau aus der Menge: »Aufhören, es ist genug!« Andere taten es ihr gleich, und Lena öffnete verwundert die Augen, weil kein weiterer Schlag folgte. Sie erntete einige anerkennende Blicke von den Zuschauern. Ihr Peiniger blickte sich verwirrt um.

»Wieso soll ich aufhören? Eben wolltet ihr sie noch bluten sehen.«

»Aber sie hat genug einstecken müssen und sich tapferer gehalten als viele von euch Mannsbildern«, rief eine fette Matrone.

»Das ist doch …«, antwortete ein Mann in Handwerkstracht empört.

»Recht hat sie«, stand ein Straßenjunge der Frau bei.

In der Menge sah Lena Kora und Frau Margarete, deren Miene nichts Gutes verhieß.

Frau Margarete trat zu ihnen. »Wenn du weiter unsere Dienste in Anspruch nehmen willst, sieh zu, dass keine Narben bleiben«, flüsterte sie dem Carnifex zu. Damit drehte sie sich wieder um und ging zurück in die Menge, nicht jedoch ohne Lena mit einem finsteren Blick zu bedenken.

»Elf«, sagte der Carnifex entschieden, dann holte er aus und schlug wieder zu, doch seinem Hieb fehlte dieses Mal die Härte. Der nächste traf zur Hälfte ihren Rock, der übernächste traf wieder den Rücken, aber ebenfalls nicht so hart.

»Fünfzehn.« Auch dieser Schlag traf nur ihr berocktes Hinterteil. Lena war ihm dankbar für diese Milde, sagte aber nichts, denn inzwischen waren die beiden Büttel wieder herangekommen und betrachteten die Szene. Nachdem der Carnifex seine Peitsche zusammengepackt und sich aus dem Staub gemacht hatte, löste die Menschenmenge sich eilig auf.

»Dorothea ist mit Marie gegangen, um Medizin für dich zu holen. Sobald sie zurück ist, kommt sie zu dir«, sagte Kora, die unter missbilligenden Blicken der Büttel versuchte, Lenas Kleid etwas zu richten. »Wir kommen später wieder, wenn die Büttel weg sind.«

Die beiden Frauen verließen den Markt, und nach einer Weile hatten die Beamten offenbar auch genug gesehen und gingen ihrer Wege. Lena schloss die Augen, um nicht zu sehen, wie die vorübereilenden Menschen sie anstarrten. Zwar schämte sie sich normalerweise ihrer Nacktheit nicht mehr, doch dies hier war anders. Sie fühlte sich zur Schau gestellt und gedemütigt und konnte nichts dagegen tun. Lena seufzte leise. Immerhin hatte man sie nicht mit Dreck und Unrat beworfen, wie es manch anderem am Pranger erging, aber vielleicht kam das noch, wer wusste das schon.

Die Wunden schmerzten, und sie spürte das Blut in kleinen Rinnsalen ihren Rücken hinunterlaufen. Dennoch war sie froh, Marie dieses Leid, oder zumindest einen Teil davon, erspart zu haben. Das war es wert gewesen. Als Lena die Augen wieder öffnete, traf sie der mitleidige Blick von Dorothea. Sie musste sich sehr beeilt haben, denn Marie wohnte vor den Toren der Stadt.

Kopfschüttelnd trat Dorothea an sie heran. Sie zog einen Tiegel aus ihrer Tasche und begann, mit der darin befindlichen Paste Lenas Rücken abzureiben. Lena stöhnte auf. Es brannte wie Feuer, aber nach einem Augenblick wurde es angenehm kühl.

»Wie fühlst du dich?«, fragte Dorothea.

»Frag nicht«, presste Lena zwischen den Zähnen hervor. »Sieht es schlimm aus?«

»Es geht. Warum um alles in der Welt hast du das getan?«

Lena drehte mühsam den Kopf. »Sie ist eine alte Frau, die immer gut zu uns ist. Ich konnte nicht einfach … Aua!«

»Es muss sein, sagt Marie, sonst entzündet es sich, also halt still und bedecke deine Blöße etwas.«

»Wie denn? Falls du es nicht gesehen hast, meine Hände sind unabkömmlich.«

Dorothea grinste. »Dein freches Maul hast du wenigstens noch. Na, dann mach ich es eben.«

Eine Bürgerin trat zögerlich näher. Sie trug die Kleider einer Handwerksfrau. Augenblicklich sahen Lena und Dorothea auf den Boden.

»Nein, senkt eure Blicke nicht vor mir. Hier …« Sie stellte sich vor Lena und hielt ihr einen Becher an die Lippen. »Trink das.«

»Was ist dadrin?«, fragte Dorothea argwöhnisch.

»Es ist Wein, einer von der guten Sorte.«

Das ließ Lena sich nicht zweimal sagen. »Vielen Dank«, sagte sie, als der Becher leer getrunken war. »Warum helft Ihr mir? Ihr wisst doch sicher, was ich bin?«

»Weil du ein sehr tapferes Mädchen bist.« Sie schenkte Lena ein Lächeln. »Ich muss nun gehen, werde aber morgen noch einmal nach dir sehen.«

»Danke.«

Die Frau nickte und machte sich auf den Weg.

»So, eine kleine Heldin sind wir jetzt?« Dorothea machte keinen Hehl daraus, dass sie wütend war. »Frau Margarete ist außer sich. Das kommt sie teuer zu stehen, weil du eine Zeit ausfallen wirst, sagt sie.«

Lena sah der Frau nach, die sich einen Weg über den Marktplatz suchte. »Weißt du, wer die Frau war?«

Dorothea drehte sich ebenfalls nach ihr um, doch sie war schon zwischen den Ständen verschwunden. »Sie war ein paar Jahre im Töchterhaus, ehe ein Bürger sie geheiratet hat und zu einer ehrbaren Frau machte.«

»Ich dachte immer, das wären nur Geschichten, ich meine, dass wir wieder ehrbar werden.«

»Meistenteils. Also mach dir keine Hoffnungen, das Glück ist wenigen beschieden.« Damit machte sie sich wieder an Lenas Rücken zu schaffen. Die Salbe kühlte zwar, aber jedes Mal, wenn sie eine neue Wunde berührte, war es, als würde diese erneut aufbrechen.

»Werden Narben bleiben?«

»Ich sah schon Schlimmeres, aber ein paar Narben wirst du gewiss davontragen.«

»Wie geht es Marie? Sie sah sehr mitgenommen aus.«

»Wenn das deine einzige Sorge ist. Ihr geht es besser als dir. Himmel noch mal, wieso musstest du das tun?«

»Ich konnte einfach nicht zusehen, bitte verzeih mir.«

»Ach, ich bin nur böse, dass du dich in so eine Lage gebracht hast. Außerdem musst du mich nicht um Verzeihung bitten, sondern Frau Margarete.«

Lena wollte etwas erwidern, aber sie merkte, dass es keinen Sinn hatte, und schluckte ihre Bemerkung hinunter. »Verzeih«, wiederholte sie stattdessen.

»Hm«, machte Dorothea erneut, und ließ es damit auf sich beruhen. »Ich muss jetzt gehen, aber wir bringen dir nachher etwas zu essen und zu trinken. Halt aus.« Sie zupfte Lenas Kleid so gut es ging zurecht und machte sich auf den Heimweg.

Dorothea war schon eine ganze Weile weg, als Lena ihren Kopf gegen den kühlen Pfahl lehnte.

Nie hätte sie gedacht, dass einfaches Stehen so anstrengend sein konnte. Ihre Hände wurden langsam taub, und es kribbelte in den Armen. Vergeblich versuchte sie sich in eine bessere Position zu bringen. Es nützte nichts. Wenigstens ließen die Bürger sie in Ruhe. Sie spürte zwar die Blicke auf sich, aber niemand bewarf sie mit faulen Eiern oder Dreck. Ein paar Jungen machten anzügliche Bemerkungen, und eine alte Vettel beschimpfte sie und spuckte vor ihr auf den Boden, aber alles in allem ließ man sie zufrieden.

Wie versprochen brachte Kora ihr etwas zu essen. »Dorothea hat zu viel zu tun. Frau Margarete tobt und …« Kora sah Lena mitleidig an. »Na ja, das ist jetzt nicht wichtig. Iss und trink, ich kann erst morgen wieder zu dir kommen. Später ist Sperrstunde.«

Lena bedankte sich knapp und würgte etwas Brot und Brühe hinunter, obwohl sie keinen Hunger hatte. Das Bier jedoch trank sie bis zum letzten Tropfen aus. Dann war auch Kora wieder fort. Den restlichen Tag und die Nacht würde sie hier allein verbringen.

Am späten Nachmittag leerte sich der Markt langsam, die Händler bauten ihre Stände ab und verschwanden einer nach dem anderen. Lena spürte mittlerweile ihre Hände nicht mehr, obwohl sie immer wieder versuchte, sie zu bewegen. Auch ihre Füße taten weh, und jede Bewegung machte sich durch reißende Schmerzen auf ihrem Rücken bemerkbar.

Als der Markt schließlich verlassen dalag und der Abend voranschritt, legte sich eine sonderbare, fast unheimliche Stille über die Stadt. Nur hin und wieder sah Lena die Lichter der Fackelträger oder ein paar Büttel, die durch die Stadt patrouillierten. So müde und zerschlagen sie sich auch fühlte, schlafen wollte sie hier nicht.

Nach und nach erloschen die Lichter in den Häusern, und nur der Mond blinzelte hin und wieder durch die Wolkendecke. Lena war froh, als es anfing zu regnen, denn dadurch wurde wenigstens die Stille vertrieben. Sie musste trotz ihrer misslichen Lage lächeln, als sie an die Fürsorglichkeit von Kora dachte.

Damals, als Lena ins Töchterhaus gebracht wurde – wie lange war das her, eine Ewigkeit? –, da hatte Kora sie in Empfang genommen. Sie war ihr distanziert und sogar ein wenig herrisch vorgekommen. Alles hatte sich geändert, nachdem Lenas Unschuld versteigert worden und dieser widerliche Erich über sie hergefallen war. Seit dem Tag war Kora zugänglich, freundlich und herzlich zu ihr gewesen. Sie waren inzwischen gute Freundinnen, die sich nun auch die Kammer teilten, nachdem Angelika zum Arbeiten ins Badehaus gegangen war.

Lena erinnerte sich noch, wie sie nach ihrer Entjungferung einfach hatte fortlaufen wollen. Sie war in ihre Kammer gegangen, während die anderen munter feierten, als wäre es etwas Gutes gewesen. Dort hatte Lena ihre wenigen Habseligkeiten zusammengesucht und in ein Bündel gestopft. Als Kora plötzlich in der Tür stand, hatte Lena ihr Bündel hinter dem Rücken verschwinden lassen.

»Ich wollte gerade zu Bett gehen.«

»Deswegen bist du auch noch angezogen.« Kora hatte leise die Tür geschlossen. »Setzen wir uns einen Augenblick, ehe du dich davonstiehlst.«

Lena bekam große Augen, setzte sich aber und ließ das Bündel hinter ihrem Rücken auf das Bett fallen.

Kora lächelte sie an. »Ich wollte damals auch fortlaufen. Über das Wohin habe ich mir keine Gedanken gemacht, nur weg. Es war furchtbar, und ich weiß genau, was jetzt in dir vorgeht. Aber glaub mir ...« Sie legte ihren Arm kameradschaftlich um Lenas Schulter. »... so schlimm, wie du jetzt denkst, ist es nicht. Von Geestemünd war das Schlimmste, was mir in all den Jahren widerfahren ist. Und so wird es auch bei dir sein. Vor ihm brauchst du dich nicht mehr zu fürchten, er will nur Jungfrauen.«

Lena schüttelte trotzig den Kopf. »Er hat mir so wehgetan, Kora, und dabei war er anfangs so freundlich und auch lustig.«

Kora nickte. »Ja, ich weiß. Genau so war es bei mir auch. Mir tat das Pissen tagelang weh. Ich war wund gescheuert. Und Frau Margarete weiß davon. Sie brachte mir eine Salbe von Marie. Ich benutzte sie, und es wurde besser. Als dann das nächste Mal ein Mann bei mir war, lag ich wie tot unter ihm. Ich glaube, ich habe ihm richtig Angst gemacht, dabei war ich es doch, die sich fürchtete.« Kora kicherte. »Lauf nicht weg, Lena. Du hast sicher kein Zuhause mehr, wenn ich an deinen Vater denke. Er war doch dein Vater?«

»Nein, mein Stiefvater.«

»Wohin willst du gehen? Es gibt keinen Platz für uns, wenn wir ausreißen, außer im nächsten Töchterhaus in der nächsten Stadt, und ich sage dir, dort geht es schlimmer zu als hier. Wir hatten schon reisende Huren bei uns, die haben Dinge erzählt von Hurenwirten, die ihre Mädchen bis aufs Blut ausnehmen.«

Mit großen Augen hatte Lena damals zugehört, und sie war geblieben. Kora hatte tatsächlich recht behalten. Die meisten Männer waren nicht grob, im Gegenteil, einige hatten sogar mehr Angst vor ihr als sie vor denen. Trotzdem, nach dem ersten Mal hatte sie versucht, sich zu weigern. Sie hatte getobt, geschrien und gebettelt, doch alles hatte nichts genutzt. Frau Margarete war unnachgiebig geblieben und hatte ihr letztendlich damit gedroht, sie beim Henker ins Rattenloch zu stecken, ein fünf Ellen im Quadrat messendes Loch, in dem über fünfzig Ratten hausten. Die Drohung hatte gewirkt: Lena fügte sich.

Anfangs hatte sie ständig mit Übelkeit kämpfen müssen, sobald ein Mann bei ihr war, und nachdem sie sich mehrfach übergeben hatte, wenn ein Mann auf ihr lag, war es Marie gewesen, die ihr dagegen einen Kräutertrank gegeben hatte. Lena ging es damit besser, und sie verdiente für das Haus gutes Geld, aber ihr Ziel, sich eines Tages freikaufen zu können, verlor sie nicht aus den Augen.

Tief in der Nacht schreckten Schritte sie aus dem Dämmerzustand. Ein Mann in zerschlissenen Kleidern tauchte neben ihr auf und grinste anzüglich, wobei er faulige Zähne entblößte. Er roch nach Bier, Schweiß und Dreck. Angewidert starrte sie ihn an. Er war ihr am Nachmittag einmal aufgefallen, als er bettelnd die Stände der Händler abgeklappert hatte.

»Besser, du verschwindest. Ich habe den bösen Blick«, fauchte Lena, ahnend, was er im Schilde führte. Vermutlich wollte er sich bei ihr auch kostenlos bedienen.

Der Mann verbeugte sich auf wackligen Beinen. »Aber, aber. Davor fürchte ich mich nicht. Will dir nichts tun, will nur ein wenig spielen, kleine Hexe.«

»Lass die Finger von ihr und mach, dass du weiterkommst, sonst sperre ich dich ein, Jacub«, rief plötzlich eine Stimme hinter ihnen. Der Angesprochene fuhr erschrocken herum.

»Hab nur Spaß gemacht, Herr.« Damit machte er sich eiligst aus dem Staub. Lena versuchte zu sehen, wer ihr Retter war, als sich auch schon eine beruhigende Hand auf ihre Schulter legte.

»Ruhig Kind, er ist fort.«

»Marie!«, rief Lena überglücklich.

»Du dachtest doch nicht, dass ich dich deinem Schicksal, das eigentlich das meine war, hier überlasse. Warte, wir binden dich los.«

Ein Mann erschien neben Lena und schnitt die Seile durch. Er war groß, hatte schwer zu bändigendes braunes Haar und trug die Kleidung der Büttel.

Als ihre Hände frei waren, gaben Lenas Beine willenlos nach. Der Büttel fing sie beherzt auf und nahm sie auf den Arm. Obwohl er mehr als behutsam vorging, zuckte Lena zusammen, als er ihren Rücken berührte.

»Tut mir leid«, sagte er. »Aber es ist besser, wenn ich dich trage. Du siehst nicht so aus, als würdest du laufen können.«

»Das ist Laurenz, mein Neffe«, stellte Marie ihn vor.

Lena war versucht, sich ihm zu entwinden. »Du bist ein Büttel?«

Seine Miene wurde düster. »Ja, aber ich wusste nichts von der Sache heute Mittag.«

»Vor ihm brauchst du dich nicht zu fürchten. Er ist ein anständiger Mensch, nicht so wie manche seiner Kollegen.« Marie erntete von ihrem Neffen einen vorwurfsvollen Blick, den sie geflissentlich ignorierte. »Wie geht es deinem Rücken, Kind?«

»Ich weiß es nicht. Er brennt und ist ansonsten taub. Doch deinem wird es nicht besser gehen.« Lena stellte besorgt fest, dass Marie äußerst steifbeinig neben ihnen ausschritt.

Diese winkte nur ab. »Du hast deutlich mehr Hiebe einstecken müssen als ich. Hättest du dich nur nicht eingemischt.«

»Das ist mir gleich«, gab Lena zurück.

Marie strich ihr lächelnd über die Wange. »Niemand anderer hätte sich für mich eingesetzt, weißt du? Ich stehe tief in deiner Schuld.«

»Nein. Ich bin sicher, dass es noch mehr mutige Menschen hier gibt. Sie waren nur grade nicht da. Du hättest doch auch so gehandelt?«

»Ich weiß es nicht, Kind.« Sie seufzte.

»Sie hätte«, mischte sich nun Laurenz ein, und Lena fiel auf, was für eine wohltönende Stimme er hatte, wenn er nicht schimpfte. »Zeig ihr deine Hand.«

Marie hielt Lena die rechte Hand entgegen. Der kleine Finger fehlte.

»Oh«, war alles, was Lena in ihrer Betroffenheit zu sagen wusste. Es war ihr zuvor nie aufgefallen, obwohl sie Marie schon viele Male gesehen hatte.

»Es stört mich schon lange nicht mehr. Aber Laurenz hat recht. Ich habe mich tatsächlich einmal eingemischt, da war ich kaum älter als du. Sie wollten einem Jungen namens Hans eine Hand abschlagen, weil er ein Brot gestohlen hatte. Viele litten damals großen Hunger, grade die Armen. Hans war nur noch Haut und Knochen. Er stahl das Brot von einer dicken Bäckerin, wurde erwischt, und dann sollte ihm öffentlich die Hand abgehackt werden. Da bin ich dazwischengegangen.« Sie betrachtete im schwachen Mondlicht ihre vier verbliebenen Finger, ehe die Hand wieder in ihrem Umhang verschwand. »Wenigstens hat der Junge seine Hand behalten dürfen.«

»Das war mutiger als meine Tat.«

»Vielleicht mutig, vielleicht auch etwas unbedacht. Nun, wie dem auch sei, es ist lange her und vergessen.«

Lena bemerkte, dass sie nicht den Weg zum Töchterhaus einschlugen, sondern geradewegs auf das östliche Stadttor zugingen.

»Wohin gehen wir? Sollte ich nicht zwei Tage am Pranger stehen?«

»Ich habe mit meinen Kameraden gesprochen, und sie sind meiner Bitte nachgekommen, die Strafe auszusetzen. Auch werden sie Marie nie wieder ein Haar krümmen. Es waren zwei neue Büttel, die nicht wussten, wie wir hier einiges handhaben.«

»Dann machst du wohl mächtig Eindruck bei deinen Kameraden.«

»Oder er weiß Dinge, vor denen viele Angst haben, dass sie ans Tageslicht kommen könnten«, ergänzte Marie geheimnisvoll, worauf Laurenz ihr einen warnenden Blick zuwarf.

»Warum haben sie Angst vor dir?«, wollte Lena wissen.

»Sie haben keine Angst, Marie übertreibt.«

»Aber er ist klüger als die anderen, und sie hören auf sein Wort. Sogar der Vogt«, ergänzte Marie. »So, nun gehen wir zu mir nach Hause. Dort kannst du dich ein paar Tage kurieren. Bis du wieder auf den Beinen bist, hat sich die Wut von Frau Margarete sicher auch gelegt.« Sie zwinkerte Lena verschwörerisch zu.

»Ich hoffe, ich mache dir nicht zu große Umstände.«

»Nein. Ich bin froh, wenn ich jemanden bei mir habe, um den ich mich kümmern kann.«

***

»Was hast du dir dabei gedacht?« Die Nasenflügel von Frau Margarete bebten, und ihre Augen funkelten zornig. »Zeig mir deinen Rücken!«

»Ich konnte nicht zusehen, wie man sie auspeitschte.« Lena band ihr Kleid auf und zog es bis zur Hüfte hinunter.

»Hm. Sind einigermaßen verheilt. Aber es werden trotzdem hässliche Narben bleiben. Kein schöner Anblick für einen Mann. Damit werde ich dich den betuchten Gästen nicht mehr vorstellen können.«

»Das ist mir egal.« Lena zog sich ihr Kleid über die Schultern, und Frau Margarete verschnürte es wieder. Dann fasste sie Lena an den Schultern und drehte sie unsanft zu sich herum.

»Dir kann es gleich sein, aber mir nicht. Du hast beim Adel und den Kaufleuten immer gutes Geld gebracht. Den Ausfall, den ich nun wegen deiner Torheit habe, werde ich dir abziehen.«

Nun wurde Lena ebenfalls böse, doch sie zwang sich zur Ruhe. »Wie hättet Ihr denn reagiert, wenn Ihr gesehen hättet, wie man die arme Marie auspeitscht?«

Einen Augenblick schien Frau Margarete regelrecht verblüfft und starrte Lena nur an. Dann besann sie sich. »Ich hätte dem Mann Geld oder meine Dienste angeboten. Da du aber zu wenig Geld hast, wäre es klug gewesen, ihm ein Schäferstündchen zu bieten, damit er Marie nicht zu Tode prügelt. Aber nein …« Theatralisch hob sie die Hände in die Höhe, ehe sie sich setzte und fortfuhr: »Du musstest auch noch fluchen, vor all den Leuten. Damit hast du mir die Pfaffen auf den Hals gehetzt. Setze dich!« Sie deutete auf den freien Stuhl ihr gegenüber.

Lena gehorchte widerwillig. »Ein Priester war meinetwegen hier?«

»Ja. Und er hat uns zwei Stunden lang gepredigt, wie wir uns den Bürgern gegenüber verhalten sollen. Auch der Bischof war erzürnt über dein Verhalten.«

Lena war sprachlos, öffnete den Mund, ohne etwas zu sagen, und schloss ihn wieder.

Frau Margarete griff nach ihrem Becher und nahm einen langen Schluck, ließ Lena aber dabei nicht aus den Augen.

»Nun mach dir keine Gedanken«, sagte sie plötzlich in einem versöhnlichen Ton. »Ich konnte es richten. Aber untersteh dich, noch einmal in der Öffentlichkeit zu fluchen oder die Bürger anzusehen. Und vor allem: Steck deine Nase nie mehr in Dinge hinein, die dich nichts angehen.«

»Aber …« Lena wollte protestieren, doch Frau Margaretes Augenbauen huschten ungehalten in die Höhe, und so nickte sie nur.

»Und nun sag mir, wie es Marie geht. Ich habe sie seither nicht mehr gesehen.«

»Es geht ihr wieder gut. Ihr Rücken ist beinahe ganz verheilt. Sie sagte auch, dass bei mir nur zwei Narben zurückbleiben, die kaum zu sehen sein werden.«

Frau Margarete schnaubte verächtlich. »Ich sah schon viele ausgepeitschte Rücken, und bei deinem bleiben einige zurück. Denk an meine Worte.«

Wir werden ja sehen, wer recht hat, dachte sich Lena und schwieg.

»Nimm jetzt ein Bad und dann setze dich zu den anderen. Ausgeruht hast du nun lange genug. Es haben schon einige Männer nach dir gefragt.«

Lena erhob sich, machte einen Knicks und ging in ihre Kammer.

Kora war froh, dass Lena wieder da war, und umarmte sie heftig. »Du hast mir gefehlt«, bekannte sie freimütig.

»Du mir auch.« Lena wusste, dass nicht viele der anderen Mädchen mit Kora zurechtkamen. Ihr war es ja früher nicht anders ergangen.

»Du musst mir alles berichten. Ist Marie wirklich eine Hexe, wie viele behaupten? Wie sieht es bei ihr aus?«

»Sie lebt in einer sehr hübschen kleinen Hütte vor der Stadt, hat einen kleinen Kräutergarten. Und eine Hexe ist sie ganz und gar nicht. Sie weiß einfach, welche Pflanzen und Kräuter bei welchen Leiden helfen. Das ist schon alles. Sie hat mir sogar einiges beigebracht, und ich fand es interessant zuzusehen, wenn sie Wunden behandelte.«

Kora zog die Nase kraus. »Du hast dabei zugesehen?«

Lena nickte.

»War das nicht ein Gräuel?«

»Nein, eigentlich nicht.«

»Hm. Seltsam. Wie dem auch sei. Bist du begierig zu erfahren, was hier wegen dir los war?«

»Ich hörte schon von dem Priester.«

Kora winkte ab. »Der Bischof selbst war hier. Er hielt uns ebenfalls eine endlos lange Predigt, sagte, dass du ein schlechtes Beispiel bist und man sich so als Hübschlerin nicht in der Öffentlichkeit benehmen dürfe. Und was geschah dann? Er verschwand mit Ursula in der Kammer.« Kora sah aus, als hätte sie gerade das Geheimnis aller Geheimnisse offenbart, und ebenso empfand Lena es auch.

»Der Bischof selbst?«

»Ja. Stell dir das vor. Hinterher sagte Frau Margarete, es sei ein Segen, dass er seine Hand schützend über unser Haus hält.«

»Und die Bürgerinnen sprechen von Sünde«, bemerkte Lena.

»Ja. Aber wenn es schon der Bischof selbst tut, ist es sicher keine. Immerhin steht er im Kontakt mit Gott. Oder zumindest behauptet er es.« Kora kicherte.

Am ersten Abend nach Lenas Rückkehr kam Jan der Müller zu ihr. Er war einer der Männer, die immer nur zu ihr wollten.

»Oh Lena, ich habe gedacht, dass du fort bist. Ich war richtig unglücklich.«

»Aber du hast doch dein Weib.«

»Das ist etwas anderes.«

»Nun bin ich ja wieder da.«

»Stimmt es, dass man dich ausgepeitscht hat? Tat es sehr weh?«

»Es war schlimm genug.« Lena wollte nicht länger darüber reden und legte sich aufs Bett, ohne ihm ihren Rücken zu zeigen. Sie hielt ihm ihre Hand hin, und er legte sich auf sie.

Als er in sie eindrang, versuchte Lena, an einen Wald mit Bachlauf zu denken, an den Sonnenuntergang, an Rehe und andere schöne Dinge. Sie ignorierte es, dass ein Mann auf ihr lag. Das hatte Marie ihr beigebracht, als sie mit der Übelkeit zu kämpfen hatte, und meistens halfen solche Gedanken. Doch Jan lenkte sie immer wieder ab, indem er ihren Namen sagte. Lena wurde schlecht und hätte ihm am liebsten den Mund zugehalten. Sie ärgerte sich, dass sie Maries Kräutersud heute noch nicht getrunken hatte. Sein Schweißgeruch war heute beißend, und seine Haut auf ihrer war verschwitzt. Dort, wo er sie berührte, begann die Haut zu brennen.

»Oh Lena«, wiederholte er.

»Scht«, machte sie, und er hörte tatsächlich auf. Sie versuchte sich wieder auf die schönen Dinge zu konzentrieren, aber ihre Übelkeit wollte nicht weichen.

Als er fertig war, verabschiedete sie sich und ging sich reinigen. Ihr wurde bewusst, dass sie sich noch nie so wie heute vor Männern geekelt hatte. Vielleicht lag es daran, dass sie bei Marie ein anderes Leben kennengelernt hatte. Der Drang, einfach fortzulaufen, war stark. Aber wohin sollte sie gehen?

Kapitel 5 – Im Jahr darauf

Sehnsüchtig blickte Lena in den sternenklaren Himmel. Sanft blies ihr der Wind ins Gesicht, und obwohl sie nur ein dünnes Hemd trug, fror sie nicht. Die Spätsommernacht war wunderschön und erinnerte sie an ihre kurze Zeit bei Marie. Auch wenn damals Herbst gewesen war, so hatten sie doch einige noch warme Abende draußen gesessen und sich die vielen Sterne angesehen. Ob Marie nun auch draußen saß und sich die Sterne ansah? Vielleicht war auch Laurenz bei ihr, sie tranken Bier und unterhielten sich.

Sie spürte, wie ihre Wangen sich erwärmten. Es war komisch, dass der Gedanke an Maries Neffen ihren Körper so reagieren ließ. Das geschah bei keinem anderen Mann. Ihre Gedanken wanderten weiter, wie die Sterne am Himmel. Was machte ihre Mutter gerade und ihre Brüder? Ob es ihnen gut ging? Hatten sie Lena bereits vergessen, oder fehlte sie ihnen auch? Wehmütig atmete sie tief ein. Die frische Luft tat ihr gut.

Unter ihrem Fenster raschelte es. Lena beugte sich vor und sah nach unten, konnte aber nur ein huschendes Tier entdecken. Vielleicht war es ein Marder auf der Suche nach Beute. Als sie sich wieder aufrichtete, zog es in ihrem Unterleib, wie schon einige Male in den letzten Tagen.

Es war nun zwei Mondwechsel her, dass Lena das letzte Mal geblutet hatte. Was mochte das bedeuten? Sonst kam ihre Blutung immer kurz vor dem vollen Mond.

Die Mädchen hatten sie gewarnt, da sie kein Schutzamulett besaß, das eine Schwangerschaft verhindern würde. Sich eines zu besorgen, hatte Lena aber immer wieder vergessen. Ob es sich jetzt rächte und sie ein Kind erwartete? Die Zeichen sprachen jedenfalls dafür, zumindest wenn man den anderen Mädchen glaubte. Lenas Brüste spannten empfindlich, vor allem wenn die Männer ungestüm daran herumkneteten, und die Übelkeit überkam sie nun auch während der Morgenstunden, wenn noch kein Mann da war. Bisher war es noch niemandem aufgefallen, nur Kora hatte gestern gesagt, dass Lena dünner geworden wäre.

Ursula hatte erst vor Kurzem das Kind, das sie erwartete,

getötet. Sie war schwanger geworden, obwohl sie sogar mehrere Amulette besaß und zuvor darauf geschworen hatte. Aus Angst vor Schelte war sie zu einem fahrenden Bader gegangen, und der hatte das Ungeborene getötet. Lena erinnerte sich noch genau, wie Ursula danach gelitten hatte, und das hohe Fieber hätte sie fast selbst ins Reich der Toten befördert, wäre Marie ihr nicht zur Hilfe geeilt. Sie saß drei Tage am Bett von Ursula, kämpfte gegen das Fieber und die Entzündung. Sie beschwerte sich bei Frau Margarete, dass es unverantwortlich wäre, eine so weit fortgeschrittene Schwangerschaft noch zu unterbrechen. Schließlich war Ursula genesen. Ein Amulett trug sie seitdem nicht mehr.

Wollte Lena ebenfalls so etwas durchmachen und dazu ein ungeborenes Kind so einfach töten? Nein, das konnte sie nicht.

Vorsichtig streichelte sie sich über den Bauch, der noch nicht zeigte, ob ihre Befürchtung richtig war. Aber wenn es so wäre, wollte Lena dieses Kind bekommen. Vielleicht war es eine Möglichkeit, endlich aus dem Töchterhaus herauszukommen. Sie würde es einfach niemandem erzählen, bis es nicht mehr anders ging. Und dann fände sich sicher alles Weitere. Wenn es doch jemand zu früh bemerkte, würde sie um das Kind kämpfen.

***

Es war kalt geworden. Marie schlang ihr Tuch eng um den Kopf und machte sich auf den Weg. Es war erst Mitte November, dieses Jahr war der Winter früher dran. Seit zwei Tagen fielen unentwegt zarte Schneeflocken vom Himmel. Marie freute sich immer auf die erste Schneedecke, die unter ihren Füßen knirschte. Die Kinder würden lachend durch die weiße Pracht tollen, und es war auch eine Zeit der Ruhe. Die meisten Menschen saßen daheim und wärmten sich ihre kalten Glieder an den Feuerstellen, sodass sie recht unbehelligt ihrer Wege gehen konnte.

Das Leprosenhaus lag vor der Stadtmauer. Marie konnte den Weg über das Herdentor durch die Stadt nehmen oder außen herum gehen, was etwas weiter war. Da sie aber keine Lust hatte, sich die immerwährenden Predigten der gottesfürchtigen Menschen anzuhören, die nicht müde wurden, sie zu ermahnen, in die Kirche zu gehen, nahm sie den Weg um die Mauer. Die Kirche suchte sie schon seit vielen Jahren nicht mehr auf, und sie hatte auch nicht die Absicht, damit wieder anzufangen. Es waren geheuchelte Worte, die die Pfaffen sprachen, und die ersparte sie sich lieber.

Als sie das Leprosenhaus erreichte, kam ihr die Begine Regina entgegen. Sie war eine der Frauen, die am Rande der Stadt lebten und sich unter anderem um die Leprakranken kümmerten. Sie sah müde und verschwitzt aus. Marie wusste, dass die Begine viele Stunden hier verbrachte, um den Kranken ihr Leid zu lindern. Viel mehr vermochte sie selbst auch nicht zu tun, denn für diese Krankheit gab es keine Heilung.

»Marie, gut, dass du kommst.« Regina war etwas außer Atem. »Mit dem Fischer Reimund geht es zu Ende. Wir haben schon nach dem Priester geschickt, aber du weißt ja, wie ungern sie hierherkommen.«

Das stimmte, denn die Priester hatten selbst Angst vor dieser Krankheit und überließen es lieber den Beginen, sich um die Sterbenden zu kümmern.

Marie klopfte auf ihren Beutel. »Ich habe wieder etwas Saft aus der Tollkirsche hergestellt und gleich mitgebracht.«

»Das ist gut, unser Vorrat ist beinahe erschöpft.« Regina strich sich eine Strähne aus dem Gesicht und hielt die Tür auf, durch die die beiden Frauen nun traten.

»Und du tätest gut daran, nicht bei der Kälte ohne Umhang nach draußen zu gehen, sonst erwischt dich noch ein Lungenleiden«, mahnte Marie.

Regina senkte schuldbewusst den Blick. »Ich wollte nur kurz nachsehen, ob nicht doch noch ein Priester kommt. Reimund leidet so furchtbar.«

Schon im Eingang waren die Schreie des Fischers zu hören, und sie machten sich auf den Weg zu dem Sterbenden.

Es stank nach Fäulnis in der kleinen Kammer, in welche die dem Tod Geweihten gebracht wurden. Reimund lag stöhnend und wimmernd auf einem Lager aus Stroh und Leinen. Sein mit Geschwüren übersäter Körper wurde von wilden Krämpfen geschüttelt. Er hatte sich eingenässt, denn seinen Körper hatte er nicht mehr unter Kontrolle. Gabriele, ebenfalls eine der Beginen, tupfte ihm die Stirn mit einem Lappen ab. Als Marie und Regina eintraten, sah sie erschöpft auf. Erneut wurde Reimund von einem Krampf geschüttelt, und die beiden Beginen hielten ihn mit vereinten Kräften fest.

Marie holte den Saft aus ihrem Beutel hervor. »Haltet ihm die Nase zu«, wies sie die Frauen an. Sie träufelte drei Tropfen in einen irdenen Becher, und als der Sterbende nach Luft schnappte, flößte sie ihm geübt die Medizin ein.

Eine Stunde später trat Marie entkräftet vor die Tür. Es war ein kurzer, aber harter Kampf für den Mann gewesen. Sein mit Aussatz übersäter Körper hatte sich gewehrt und schließlich verloren. Die Medizin, die sie ihm zu dritt mühsam eingeflößt hatten, hatte erst kurz vor seinem Ende zu wirken begonnen.

Sie hatte nun schon so viele Menschen gehen sehen, die an dieser Krankheit litten. Reimund war einer der Hartnäckigsten gewesen, er hatte lange mit dem Tode gerungen. Marie kannte seine Familie und wusste, wie schwer sie es hatten, seit der Ernährer erkrankt war. Am härtesten würde es sicher seine blinde Tochter Theresa treffen. Einen Teil ihres Auskommens verdiente das junge Mädchen jetzt bei Wind und Wetter mit dem Verkauf von Maronen auf dem Markt.

Die Beginen hatten vorgeschlagen, dass sie der Familie die traurige Botschaft überbringen könnten, aber Marie wollte es in diesem Fall selbst tun. Sie mochte das Mädchen und hatte das Gefühl, es ihr schuldig zu sein. Sie zog die kühle frische Luft in ihre Lungen und machte sich auf den Weg zum Markt.

Als sie dort ankam, schenkte Theresa einem bettelnden Jungen gerade eine Marone. Ihr Lächeln war bezaubernd, und Marie blutete das Herz bei dem Gedanken, dass ein derart liebenswertes Geschöpf vermutlich nie einen Mann finden würde. Als der Knabe sich verbeugend davonmachte, trat Marie auf Theresa zu. »So wirst du nie genug Geld haben, wenn du deine Waren verschenkst.« Sie legte ihr den Arm um die Schultern und drückte sie herzlich.

Theresa lächelte. »Es gibt Wichtigeres als Geld, liebe Marie. Solange wir genug zu essen auf den Tisch bekommen, kann ich hin und wieder ein Kinderherz erfreuen.«

Marie schnaufte verächtlich. »Das wissen diese kleinen Halunken genau.«

»Ach, lass sie. Dafür tun sie mir hin und wieder auch einen Gefallen.«

Marie griff Theresas Hand, worauf das Lächeln aus dem Gesicht der jungen Frau verschwand.

»Es ist Vater, oder?« Ihre Stimme klang gefasst, aber ein leichtes Zittern hörte Marie dennoch darin.

»Ja.« Sie seufzte. »Er hat nun seinen Frieden gefunden.«

»Das ist gut. Er hatte solche Schmerzen.«

»Am Ende nicht mehr, ich konnte ihm die Schmerzen nehmen.« Die Einzelheiten verschwieg sie lieber. Man musste den Menschen nicht immer alles erzählen, oft war die Wahrheit zu hart.

»Ich danke dir.« Ihre Augen waren glasig, und eine Träne rann heraus.

»Willst du es deiner Mutter sagen, oder soll ich zu ihr gehen?«

Energisch schüttelte das Mädchen den Kopf. Es wischte sich die Träne weg und rang sich ein Lächeln ab. »Nein, ich werde es Mutter später selbst sagen. Franz holt mich nachher ab, dann kann ich auf dem Heimweg auch mit ihm sprechen. Er ist schon so groß und wird es ertragen.«

»Tapferes Mädchen.«

»Was bleibt mir übrig?«

»Du weißt, wenn ihr etwas braucht, kommt zu mir.«

»Als Erstes brauchst du etwas …« Theresa löste sich aus Maries Umarmung, schaufelte eine Handvoll Maronen aus dem Feuer und hielt sie ihr entgegen. »Du hast kältere Hände als ich, die hier stundenlang steht. Steck sie in deinen Beutel, dann wärmen sie dir unterwegs auch noch die Finger.«

Marie war gerührt, hielt den Beutel auf, und Theresa ließ die Maronen hineinfallen. Dafür legte sie der Blinden ein Kupferstück auf die Hand.

»Nein. Ich will kein Geld von dir«, sagte Theresa und wollte ihr die Münze zurückgeben.

»Ich weiß«, sagte Marie, drückte noch einmal den Arm der Blinden und machte sich ohne den Pfennig auf den Weg zum Töchterhaus.

Es war noch recht früh am Tag. Jetzt würden dort noch keine Freier sein und Marie sich in Ruhe um die Belange der Mädchen kümmern können. Auch nach den Gichthänden von Frau Margarete wollte sie heute sehen, denn die Kälte setzte ihr sicher zu.

Herbert, der Hurenwirt, ließ sie grimmig blickend wie immer ein. Da Marie schon einigen Mädchen strenge Bettruhe verordnet oder ihnen den Besuch von Männern verboten hatte, sah er sie nicht gern. Stand doch zu befürchten, dass Marie seine Umsätze schmälerte.

»Marie, endlich. Möchtest du einen Becher heiße Milch?« Dorothea, die gute Seele des Hauses, empfing sie noch in der Diele.

»Die nehme ich gerne«, sagte Marie. »Ist Frau Margarete in ihrer Kammer?«

»Ja, sie brütet über den Ausgaben und einigem anderem.« Dorothea verdrehte die Augen zur Decke.

»Vermutlich essen die Mädchen wieder zu viel?«

»Nein, das ist es dieses Mal nicht. Aber … ach, du wirst es selbst gleich hören. Ich bringe dir deine Milch dorthin.«

Neugierig geworden, stieg Marie hinter Dorothea die Stufen hinunter. Vor der Tür der Hurenwirtin öffnete sie ihren Umhang und klopfte energisch.

»Herrgott, ja!«, ertönte die ungehaltene Stimme von innen.

Marie trat mit einem Grinsen auf den Lippen ein. »So leicht wie immer aus der Ruhe zu bringen, Margarete?«

»Ach du.« Sie blickte wieder auf ihre Tafel. »Nun mach schon die Tür zu und komm rein. Es ist kalt.«

»Hier doch nicht. Du könntest hier rohe Eier ausbrüten.« In der Tat war es in dieser Kammer immer so warm, dass Marie ihren Umhang bereits auf dem Flur öffnete und jetzt über den Stuhl warf, ehe sie sich setzte. »Nun erzähl, was plagt dich, sind es deine Finger, die dich so aufgebracht haben?«

»Was?« Margarete sah auf, als hätte sie bereits wieder vergessen, dass Marie da war. »Meine Finger?«, fragte sie beinahe ungehalten.

»Also plagt dich nicht die Gicht?«

»Doch ja, bei der Kälte ist es wohl kein Wunder. Viel schlimmer ist es, dass nun mein drittes Mädchen ausfällt.«

Marie zog die Brauen hoch. »Noch eine Schwangerschaft? Wer von ihnen ist es?«

»Lena, dein Sonnenstrahl. Hat es bis gestern Abend allen verheimlichen können, doch Ursula hat ihren dicken Bauch im Zuber gesehen, und auch ein Kunde hat sich beschwert und gedroht, vor Gericht zu gehen, weil wir es vor ihm verheimlicht haben. Du musst gleich nach ihr sehen. Ich weiß nicht, wie weit sie ist, aber wenn man es bereits sieht ... Seit es entdeckt wurde, weigert sie sich, aus der Kammer zu kommen.«

Marie war erschrocken. Aber auch wenn es jetzt nicht die glücklichsten Umstände waren, freute sie sich doch, Lena wiederzusehen, denn sie war tatsächlich ihr heimlicher Sonnenschein hier. Sie mochte das Mädchen wie eine Tochter, und das nicht nur, weil Lena für sie eingestanden war. Sie erinnerte sie an ihre Schwester. Die zwei waren vom gleichen Wesen.

»Wie alt ist Lena denn jetzt?«

»Siebzehn, wenn ihr Stiefvater damals die Wahrheit gesagt hat.«

»Ein gebärfähiges Alter.«

Margarete schnaufte nur.

»Nun zeig mir erst einmal deine Hände, und dann sehe ich nach ihr.«

Widerwillig streckte Margarete ihre Hände aus. Marie ergriff sie und bewegte die Finger, deren Gelenke leicht geschwollen waren. Margarete verzog schmerzverzerrt das Gesicht, presste aber die Lippen fest zusammen, während Marie vorsichtig jedes Gelenk befühlte. Die geschwollenen Knochen waren wärmer als die anderen, was auf eine Entzündung hinwies. Die Fingernägel hatten seit zwei Jahren denselben gelblichen Schimmer. Dass Margarete nierenkrank war, wussten sie.

»Und deine Füße?«

»Du weißt, dass es das Gleiche ist. Wozu musst du sie dann noch sehen?«

Marie griff in ihren Beutel und zog ein Säckchen heraus. Es war offensichtlich, wie sehr Frau Margarete sich für die Schwellungen schämte. »Ich habe eben einen Vorrat an Heilmitteln ins

Leprosenhaus gebracht und auch für dich gleich welche mitgebracht. Du machst dir bitte wieder einen Sud aus diesen hier und reibst deine Hände und Füße damit ein.« Sie stellte das Säckchen mit Kräutern auf den Tisch.

Angewidert verzog Margarete das Gesicht. »Sehen eigentlich die Knochen der Aussätzigen so aus wie meine?« Sie nahm das Säckchen und steckte es weg.

»Nein. Die Aussätzigen bekommen unter anderem einen Saft aus der Tollkirsche, den bekommst du aber nicht. Für dich gibt es Brennnessel. Die Tollkirsche würde dich nur benebeln.«

»Manchmal wäre es sicher ein Segen.« Margarete schob ein paar Münzen zu ihr herüber.

Marie steckte sie ein und erhob sich schmunzelnd. »Ich sehe jetzt nach Lena.«

»Schau, dass du ihr den Bastard noch wegmachen kannst.«

»Nun lass mich erst einmal sehen, wie weit sie ist. Du weißt sehr wohl, dass es dir zwei Leichen bescheren könnte, wenn du es zu spät wegmachst.«

Margarete blickte wieder auf ihre Tafel und winkte ab. »Komm danach zu mir und berichte.«

Die Kammer von Kora und Lena war klein, aber hell. Sie hatte ein Fenster, durch das man die blätterlosen Wälder jenseits der Stadtmauer sehen konnte. Lena hockte mit angewinkelten Beinen auf dem Bett und schaute ihr erst ängstlich, dann erfreut entgegen.

Marie lächelte. »Ich höre, du machst Frau Margarete Kummer.«

Lena winkte ab. »Wann tue ich das nicht. Aber dieses Mal hat sie wenigstens einen Grund für ihren Kummer. Ach Marie, ich bin so froh, dass du da bist.«

Lena wirkte jünger, als sie war, was an ihrer zierlichen Gestalt lag. Sie hatte abgenommen. Die Schultern waren beinahe knochig, das Gesicht so spitz, dass ihre braunen Augen riesengroß wirkten. Die Hüften waren sehr schmal, was eine Geburt erschweren würde.

Marie setzte sich auf die Bettkante, und Lena rutschte ebenfalls in eine sitzende Position. Dabei konnte Marie sehen, dass ihr Bauch schon deutlich gewölbt war.

»Wann hast du das letzte Mal geblutet?«

Sie überlegte kurz. »Nach der Kirschernte.«

»Und du hast nichts bemerkt? Oder jemand anderes?«

Sie schüttelte den Kopf. »Die meisten Männer sehen nicht so genau hin, und so dick ist der Bauch erst seit ein paar Tagen.«

»Wieso hast du nichts gesagt?«

»Ach, Marie. Erst wusste ich nicht, was los war, und als ich es merkte, hatte ich Angst.«

»Verstehe. Hast du irgendwelche Schmerzen, ist dir schlecht?«

»Nicht mehr. Vor einiger Zeit hatte ich ein Ziehen im Unterleib und musste morgens erbrechen, aber das ist vorbei. Außerdem habe ich es auf die alte Geschichte geschoben und gedacht, deine Kräuter wollen nicht mehr wirken. Die Übelkeit bei den Männern ist jedoch immer noch da.«

»Ja, ich weiß.« Diese Übelkeit würde Lena erst loswerden, wenn sie nicht mehr als Hübschlerin arbeiten musste, da war sich Marie sicher. »Bewegt es sich schon?«

Beinahe schützend legte Lena eine Hand auf ihren Bauch. »Ich glaube schon.«

Marie stand auf und wusch sich die Hände in der Waschschüssel, die auf einem kleinen Holztisch stand. »Ich muss dich untersuchen. Aber es wird nicht so wehtun wie damals mit deinem Rücken. Ist er gut verheilt?«

Lena nickte. »Zwei Narben, genau, wie du gesagt hast, und sie sind nicht einmal besonders tief.«

»Wenn du möchtest, sehe ich sie mir gleich an. Ich werde jetzt deinen Bauch untersuchen. Leg dich einfach lang hin.«

Folgsam tat das Mädchen wie geheißen.

»In der Zwischenzeit kannst du das hier essen.« Marie zückte eine der Maronen und reichte sie ihr.

Lenas Augen glänzten freudig. »Oh, du bist so gut. Danke, ich esse sie später.«

»Wie du möchtest. Ich nehme an, dass deine Brüste etwas größer geworden sind und sich voll anfühlen?«, frage Marie, während sie mit kundigen Fingern den gewölbten Bauch nach dem Kind abtastete.

»Ja, und sie sind empfindlich.«

»Du kannst dich wieder aufsetzen. Dir und deinem Kind geht es offenbar gut. Um es wegzumachen, ist die Schwangerschaft tatsächlich zu weit fortgeschritten. Es wäre ein zu großes Wagnis.«

Fast unmerklich begannen die Augen des Mädchens zu leuchten, während es sich aufrichtete. »Dann brauche ich jetzt keine Männer mehr zu empfangen?«

Jetzt wusste Marie, was Lena antrieb und warum sie nichts gesagt hatte. Offenbar war sie davon ausgegangen, dass Schwangere keine Männer empfangen müssten.

»Leider wird meine Antwort dich enttäuschen. Eine Schwangerschaft hält wenige Männer davon ab, bei einem Weib zu liegen. Einige Männer bevorzugen sogar schwangere Mädchen. Manche Mädchen haben dann nach dem Besuch ein Ziehen, als würden die Blutungen einsetzen. Wenn du so etwas spürst, lass es Frau Margarete oder mich wissen. Aber gut überlegt war es nicht, einfach zu schweigen, Lena.«

»Oh.« Lena wurde blass, und die Enttäuschung zeichnete sich deutlich auf ihrem Gesicht ab.

Marie überlegte einen Moment. »Komm, zeig mir geschwind deine Narben.«

Nachdem sie mit der Untersuchung fertig war, hatte sie auch schon einen Einfall. »Wir finden eine Lösung, wenn das Kind da ist«, sagte Marie.

»Danke.«

»Aber jetzt muss ich es Frau Margarete sagen, und sie wird sicher nicht erfreut sein.«

Lena sah zu Boden, und ihre Haare fielen ihr vors Gesicht. »Was wird mit mir geschehen, wenn das Kind da ist? Und was wird mit dem Kind?«

»Du kannst vielleicht weiterhin hier arbeiten, dein Kind würde bei euch aufwachsen, wie die von Waltraud und Angelika. Oder vielleicht könntest du es zu deiner Mutter bringen?«

»Nein.« Lena richtete sich auf. »Selbst wenn meine Mutter noch lebt, was ich inständig hoffe, so kann sie es sicher nicht nehmen. Mein Stiefvater würde es eher totschlagen.«

Sie schluckte, und Marie empfand Mitleid. Lena wirkte so zart und passte überhaupt nicht zu den anderen Mädchen. Dennoch war sie gleichzeitig so stark, wenn es darauf ankam. Die meisten Mädchen wurden im Laufe ihres Hurendaseins hart, Lena offenbar nicht. Tapfer und mutig ja, aber in ihrem Inneren bewahrte sie sich etwas Zerbrechliches.

***

Einige Wochen später klopfte es am frühen Morgen an Maries Tür. Schlaftrunken öffnete sie. Vor ihr stand eine keuchende Dorothea.

»Es tut mir leid, Marie, aber Frau Margarete schickt nach dir. Du sollst sofort kommen. Es geht um Lena.«

Marie war sofort wach. »Was ist mir ihr?«

»Sie schreit vor Schmerzen und hat Fieber.«

Beim Eintreten in das Hurenhaus empfing Frau Margarete sie mit einer Decke um die Schultern, zerzaustem Haar und geröteten Lidern.

»Komm gleich mit.« Damit eilte sie voraus in Lenas Kammer, vor der sich einige Mädchen ebenfalls schlaftrunken, aber mit besorgten Gesichtern versammelt hatten.

Lena bot einen erbärmlichen Anblick. Ihre Haare waren schweißnass, die Lippen blass, tiefe Ringe lagen unter ihren Augen, und sie hatte ihre Fäuste in die Decke verkrallt. Zu hören war nur ein leises Wimmern.

»Ich untersuche sie sofort.« Besorgt setzte sich Marie auf die Bettkante und strich Lena behutsam über die feuchte Stirn. Sie war heiß, kleine Schweißperlen hatten sich darauf gebildet. Das konnte bedeuten, dass das Fieber bereits sank.

»Lena, hörst du mich?«

Das Mädchen schlug die Augen auf, die riesig in den dunklen Höhlen lagen. Das deutete darauf hin, dass sie seit einiger Zeit Schmerzen hatte. Lena nickte kaum merklich.

»Wo tut es dir weh?«

Lena deutete auf ihre Scham, die unter der Decke verborgen war. Dabei rutschte ihr Ärmel ein Stück nach oben und gab den Blick auf ihre Haut frei. Sie war voller Pusteln.

Marie drehte sich zu Dorothea und Margarete um. »Geht bitte hinaus.«

Dorotheas Blick ruhte ebenfalls auf Lenas Arm, und sie verließ rückwärts laufend den Raum. Nachdem die beiden die Tür von außen geschlossen hatten, zog Marie die Decke zurück.

»Nun zeig mir noch einmal, wo der Schmerz sitzt.«

Lena tippte auf den Hügel ihrer Scham.

»Nur da?«, wollte Marie wissen.

»Ja.«

»Seit wann?«

»Seit ein paar Tagen.«

»Und das Fieber?«, fragte Marie weiter, während sie sich die Pusteln auf der Haut genauer ansah.

»Gestern Abend.«

»Juckt das hier?« Marie zog mit ihrem Finger eine Linie um eine der geröteten Stellen.

»Ja!«

»Zieh bitte dein Hemd hoch.«

Stützend legte Marie ihre Hand um Lenas Rücken, die sich nun stöhnend aufsetzte. Dann zog sie ihr Hemd hoch. Auf dem Bauch und den Armen waren Pusteln und erhobene helle Flächen verteilt. Mal vereinzelt, mal waren es drei bis vier nebeneinander. Maries Blick fiel auf die Schale neben Lenas Lager.

»Hast du dich übergeben?«

»Zweimal.«

Marie lächelte. »Den anderen hast du eben einen Schrecken eingejagt. Sie denken sicher, du hast die Pest oder etwas in der Art. Aber es ist ganz harmlos. Beides. Du kannst unbesorgt sein. Die Schmerzen im unteren Bereich kommen von der Schwangerschaft. Dein Kind wächst, und die Knochen müssen Platz machen. Du musst einfach etwas mehr ruhen. Diese juckenden Quaddeln sind Nesselfieber. Irgendetwas hast du gegessen, das du nicht vertragen hast.«

Erleichtert sah Lena bei dieser frohen Kunde nicht aus, und Marie stutzte. »Ich hätte nun erwartet, dass du erfreut über diese Botschaft bist. Was also bedrückt dich?«

Unvermittelt brach das Mädchen in Tränen aus.

»Kind, was ist denn los?« Liebevoll legte Marie ihren Arm um die Schulter von Lena.

»Sagst du es auch bestimmt nicht weiter?«

»Wenn du es wünschst, dann nicht.«

»Ich ekel mich so, Marie. Ich kann kaum noch schlafen und erstarre, wenn ein Mann in meine Nähe kommt«, schluchzte sie. »Oft, wenn ein Mann bei mir war, muss ich danach erbrechen, trotz deiner Kräuter. Essen kann ich kaum noch etwas. Mir ist immer schlecht.«

Schwer setzte Marie sich auf die Bettkante. Sie selbst hatte noch nie einem Mann beigelegen, doch schon viele von ihnen gesehen und behandelt. Ja, die meisten stießen auch sie ab. Sie stanken und waren nicht selten unsauber. Viele von ihnen schwängerten ihre Frauen, sobald sie wieder gebärfähig waren. Die Frauen, die zu Marie kamen, klagten ihr oft ihr Leid mit dem Ehemann. Ein Vergnügen war es anscheinend nicht. Wenn sich nicht etwas änderte, würde Lena bald an einem kranken Magen leiden, falls sie das nicht schon tat.

»Ich versprach dir eine Lösung, und ich habe eine.«

Margarete verzog spöttisch die Mundwinkel. »Sicher erwartest du Geld für ihre Verpflegung von mir.«

»Sie kann mir zur Hand gehen, solange sie noch beweglich ist. Später kann sie Kräuter mahlen. Sorge dich nicht um Geld. Ich werde sie schon irgendwie satt bekommen, selbst wenn ich es mir vom Mund absparen muss.« Marie faltete ihre Hände auf dem Schoß und lächelte treuherzig.

Sie hatte Margarete von Lenas Leid erzählt, von ihrer ständigen Übelkeit und dem Nesselfieber. Margarete glaubte, es sei ansteckend, und Marie ließ sie in dem Glauben. Widerwillig hatte die Hurenwirtin schließlich eingewilligt, dass Marie Lena für den Rest der Schwangerschaft mit zu sich nach Hause nehmen würde.

»Ich werde dir eine angemessene Summe geben«, entschied Margarete mit einer energischen Handbewegung. »Hungern soll keine von euch, auch wenn Lena es verdient hätte.«

»Sei nicht so hart zu ihr. Ich erinnere mich, dass es auch dir passiert ist.«

Margaretes Augen funkelten gefährlich, aber sie griff wortlos unter den Tisch, zog eine Holzschachtel hervor und öffnete sie so, dass Marie nicht sehen konnte, was sich darin befand. Doch sie wusste es auch so: Die Hurenwirtin versteckte dort immer etwas Geld. Sie zählte ein paar Münzen ab und legte sie vor Marie auf den Tisch. »Und jetzt mal ehrlich. Warum tust du das für das Mädchen?«

Nachdem Marie das Geld eingesteckt hatte, zuckte sie mit den Schultern. »Sie gehört einfach nicht hierher, und das weißt du.«

Kapitel 6

So wohl wie bei der Heilerin hatte Lena sich seit Ewigkeiten nicht gefühlt. Die kleine Hütte war gemütlich, es duftete nach Kräutern, Blumen, Erde und Holz. Marie bemutterte Lena so sehr, dass sie ein schlechtes Gewissen hatte, weil sie ihr nicht viel helfen durfte. Dafür brachte Marie ihr viel über Kräuter, Tinkturen und Salben bei und wie man sie anwendete. Neugierig sah Lena zu, wenn Marie Wunden von Verletzten versorgte, Brüche richtete, Verbrennungen behandelte und andere schwangere Frauen untersuchte.

»Die meisten Mädchen würden beim Anblick einer tiefen Wunde einfach umfallen.« Marie betrachtete Lena anerkennend, während sie gerade einen verletzten Jungen versorgte.

»Mir hat Blut noch nie etwas ausgemacht, und Wunden sah ich bei meinen Brüdern. Wenn sie versorgt werden mussten, tat ich eigentlich das meiste, weil Mutter selbst es nicht konnte.«

»Und bei der Geburt deiner Brüder hast du auch geholfen?«

Lena nickte. »Ja, der Stiefvater war meistens noch auf dem langen Weg zur Hebamme aus Riede.«

Marie hob erstaunt ihre Augenbrauen. »Aber bei deinem ältesten Bruder kannst du doch höchstens drei gewesen sein.«

»Er kam fast wie von selbst, ich habe lediglich Wasser geholt und Tücher. Na ja, an den Schultern gepackt und gezogen habe ich auch.«

Lächelnd machten sie mit ihrer Tätigkeit weiter, denn der Junge mit der Wunde wurde langsam zappelig.

Zweimal die Woche war Lena selbst die Patientin, dann untersuchte Marie sie, verordnete mehr oder weniger Bewegung, je nachdem zu welcher Erkenntnis sie kam. Lena genoss die friedliche Umgebung weit vor der Stadt und vermisste – mit Ausnahme von Kora und Dorothea – das Töchterhaus kein bisschen. Nicht mehr Männern zu Willen zu sein, keine Gelage mehr, kein Geschnatter der Mädchen in der Nacht, all das fehlte ihr keinen Deut. Sie erkannte, dass es noch ein anderes Leben geben konnte als das einer Hure. In ihren Tagträumen malte sie sich aus, wie sie hier mit Marie und ihrem Kind leben würde. Wie sie Kräuter pflückten und Salben oder Tinkturen herstellten. Auch Laurenz kam in diesen Träumen vor.

In den letzten Wochen war sie rundlicher geworden, hatte an Gewicht zugenommen. Ihre Schultern waren nicht mehr eckig, ihr Busen viel praller, und die Übelkeit war vollkommen verschwunden. Seit einigen Tagen jedoch war sie gezwungen, nur zu liegen, denn ihr Bauch hatte sich bedenklich gesenkt. Marie befürchtete eine allzu frühe Geburt, wenn sie sich nicht schonte.

In der ersten Zeit hatte Maries Neffe immer nur kurz hereingesehen, die beiden Frauen gefragt, ob sie etwas bräuchten, Holz gehackt, Vorräte gebracht und war dann recht wortkarg wieder verschwunden. Doch seit einer Woche blieb er länger. Er aß sogar mit ihnen, und sie redeten bis spät in den Abend. Er war groß gewachsen, hatte volles dunkles Haar, und kleine Fältchen stahlen sich um seine Augen, wenn ihn etwas amüsierte.

Anfangs hatte sich Lena in seiner Gegenwart seltsam beklommen gefühlt, denn mit einem Büttel wollte keine Hure etwas zu schaffen haben, außerdem war er ein Mann, und von denen hatte sie genug gehabt. So manch ein Büttel verlangte sogar, dass die Mädchen im Töchterhaus sich ihnen freiwillig hingeben sollten, und waren sie nicht willig, drohte er ihnen mit dem Kerker. Frau Margarete hatte erzählt, dass es nicht immer nur leere Drohungen seien. Laurenz war Lena im Hurenhaus nie begegnet, was sie wunderte, und er behandelte sie auch nicht wie eine Hure, sondern wie eine ehrbare junge Frau, und das, obwohl sie schwanger war und einen Bastard gebären würde.

Bei ihrem ersten Wiedersehen hatte sie, wie sie es bei jedem Bürger tat, ihren Blick gesenkt. Doch Laurenz hatte darüber gelacht und ihr versichert, er glaube nicht an den bösen Blick und sie dürfe ihn ruhigen Gewissens ansehen. Von da an nahm Lena ihn von ihren Vorurteilen gegenüber den Bütteln aus.

Verwundert war sie, dass er kein Eheweib hatte. In einem ruhigen Moment fragte sie Marie, warum. Die Heilerin erzählte ihr, dass Laurenz vor einem Jahr seine Braut an die Schwindsucht verloren hatte. Marie war sicher, dass sie ihr hätte helfen können, doch die Eltern, ein Müllerpaar, ließen sie nicht zu ihr, sondern vertrauten einem Pfaffen. Und so schwand das Mädchen dahin und starb. Laurenz war besser mit der Sache fertiggeworden, als sie befürchtet hatte, und hatte sich in seinen Dienst vergraben, er war nur stiller als früher. Seither kümmerte er sich noch mehr um Maries Land, um die Hütte und machte die eine oder andere Besorgung.

An diesem Spätnachmittag saßen sie wieder zusammen und unterhielten sich. Die Sonne ging nun nicht mehr ganz so früh unter und tauchte alles in ein warmes Licht. Laurenz' Haar wurde durch das Fenster angestrahlt und schimmerte jetzt rötlich, ebenso seine Bartstoppeln.

»Wieso habe ich dich nie im Töchterhaus gesehen?«, wollte Lena von ihm wissen, während sie wie beiläufig das Schaffell glatt strich, unter dem sie lag.

»Bist du immer so geradeheraus, Mädchen? Eigentlich ist das eine Frage, die eine Frau einem Mann nicht stellen sollte.«

»Warum nicht? Du bist ein Mann, und Männer zwickt es hin und wieder zwischen den Beinen.«

Sein Mund ging auf, als wollte er etwas sagen, aber kein Ton kam über seine Lippen. Er sah aus wie ein Schnappfisch. Hilfesuchend wandte er sich an Marie, die sich mit zuckenden Mundwinkeln erhob.

»Ich werde noch ein paar Setzlinge suchen. Bei Sonnenuntergang ausgegraben, wächst Schafgarbe am besten an.« Sie griff sich ihren Umhang und den kleinen Korb und verließ mit bebenden Schultern die Hütte.

»Vielen Dank, Tante«, rief Laurenz ihr brummend hinterher, der sie sonst Marie nannte, außer wenn sie uneins waren.

»Du musst nicht auf die Frage antworten. Ich fürchte, ich bin wieder einmal zu neugierig und habe ein loses Mundwerk. Aber im Töchterhaus hatten sich die Mädchen sicher über so einen schönen Mann gefreut«, sagte Lena, als sie bemerkte, wie unangenehm die Situation wurde.

»Und außerhalb nicht?«, wollte Laurenz wissen, als er seine Sprache wiedergefunden hatte.

»Bis vor Kurzem gab es für mich kein außerhalb.«

Er strich sich nachdenklich über seine Bartstoppeln. »Ich war ein paarmal dort. Stört es dich?«

»Nein.« Lena zuckte mit den Schultern. »Offenbar sind wir uns nur nie begegnet.«

»Offenbar. Außerdem war ich nicht aus dem Grund dort, den du gerade im Sinn hast. Ich war im Auftrag der Stadt da.«

Eine kleine Meisenfamilie fiel über einen Strauch her und lenkte ihre Aufmerksamkeit auf sich. Mit viel Spektakel hüpften die kleinen Vögel zwischen den Ästen umher, um sich ihr Futter zu suchen. Einer von ihnen spähte neugierig in die Hütte, betrachtete Lena und Laurenz, nur um dann die anderen mit lautem Geschrei zum Aufbruch zu bewegen, worauf die Familie sich über die Büsche am Weg hermachte.

Laurenz sah wieder zu Lena. Sie nahm sich den Becher mit Wasser und trank einige Schlucke.

»Es tut mir leid. Ich habe selten außerhalb des Töchterhauses mit einem Mann gesprochen, nur in meiner Kindheit, und das scheint eine Ewigkeit her zu sein.«

»Du musst dich nicht dafür entschuldigen. Mich hat es ehrlich gesagt eher amüsiert, weil ich es nicht erwartet habe. Wenn du also noch weitere Fragen hast, nur heraus damit. Besser du stellst sie mir als einem Fremden, der es falsch verstehen könnte.« Er lächelte sie jetzt offen an.

»Von einem richtigen Fremden würde ich es nicht wissen wollen, doch du bist nett, und auch wenn du mir noch etwas fremd bist, so kenne ich dich jetzt länger als die meisten Männer.« Lena stellte lautlos den Becher ab. »Aber ich bleibe noch eine Weile, und vielleicht wirst du mir dann nicht mehr fremd sein.« Seine Gegenwart war ihr kein bisschen unangenehm, worüber sie selbst verwundert war. Vermutlich lag es daran, dass sie hier nun keine Hure war oder er sie nicht wie eine behandelte.

»Ich danke dir. Du bist sehr anmutig, Lena. Wir werden uns sicher noch besser kennenlernen. Und vielleicht wirst du ja deine Meinung über Büttel ändern, oder zumindest über mich. Ich glaube, ich sehe die meisten Dinge anders als meine Kameraden.«

»Das habe ich schon bemerkt.« Lena lächelte. »Außerdem habe ich dir nie danken können, dass du mich damals vom Pranger erlöst hast.«

»Dafür schuldest du mir keinen Dank. Du warst es doch, die Marie zu Hilfe kam.« Erneut sah er aus dem Fenster. Er wirkte nachdenklich. »Sie lebt hier draußen sehr einsam, da ist es mir wichtig, nach ihr zu sehen. Und ich bin froh, dass du nun bei ihr bist, zumindest eine Weile.«

»Ich bin gerne bei ihr und habe die Einsamkeit fern der Stadt sogar vermisst. Mit meiner Familie lebte ich etwas abseits von Riede. Nur umgeben von der Natur. Die Enge der Stadt hat mir nie wirklich gefallen. Es stinkt überall, und zu viele Menschen tummeln sich auf einem Haufen. Das ruft viele Krankheiten und Schlechtigkeiten hervor. Neid und Eifersucht erlebe ich täglich. Selbst im Töchterhaus. Nein, ich vermisse es nicht, und außerdem ist Marie ein wahrer Segen.«

»Ja, damit hast du recht. Ich weiß, dass sie dich gerne um sich hat.«

Laurenz erhob sich, wobei der Hocker leise unter ihm knarrte. »Ich lege zum Abend ein paar Scheite nach, dann habt ihr es über Nacht warm. Holz genug liegt hinter dem Haus.«

»Danke.«

»Soll ich warten, bis Marie zurück ist?«

»Nein, brauchst du nicht.«

Nachdem er das Feuer versorgt hatte, blieb er in der Tür noch einmal kurz stehen und betrachtete sie einen Augenblick. »Gute Nacht, Lena.«

»Gute Nacht, Laurenz.«

Damit verschwand er in die Dunkelheit. Lena lauschte, wie seine Schritte sich entfernten. Dann war nur noch das Geraschel der Blätter im Wind zu hören. Sie genoss die friedliche Stimmung. Nicht mehr im Hurenhaus zu sein, erfüllte sie mit Freude und Sehnsucht. Sehnsucht nach einem Leben wie diesem.

***

Es war mitten in der Nacht, als ein zuckender Schmerz im Unterleib Lena aus dem Schlaf riss. Stöhnend setzte sie sich auf und hielt sich den Leib. Die Angst, dass etwas nicht stimmte, kroch ihren Hals empor und raubte ihr den Atem. Ihre Kleider waren durchgeschwitzt, gleichzeitig fror sie, obwohl das Feuer noch brannte.

Marie schlief nie tief und wachte ebenfalls auf. »Kind, hast du Schmerzen?«

»Nein, es geht. Schlaf nur weiter«, antwortete Lena, konnte aber ein leises Stöhnen nicht unterdrücken.

Die Heilerin ignorierte den guten Rat, schwang sich aus dem Bett und kam zu ihr herüber. Sie klappte die Decke zurück und betrachtete mit einer Sorgenfalte zwischen den Augen Lenas Bauch.

»Wo tut es genau weh?«

»Im ganzen Bauch, keine bestimmte Stelle.«

Marie tastete ihren Leib ab, wobei Lena immer wieder zusammenzuckte. Ohne ein weiteres Wort drehte die Heilerin sich um und hantierte mit einigen Tiegeln. Dann nahm sie ein paar Kräuter und gab sie in einen Becher, anschließend goss sie das Kraut mit heißem Wasser auf, das ständig dampfend über der Feuerstelle hing.

»Das ist Märzblume. Davon trinkst du jetzt drei Mal täglich eine Tasse.« Sie reichte Lena den Becher. »Ich hoffe, es wird helfen.«

»Danke«, sagte Lena und nippte daran. Sie hatte Marie selten so ernst dreinblicken sehen, wodurch auch ihre Sorgen stiegen. Der Sud schmeckte äußerst bitter, und sie verzog das Gesicht zu einer Grimasse. »Puh, das ist abscheulich.«

»Ja, dafür hilft es aber. Die meisten helfenden Kräuter schmecken nicht besonders gut. Morgen gebe ich dir immer einen Löffel voll Honig hinzu, dann sollte es leichter werden.« Sie zwinkerte und deckte Lena wieder zu. »Das Bett wirst du allerdings ein paar Tage hüten müssen.«

»Oh, wie lange?«

»Bis es dir wieder gut geht.«

Lena machte einen Schmollmund. »Na ja, bestimmt hast du recht.«

»Nun trink es aus und dann versuche, wieder zu schlafen.«

Die Schmerzen ließen in den nächsten Tagen nach, und Lena durfte bald wieder aufstehen. Laurenz kam täglich vorbei, brachte ihr eine Handvoll Maronen und die besten Genesungswünsche von Theresa. Auch aus dem Töchterhaus überbrachte er Grüße von Kora, Dorothea und einige anderen.

Um Lena die Zeit zu vertreiben, unterwies er sie im Mühlespiel. Begeistert ließ sie sich die Spielzüge erklären und wurde von Tag zu Tag besser darin. Als sie Laurenz das erste Mal in einer Partie besiegte, stand er auf und spendete ihr Beifall.

»Ich habe gewusst, dass du ein helles Köpfchen auf deinen Schultern trägst. Es war mir ein Vergnügen.« Mit einem schelmischen Grinsen setzte er sich wieder.

»Du machst dich über mich lustig.«

»Ich würde es nicht wagen und meinte durchaus ernst, was ich gesagt habe.«

»Dann vielen Dank.« Unruhig rutschte sie in ihrer halb sitzenden Lage hin und her. Sie wusste langsam nicht mehr, wie sie sich setzen sollte, und wollte endlich wieder nach draußen, doch das hatte Marie ihr bisher noch nicht erlaubt.

Marie, die dabei war, Kräuter zu binden, um sie zum Trocknen aufzuhängen, sah es ihr vermutlich deutlich an, denn sie blickte von ihrer Arbeit auf. »Dein Gezappel ist kaum noch auszuhalten. Morgen darfst du meinetwegen einen kleinen Spaziergang machen. Aber nicht lange und vor allem mit viel Ruhe.«

Lena war erleichtert. »Oh, wie gerne würde ich wieder einmal barfuß durch den Wald laufen und das Moos unter meinen Füßen spüren.«

»Warm genug wäre es dafür, aber ich muss morgen ins Leprosenhaus, deswegen kann ich nicht mit dir gehen, und alleine solltest du dich nicht zu weit von der Hütte entfernen.«

»Wie schade«, erwiderte Lena enttäuscht.

»Ich hätte Zeit«, schlug Laurenz vor. »Wenn du nichts gegen meine Begleitung hast, könnten wir einen kleinen Spaziergang machen.« Er schob die Spielsteine zu einem Haufen zusammen.

»Nein, habe ich nicht, ganz und gar nicht.« Lena strahlte.

»Dann komme ich in der Früh und hole dich ab.«

»Lasst euch von niemandem sehen, ihr seid nicht verheiratet, und bleibt nicht zu lange«, mahnte Marie ihren eifrigen Neffen. »Es ist noch zu früh für Lena.«

»Bis zur Mittagsstunde?«, fragte Laurenz und ließ die Spielsteine in den Beutel fallen.

»Aber nicht länger und nur mit einer ausgiebigen Rast.«

An diesem Abend lag Lena noch lange wach. Sie freute sich auf den Spaziergang wie schon lange nicht mehr. Aber sie gestand sich auch ein, dass sie Laurenz sehr mochte, vielleicht mehr, als sie durfte. Sie spürte regelrecht ein Kribbeln im Bauch, das nicht von ihrem Kind kam. Würde er sich ihr gegenüber anders verhalten, wenn sie allein waren?

Sie hatte immer angenommen, dass alle Männer gleich wären – hatte sie doch nur die kennengelernt, die auf die Schnelle Erleichterung suchten. Mehr als leere Worte, die nur einem Zweck dienten, wechselte sie selten mit ihnen. Bei Laurenz war es anders, mit ihm konnte sie alles besprechen, und er gab ihr sogar das Gefühl, etwas Besonderes zu sein. Sicher war sie kein Mädchen, dem Laurenz je einen Antrag machen würde, noch dazu, wenn sie das Kind hatte. Sie war eine unehrliche junge Frau, und das wusste er, egal, wie freundlich er immer zu ihr war. Außerdem war das Wichtigste für einen Mann doch die Jungfräulichkeit seiner Braut. Lena konnte mit keiner der gewünschten Tugenden dienen.

Der nächste Morgen war schwülwarm. Laurenz stand bei Sonnenaufgang vor der Tür. Marie gab ihnen eine Decke, Bier und etwas zu essen mit und begleitete sie selbst bis zum Ende ihres Weges. Dann verabschiedete sie sich mit der Mahnung, Lena möge vorsichtig sein, und ging in Richtung Stadt davon.

Laurenz und Lena schlugen einen anderen Weg ein. Bereits als sie den Waldrand erreichten, klebten ihnen die verschwitzten Kleider am Leib, doch als sie durch das dichte Grün traten, wurde es spürbar kühler. Lena blieb stehen, schloss einen Moment die Augen und sog den frischen Duft ein. Feuchtes Moos und Fichtennadeln kribbelten in ihrer Nase.

»Nicht weit von hier ist eine kleine Lichtung. Dort vorn können wir es uns bequem machen und etwas essen« schlug Laurenz vor.

Lena öffnete die Augen und sah in sein lächelndes Gesicht. »Ja, ich glaube ich kenne sie. Marie und ich waren einige Male zusammen hier im Wald und haben Pilze oder Kräuter gesucht.«

»Du bist für sie wie eine Tochter. Das hat sie mir dieser Tage gesagt.« Laurenz sah Lena forschend an, und sie wurde unter seinem Blick verlegen.

»Ich wusste nicht, dass sie mich so gern hat, und es macht mich glücklich. Ich mag sie wie eine Mutter. Sie ist so gut zu mir, nein, nicht nur zu mir, zu allen Menschen. Ich hoffe, ich kann es eines Tages wiedergutmachen.«

»Ich glaube, das brauchst du nicht. Es reicht, dass du da bist. Und ich bin auch froh darüber.«

Lena war erstaunt. »Wie meinst du das?«

Laurenz schwieg, denn sie betraten nun die kleine Lichtung, die über und über mit Gänseblümchen, Löwenzahn, Vergissmeinnicht und anderen Pflanzen übersät war. Die Sonne schien durch ein Dach aus Ästen auf die Szenerie und tauchte alles in ein zauberhaft flirrendes Licht.

»Oh.« Begeistert presste Lena sich die Hand vor den Mund, dann lächelte sie Laurenz an, der ebenfalls strahlte.

»Habe ich zu viel versprochen?«, wollte er wissen.

Lena schüttelte den Kopf. »So stelle ich mir das Reich der Engel vor.«

»Dann gibt es hier vermutlich welche und sie beobachten uns.« Er zwinkerte, breitete die Decke aus, und sie setzten sich.

Marie hatte ihnen etwas Ziegenfleisch, Fladenbrot und Käse eingepackt, und nachdem sie die Leckereien gierig verzehrt hatten, genossen sie schweigend diesen friedlichen Moment. Lena war dankbar, dass Laurenz sie ihren Gedanken überließ. Wie in ihrer Kindheit schob sie ihre nackten Füße tief in das dicke, feuchte Moospolster und beobachtete einen Ohrenkneifer, der sich einen Weg über ihren kleinen Zeh suchte. Es kitzelte, und sie musste kichern. Laurenz lag mit hinter dem Kopf verschränkten Armen auf dem Rücken, hatte die Augen geschlossen und kaute auf einem Grashalm herum. Es war wunderbar hier, und auch sie schloss für einen Moment ihre Augen.

Kleine Insekten summten um sie herum. Weit entfernt war das Quaken eines Frosches zu hören, und die Vögel trällerten. Eine Grille zirpte, und Laurenz atmete tief ein. Lena öffnete die Augen und sah, dass er sie beobachtete. Ein Lächeln lag in seinen Augen. »Wie hübsch sich die Sonne auf deiner Nasenspitze spiegelt.« Er tippte ihr mit dem Finger auf die Nase, und Lena zuckte grinsend zurück.

In seinem Blick lag ein leichter Glanz, und ihr wurde wieder bewusst, dass sie allein mit ihm hier draußen war. Nie hätte sie geglaubt, dass ein Mann sie noch einmal verlegen machen würde, doch die Hitze in ihrem Gesicht kam nicht von der Sonne.

»Oh, damit hätte ich nicht gerechnet.« Er sah erstaunt aus.

»Womit?«, fragte Lena.

»Dass du errötest.«

»Denkst du, ich habe keine Gefühle mehr, nur weil ich eine Hübschlerin bin?« Es klang gröber als beabsichtigt, aber es verletzte sie, dass die Leute meinten, sie sei hart und würde keine Scham mehr kennen.

»Nein.« Er hob beschwichtigend die Hände. »So meine ich das nicht. Aber deiner Art nach zu urteilen, dachte ich, es macht dir nichts aus und du hättest täglich solche Schmeicheleien erfahren.«

Seine Worte besänftigten Lena. Sie machte eine wegwerfende Handbewegung. »Die Schmeicheleien der Freier klingen etwas anders.«

In der Ferne war ein leises Donnern zu hören.

Laurenz blickte in den Himmel. »Vielleicht sollten wir zurückgehen. Außerdem ist es bald Mittag.« Er hielt ihr seine Hand hin, die Lena dankbar ergriff. Mit dem dicken Bauch aufzustehen, fiel ihr von Tag zu Tag schwerer.

Als sie auf den Beinen war, wurde ihr plötzlich schwarz vor Augen, und ein stechender Schmerz zog durch ihren Unterleib, der sie aufstöhnen ließ. Laurenz hielt sie fest.

»Lena! Was ist mit dir?«

Sie atmete langsam ein und aus, ehe sie es wagte, die Augen wieder zu öffnen.

Als sie antworten wollte, fuhr ein weiterer Schmerz durch ihren Leib. Sie zuckte stöhnend zusammen und presste ihre Hände gegen den Bauch. Er war nicht so weich wie sonst, sondern hart wie Stein.

»Da stimmt doch etwas nicht«, sagte Laurenz besorgt. »Ich bringe dich nach Hause.«

Wie zur Bestätigung verlor sie in diesem Augenblick das Fruchtwasser. Erschrocken und beschämt versuchte Lena, ihre Röcke dagegenzuhalten, doch es war zu viel, und schnell waren die Kleider durchnässt. »Es tut mir leid.« Ihre Stimme zitterte vor Panik.

»Es macht mir nichts. Du musst dich nicht entschuldigen. Ich habe schon Geburten gesehen.«

Beherzt nahm er sie auf den Arm und machte sich auf den Rückweg. Ihre Sachen ließ er achtlos zurück.

»Du kannst mich nicht den ganzen Weg tragen. Lass mich laufen«, protestierte Lena zaghaft, obwohl sie fürchtete, dass sie es nicht schaffen würde.

Er schüttelte nur den Kopf und ging unbeirrt weiter. Kleine Schweißtropfen bildeten sich auf seiner Stirn. Lena wischte sie mit der Hand fort. Das Donnern kam näher, bald würde ein Unwetter losbrechen.

In Maries Hütte angekommen, setzte Laurenz sie behutsam auf das Bett.

»Danke. Aber du bist wirklich ein Dickschädel.«

»Ja, das sagt man von mir.« Suchend sah er sich um. »Wo ist die Medizin, die Marie dir gegeben hat?«

Lena deutete auf das Regal, in dem ein Krug stand. »Einen Becher voll gibt sie mir immer.«

»Wogegen ist es?«

»Gegen die Schmerzen, nehme ich an.«

»Hattest du heute schon davon?«, fragte er, während er den Becher füllte.

Lena schüttelte den Kopf. »Nein. Gestern Morgen zuletzt. Wir dachten, es wäre vorbei.« Sie legte die Hand auf ihren gewölbten Leib, und jetzt fiel ihr auf, dass ihr Kind sich den ganzen Vormittag noch nicht gerührt hatte. Mit großen Augen sah sie Laurenz an.

»Was ist?«, fragte er und stellte den Becher hin.

»Ich weiß nicht. Es bewegt sich nicht.«

»Leg dich hin, bis ich mit Marie wieder hier bin.« Er drückte sie vorsichtig hinunter und deckte sie zu. »Sie weiß, was zu tun ist. Hältst du es so lange aus?«

»Ich hoffe es.«

Besorgt sah er auf sie hinunter. »Ich beeile mich, und wenn ich Marie tragen muss.« Damit rannte er los.

Während Lena wartete, tastete sie auf ihrem Bauch herum und hoffte auf eine Regung. Tränen stiegen ihr in die Augen. Sie lauschte mit angehaltenem Atem, doch ihr Kind bewegte sich nicht. Wenn sie allein war, konnte sie ihren Gefühlen freien Lauf lassen, und heute hieß sie die aufgestauten Tränen mehr als willkommen. Erneut zog es in ihrem Unterleib, und sie stöhnte auf. Als der Schmerz nachließ, griff sie nach der Medizin, trank aus und ließ sich in die Kissen sinken, wo sie bald einschlief, während draußen das Gewitter tobte.

Tücher dampften neben und auf dem Bett, während Marie konzentriert versuchte, das Kind auf die Welt zu holen. Lena hatte so viel Blut verloren, dass sie inzwischen alles nur noch in einem Dämmerzustand wahrnahm. Laurenz stütze ihren Rücken, hielt ihre Hand und streichelte sie. Seine Worte, deren Sinn sie nicht mehr erfassen konnte, wirkten beruhigend, genauso wie die von Marie, die ihr immer wieder bedeutete, mitzuhelfen. Lena tat, was in ihrer Macht stand, aber es war eine schwere Geburt und dauerte Stunde um Stunde.

Als das Kind am nächsten Morgen endlich aus ihrem Körper wich, schloss sie die Augen und fiel in einen von Fieberkrämpfen geschüttelten Schlaf.

Zwei Tage verbrachte sie zwischen Dämmern und Schlafen, nahm nur am Rande wahr, wie Marie ihr das kleine Wesen an die Brust legte oder Laurenz ihr eine Brühe einflößte. Am dritten Tage wich das Fieber, aber sie fühlte sich kraftlos und müde. Suchend sah sie sich um.

Laurenz lehnte dösend an der Wand neben ihrem Bett, Marie hantierte am Kessel herum. Dann sah Lena das kleine Bündel. Die kleine Decke hob und senkte sich zaghaft. Erleichtert stieß Lena die Luft aus, die sie unwillkürlich angehalten hatte. Ihr Kind lebte. Marie sah sich nach ihr um, und Laurenz schlug die Augen auf. Ein Lächeln huschte über sein müdes Gesicht, als er aufstand und zu ihr kam.

»Endlich!«, sagte er.

»Ich hatte schon befürchtet, du möchtest deine kleine Tochter gar nicht mehr sehen«, sagte nun auch Marie.

»Ein Mädchen.« Lena lächelte.

Behutsam hob Marie das Kind auf und legte es Lena in die Arme.

So kleine Hände, eine winzige Stupsnase. Lena fuhr ihr mit dem Finger über die Augenbrauen. Sie hatte dunkles Haar, genau wie sie selbst, rosige Wangen und war leicht wie eine Feder. Lange Wimpern säumten ihre geschlossenen Augen. Die kleinen Hände waren zu Fäusten geballt. Eine wohlige Wärme breitete sich in

Lena aus, als sie ihre Tochter in den Armen hielt. Unendlich zärtlich streichelte sie ihr über den Kopf.

»Sie hat dir ganz schön zu schaffen gemacht.« Laurenz setzte sich neben das Bett und betrachtete sie.

»Ja, das hat sie. Aber sie war der Mühe wert. Ist sie nicht wunderschön?«

»Das stimmt, aber vermutlich wird sie genau so stur wie ihre Mutter«, mahnte Marie lächelnd. »Wie willst du sie nennen?«

Lena musste nicht lange überlegen. »Veronika klingt hübsch, oder?«

»Ja«, bestätigt Laurenz.

»Welche Augenfarbe hat sie?«

»Na blau, wie alle Neugeborenen.« Marie grinste.

»Ach ja. Das hatte ich glatt vergessen.« Lena errötete leicht. »Aber gesund ist sie, oder?«

»Gesünder als ihre Mutter. Soweit es sich bisher sagen lässt, ist sie ein kräftiges Mädchen.« Für einen Moment sah es so aus, als würde Marie Laurenz einen warnenden Blick zuwerfen, doch er betrachtete nur versonnen das Kind, welches sich in diesem Moment regte und die Augen aufschlug.

»Oh, bist du schön.« Lena küsste das Mädchen, das gerade unbeholfen mit den Armen ruderte.

»Du musst sie anlegen. Sicher hat sie großen Hunger.«

Lena schob ihr Hemd nach oben und versuchte umständlich, Veronika ihre Brustwarze in den Mund zu geben. Beherzt zeigte Marie ihr, wie sie das Kind halten musste.

»Danke. Eigentlich kenne ich es durch meine Brüder. Ich habe oft zugesehen. Aber wenn man es selbst macht, ist es dennoch neu.«

Marie strich Lena kurz über den Kopf. »Die letzten beiden Tage mussten wir es tun. Du warst nicht dazu in der Lage. Es ist beinahe ein Wunder, dass du noch am Leben bist.«

»Oh. Ich dachte nicht, dass es so ernst war.«

Veronika begann langsam, Lenas Milch zu trinken. Es war Nähe und Zärtlichkeit zugleich, und ein tiefes Glücksgefühl breitete sich in ihr aus. »Herr im Himmel, ist das schön.«

»Das will ich gerne glauben.« Laurenz grinste, erhob sich schnell und ging nach draußen, ohne ihre Antwort abzuwarten.

»Frecher Hund«, rief Lena ihm lachend hinterher und legte Veronika, die inzwischen eingeschlafen war, behutsam neben sich. Dann wurde sie ernst. »Wie bald werde ich ins Töchterhaus zurückkehren müssen?«

»Vorerst noch nicht. Aber in einigen Wochen sicher«, antwortete Marie. Sie wirkte betrübt.

»Mitnehmen will ich sie nicht. Sie soll nicht dort aufwachsen.« Lena betrachtete ihr schlafendes Kind. »Was aber soll ich mit ihr anstellen?« Hilfesuchend sah Lena zur Heilerin, die seufzte und mit den Schultern zuckte.

»Es ist dein Kind und deine Entscheidung, aber viele Wege bieten sich dir nicht. Da du sie nicht zu deinen Eltern bringen kannst und auch keine Verwandten hast, die das Kind nehmen würden, bleibt dir nicht viel.«

»Ich weiß.« Zärtlich streichelte sie das kleine Geschöpf neben sich, das zufrieden schlummerte. Ihr kleiner Mund bewegte sich immer wieder, als würde sie noch trinken.

»Ich wüsste eventuell eine Lösung.« Marie kratzte sich am Kopf.

»Welche, sprich«, bat Lena erwartungsvoll.

»Theresas Mutter, Astrid, verlor vor zwei Jahren ein Kind und hat sich seither als Amme verdingt. Für ein paar Münzen würde sie sich Veronikas bestimmt eine Weile annehmen.«

»Das klingt gut.« Lena dachte nach. Ein bisschen Geld konnte sie immer aufbringen, die Frage war nur, wie viel Astrid verlangen würde.

Als hätte Marie ihre Gedanken erraten, kam sie zu ihr herüber und setzte sich auf die Bettkante. »Mach dir über das Geld erst einmal keine Sorgen. Ich werde morgen mit ihr reden. Ich kann das Kind an den Sonntagen hierherholen, damit du sie besuchen kannst. Oder du gehst zu ihr, wenn du in der Stadt alleine unterwegs bist. Und wenn Veronika keine Milch mehr braucht, kann sie bei mir bleiben. So kannst du sie immer sehen, wenn dir danach ist.«

Erleichtert nahm Lena Marie in den Arm. »Es wäre wunderbar, und ich weiß nicht, wie ich dir jemals für all das danken kann.«

Marie drückte Lena kurz und erhob sich dann wieder. »Das

hast du schon längst. Ich kümmere mich jetzt um das Essen, und du solltest etwas ruhen.«

Die Zeit nach der Entbindung verging wie im Vogelflug, und zurück blieben schöne Erinnerungen. Veronika war prächtig gediehen, und bereits nach fünf Wochen hatte sie nachts durchgeschlafen und ein erstes Lächeln erkennen lassen. Sie zeigte dabei kleine verstohlene Grübchen, die Laurenz ebenfalls bei Lena feststellte. Er war genauso vernarrt in das winzige Wesen wie die beiden Frauen und wirkte beinahe eifersüchtig, wenn nicht er es war, der etwas Neues an ihr entdeckte. Das Einzige, was Lenas Freude in dieser Zeit trübte, war die Gewissheit, dass sie bald zurück ins Töchterhaus musste, und nur der Gedanke, dass sie damit für ihre kleine Tochter sorgen könnte, die es gut bei Marie haben würde, tröstete sie.

Ein paarmal erwischte sie sich dabei, wie sie die Hoffnung hegte, Laurenz würde sie ehelichen, aber das war blanker Unsinn, und wenn er sie manchmal ansah wie ein verliebter Gockel, so lag es sicher daran, dass sie die Kleine im Arm hatte.

Schließlich war der Tag des Abschieds gekommen. Mit Astrid war alles abgesprochen. Sie hatte sich zur Freude aller sogar einverstanden erklärt, eine Zeit lang bei Marie zu leben, um das Kind zu stillen. Mittags würde sie kurz nach Hause gehen, um zu kochen, und in der übrigen Zeit würden Theresa und ihr Bruder selbst auf sich achtgeben.

»Du musst nicht gehen, das weißt du, oder?« Laurenz hielt Lenas Hand, als sie sich schweren Herzens verabschieden wollte.

Was meinte er damit? War das ein Antrag, oder wünschte sie es sich einfach nur? Lena konnte nicht glauben, dass er vorhatte, eine Hure zu heiraten, und wenn, hätte er es sicher deutlicher gesagt. »Doch, das muss ich, denn ich will für uns sorgen. Außerdem ist es nicht für immer, und ich sehe nach der Kleinen, sooft ich kann.«

»Wenn du meinst.« Er sah tatsächlich etwas betreten aus. »Also gut, dann leb wohl.«

»Du auch.«

Kapitel 7 – Zwei Jahre später

Im Hurenhaus wusste niemand von Veronika. Bei ihrer Rückkehr vor zwei Jahren hatte Lena erzählt, dass ihr Kind, ein Knabe, bei der Geburt gestorben sei. So konnte Frau Margarete keinen Anspruch darauf erheben.

In den ersten Wochen war es Lena schwergefallen, sich wieder an das Leben im Töchterhaus zu gewöhnen. Zu sehr vermisste sie ihre Tochter und Marie und auch Laurenz.

Schimpftiraden, die vorgeblich brave Bürger auf sie niederprasseln ließen, wenn die Mädchen ihre Einkäufe auf dem Markt erledigten, schmerzten sie viel mehr als früher. Jeder Freier, der sich Lena aussuchte, widerte sie an, egal, ob es junge und hübsche Männer waren oder ältere. Ihr war immerzu übel, und sie verlor bedenklich an Gewicht. Die Lichtblicke waren die Besuche bei der Heilerin.

Sie bedauerte es, nicht täglich nach der Kleinen sehen zu können, doch wenigstens hatte Frau Margarete nichts dagegen einzuwenden, dass Lena alle drei Tage einen Besuch bei Marie machte, um ihr zur Hand zu gehen. Außerdem lernte sie immer mehr von Marie und konnte dieses Wissen auch im Töchterhaus anwenden, wo sie kleinere Wehwehchen behandelte.

Heute sah Lena schon beim Einbiegen in den Weg, der zu Marie führte, das gesattelte Pferd neben der Hütte stehen. Das war ungewöhnlich, denn die meisten Besucher der Heilerin waren arme Leute und konnten sich kein Reitpferd leisten. Wenn es die Obrigkeit war, dann wollte Lena nichts damit zu tun haben, und so schlug sie sich schnell in die dichten Büsche, um nicht gesehen zu werden. Kleine wie große Äste zerkratzten ihr Arme und Beine oder verfingen sich in ihrem Kleid. Ungeachtet dessen duckte sie sich, um vorsichtig näher zu schleichen. Das edle Pferd mit glänzendem schwarzen Fell und prachtvollem Zaumzeug warf unruhig den Kopf hoch.

Als Lena nahe genug war, hörte sie eine laute Männerstimme aus der Hütte: »Du bist Unrat, keiner wird sich darum scheren, wenn du nicht mehr da bist! Sag mir, wo du es versteckt hast, oder du siehst sie nie wieder!« Es trat eine kurze Pause ein, dann ertönte die Stimme erneut: »Störrisches Weib, warum hast du es mir nicht gegeben!«

Von Veronika und Marie hörte Lena nichts, worauf sie eine böse Vorahnung beschlich. Nach einer Weile klirrte es ein paar Mal, ganz so als ob irdene Töpfe zerschlagen wurden, dann wurde die Tür jäh aufgerissen, und ein großer Mann kam heraus, zog sich die Kapuze seines Umhangs zurecht, schwang sich auf das Pferd und gab ihm die Sporen. Lena wartete, bis er außer Sicht war, dann sprang sie aus ihrem Versteck.

»Veronika? Marie?«, rief sie schon im Laufen, doch sie bekam keine Antwort. Sie stürzte durch die offene Tür. Ein Schrei entfuhr ihr, als sie die Heilerin blutüberströmt am Boden liegen sah. Von Veronika keine Spur. Maries Brust hob und senkte sich zwar, aber sie atmete flach. Vorsichtig bettete Lena ihren Kopf auf ihren Schoß, worauf die Verletzte stöhnte. Sie öffnete die Augen und starrte Lena entsetzt an.

»Was ist geschehen? Wo ist mein Kind?«, fragte Lena mit zitternder Stimme. Ohne weiter nachzudenken, zog sie das Laken vom Bett und riss ein Stück davon ab, um Maries Wunden abzutupfen. Auch aus ihren Ohren lief Blut. Es sah schlimm aus.

»Lena«, hauchte Marie so leise, dass es kaum zu verstehen war.

»Ich bin hier«, antwortete sie. »Ich bin bei dir.« Sie hoffte, dass Veronika irgendwo in Sicherheit war. »Wo tut es dir weh?«

Marie schloss die Lider.

Lena atmete tief ein, verdrängte die aufkeimende Panik. »Wer war dieser Mann? Warum hatte er das getan?«

»Minder …«, flüsterte Marie und hustete erstickt.

»Sch…«, machte Lena, als sie merkte, wie schwer der Heilerin das Sprechen fiel. »Ich werde Hilfe holen.«

Beinahe unmerklich schüttelte Marie den Kopf und griff nach Lenas Hand.

»…mann, Mord!«, keuchte sie weiter. »… Minder… hat Veronika«, sagte sie noch, dann fielen ihre Lider zu.

»Marie?!« Panik erfasste Lena mit voller Wucht. »Bitte, bitte nicht. Lass uns nicht alleine!« Vorsichtig schüttelte sie die Hand der alten Frau.

»Sag doch etwas. Atme! Bitte …« Doch Lena wusste, dass es zu spät war, saß wie versteinert auf dem Boden und streichelte das Haar der Heilerin.

Irgendwann begriff Lena, dass es vorbei war, und ließ den Kopf der Toten sanft auf den Boden gleiten. Als würde sie selbst jetzt erwachen, stand sie auf, sah sich erneut in der Hütte um und lief nach draußen. Immer und immer wieder rief sie den Namen ihrer Tochter. Doch von Veronika war weit und breit nichts zu sehen. Nachdem Lena eine Weile die nahe Umgebung erfolglos abgesucht hatte, kehrte sie in die Hütte zurück. Wie in Trance befeuchtete sie das blutige Tuch in der Wasserschüssel, kniete sich wieder hinunter und tupfte Marie das Gesicht ab.

»Warum nur?«, flehte sie, ließ langsam die Hand sinken, schloss die Augen und tat, was sie seit Langem immer wieder vermieden hatte. Sie weinte. Mit ihren Armen umfasste sie sich selbst und wog ihren Körper hin und her, den verschleierten Blick noch immer auf die Tote geheftet. Lena fühlte sich allein und betäubt. Der Schmerz um Marie und die Sorge um Veronika raubten ihr beinahe den Verstand. Wo war sie nur?

Sie wusste nicht, wie lange sie so dagesessen und ihren Tränen freien Lauf gelassen hatte, als eine Hand sie vorsichtig an der Schulter berührte. Benommen drehte sie sich um. Sie hatte nicht bemerkt, dass es draußen bereits dämmerte.

»Lena! Um Himmels willen, was ist hier passiert?«, fragte Laurenz mit entsetzter Miene, griff nach der Hand der Toten, legte seinen Kopf auf ihre Brust und horchte.

Lena schüttelte stumm den Kopf, sie konnte nicht sprechen, nicht jetzt, und sah dabei zu, wie er vergeblich nach einem Lebenszeichen bei Marie suchte. Als er sich wieder aufrichtete, war er blass. Seine Schultern hingen, während er Maries Gesicht streichelte. Lena fühlte sich leer und sah stumm zu.

Als Laurenz sein Tun beendet hatte, griff er Lena unter die Arme und zog sie auf die Beine. Erneut drängten ihre Tränen nach oben, die sie aber mit aller Macht zurückhielt. Sie hatte sich und ihrer Mutter geschworen, dass kein Mann sie jemals wieder weinen sehen sollte. Heftig schluckte sie und holte tief Luft, spürte, wie ihr alter Schutzschild, den sie mühevoll aufgebaut hatte, sich langsam in ihrem Inneren erhob.

»Veronika ist verschwunden«, sagte Lena wie durch eine Wand aus Nebel.

Laurenz sah sich um, als fiele auch ihm jetzt auf, dass das Kind nicht da war. Mit großen Augen sah er sie an. »Vielleicht ist sie bei Astrid? Wir gehen gleich zu ihr, und auf dem Weg erzählst du mir, was geschehen ist.«

Alles, was Lena gehört und gesehen hatte, war erzählt, als sie durch das Stadttor gingen.

Laurenz hatte die ganze Zeit geschwiegen. Seine Miene war undurchdringlich. Auch Theresa und Astrid waren entsetzt wie sie selbst, als sie erfuhren, was geschehen war. Veronika war nicht bei ihnen, und sie wussten auch nicht, wo sie sein konnte.

Bitterlich enttäuscht kehrten sie zu Marie zurück. Lena war am Rande einer Panik. Wo konnte das Kind noch sein, wenn nicht hier? Es gab keinen weiteren Ort, an den Marie sie gebracht haben könnte.

In der Hütte hob Laurenz seine Tante schwer atmend hoch und legte sie auf das schmale Bett. Nachdem er ihre Arme sorgsam vor der Brust verschränkt hatte, sprach er ein Gebet. Lena war überzeugt, dass es Marie nicht viel nützen würde, denn sie hatte sich schon lange von Gott abgewendet.

Ihr Blick streifte durch die zerstörte Hütte. Alles war durchwühlt, Tiegel, Töpfe und Schalen waren ausgeleert und umgeworfen, Kräuter und Pulver lagen auf dem Boden, dem Tisch und dem Regal verstreut. Auf den Dielen klebte das Blut.

»Eins ist Gewissheit«, begann Lena, als sie sicher sein konnte, dass ihre Stimme ihr gehorchte. »Es war keiner der Unsrigen. Er ritt einen Rappen und muss von vornehmer Herkunft gewesen sein. Sein Gesicht habe ich leider nicht erkannt, aber seine Stimme konnte ich mir einprägen.«

Laurenz hob den umgestürzten Schemel auf und setzte sich. »Es hätte nicht so kommen müssen. Immer wieder habe ich sie gewarnt, aber sie hat nur gelacht.« Traurig stützte er seinen Kopf auf die Hände.

Für einen Moment war sie versucht, ihm tröstend die Hand auf die Schulter zu legen, stattdessen begann sie, die zerbrochenen Schalen, Tiegel sowie die Kräuter und Pulver vom Boden aufzuklauben. Um Laurenz einen Moment seiner Trauer zu überlassen, ging sie anschließend nach draußen und setzte sich an die Hauswand. Sie hörte, wie eine Singdrossel ihr Abendlied trällerte, und fühlte sich an die geistreichen Stunden mit Marie erinnert, als sie hier draußen in der Abendsonne gesessen und über dieses und jenes geredet hatten.

Abgesehen von Laurenz war die Heilerin ihre einzige wirkliche Freundin gewesen. Mehr noch, sie war ihr wie eine Mutter geworden. Schon einmal hatte sie ihre Familie verloren, damals, als ihr Stiefvater sie ans Töchterhaus verkauft hatte, und Lena ahnte, welche Einsamkeit sich mit dem heutigen Tage in ihrem Herzen breitmachen würde.

Was hatte den Fremden nur veranlasst, diese zierliche Person so zu prügeln, dass sie daran starb? War er einer der Männer, die wegen ihrer Probleme mit ihrer Manneskraft zu ihr gekommen waren und dem Marie nicht helfen konnte? Mit solchen Männern hatte auch Lena schon ihre Erfahrungen gemacht, und sie wusste, wie ungehalten und brutal sie werden konnten, wenn ihre Männlichkeit nicht so wollte wie sie.

Mindermann … Mindermann … Mörder … Veronika. Das waren Maries letzte Worte gewesen. Was bedeutete das? War Veronika ebenfalls tot, und ihr Mörder war Mindermann? Sie bekam Panik und versuchte, ruhig zu atmen. Nein, es konnte nicht sein. Sie spürte ganz deutlich, dass Veronika lebte. Oder meinte Marie ihren eigenen Mörder, und der hatte auch das Kind mitgenommen? Das fühlte sich wahrscheinlicher an.

Lenas Gedanken wanderten hin und her. Sie kannte einige Männer in der Stadt, die diesen Namen trugen, angefangen beim Adel bis hin zu einem Bettler. Wenn sie jedoch an das stolze Pferd dachte, kam nur der Adel in Frage. Vielleicht war der Mann ein Ritter. Unter den reichen Mindermanns gab es einige Ritter und sogar einen Ratsherrn. Wie und wo sollte sie zu suchen anfangen? Von Pferden verstand sie nur so viel, dass sie gut für den Transport waren, aber ein Rappe würde ihr wohl auffallen.

Laurenz trat aus der Hütte und unterbrach ihre Gedanken. Er fuhr sich mit der Hand durch das nassgeweinte Gesicht. »Ich werde dem Vogt Bescheid geben.«

Lena nickte stumm, doch sie glaubte nicht, dass der Vogt seine

Kämmerer oder Büttel auf die Suche schicken würde, immerhin war Marie eine Ausgeschlossene, ebenso wie sie selbst. Ihrem Schwur würde niemand glauben. Vermutlich müsste sie sich sogar einer Gottesprüfung unterziehen. Und nach dem Kind einer Hure würde niemand Ausschau halten. Daran würde auch Laurenz nichts ändern können, obwohl er Büttel war.

»Willst du mich begleiten?«

»Wenn es dir nichts ausmacht, möchte ich gerne hierbleiben. Falls Veronika zurückkommt. Wie lange wirst du brauchen?«

»Ich beeile mich.«

»Ich möchte heute noch den Wald durchsuchen. Vielleicht ist Veronika aus Angst hineingelaufen und irrt nun umher.«

»Dann bringe ich ein paar Männer mit. Wir suchen das Kind, und du wartest hier, falls sie doch auftaucht.«

»Ist gut.«

»Ich wäre dir dankbar, wenn du die Totenwache übernehmen könntest. Ich habe morgen Dienst und kenne sonst niemanden, den ich lieber bei ihr sähe als dich.« Er lächelte, und wie jedes Mal leuchteten dabei seine Augen, die von so tiefem Blau waren, wie Lena sich das Meer vorstellte. Dieses Mal jedoch schwammen seine Augen voller Tränen.

»Geh nur, ich bleibe bei ihr.«

»Und wenn der Mann zurückkommt?«

»Dann habe ich das hier.« Lena klopfte sich auf ihren rechten Schenkel, wo sich unter ihrem Kleid ein Dolch abzeichnete, den jedes Mädchen im Töchterhaus für den Notfall besaß. »Ich weiß mich zu wehren.«

Laurenz nickte. »Was ist mit dem Töchterhaus?«

»Erzähl bitte Frau Margarete, was geschehen ist. Ich hoffe, sie wird es verstehen.«

»Werde ich machen. Ich komme zurück, sobald alles geregelt ist. Pass auf dich auf, Mädchen.« Damit verließ er sie.

Inzwischen war es dunkel geworden, und mit der Nacht wurde es kühl. Wenn Veronika in den Wald gelaufen war, musste sie schreckliche Angst haben. Der Gedanke daran schnürte Lena beinahe die Luft ab.

Fröstelnd ging sie in die Hütte zurück, ließ aber die Tür offen und entfachte das Feuer neu, dann räumte sie die restlichen zerbrochenen Teile weg, rückte den Tisch gerade und schob den Schemel zurecht. Nun musste sie Marie herrichten. Behutsam zog sie das Laken von ihrem Körper, bürstete das Haar der Toten und wusch ihr das Blut aus dem Gesicht. Nachdem alles fertig war, entzündete sie ein Talglicht.

Anschließend ging sie wieder vor die Hütte, betrachtete die funkelnden Sterne und lauschte. Es war eigentlich eine wunderschöne Frühlingsnacht. Der Mond war nur als Sichel zu sehen, und die Luft roch nach frischer Erde und feuchtem Moos. »Mögen die Engel dich beschützen«, flüsterte sie.

Schritte auf dem Weg ließen sie aufhorchen, dann tauchten Fackeln auf. Es war Laurenz mit einigen Männern.

»Wir werden sie jetzt suchen«, sagte er.

Lena nickte und sah sich die Männer an. Einige kannte sie aus dem Töchterhaus, aber es störte sie nicht. »Bitte findet sie.«

»Wenn sie im Wald ist, bringen wir sie dir zurück.« Damit machten sie sich auf den Weg. Lena beobachtete die kleiner werdenden Fackeln und lauschte den langsam verstummenden Schritten.

Stundenlang saß sie vor der Hütte, ging auf und ab und horchte auf jedes Geräusch, ging wieder auf und ab und wartete. Ihre Gedanken kreisten um ihr Kind. Veronika, wie sie die ersten Worte brabbelte, die ersten Schritte tat, und vor allem dieses strahlende Lächeln, jedes Mal, wenn Lena sie besuchte. Als schließlich der Morgen anbrach, kochte sie eine Brühe für die Männer, die noch immer nicht zurückgekehrt waren.

Erst nach der Mittagsstunde, als die Sonne ihren höchsten Stand bereits verließ, kam Laurenz allein zurück. Gespannt wartete Lena auf seine Neuigkeiten, aber als sie in sein Gesicht sah, wusste sie bereits, dass es keine guten waren. Traurig schüttelte er den Kopf. Er sah müde aus. Schatten hatten sich unter seine Augen gelegt.

»Die Männer?«, fragte Lena.

»Sind nach Hause gegangen. Wir haben den ganzen Wald durchsucht. Dort ist sie bestimmt nicht.«

Steif nickte Lena. Sie war sicher, dass er getan hatte, was er konnte. »Ich danke dir. Was hat der Vogt gesagt?«, fragte sie, um sich von der Enttäuschung abzulenken.

»Dass es schwierig wird, wenn wir keinen Zeugen haben, der

eindeutig jemanden erkannt hat. Aber das habe ich schon geahnt. Dennoch hat er versprochen, seine Ohren offen zu halten. Das ist mehr, als er sonst unternehmen würde.« Laurenz lachte kurz auf, doch es war kein fröhliches Lachen. »Immerhin schuldet er mir einen Gefallen.«

»Wieso, was hast du Gutes für ihn getan?«

»Ich sollte seinen Schwager festnehmen, doch der Vogt bekniete mich, so zu tun, als hätte ich ihn nicht gesehen. Ich nehme an, er fürchtete, dass ein Geständnis den Schwager richten könne und er für seine Schwester und ihre sechs Bälger aufkommen müsse.«

»War er denn schuldig?«, wollte Lena nun wissen.

»Nein. Der Brandstifter war ein Müller, der kurz darauf von einer Wäscherin angezeigt wurde und der auch ohne meine Hilfe gestand.«

»Allerhand. Komm herein und iss etwas.«

»Das ist gut gemeint, aber eigentlich möchte ich nur noch schlafen.«

Lena nickte und bereitete ihm das andere Bett zu.

»Hast du geschlafen?«, wollte er wissen, während er sich seiner Kleider entledigte.

»Nein, aber ich bin auch nicht müde.«

Laurenz zog eine Augenbraue nach oben. »Du bist seit gestern Morgen wach. Ich denke, du bist müde.«

Natürlich war sie es, aber sie traute sich nicht zu schlafen. »Was, wenn ich dann einen Ruf von ihr überhöre?«

Laurenz griff nach ihrer Hand, zog sie zum Bett, sodass sie sich setzen musste. »Lena, hör mir zu. Sie ist nicht hier. Glaub mir, mir liegt genauso viel daran, sie zu finden, wie dir. Ich habe sie aufwachsen sehen und lieb gewonnen. Wäre sie in der Nähe, hätten wir sie gefunden.«

Lena schluckte und kämpfte mit den Tränen.

»Sch…« Er zog sie zu sich herunter, und als sie neben ihm lag, nahm er sie behutsam in den Arm. »Versuch, etwas zu schlafen, ich bleibe wach.«

Tatsächlich schlief Lena ein. Zweimal musste Laurenz sie wecken, weil sie im Schlaf schrie, und beide Male war sie schweißgebadet. Am Abend löste sie Laurenz ab.

Als er eingeschlafen war, ging Lena nach draußen. Es regnete, und sie fürchtete, durch das Prasseln ihre Tochter zu überhören. Jedes Geräusch ließ sie aufhorchen, doch ihre Tochter kam nicht. Erst als sie bis auf die Haut durchnässt war und ein Sturm kleine Äste durch die Luft wirbelte, ging sie schweren Herzens wieder hinein.

Laurenz wachte beim ersten Donnerschlag des Frühlingsgewitters auf. »Wie lange habe ich geschlafen?«, fragte er müde.

»Ein paar Stunden. Es wird bald Tag, und du solltest etwas essen, ehe du deinen Dienst machst.«

Hastig schlang Laurenz die Brühe hinunter, die Lena ihm wieder aufgewärmt hatte.

»Ich vermisse sie«, sagte Lena plötzlich, als ihr Blick auf Marie fiel.

»Ich auch. Aber wir müssen sie unter die Erde bekommen.«

Lena nickte.

Kurz darauf verließ Laurenz die Hütte, versprach aber, bei seinem Rundgang durch die Stadt nach Veronika zu suchen.

Um sich über den Tag zu beschäftigen, räumte Lena die Regale wieder sorgfältig auf. Sie sortierte die Kräuter, die Salben, die Tinkturen, die Seifen und die Duftwässer. Ein leerer Platz im Regal machte sie stutzig. Ein Tontopf fehlte. Unter den zerbrochenen Teilen war er nicht gewesen. Es war ausgerechnet der, in dem Marie immer die giftigen Kräuter aufbewahrte. Außer der Tollkirsche hatte Marie selten einen Vorrat an giftigen Pflanzen gehabt, weil sie der Meinung war, es sei zu gefährlich, sie im Haus aufzubewahren.

Am Abend berichtete Lena Laurenz davon. »Vielleicht hat der Mann den Topf mitgenommen. Er schrie: ›Sag mir, wo du es versteckt hast‹.«

»Das könnte ein Grund für seine Tat sein.«

»Warte.« Lena sprang auf. Ihr war eine Idee gekommen. Aufgeregt lief sie nach draußen und sah hinter dem Haus auf den Komposthaufen, den Marie zum Düngen ihres kleinen Kräutergartens nutzte. Laurenz folgte ihr.

»Was suchst du da?«, wollte er wissen, während Lena die letzten Abfälle der Heilerin durchwühlte.

»Das hier.« Sie zog ihr Kleid über die Hand, weil sie es nicht mit bloßen Fingern anfassen wollte. Triumphierend zog sie einige Stängel hervor und hielt sie in die Luft.

»Was ist das?«

»Wolfswurz. Hochgiftig und vermutlich vor Kurzem geschnitten. Sie sind noch nicht mal verwelkt.«

»Was bedeutet das, Lena?«

»Vermutlich, dass der Mörder dieses Kraut von ihr wollte, oder … Warte!«

Schnell rannte sie zurück ins Haus, und ein verwirrter Laurenz folgte ihr erneut. Lena griff ins Regal und holte die Schale herunter, die Marie zum Zerstoßen von Pflanzen benutzte. Er hatte nach dem Kampf auf der Erde gelegen. Lena betrachtete das Innere der Schale genau, wischte mit dem Finger den Innenraum aus und roch daran. Eilig spülte sie sich danach die Hände ab, dann lächelte sie das erste Mal seit zwei Tagen. »Es war das letzte Kraut, das deine Tante zerstoßen hat.«

Laurenz nickte. »Damit haben wir aber immer noch nicht den Mörder dazu.«

»Aber sieh doch«, sagte Lena. »Marie hätte niemandem dieses Kraut verkauft. Der Mann hat vermutlich Veronika mitgenommen und Marie damit erpresst.«

Seine Augenbrauen gingen nach oben. »Ich verstehe. Aber was nun?«

»Ich weiß es nicht. Wir brauchen den Rappen. Der führt uns zu dem Mann.«

»Helles Köpfchen«, sagte Laurenz anerkennend. »Aber weißt du, wie viele Mindermanns es in Bremen gibt?«

»Du erwartest doch nicht, dass ich meine Tochter aufgebe?«

»Nein, das nicht, aber wir müssen nachdenken, ehe wir etwas Unüberlegtes tun.«

»Aber der Rappe –«

»Das macht es nicht leichter! Selbst wenn es so wäre und wir ihn ausfindig machen, wie willst du dich dem Adel nähern? Du darfst sie nicht einmal ansehen.« Laurenz wurde hitzig, und Lena verstand nicht ganz, warum.

»Natürlich würde ich nicht so hingehen, dass jeder weiß, wer und was ich bin. Vielleicht kann Martin, der Anführer der Bettler, uns helfen, das Pferd zu finden? Seine Leute kommen doch überall herum.«

»Wenn das so einfach wäre. Martin hält sich momentan versteckt. Der Vogt und einige andere haben ihn auf dem Kieker.«

Lena kaute an ihrem Fingernagel und dachte nach. Laurenz hatte recht damit, dass sie selbst nicht so ohne Weiteres an die Adeligen herankommen würde. Um ihre Tochter suchen zu können, durfte sie auf jeden Fall nicht zurück ins Töchterhaus.

»Warst du eigentlich bei Frau Margarete? Was hat sie gesagt?«, fragte sie schließlich.

»Sie war entsetzt, als sie das von Marie hörte. Aber es ist ihr recht, dass du hierbleibst, um die Totenwache zu übernehmen. Sie war wirklich verständig, möchte aber, dass du nach der Bestattung zurückkommst.«

»Wir werden sehen.«

***

Die Tage vergingen. Während seiner Dienste nutzte Laurenz jede Gelegenheit, seine Kollegen, Bürger, Bettler und Diebe zu befragen, doch niemand wusste etwas über Veronika. Und niemand hatte einen Rappen in der Stadt gesehen.

Schließlich kam der Tag des Abschieds. Selten war eine verwegenere Gesellschaft aufeinandergetroffen als auf Maries Beerdigung. Diebe, Huren, Bettler, Kranke und Arme waren gekommen, um der Heilerin die letzte Ehre zu erweisen, und mittendrin ein Büttel, der Neffe der Toten, und einige Beginen. Für diesen Tag gab es zwischen ihnen ein unausgesprochenes Übereinkommen: Laurenz war nicht im Dienste der Stadt hier, und die Ehrlosen sahen in ihm nur den Neffen von Marie.

Am offenen Grab sprach Laurenz mit fester Stimme: »Jeder von euch kannte Marie. Sie hatte immer ein offenes Ohr für die Sorgen der Menschen, und sie half euch meistens, ohne etwas dafür zu nehmen.«

Viele der Anwesenden sahen einander an und nickten.

Als Laurenz seine Rede beendet hatte, sprach er das Gebet, da kein Priester anwesend war:

»Herr, Du bist für uns wie Vater und Mutter.

Wir übergeben Dir diese Frau.
In unseren Augen ist sie tot.
In unserem Herzen glauben wir, dass sie bei Dir lebt.
Bei Dir findet sie Erbarmen.
Denn Dein ist das Reich und die Kraft und die Herrlichkeit, in Ewigkeit. Amen.«

Die blinde Maronenverkäuferin Theresa verabschiedete sich unter vielen Tränen ebenso wie einige gestandene Männer.

Nun begannen die Totengräber, die sich inmitten dieser merkwürdigen Versammlung sichtbar unwohl fühlten, in Windeseile das Grab zuzuschaufeln. Martin, der Anführer der Bettler, war heute ebenfalls aus seinem Versteck gekrochen, um Marie die letzte Ehre zu erweisen. Entschlossen trat er vor und blickte selbstsicher in die Runde.

»Laurenz, wir sind nicht gerade das, was man Freunde nennen kann, doch deine Tante hat uns alle gleich behandelt. Nie nahm sie mehr, als jemand geben konnte. Sie fürchtete sich auch nicht, jemanden zu behandeln, der eine ansteckende Krankheit hatte. Nun, wir haben zusammengelegt. Ihr Grab soll ein schönes Kreuz zieren. Wir hoffen, dass du nichts dagegen hast.« Mit diesen Worten trat er wieder zurück.

Laurenz wischte sich eine Träne aus dem Augenwinkel. »Hab dank, Martin.« Er sah noch einmal in die Runde. »Ihr alle. Meine Tante wäre sicher erfreut. Euer Mitgefühl zeigt, dass sie richtig gehandelt und gelebt hat. Gott möge ihrer Seele gnädig sein.«

»Amen«, erwiderten alle gemeinsam.

»Was aber das Kreuz angeht – ich glaube, Marie wäre es nicht recht gewesen. Viel lieber hätte sie gesehen, wenn ihr den Hungernden dafür etwas zu essen gebt.«

Begeistert klatschten die Leute in die Hände. Laurenz wurde auf die Schulter geklopft, und anschließend löste die Menge sich ebenso still wieder auf, wie sie zusammengekommen war.

Lena hatte unterdessen Gelegenheit gefunden, einige Leute nach Veronika und einem Mindermann zu fragen, doch auch hier hatte niemand etwas Neues zu berichten.

»Ich kenne ein paar, die so genannt werden«, sagte lediglich Theresa. »Der Ratsherr Mindermann hat gerade eine Magd hinausgeworfen, weil sie mit einem seiner Knechte im Stroh erwischt wurde. Von den übrigen Mindermanns kann ich dir nichts sagen.«

»Danke, Theresa. Wenn du je etwas hören solltest von einem kleinen Mädchen, das irgendwo neu ist, oder von einem Mord, lass es mich oder Laurenz wissen.«

Theresa nickte, streichelte Lena über den Arm und ging mit den anderen wieder Richtung Stadt.

»Kehrst du mit uns zusammen zurück?«, fragte Frau Margarete.

»Ich möchte noch etwas Ordnung schaffen und Laurenz helfen. Wäre es recht, wenn ich in zwei Tagen zurückkomme?«

Die Augenbrauen der Hurenwirtin fuhren ungehalten in die Höhe. »Nun gut. Aber in zwei Tagen erwarte ich dich zurück. Dann ist meine Geduld erschöpft, Lena. Es wird Zeit, dass du endlich wieder deinen Platz einnimmst.«

Kapitel 8

Nach langer Trübsal kam Laurenz am nächsten Abend frohgemut aus der Stadt.

»Lena, freue dich! Ich habe herausgefunden, dass Ratsherr Mindermann Pferde züchtet und wohl auch einige Rappen darunter sind.«

»Oh Laurenz, endlich einmal eine gute Nachricht.«

»Ich weiß im Moment nur noch nicht, wie wir herausbekommen, ob der Rappe des Mörders auch darunter ist.«

»Wir werden es herausfinden. Aber zuerst musst du etwas essen. Geh hinaus und wasch dich.« Lena grinste ihn an.

Seit Maries Tod wohnten sie hier gemeinsam unter einem Dach, beinahe wie ein Ehepaar, doch Laurenz machte keine Anstalten, sich ihr zu nähern. Es kam ihr fast so vor, als wären sie Bruder und Schwester. Sie fühlte sich wohl in seiner Gesellschaft, auch wenn sie hin und wieder hoffte, dass er mehr in ihr sah. Doch die Sorge um ihre Tochter war so groß, dass ihr der Sinn dafür fehlte, ihm zu verstehen zu geben, wie sehr sie ihn mochte.

»Ich bin halb am Verhungern.« Laurenz entledigte sich seiner Leder- und Tuchrüstung, ging hinaus und kam erfrischt und mit tropfenden Haaren zurück. Lena stellte wieder einmal fest, dass er wirklich ein schöner Mann war. Die Frau, die ihn eines Tages bekäme, konnte sich glücklich schätzen. Aber der Gedanke daran versetzte ihrem Herzen einen Stich.

In dieser Nacht grübelte sie, was sie mit dem neuen Wissen anfangen sollte, und am nächsten Morgen wusste sie, was zu tun war.

Nachdem Laurenz zu seinem Dienst aufgebrochen war, zog sie sich ein Kleid von Marie an, legte ihres fein säuberlich auf das Bett und machte sich auf den Weg nach Bremen zum Haus der Beginen. Sie würden ihr hoffentlich bei ihrem Plan helfen.

Das Wohnhaus der braven Frauen war ein schlichtes Gebäude abseits des Markts. Es war das sauberste in der Gasse. Ein kleiner Kräutergarten gedieh neben dem Eingangsbereich. Dadurch unterschied es sich von den umstehenden Häusern, in deren Furten sich Unrat türmte.

Lena wusste nicht mehr über diese Frauen, als was Marie ihr erzählt hatte. Sie waren unverheiratet, fleißig und hilfsbereit. Vermutlich würden sie verwundert auf ihre Bitte reagieren, aber Lena brauchte wenigstens eine der Frauen für ihr Vorhaben. Sie klopfte, und nach Kurzem wurde die Tür geöffnet. Eine schlanke Gestalt mit großen braunen Augen sah ihr offen entgegen.

»Verzeiht die Störung, mein Name ist Lena von Riede, und ich suche Regina.«

»Du störst nicht, Kind. Welche Regina suchst du? Wir haben zwei.«

»Die im Leprosenhaus hilft.«

»Da hast du Glück, sie ist da. Komm herein.« Sie trat einen Schritt zur Seite und ließ Lena eintreten.

Innen roch es verführerisch nach Gebäck. Da Lena noch nichts gegessen hatte, lief ihr das Wasser im Mund zusammen.

»Setz dich doch zu Hanna in die Küche. Ich gehe derweil Regina holen.« Die Begine zeigte auf die Küche, in der eine kleine, dicke Frau am Feuer hantierte.

»Guten Tag, mein Name ist Lena. Ich soll hier auf Regina warten.«

Hanna blickte auf. Sie hatte kleine Augen, was durch ihre dicken Wangen noch verstärkt wurde. »Dann nimm nur Platz. Möchtest du ein Stück Backwerk, während du wartest?«

»Oh, sehr gerne.« Lena war ehrlich überrascht über diese Gastfreundschaft. All die Geschichten von Häresie, die man über diese Frauen erzählte, waren wohl schlicht und einfach gelogen. Genau wie die vielen Lügen über die Hübschlerinnen. Hier waren keine bösen Frauen am Werk, aber das hatte Marie ihr schon immer gesagt.

Hanna nickte wissend, schnitt von einem Kuchen ein großes Stück ab, goss ein Glas Milch ein und reichte Lena beides. »Lass es dir schmecken.«

Genüsslich kauend beobachtete Lena, wie geschickt sich Hanna in der Küche anstellte, als Regina eintrat.

»Guten Tag, Lena. Wie geht es dir? Du wolltest mich sprechen?« Sie wirkte überrascht.

»Danke, es geht mir so weit gut, aber ich habe eine Bitte an dich. Kann ich dich alleine sprechen?«

»Wir haben keine Geheimnisse voreinander. Du kannst hier ganz offen sprechen.«

Lena war unsicher, und Regina bemerkte es. »Auch dringt kein Wort von dem, was jemand hier erzählt, nach draußen.«

Erleichtert nickte Lena. »Ich bin auf der Suche nach dem Mörder von Marie.«

»Das ist doch Aufgabe des Vogts und seiner Büttel.«

»Ja, aber du weißt sicherlich selbst, dass sie nicht sehr gewissenhaft arbeiten, vor allem wenn es um Menschen wie Marie geht.«

»Das hört man leider oft.«

»Außerdem …« Lena warf Hanna einen kurzen Seitenblick zu, doch diese war damit beschäftigt, einen Teig zu kneten, und interessierte sich anscheinend nicht für das Gespräch. »Außerdem habe ich eine kleine Tochter, und wir sind überzeugt, dass Maries Mörder sie hat.«

»Du armes Mädchen, wie furchtbar. Was willst du jetzt tun, und wie kann ich dir helfen?«

»Ich möchte dich nur um eine winzig kleine Gefälligkeit bitten. Du sollst mich zum Haus eines Ratsherrn begleiten. Ich will mich dort als Magd vorstellen, um herauszubekommen, ob sie meine Tochter haben.«

Da nun alles gesagt war, atmete Lena tief ein und wartete auf Reginas Reaktion. Sie hoffte inständig, dass sie Ja sagen würde. Allein konnte sie nicht hingehen, keine Frau tat das, wenn sie wegen einer Arbeit vorstellig wurde. Eigentlich gingen die wenigsten Frauen überhaupt allein durch die Stadt.

Regina betrachtete Lena eingehend. »Du bist noch jung, aber wirkst, als hättest du viel gesehen. Ich werde meine Oberin fragen. Warte hier und iss deinen Kuchen auf. Warm schmeckt er am besten.«

Lena nickte, doch der Appetit verging ihr. Sie glaubte nicht, dass man es Regina erlauben würde. Immerhin war sie eine Hure, hatte einen Bastard und wollte ihre Herkunft einem Ratsherrn verschweigen. Enttäuscht ließ sie die Schultern hängen.

»Traurig sein kannst du, wenn Regina dir sagt, dass es nicht geht. Vorher besteht immer Hoffnung. Iss dein Backwerk.« Hanna zwinkerte ihr zu. Sie hatte doch jedes Wort gehört.

»Sehr weise Worte.« Lena gehorchte und aß den Kuchen auf. Er schmeckte wirklich köstlich.

»Und es ist so einfach. Warum sich über etwas grämen, das noch nicht geschehen ist. Damit macht man es sich nur unnötig schwer.«

»Das will ich mir merken.« Lenas Laune hob sich wieder.

Nachdem sie auf Hannas Drängen ein weiteres Stück Kuchen verzehrt hatte, kam Regina tatsächlich mit einer guten Kunde zurück: Sie würde Lena zum Haus des Ratsherrn begleiten.

»Du willst dort also als Magd vorstellig werden. So jedoch kannst du nicht hingehen, du siehst aus wie eine Bettlerin.« Regina musterte Lena skeptisch.

Lena hatte sich nicht Maries bestes Kleid herausgesucht. Es wäre ihr sonst wie Diebstahl vorgekommen. »Ich dachte, in meinem würde man mich eher erkennen.«

»Vermutlich.« Regina kratzte sich nachdenklich am Kopf. »Komm mit, wir haben noch ein paar Kleiderspenden. Sicherlich finden wir dort etwas Passendes.«

In einer kleinen Kammer hinter der Küche waren einige Truhen voll Kleider, die ihnen Bürger gespendet hatten. Manche stammten auch aus dem Nachlass von Verstorbenen.

Ein schlichtes, aber gutes blaues Kleid passte Lena, und Regina schien zufrieden zu sein. »Damit siehst du wie eine Magd aus. Wann willst du zum Ratsherrn?«

»Am besten jetzt gleich, falls es dir recht ist.«

»Dann lass uns aufbrechen.«

Nahe dem Markt, in der Hohenstraße, stand das vierstöckige Haus des Ratsherrn Constantin Mindermann. Es war imposant, bestand aus Fachwerk gemischt mit neuartigen kleinen Ziegelsteinen. 1355, die Jahreszahl stand über der Tür. Zahlen lesen konnte Lena. Das Haus war also erst vor einem Jahr fertig geworden, es war noch sauber und frei von Moos. Das mittlere Geschoss hatte sogar ringsherum gelbe Glasfenster.

Prüfend warf Lena noch einen Blick auf ihr Kleid und den Umhang, zupfte ihn etwas zurecht und nickte Regina dankbar zu, ehe sie den Türklopfer benutzte. Sie wusste nicht, was sie erwartete, und für einen Moment lauschte sie, ob eine Kinderstimme zu hören war, doch von innen drang kein Laut heraus.

Die Tür wurde geöffnet, und eine Bedienstete sah die beiden Frauen neugierig an. »Ja?«

»Mein Name ist Lena von Riede. Ich bin auf der Suche nach Arbeit und hörte, dass hier die Stelle einer Magd frei wäre. Das ist Frau Regina, sie hat mich herbegleitet.«

Die Frau musterte Lena unverhohlen, dann öffnete sie die Tür etwas weiter. »Hat sich ja rasch umgesprochen. Na kommt schon rinn.«

Die beiden Frauen betraten eine große Eingangshalle. Es war sauber, und die Dielen waren mit Binsenmatten ausgelegt. Die Luft roch nach Kräutern und Rinderbrühe. An der Wand hing eine Zeichnung von einem Paar, bei dessen Anblick Lena einen Stich in ihrem Herzen spürte. Der Mann auf dem Bild war groß, dunkelhaarig und stand hinter einem Stuhl, auf dem eine zierliche Frau saß. Sie trug das Haar offen, und es fiel in langen Wellen über ihre Schultern.

»Waddet. Ich frach.« Die Frau verschwand hinter einer der drei Türen, die von hier abgingen. Es führte eine Treppe in das obere Stockwerk und eine nach unten. Die Fenster hier waren mit dünnen Tierhäuten verhangen, die Läden geöffnet. Zusätzlich steckten Kienspane in Halterungen an den Wänden der Diele, die jedoch zurzeit nicht brannten. Lena lauschte. Von unten drangen das Klappern von Geschirr und leises Gemurmel hinauf.

Und wenn sie dich erkennen? Laurenz' Worte drängten sich in Lenas Gedächtnis, und plötzlich überkamen sie Zweifel. Was, wenn er damit recht hatte, wenn der Ratsherr womöglich ein Kunde von ihr war oder einer seiner Leute? Immerhin kannte sie mindestens einen Ratsherrn, aber an den wollte sie jetzt nicht denken. Ihr Herz begann zu klopfen, doch für eine Flucht war es jetzt zu spät, denn in diesem Moment trat ein Mann aus der Tür. Unweigerlich zuckte Lena zusammen. Das war der Mann auf dem Bild, und er hatte in etwa die Statur von Maries Mörder. Seine grauen Schläfen verliehen ihm ein würdiges Aussehen. Die Augen waren graublau. Gemäßigten Schrittes kam er auf sie zu.

»Datt is datt Mädchen, Herr Stadtrat.« Die Magd trottete hinter ihm her und deutete auf Lena.

»Guten Tag.« Lena machte einen Knicks.

»Sei gegrüßt, Jungfer …?«

Lena schluckte schwer, befürchtete einen Moment, gar nichts anderes sagen zu können, als dass dieser Mann ein Mörder war. Seine Stimme allerdings löste nicht auf Anhieb den erwarteten Schrecken bei ihr aus, auch wenn sie irgendwie ähnlich klang wie die des Mörders in ihrer Erinnerung. Vielleicht klang er anders, wenn er böse und aufgeregt war.

»Nun, wie heißt du, mein Kind?«

»Lena, Herr Stadtrat Mindermann.« Sie war froh, dass sie ihre Sprache wiedergefunden hatte. Langsam erhob sie sich, hielt den Blick jedoch gesenkt.

»Lena«, wiederholte er und nickte Regina kurz zu. »Herr Mindermann reicht als Ansprache. Wie ich von Helene höre, möchtest du als Magd für uns arbeiten. Was hast du denn bis heute gemacht?«

»Ich habe kürzlich meine Familie verloren, und nun muss ich Geld verdienen«, log Lena.

»Das tut mir leid.« Er legte ihr seine Hand kurz auf den Arm. Die Berührung war ihr unangenehm, und sie wunderte sich über eine derartige Vertrautheit. »Danke, Herr Mindermann, aber mein Stiefvater war kein guter Mensch. Um ihn bin ich nicht traurig.«

»Das sind sehr offene Worte.« Er knetete seine Finger. »Komm doch erst einmal herein. Dann sehen wir weiter. Deine Begleitung kann gerne hier warten.«

Er führte sie in eine Schreibkammer voller Regale, in denen sich neben Schriftrollen auch zwei Bücher befanden. Lena hatte noch nie zuvor eins gesehen und betrachtete die Bände einen Moment. An der verbliebenen Wand war ein Kamin eingelassen, doch das Feuer war aus. Darüber hing ein großes Dokument mit einem Wappen und dem Kaisersiegel. Verschiedene Federkiele, zwei offene Tintenfässchen und diverse Pergamente waren auf einem blank polierten Tisch verteilt, den passende Stühle mit weichem Polster zierten.

Der Ratsherr setzte sich und bot ihr mit einer Geste den anderen Stuhl an. Der Raum war heller als die Diele. Es brannte neben einigen Talglichtern ein langer Kienspan, wodurch sie den Mann besser sehen konnte. Erleichtert stellte Lena fest, dass sie ihn zumindest nicht aus dem Töchterhaus kannte.

Als sie Platz genommen hatte, verschränkte er seine Hände vor sich auf dem Tisch und knetete seine mit Tinte verschmierten Finger erneut, ganz so, als plagten ihn Schmerzen. Es erinnerte Lena an die Hände von Frau Margarete.

»Eigentlich müsste meine Frau mit dir sprechen, aber sie ist nicht da. Erzähl mir doch einfach, was du alles kannst.«

»Gerne. Meine Mutter hat mir beigebracht, was im Haus wichtig ist. Ich kann die Wäsche waschen, das Haus sauber halten, kochen, nähen, Holz hacken, das Vieh versorgen, Unkraut –«

Lächelnd hob der Ratsherr seine Hand, um sie zu unterbrechen. »Ich nehme mal an, dass es ausreichend ist, um es mit dir zu versuchen.« Er lächelte. »Die meisten von deinen Kenntnissen wirst du hier nicht brauchen. Aber wer weiß, vielleicht kommt es meiner Gattin ja eines Tages in den Sinn, sich Schweine zu halten. Dann haben wir wenigstens jemanden, der sich damit auskennt.«

Lena stutzte bei der Bemerkung, sagte aber nichts.

»Wenn du keine Familie mehr hast, wessen Mündel bist du dann?«

»Niemandes Mündel.«

»Dann wirst du jetzt unser Mündel sein, bis du vermählt bist.«

Lena nickte, obwohl ihr dabei der Schweiß ausbrach.

»Unter dem Dach sind eure Kammern. Helene wird es dir gleich zeigen. Wir gehen sonntags gemeinsam zur Messe, ebenso an den Feiertagen. Ihr nehmt eure Mahlzeiten unten in der Küche ein. Alles andere erklärt Helene dir, und wenn ich noch etwas vergessen habe, wird die Hausherrin es dir sicher mitteilen. Wir erwarten sie in zwei Tagen zurück.«

Schnell stellte sich heraus, dass besagte Helene für die persönlichen Belange der Mindermanns zuständig war. Statt ihrer führte die Magd Rosa sie herum. Sie hatte eine längliche Kopfform und überdimensionale Nasenlöcher, dazu etwas zu groß geratene Zähne. Sie war von freundlichem Wesen, zeigte Lena das Haus und erklärte die Gepflogenheiten.

Es gab zwei Badezuber, einen für die Herrschaften und einen, den sich das Gesinde teilte. Einmal die Woche musste jeder ein Bad nehmen, ansonsten wusch man sich am Brunnen hinter dem Haus. Dass Lena inzwischen andere Reinigungsgewohnheiten hatte, verschwieg sie lieber. Die Mägde und die Köchin schliefen in einer Kammer unter dem Dach. Sie hatten eine kleine Feuerstelle für den Winter. Die männlichen Dienstboten schliefen in einer Kammer neben der Küche, die im Keller lag.

Lena fragte Rosa nach Kindern, doch die Magd erklärte mit ehrlichem Bedauern, dass den Ratsleuten das Glück bisher nicht hold war. Frau Mindermann hatte wohl ein paar Fehlgeburten gehabt und eine kleine Tochter verloren, als diese ein Jahr alt war. Kinder gab es also keine im Haus. Da sie sich bei der Stimme des Ratsherrn ganz und gar nicht mehr sicher war, fragte Lena sich, was sie jetzt noch hier sollte. Den Rundgang würde sie noch abwarten und dann mit Regina dieses Haus verlassen.

Im Haushalt gab es insgesamt sieben Dienstboten und zwei Stallknechte. Gleich neben dem Haus befand sich ein kleiner verträumter Rosengarten, dessen Sträucher bereits die ersten Knospen trugen und bei voller Blüte wunderschön sein mussten. Dahinter lag der Stall, den sie jetzt betraten. Ihre Augen mussten sich erst an das dämmrige Licht gewöhnen, ehe sie ihre Umgebung erkennen konnten. Sofort fiel Lena der Sattel auf, der über einem Holzbalken hing. Es war so einer, wie sie ihn bei Marie auf dem Pferd gesehen hatte. Ihr Herz hämmerte in ihrer Brust. Also war sie hier doch richtig. Neugierig schaute Lena in den ersten Pferdeständer, doch er war leer.

»Magst du Pferde?«, fragte Rosa.

»Ja«, sagte Lena und wandte sich dem zweiten zu. Und tatsächlich, hier stand ein rabenschwarzes Pferd, das sie mit seinen großen Augen aufmerksam ansah. Wie gebannt stand Lena da, bis das Pferd sie mit seiner samtweichen Nase an der Hand anstupste und aus ihren Gedanken riss.

»Nun solltest du ihm etwas zu fressen geben.« Rosa reichte Lena einen alten Apfel.

»Danke«, sagte Lena wie in Trance. Mit der flachen Hand hielt sie den Apfel, und das Pferd nahm ihn behutsam auf und begann genüsslich zu kauen.

»Komm, nun hast du Freundschaft geschlossen, aber wir haben noch einiges, was ich dir zeigen muss.«

Lena nickte. Wenn sie herausfinden wollte, wo ihr Kind war, musste sie bleiben.

Sie verabschiedete sich von Regina, die ihr viel Glück wünschte und sich auf den Weg machte.

Erst als Regina außer Sicht war, fiel Lena ein, dass Laurenz nicht Bescheid wusste, wo sie war. Sie hatte nun allerdings erst einmal keine Möglichkeit, ihn zu benachrichtigen. Sie hoffte, dass er ahnen würde, wohin sie gegangen war, und kehrte ins Haus zurück.

***

In den ersten Tagen teilte Helene Lena für die Nachttöpfe, die Feuerstellen und die Wäsche ein. Hier war alles anders als im Töchterhaus. Die Arbeit war körperlich härter, aber rechtschaffen, und Lena gefiel es. Da alle freundlich zu ihr waren, fiel es ihr schwer, keine Sympathien für die Menschen dieses Hauses zu hegen. Natürlich konnte sie nicht davon ausgehen, dass der Ratsherr offen zugeben würde, was er getan hatte, aber sie hoffte, entweder Hinweise zu finden oder dass er sich durch irgendetwas verraten würde, wenn sie nur genau hinsah.

Die Mägde, von denen es außer ihr noch drei weitere gab, waren anfangs etwas zurückhaltend, doch als sie nach ein paar Tagen sahen, dass Lena sich nicht scheute, kräftig mitanzupacken, verflog der Argwohn langsam, und schließlich waren sie froh über zwei tatkräftige Hände. Sie wurde sogar von Helene gelobt, was laut Aussage der anderen äußerst selten vorkam.

Aus den Gesprächen beim Abendessen hörte Lena heraus, dass Mindermann im Bremer Umland Ländereien besaß, und auf einem Gut züchtete er Pferde. Die Zucht war eine Leidenschaft des Hausherren, die von seiner Gemahlin nicht geteilt wurde. Gelegentlich fuhr beinahe der gesamte Haushalt auf das Gut, um einige Tage dort zu verbringen. Dann blieben nur ein Knecht und eine Magd im Stadthaus zurück. Im Gegensatz zu seiner Frau hielt Herr Mindermann sich gern bei seinen Stallungen auf.

Die Hausherrin, Heide Mindermann, war um einige Jahre jünger als ihr Ehemann. Sie war von schlanker Gestalt, hatte goldblondes Haar und sehr schmale Lippen, die häufig zu einem dünnen Strich aufeinandergepresst waren. Es verlieh ihr einen bitteren Ausdruck, und Lena fragte sich, ob der Verlust ihrer

Kinder dies verursacht hatte. Meistens traf man sie mit einem gelangweilten und missmutigen Gesichtsausdruck an, der sich allerdings schlagartig änderte, sobald sich Besuch ankündigte. Als Lena ihr vorgestellt wurde, wirkte sie etwas ungehalten.

»Mein Ehemann hätte dich eigentlich wegschicken sollen, bis ich zurück bin.« Sie betrachtete Lena missbilligend. »Aber da du nun da bist und unter unserer Aufsicht stehst, wollen wir es mit dir versuchen. Ich hoffe nur, dass du nicht zu solch einem liederlichen Treiben neigst wie deine Vorgängerin.«

Lena nickte artig, wunderte sich aber, dass die Hausherrin schon am frühen Morgen leicht lallte.

»Wenn ich Klagen über dich höre, musst du sofort gehen. Unzüchtiges Treiben, Gotteslästerung und Diebstahl werden aufs Härteste bestraft. Wenn du gottesfürchtig und eine Jungfer bist, kannst du bleiben.«

»Ja, Frau Mindermann.«

»Und ich bevorzuge es, wenn man mich mit Frau Ratsherrin anspricht.«

»Wie Ihr wünscht, Frau Ratsherrin.«

Sie war eine von den Frauen, die man zu Recht verzogen nannte. Alles fasste sie mit spitzen Fingern an, und sie war höchst penibel, was Sauberkeit anging. Sie mied die Sonne, und eine vornehme Blässe machte ihre Herkunft deutlich. Lena erfuhr, dass der bodenständige Ratsherr gar nicht adelig geboren war, aber er besaß ein großes Vermögen, das seine Familie durch den Fernhandel erwirtschaftet hatte. Seine Frau entstammte einer Patrizierfamilie, die hoch verschuldet war, wodurch sie nur den Titel mit in die Ehe gebracht hatte. Offenbar aber war es dem Ratsherrn genug.

An diesem Tag gingen Lena und Rosa zum Waschen an die nahe Weser und schrubbten die großen Laken und Bezüge sowie die Kleider und Leibwäsche aller Bewohner des Hauses. Während des Waschens beobachtete Lena die kleine Fähre, die gemächlich zwischen den Weserufern hin- und herschipperte. Sie erinnerte sich noch ganz deutlich an das Gefühl, als ihr Stiefvater sie nach Bremen gebracht hatte. Auch damals waren Frauen hier am Fluss mit Waschen beschäftigt gewesen.

»Heimweh?«, fragte Rosa unvermittelt.

Lena fuhr herum. »Nein, eigentlich nicht. Und du?«

»Nicht mehr«, antwortete Rosa.

»Wie lange bist du schon im Haus?«

»Seit sechs Jahren.«

»Und was hältst du von den Herrschaften?«

Rosa schlug ein Laken kräftig auf einen Stein, hielt dann inne und wischte sich den Schweiß von der Stirn. Es war warm heute, die Sonne schien von einem strahlend blauen Himmel.

»Was soll man von den Leuten halten? Sie sind freundlich, wenn alles zu ihrer Zufriedenheit erledigt wird. Mehr kann ich nicht erwarten.«

»Nein, das meine ich nicht.« Lena wrang eine Decke aus, und Rosa fasste mit an, um sie gemeinsam so lange zu drehen, bis das Wasser aus der Rolle heraustropfte.

»Ich meine, sie sind doch so ein ungleiches Paar. Er könnte ihr Vater sein, und sie wirkt bissig und gelangweilt.«

»Lass das bloß niemanden hören.« Rosa rümpfte die Nase, weil ein Fischerboot dicht am Ufer vorbeikam und einen himmelschreienden Gestank nach sich zog. »Die Fische möchte ich nicht mehr essen müssen.«

Dann blickte sie Lena wieder an. »Du magst recht haben. Sobald männlicher Besuch in ihrem Alter kommt, lebt sie richtig auf, vor allem wenn er eine Uniform trägt. Und du wirst dich noch wundern, was in dieser Frau steckt.«

»Wie meinst du das?«

»Darüber darf niemand reden, aber lange brauchst du nicht zu warten, ehe du es selbst herausfindest.«

»Hm. Wieso hat sie ihn geheiratet?«

Rosa schnaufte verächtlich. »Wieso heiratet eine Frau einen Mann? Weil sie es muss. Weil sie einander versprochen sind oder, wie hier, wegen der Schulden ihrer Familie.«

»Sicher ein hartes Los.« Lena nahm sich ein Hemd vor, schrubbte es auf dem Stein, tauchte es ins Wasser, schrubbte es erneut und tauchte es wieder ein. Die Arbeit ging auf den Rücken und die Hände, aber es war ihr lieber, als sich Männern hingeben zu müssen. Sobald sie Veronika gefunden hatte, würde sie mit ihr irgendwo hingehen, wo sie niemand kannte, und als Magd arbeiten. Vielleicht würde Laurenz mit ihnen kommen.

Beim Gedanken an Laurenz und ihre Tochter überkam sie eine heftige Sehnsucht.

»Helene ist am längsten bei den Mindermanns, oder?«, fragte Lena, um sich abzulenken und nicht in Tränen auszubrechen.

Rosa nickte. »Vor ihr nimm dich in Acht. Sie ist in der Familie, seit der Ratsherr noch ein junger Mann war, und erzählt ihm alles.«

In den letzten Tagen hatte Lena den Ratsherrn und seine Frau nur flüchtig gesehen. Sie wusste nicht, wo und wie sie mit ihrer Nachforschung ansetzen sollte, also konnte sie nur versuchen, die anderen Bediensteten vorsichtig auszufragen.

»Danke, ich werde aufpassen. Aber ich wüsste nicht, was sie über mich berichten sollte.«

»Das kann man nie wissen.«

In der folgenden Nacht wurden die gesamten Hausbewohner von lautem Geschrei aus dem Schlaf gerissen, und Lena sollte erfahren, was Rosa mit ihrer Andeutung gemeint hatte. Müde setzte sie sich auf. Die Stimme kam von unten, aus der Wohnstube, und schmetterte Beleidigungen und Beschimpfungen durchs Haus. Rosa war schon in ihre Kleider geschlüpft und tapste zur Tür, Helene folgte ihr.

»Was ist los?«, fragte Lena.

»Frau Mindermann hat vermutlich zu viel getrunken. Wir werden nachsehen, ob wir helfen können«, antwortete Rosa.

Lena war verwirrt und stieg ebenfalls in ihre Kleider, um den beiden hinterherzueilen.

»Schuft … Tattergreis!«, hörte man die aufgebrachte Stimme von Heide Mindermann. Lena lief schneller, um zu sehen, wer da so beschimpft wurde. Die beiden Mägde wussten es, denn sie machten keinen allzu aufgeregten Eindruck. Gerade kam Lena am Fuß der Treppe an, als ein Zinnkrug den Hausherrn verfehlte und erst scheppernd gegen die Wand flog, um anschließend auf dem Boden zu landen und verbeult hin- und herzurollen.

»Beruhige dich endlich und denk bitte an meinen Ruf«, bat der Ratsherr und hob die Hände, doch seine Frau ließ sich nicht besänftigen. Sie suchte offenbar nach einem neuen Wurfgeschoss. Einige Gegenstände lagen schon auf dem Boden verstreut.

Lena hatte im Töchterhaus genug Frauen und Männer gesehen, die dem Alkohol zu sehr zugesprochen hatten. Einige schliefen nach zu viel des Guten einfach ein, manche weinten, und wieder andere wurden bösartig. Heide Mindermann gehörte offensichtlich zu Letzteren.

Auch die männlichen Dienstboten kamen die Treppe herauf, doch Helene hielt sie auf. »Wir schaffen das alleine, geht schlafen.«

Die Männer warfen noch einen kurzen Blick auf die Szene und kehrten mit zuckenden Schultern um.

»Ich bin jung … schön und einsam! Ich will Kinder, doch dafür muss ich mir wohl jemand anderen suchen …«, lallte die Hausherrin.

»Heide, bei Gott, es reicht!« Constantin Mindermann schlug ihr mit der flachen Hand ins Gesicht. Seine Frau zuckte zusammen und taumelte.

In diesem Moment hatten Helene und Rosa sie erreicht und griffen ihr beherzt unter die Arme. Helene warf dem Ratsherrn einen Blick zu, welcher zu sagen schien: Ich habe es euch ja gesagt. »Kommen Sie, Frau Ratsherrin«, flüsterte Rosa sanft.

Die beiden Mägde führten sie in ihre Kammer und schlossen leise die Tür. Dann war nur noch ein gedämpftes Schluchzen zu hören: »Er liebt mich nicht.«

Lena stand auf dem Treppenabsatz und beobachtete, wie der Ratsherr sich schwer auf einen Stuhl fallen ließ und seinen Kopf in die Hände stützte. Unschlüssig hob sie den Becher auf und besah sich das Durcheinander in der Wohnstube. Sie wusste nicht, was sie nun machen sollte, und beschloss, etwas Ordnung zu schaffen.

Leise klaubte sie Kleider und Teller vom Boden, dabei entdeckte sie ein geschnitztes Holzpferdchen. Die Beine und der Schweif waren abgebrochen. Es musste ein richtiges Kunstwerk gewesen sein und erinnerte sie an zu Hause. Ihr Holzpferd war nicht so filigran gewesen, aber sie hätte es nie fertiggebracht, es zu zerstören. »Wie traurig«, murmelte sie, als sie es aufhob und sich nach den fehlenden Stücken umsah.

Der Ratsherr sah auf. »Sie macht sich nichts aus Pferden«, sagte er unvermittelt. »Gefällt es dir?«

»Ich hatte früher auch eins, aber das war nicht so schön«, antwortete Lena etwas unsicher.

»Vielleicht können wir es reparieren, dann soll es dir gehören.«

»Ich fürchte, das wird schwierig, und außerdem ist es viel zu kostbar.«

»Nein, für mein Weib ist es zu kostbar. Du weißt es zu schätzen. Doch nun genug davon. Du kannst morgen hier aufräumen, denn jetzt gehörst du ins Bett. Es tut mir leid, dass du es mitbekommen hast.«

Lena legte das kaputte Pferd vorsichtig auf den Tisch. »Ihr müsst euch nicht entschuldigen. Haltet Eure Frau dem Alkohol fern, den verträgt sie offenbar nicht.«

Erstaunt über ihre Worte legte er den Kopf auf die Seite, und Lena wurde bewusst, dass sie gerade zu weit gegangen war. Derartige Äußerungen standen einer Magd nicht zu. »Verzeiht mir bitte, es wird nicht wieder vorkommen.«

»Ach, du hast ja recht.« Er seufzte. »Sie trinkt, ohne dass ich es mitbekomme. Ich kontrolliere sie, doch manchmal ist es schon zu spät, wenn ich es bemerke. Ich glaube, sie ist nicht glücklich mit mir.«

»Aber sie hat alles, was eine Frau sich wünschen kann.«

»Was wünscht sich eine Frau, Lena? Was wünschst du dir?«

Lena sehnte sich nach Liebe und Geborgenheit, nach Ameisen im Bauch, einem Vater für ihr Kind, der sie beide liebte und den sie lieben konnten. Aber am meisten wünschte sie sich ihre Tochter zurück. Vielleicht war jetzt eine gute Gelegenheit.

»Einen braven Ehemann, ein schönes Zuhause und Sicherheit. Kinder. Eine kleine Tochter mit lockigen Haaren.«

»Kinder sind etwas Wertvolles.« Er seufzte. »Ich werde noch einmal nach meiner Frau sehen und dann zu Bett gehen. Du solltest das Gleiche tun. Gute Nacht.«

»Gute Nacht, Herr Mindermann.«

Er verschwand in die Schlafkammer seiner Frau.

Lena wusste nicht, was sie als Reaktion auf ihre Worte erwartet hatte, jedoch war es nicht die gewesen, die er gezeigt hatte. Auch seine Stimme wollte nicht mehr zu dem Bild passen, dass sie von Maries Mörder hatte. Sie sammelte noch die fehlenden Teile des Pferdes vom Boden, dann ging sie wieder in die Kammer.

Zum Schlafen war sie allerdings viel zu aufgeregt. Immer wieder sah sie den Ratsherrn gramgebeugt in seinem Stuhl sitzen.

Er hatte so alt und verzweifelt gewirkt, dass sie sogar Mitleid empfand. Ein Gefühl, das hier fehl am Platz war. Aber konnte dieser Mann wirklich ein Mörder sein? Ihre Gedanken wurden von Helene und Rosa unterbrochen, die endlich auch den Weg ins Bett fanden.

»Lena, bis noch wach?«, flüsterte Helene.

»Ja.«

»Nix, wase gehöört und gesehen has, dröff über dine Lippen komen. Da darf kiener von erfahren. Hast das verstanden?«

»Ja, habe ich.«

»Datt schwör uf de heilige Anna.«

Lena seufzte innerlich, aber sie tat ihr den Gefallen: »Ich schwöre.«

»Und nu wird geschlopen, wi muss bald rut.«

»Passiert das öfter?«

»Leider zu oft«, antwortete jetzt Rosa. »Beinahe jede Woche einmal.«

»Scht«, machte Helene. »Die Hausherrin is noch ’ne junge Deern un hat viel mitgemacht. Dat wird sich geben, außerdem: Wi heft voor use egen Döhr genuch Dreck.«

Lena glaubte, gerade erst eingeschlafen zu sein, als die Tür zu ihrer Kammer aufgerissen wurde. Seibold, der Knecht, stand im Rahmen.

»Schnell aus den Betten, es brennt.« Mit seinen Worten drang auch der Geruch nach Feuer in Lenas Nase. Flugs waren die drei Frauen aus den Betten.

»Herr im Himmel.« Helene eilte voraus. Als sie die Treppe hinunterrannten, schlug ihnen Qualm entgegen. Lena drückte sich ihren Umhang vor den Mund. Die Männer waren schon dabei, Wassereimer nach oben zu schaffen, denn das Feuer kam aus dem Raum der Hausherrin. Es war ein dichtes Gedränge auf dem Treppenabsatz.

»Ist noch jemand dadrin?«, fragte Lena panisch, nachdem sie die Ratsherrin vergeblich zwischen den Leuten gesucht hatte.

»Wo ist meine Frau?«, fragte auch der Ratsherr, der jetzt die Treppe mit einem Eimer Wasser hinaufkam. Betroffen sahen sich alle um. »Seibold, hast du sie nicht herausgeholt?«

»Ich habe ihr Bescheid gesagt und bin dann zu den Mägden

hinauf, als sie aus dem Bett gestiegen ist.« Betreten sah er auf seine Füße, doch das reichte Lena als Antwort.

Sie zögerte nicht länger und kämpfte sich einen Weg durch die Wohnstube. Hier war der Rauch dichter als im Treppengang. Einige Möbel standen bereits in Flammen.

»Bleib hier«, rief Rosa ihr hinterher, doch Lena hörte nicht.

Die Tür zur Schlafkammer von Heide Mindermann stand offen. Das Feuer war hier am schlimmsten und musste hier seinen Ursprung haben.

Lena schwang ihren Umhang über den Kopf und kämpfte sich durch die Flammen. Ihre Augen begannen zu tränen. Sie brauchte einen Augenblick, ehe sie in dem beißenden Rauch etwas sehen konnte. Dann entdeckte sie Heide Mindermann. Sie lag vor ihrem Bett. Lena griff zu, während die Flammen nach ihren Beinen züngelten.

»Wo bist du?«, fragte eine männliche Stimme hinter Lena, und plötzlich waren zwei Männer neben ihr.

»Dort liegt sie!« Lena zeigte auf die Frau, woraufhin die beiden sie hochhoben und hinausbrachten. Draußen im Garten legte man sie auf die feuchte Erde.

Lena fiel neben der Ratsherrin auf die Knie. Sie keuchte und hustete, musste würgen. Irgendjemand reichte ihr Wasser, und sie trank gierig. Als ihre Lungen sich ein wenig beruhigt hatten, beugte sie sich über die Ratsherrin. Ihr Atem ging flach.

»Wir brauchen den Arzt«, wies sie Rosa an, die erschüttert auf die blasse Frau hinabsah.

»Ich habe schon nach ihm geschickt«, sagte der Ratsherr und kniete sich neben seine bewusstlose Frau. »Mein Gott.« Er fuhr sich müde mit der Hand über das Gesicht. Wenn du nicht gewesen wärst … nicht auszudenken.«

Lena schwieg und begann, das rußgeschwärzte Gesicht der Hausherrin mit einem feuchten Tuch abzureiben. Sie fürchtete, dass dieser Mann, der sich jetzt so sorgenvoll gab, das Feuer selbst gelegt hatte.

»Wir stehen tief in deiner Schuld, Lena.«

»Wie ist das Feuer ausgebrochen?«, fragte sie in die Runde. Alle zuckten mit den Schultern.

»Sicher hat sie in ihrem Zustand das Talglicht umgestoßen,

dass wir neben ihrem Bett brennen lassen sollten«, antwortete Rosa, deren Augen noch immer vor Angst geweitet waren.

Oder jemand anderer war es, dachte Lena.

Als der Arzt eintraf, stellte er fest, dass es der Ratsherrin in ein paar Tagen wieder gut gehen würde. Das Feuer war schnell unter Kontrolle und bald gelöscht. Die Mägde verbrachten die Nacht im Stall, die Knechte im Freien, der Ratsherr, seine Frau und Helene kamen bei einem anderen Ratsherrn unter, der mit Mindermann befreundet war.

Obwohl die Nacht recht kurz gewesen war, stand Lena an diesem Morgen als Erste auf. Die Sonne trat gerade über den Horizont, und es versprach ein schöner Tag zu werden, der die Geschehnisse der Nacht verblassen ließ. Die Köchin schnarchte lautstark, und von Rosa war nur ein Haarbüschel zu sehen. Leise ging Lena zwischen den ebenfalls noch schlafenden Männern hindurch und machte sich auf den Weg zu Laurenz.

Vergeblich klopfte sie an seine Tür. Er war vermutlich im Dienst, und sie hatte keine Möglichkeit, ihm eine Nachricht zukommen zu lassen. Enttäuscht kehrte sie zurück.

Im Haus roch es noch immer nach verbranntem Holz, obwohl alle Läden weit geöffnet waren. Es würde Tage dauern, ehe die Familie zurückkehren konnte. Als sie in den Wohnbereich trat, schlummerte dort der alte Stallknecht Wilfried. Er hatte die Brandwache übernommen. Lena rüttelte ihn sanft an der Schulter, worauf er die Augen aufschlug und sie müde ansah.

»Geh hinunter an die frische Luft und schlaf noch ein wenig bei den anderen. Ich mache schon mal etwas Ordnung und passe auf, dass das Feuer nicht wieder ausbricht.«

»Danke, Dern.« Mühsam erhob er sich und trottete von dannen.

Lena sah sich um. Alles war voller aufgeweichter oder verbrannter Möbel. Die Wandbehänge waren unansehnlich, teilweise angesengt und rußgeschwärzt. Aber aufzuräumen war nicht in Lenas Sinn – jetzt wo niemand im Haus war, konnte sie endlich ungesehen die Schlafkammer des Ratsherrn in Augenschein nehmen. Vielleicht fand sie dort irgendetwas, das ihr weiterhalf.

Das Feuer war offenbar nicht bis hierher vorgedrungen, denn

die Kammer war nahezu unversehrt. Der Raum war schlicht eingerichtet mit einem großen Bett, zwei Truhen, einem Tisch und zwei gepolsterten Stühlen. Ein breites Fenster zum Hof ließ viel Licht herein. Die große Feuerstelle war an der Seite mit Figuren verziert, und die beiden Regale bestanden aus poliertem Holz. Sie waren voller Pergamente. Drei schwere Folianten lagen auf einem Hocker neben dem Bett. An der Wand hing fein säuberlich Mindermanns Amtsrobe.

Dieses Mal hatte Lena keinen Blick für die Bücher, sondern eilte geradewegs zur ersten Truhe und öffnete sie leise. Sie enthielt nur Wäsche. Sorgsam durchsuchte sie die Kleider, fand aber nichts außer einem polierten Schwert mit goldenem Knauf, das unter den Kleidern verborgen war, und einem großen Lederbeutel voller Münzen. Geld hatte der Mann genug. Als Lena sich der zweiten Truhe zuwenden wollte, hörte sie die Stimmen von Helene und Rosa. Ärgerlich rannte sie in die Wohnstube und begann aufzuräumen.

»Herr im Himmel. Es sieht schlimmer aus, als ich befürchtete«, sagte Rosa und schlug sich die Hand an die Stirn.

»Na, so schlümm is datt ock nich. Anne Arbeit, Kinners«, sagte Helene.

Gemeinsam mit den Knechten brachten sie den Hausrat nach draußen, der nicht mehr zu retten war, darunter beinahe die gesamte Einrichtung der Hausherrin. Handwerker tauchten im Laufe des Tages auf, nahmen Maß oder begannen direkt vor Ort mit dem Bau neuer Möbel. Ein Tuchmacher kam mit Wandbehängen aus dickem Stoff, frische Binsenmatten wurden geliefert.

Nach ein paar Tagen war das Haus wieder bewohnbar. Weil aber noch immer ein leichter Brandgeruch im Haus hing, wurden Lavendel und Rosenzweige aufgehängt, Duftwässer in Schalen aufgestellt und alles mit Rosenseife geschrubbt. Am vierten Tag kamen die Ratsleute zurück. Die Hausherrin begab sich sofort in ihre Kammer. Helene verkündete dem Gesinde, dass es ab heute wieder im Haus schlafen würde und die Ratsherrin noch zu krank sei, um aufzustehen.

Der Ratsherr aber richtete ein paar freundliche Worte an sie. »Ihr habt wirklich gute Arbeit geleistet, und mein besonderer

Dank gilt Lena, die meine Frau gerettet hat. Wir werden ein Fest feiern, sobald sie sich erholt hat.«

Das Gesinde war begeistert, nur Lena bedeutete das alles nichts, zumal sie bisher keine weitere Gelegenheit gehabt hatte, sich in der Kammer des Ratsherrn umzusehen.

In dieser Nacht schlief Lena schlecht, ihr Magen rebellierte und ließ sie nicht zur Ruhe kommen. Um die anderen nicht zu wecken, schlich sie leise nach unten. Zu ihrer Verwunderung war noch jemand auf: Herr Mindermann hantierte in der Wohnstube so geschäftig, dass er sie nicht hörte. Er stellte einen Becher vor sich hin und zog einen Lederbeutel aus seiner Rocktasche. Lenas Neugierde hinderte sie daran, sich bemerkbar zu machen. Auf Zehenspitzen huschte sie neben die Tür und spähte um die Ecke, um zu sehen, was er dort tat.

Der Ratsherr gab eine Prise dunklen Pulvers in den Becher und goss es mit Wasser auf. Getrockneter Wolfswurz, schoss es Lena durch den Kopf. Dieser, zu einem Pulver gemahlen, wurde ebenfalls dunkel. Was, wenn es das Gift von Marie war und er es gleich seiner Frau geben wollte? Es wäre eine gute Gelegenheit, sich ihrer zu entledigen, nun wo sie krank war. Alle würden denken, dass sie an den Folgen des Brands gestorben sei.

Plötzlich drangen aus der Küche Rumoren und leise Stimmen herauf. Einige Dienstboten mussten noch wach sein. Auch der Ratsherr schien es zu hören. Er hielt einen Moment inne und lauschte. Wenn er jetzt zur Tür kam und sie hier stehen sah, dann war es aus. Lena wagte nicht zu atmen. Es kam ihr vor wie eine Ewigkeit, bis er sich endlich wieder seiner Tätigkeit zuwendete.

Mit einem kleinen Holzstab rührte er den Inhalt des Bechers um. Anschließend rollte er den Beutel zusammen, verknotete ihn sorgfältig und ging damit in seine Schlafkammer. Lena hörte das Quietschen des Truhendeckels. Wenn sie etwas unternehmen wollte, dann jetzt. Schnell war sie aus ihren Schuhen geschlüpft und schlich zum Tisch. Das erneute Quietschen der Truhe warnte sie. Blitzschnell goss sie einen zweiten Becher voll Wasser, nahm den verhängnisvollen an sich und eilte hinaus. Keinen Moment zu früh.

Constantin Mindermann ging wieder in die Wohnstube, nahm

den neuen Becher und trat auf die Schlafkammer seiner Frau zu. Lenas Herz raste in ihren Ohren. Das war sehr knapp gewesen. Als er die Tür hinter sich geschlossen hatte, schlich Lena ebenfalls dorthin und lauschte mit angehaltenem Atem.

»Wach auf, Heide, ich habe hier Medizin, die dir helfen wird.« Die Stimme des Ratsherrn klang sanft. Lena wusste genug.

Damit man sie hier nicht erwischte, schlich sie wieder in die Diele, stieg in ihre Schuhe und entsorgte die Flüssigkeit im Abort. Erleichtert lächelte sie, als sie sich vorstellte, wie verwundert der Ratsherr am Morgen sein würde, wenn seine Frau nicht tot im Bett lag.

Eine Sekunde später gefror ihr Lächeln. Mit der Hand schlug sie sich gegen die Stirn. »Oh nein!« Gerade hatte sie den Beweis weggeschüttet. »Du dummes Ding«, schalt sie sich selbst.

»Mit wem sprichst du da?« Lena schrak zusammen, als die Stimme von Rosa durch die Tür drang.

»Ach mit niemandem. Ich habe mich nur über etwas geärgert.«

»Na dann ärger dich zu, ich muss mal!«

»Ja, ja.« Lena versteckte den Becher in ihrem Gewand und verließ das Örtchen, wobei Rosa sich dringlich an ihr vorbeischob.

Nun würde sie noch länger in diesem Haus bleiben müssen, bis sich eine neue Gelegenheit ergab, und dann würde sie zweimal nachdenken, ehe sie Beweise vernichtete.

Kapitel 9

Gute zwei Wochen waren vergangen, seit das Feuer im Haus des Ratsherrn gewütet hatte. Der Ratsherr zeigte zumindest nicht offen, wie sehr er sich wunderte, dass es seiner Gemahlin gut ging. War es am Ende kein Gift gewesen, das er ihr hatte geben wollen?

Inzwischen war alles wieder hergerichtet. Wie jeden Tag reinigte Lena vor allem die Feuerstelle in der Kammer des Hausherrn besonders gründlich. Sie war beinahe fertig und gab langsam die Hoffnung auf, dass sie noch einmal ungestört sein würde.

Rosa war nebenan in der Wohnkammer damit beschäftigt, neue Binsenmatten auszulegen, als Helene von oben rief: »Kann eine von euch beiden hochkommen und mir bei den Kleidern der Hausherrin helfen? Ich bekomme die Truhe nicht alleine vom Fleck.«

»Kannst du das bitte eben machen?«, rief Rosa herüber.

Lena stand auf, ging zur Tür und zeigte Rosa ihre schmutzigen Finger. »Wenn du willst, dass die Kleider der Ratsherrin schwarz und harzig werden, dann mache ich es.«

Rosa seufzte. »Gut, dann gehe ich.« Sie ließ missmutig die Binsenmatte los und eilte zur Treppe.

Endlich! Eilig ging Lena in die Kammer zurück.

Vorsichtig wagte sie einen Blick in die zweite Truhe, die vor dem pompösen Bett mit Federdecke und Kissen stand. Sie wischte sich die Hände ab und hob den Deckel an. Es kamen Dokumente, mehrere Holzschachteln und ein abgegriffener Holzkreisel zum Vorschein, aber ein Lederbeutel war nicht zu sehen. Lena lauschte, ob Rosa zurückkehrte, hörte aber nur, dass oben eine Truhe verschoben wurde. Von draußen klang die Arbeit der Stallknechte hinauf und von unten das leise Klappern von Töpfen. Der Ratsherr war im Rathaus und die Ratsherrin nach wie vor in ihrer Kammer, die sie seit ihrer Rückkehr kaum verlassen hatte.

Lena nahm eine mit edlen Schnitzereien verzierte Holzschatulle und öffnete sie. Zu ihrer Enttäuschung waren nur Schriftstücke darin, und sie bedauerte wieder einmal, dass sie nicht lesen konnte. Laurenz hatte ihr damals, als sie bei Marie auf die Geburt von Veronika wartete, angeboten, es ihr beizubringen, doch Lena war zu ungeduldig gewesen und hatte schnell aufgegeben.

Seufzend legte sie die Schatulle wieder zurück und achtete auf Geräusche, während sie eine weitere Kiste öffnete. Ein Duft von Kräutern stieg ihr aus dem Kästchen in die Nase. Dieses Mal hatte sie Glück, denn darin befanden sich mehrere Lederbeutel, die alle mit verschiedenfarbigen Bändern zugeschnürt waren. Sie erinnerte sich, dass das gesuchte Säckchen dunkel war, also nahm sie ein dunkles, öffnete es und roch daran. Darin waren Lavendelblüten, eindeutig. Sie legte es zurück und probierte eins nach dem anderen durch. Alle Säckchen enthielten Kräuter, getrocknete Blütenblätter oder kleine bunte Steine, doch es war keines dabei, das sie nicht als Heilmittel erkannte.

Grübelnd nahm sie ihre Arbeit wieder auf. Sollte sie sich in der Nacht getäuscht haben? Hatte Herr Mindermann seiner Frau wirklich ein Heilmittel geben wollen? Sie glaubte es nicht. Das Ratsehepaar hatte ein Kind verloren, ein Mädchen. Er war groß, hatte einen schwarzen Rappen im Stall, und den Sattel hatte Lena eindeutig erkannt. Nur seine Stimme, da war sie nie sicher gewesen. Allerdings hatte sie ihn auch nie so schreien oder zetern gehört wie aus Maries Hütte.

Nach einiger Zeit kam Rosa zurück, legte ihre Binsenmatten aus und ging schließlich in die Kammer der Ratsherrin. Als sie wiederkam, hatte auch Lena ihre Arbeit beendet.

»Wenn du hier fertig bist, geh dich waschen und komm in die Diele. Frau Mindermann möchte etwas sagen.«

»Habe ich etwas angestellt?«, wollte Lena wissen.

»Nein, wir sollen alle runterkommen.«

»Ist gut, ich bin sowieso fertig.«

In der Diele hatten sich bereits alle versammelt, als Lena sich dazustellte. Helene klopfte an die Tür der Schreibstube und spähte kurz hinein, dann erschien die Hausherrin und trat mit erhobenem Haupt vor die Dienstboten.

»Es tut mir leid, was in der besagten Nacht hier geschehen ist und dass ihr meinetwegen aus dem Schlaf gerissen wurdet. In der letzten Zeit habe ich kein Maß gehalten. Ich habe diese Sünden dem Priester gebeichtet. Er sagte, das Feuer sei eine Strafe Gottes gewesen und ich solle euch für meine Rettung danken.«

Die Ratsherrin blickte niemanden Bestimmtes an, aber Lena war auch nicht erpicht auf noch mehr Lob.

»Ab jetzt werde ich keinen Alkohol mehr zu mir nehmen, denn Alkohol ist ein Werk des Teufels.« Vor allem die männlichen Dienstboten sah die Ratsherrin nun an. »Ich weiß, dass der eine oder andere von euch ebenfalls diesem Teufelswerk zuspricht. Nehmt euch ein Beispiel an mir. Entsagt dem Bösen, beichtet und kehrt auf den Pfad der Tugend zurück. Ab heute wird es hier nur noch für die Gäste starken Alkohol geben. Allen anderen untersage ich es. Wer sich nicht daran hält, wird bestraft. Haben das alle verstanden?«

Es gab allgemeine Zustimmung, wobei der eine oder andere dabei offenbar mit den Zähnen knirschte, allen voran Wilfried.

Trotz ihrer beinahe harten Worte entging Lena nicht, wie unsicher die Hausherrin war. Sie hatte gerötete Wangen und sah immer wieder zur Tür der Schreibkammer. Vermutlich war der Hausherr inzwischen heimgekommen und hatte ihr ins Gewissen geredet, mit den Dienstboten zu reden.

Nachdem Heide Mindermann wieder in der Schreibkammer verschwunden war, löste sich die Versammlung unter leisem Gemurmel auf. Es war jetzt an der Zeit zu essen, und alle begaben sich nach unten in die Küche.

»Ich bin gespannt, ob sie sich an ihre eigenen Worte halten wird«, sagte Rosa, als sie die Küchentür geschlossen hatte.

Wilfried schnaubte verächtlich. »Datt glovst ja selvs nich.«

»Abwaten, Kinners. Nu lasst ihr man nen büschn Tied, um es zu beweisen«, mischte sich Helene ein.

Lena deckte den Tisch und setzte sich. »War es das erste Mal, dass sie so etwas gesagt hat?«

»Jo«, antwortete Helene. »Un darum glov ich ihr ock.«

Lena glaubte der Ratsherrin ebenfalls. Es hatte ehrlich geklungen, und wenn sie wirklich eine gottesfürchtige Frau war, würde sie sich daran halten.

Am folgenden Nachmittag ließ der Ratsherr Lena in die Schreibkammer rufen.

»Ich hatte dir etwas versprochen.« Lächelnd reichte er ihr das Holzpferd, das fast wie neu aussah. Sie war hin- und hergerissen.

So etwas Schönes hatte sie noch nie besessen, doch sie wollte sich auch von diesem Mann nicht einwickeln lassen. Entschieden schüttelte sie den Kopf.

»Habt Dank, aber ich kann es nicht annehmen. Es ist einfach zu kostbar.«

»Es ist nur zu kostbar für jemanden, der es nicht zu würdigen weiß. Du hast es verdient, denn du hast meine Frau gerettet. Bitte nimm es an.« Er hielt es ihr noch immer auf der ausgestreckten Hand entgegen, und so konnte sie einfach nicht anders, als seinem Wunsch zu entsprechen.

Vorsichtig drehte sie das Pferd in den Händen. Von den Bruchstellen sah man nur winzige Linien, wenn man wusste, wo man nachsehen musste. »Als wäre es nie kaputt gewesen«, sagte Lena beeindruckt.

Er lachte. »Das habe ich selbst gemacht.«

»Dann habt Ihr ein großes Geschick.«

»Was hältst du davon, wenn du bald mal auf einem richtigen Pferd reiten lernst?«

Lena machte große Augen. »Ich?«

»Nun ja, wir alle. Ich habe vor, nächste Woche aufzubrechen.«

»Ich weiß, dass die anderen sich sehr darüber freuen würden.«

»Dann sag ihnen schon mal Bescheid. Nur Wilfried und Seibold werden hierbleiben.«

»Das werde ich gerne machen.«

Beim Abendessen berichtete sie, was der Ratsherr ihr aufgetragen hatte. Alle waren tatsächlich voller Freude über die Aussicht, aufs Land zu fahren, und malten sich einige rosige Tage aus.

An diesem Abend jedoch suchten die Ratsherren Albert Doneldey sowie sein Bruder, der Bürgermeister Heinrich Doneldey der Jüngere, der auch Dominus Fabrice genannt wurde, Ratsherr Erich von Geestemünd und die Ratsherren Duckel und Dettenhusen Herrn Mindermann auf.

Lena war froh, dass sie nicht für das Essen zuständig war, denn sie fürchtete, dass von Geestemünd sie erkennen würde. Sie wollte diesen Menschen am liebsten nie wiedersehen. Die schlechte Erinnerung an ihn saß einfach zu tief, und obwohl sie, seit sie hier war, nur noch selten mit Übelkeit zu kämpfen hatte, wurde ihr bei dem Gedanken an diesen Mann speiübel. Helene jedoch ahnte nichts von Lenas Ängsten. »Kind, help mol de Happen rinn dragen.«

Lena erstarrte. »Kann das nicht –«

Helene ließ sie nicht ausreden. »Nee, keen annerer hett Tied, sünst hett ik di nich ropen. Nimm de Hoönken un kögel nich.«

Ihr blieb keine Wahl. Sie flehte im Stillen die heilige Anna an, dass von Geestemünd sie nicht erkennen möge. Mit zitternden Fingern griff sie das Tablett mit den Hühnerbeinen und den Wein und trug es in die Wohnstube, wo die Männer grade hitzig miteinander disputierten.

»Wären wir nur wieder in die Hanse eingetreten, als noch Zeit war. Nun stehen wir Hoya und seinem Verbündeten Lüttich alleine gegenüber«, schimpfte der Bürgermeister Heinrich Doneldey.

»Die Hanse hat uns rausgeworfen. Wolltest du wirklich vor ihnen zu Staube kriechen, damit sie uns wieder aufnehmen? Nein, wir brauchen sie nicht! Wir haben Schiffe und treiben auch ohne sie einen guten Handel. Geben wir dem Grafen von Hoya doch, was er will: seine Bauern. Warum machen wir es nicht so? Damit wäre die Fehde beigelegt, und es gäbe keinen Krieg«, wandte von Geestemünd ein.

»Aber wir brauchen die Bauern, haben ihnen die Freiheit versprochen, wenn sie in unsere Stadt kommen, und nun sollen wir ihnen in den Rücken fallen? Ihr seid es doch, der immer gegen den Wiedereintritt in die Hanse plädiert.« Ratsherr Duckel sah von Geestemünd finster an.

»Weil unsere Kassen voll sind, und durch die Ächtung der Hanse konnten wir bislang sogar gute Geschäfte mit Flandern machen. Das hat Euch bisher auch nicht gestört«, erwiderte von Geestemünd. »Warum sträubt Ihr Euch so, Hoya dieses Bauerngesindel zurückzugeben?«

»Weil dieses Bauerngesindel, wie Ihr die braven Leute nennt, unser Land bestellt. Oder wollt Ihr selbst mit Hacke und Schaufel Hand anlegen?« Duckel, der um einiges jünger und kräftiger war als von Geestemünd, war nun aufgestanden und sah ihn herausfordernd an.

Ratsherr Mindermann stand ebenfalls auf und legte Duckel

die Hand auf die Schulter. »Es bringt uns nicht weiter, wenn wir uns jetzt zerfleischen. Hoya hat dein Land eingenommen, die Bauern, denen du Zuflucht gewährt hast, sind seine Geiseln. Wir können das nicht dulden. Damit fordern sie uns heraus, und genau das beabsichtigen sie.«

Er wandte sich nun an von Geestemünd. »Wir müssen uns jetzt einig werden. Aber nur, wie wir vorgehen, nicht, ob wir es tun, denn diese Frage stellt sich nicht mehr. Wir müssen kämpfen, auch ohne die Hanse.«

»Auf offenem Felde würden sie uns besiegen, seine Männer sind besser ausgebildet als die unsrigen«, brummte der Bürgermeister.

»Wir können so nicht siegen und sollten die Bauern zurückschicken«, beharrte von Geestemünd noch einmal mürrisch auf seiner Meinung.

Lena verstand nur die Hälfte von dem, was hier besprochen wurde, zumal sie bedacht darauf war, sich möglichst im Rücken von Ratsherrn von Geestemünd aufzuhalten.

»Nein. Bremen braucht diese Bauern.« Ratsherr Duckel schlug seine Faust in die flache Hand. »Und wenn wir Hoya nicht auf offenem Felde gegenüberstehen, sondern ihm an der Aller entgegentreten, wären wir im Vorteil.«

»Wir brauchen neue Bürger«, mischte Herr Mindermann sich nun ein. »Ohne sie wären unsere Kassen bald leer. Das ist einen Krieg wert.« Seine Frau stand hinter ihm, die Hände auf seinen Schultern, und gähnte verhalten.

»Was nützt uns der Krieg, wenn viele Männer ihr Leben lassen?« Von Geestemünd nahm Lena den Wein ab, ohne aufzublicken, ehe er fortfuhr. »Was hätten wir damit gewonnen? Gute Soldaten gegen ein paar Bauern. Ist es das wert?«

»Es sind über hundert Bauern, und wenn wir siegen, wird der Verlust gering sein.« Duckel hatte sich wieder gesetzt, war aber noch immer hitzig.

»Und wie genau verschafft uns die Aller einen Vorteil?«, bohrte Albert Doneldey nach.

Helene und Lena verließen die Kammer, worauf sie vom Rest der Unterhaltung nichts mehr mitbekamen. Lena atmete erleichtert aus. Zu gern hätte sie ihr Ohr an die Tür gelegt und gelauscht. Immerhin war Laurenz auch Soldat, und sie fürchtete, dass er ebenfalls in den Krieg ziehen würde.

Helene ahnte nichts von Lenas Sorgen. »Schlop nich een! Du muss ut de Plünnkammer de Uniform des Ratsherrn holn, dormit ik se no mol utbürsten kann. Du finnest se inner hinnersten Truhe. Aber rühr sonst nix an.«

Lena nickte und ging in die Kleiderkammer. Hier war sie das erste Mal, und es verschlug ihr beinahe den Atem, als sie die Vielzahl der Kleider und Truhen sah. Seufzend ging Lena zur ersten Truhe, öffnete sie und entdeckte fein bestickte Wäsche. »Das ist auch eine Art Uniform, aber sicher wird der Ratsherr diese nicht anziehen«, kicherte Lena vor sich hin.

In der mittleren Truhe wurde sie fündig. Glänzende Knöpfe auf dunklem Stoff. Sie nahm Uniform und Helm heraus und erstarrte, als plötzlich darunter Maries Tontopf zum Vorschein kam. Lena fuhr mit den Fingern über die Oberfläche. Er war schlicht, aber hübsch anzusehen. An der einen Seite hatte er einen kleinen Riss. Er stammte noch aus der Zeit, ehe Marie und Lena sich gekannt hatten. Sie legte die Uniform zur Seite, nahm das Gefäß, hob den Deckel an und roch. Es war Wolfswurz. Also doch! Danach hatte sie gesucht. Ein kleiner Laut des Triumphs wollte sich über ihre Lippen stehlen, aber sie hielt sich zurück.

Was sollte sie jetzt tun? Wenn sie den Topf verschwinden ließe, würde sie sicher als Erste verdächtigt werden. Immerhin war sie erst seit Kurzem hier. Lena stellte ihn zurück und dachte nach, als sie mit der Uniform nach unten ging. Dabei kam ihr die Idee, das Pulver einfach gegen etwas Harmloses auszutauschen. Dazu musste sie nur noch einmal in die Ankleidekammer kommen.

»Helene, ich liebe Uniformen. Darf ich helfen, sie zu reinigen?«

»So, dett levste also. Na mienetwegen, aver hüt nich moer, is to lat. We moken dett moorn.«

Am nächsten Morgen herrschte eine merkwürdige Aufregung und Hektik im Haus. Zunächst schob Lena es auf die Aussicht, dass sie alle am nächsten Tag aufs Land fahren würden, doch als sie in die Küche kam, saß Helene schon über die Uniform des Ratsherrn gebeugt, säuberte und polierte emsig.

»Guten Morgen, Helene. Ich dachte, ich darf helfen?«

Als die Angesprochene aufblickte, schrak Lena leicht zusammen. Helene hatte verweinte Augen, und auch jetzt schimmerten Tränen darin.

»In Krieg geiht er, in Krieg, Dern. Us Ratsherr.« Dicke Tränen rannen über ihre pausbäckigen Wangen. »Al morn. Ach datt is all böös! Watt, wenner fällt?«

Rosa, die am Tisch saß und Stiefel putzte, hielt inne und sah Helene mitleidig an, dann wandte sie sich an Lena.

»Es ist wirklich kein guter Morgen. Der Graf von Hoya ist mit seinen Männern auf dem Weg hierher. Nur vier Tagesmärsche sind sie entfernt. Das Land vom Ratsherrn Duckel haben sie bereits umstellt und in Beschlag genommen. Wir befinden uns jetzt offiziell im Krieg mit Hoya.«

Lena nickte. »Ja, ein wenig habe ich gestern von den Ratsherren herausgehört.«

»Es hat Tote gegeben«, fuhr Rosa fort. »Man schickte einen Knecht mit der Nachricht hierher. Die Bauern sind nun ihre Gefangenen, und Hoya will sie mitnehmen.« Rosas Stimme zitterte. »Nun sind einige Ratsherren mit den Mindermanns in der Schreibkammer und besprechen alles.«

»Herr im Himmel!«, war alles, was Lena in diesem Moment sagen konnte.

Beim Anblick der verängstigten Dienerschaft bekam auch Lena es mit der Angst zu tun. Krieg war etwas, das sie selbst noch nicht erlebt hatte, und jetzt wurde diese Stadt bedroht. Was bedeutete das, würden die gegnerischen Truppen hier einfallen, plündern, morden und vergewaltigen? Sie hatte Laurenz bisher noch immer nicht angetroffen und wusste nicht, wie es um ihn bestellt war. Würde er in den Krieg ziehen müssen?

Lena zwang sich zur Ruhe. Noch waren sie hier offenbar sicher. Sie musste sich beeilen, das Gift auszutauschen. Wenn der Ratsherr erst fort war, würde sie Zeit genug haben – doch was, wenn er es heute, als letzte Gelegenheit, noch einmal versuchen wollte? Sie musste handeln, und zwar ehe der Rat sich auflöste.

Lenas kurzes Frühstück wurde von Helenes Schluchzen und Jammern begleitet, und auch die sonst so lebendige Rosa war ausgesprochen ruhig. Wilfried kam mit verdrossener Miene herein, nahm sich einen Tiegel mit Talk und verschwand wortlos wieder in Richtung Stall. Lena beendete ihr Mahl, räumte das Geschirr weg und ließ dabei unbemerkt einige Löffel gemahlenen Kümmels in ihrer Gewandtasche verschwinden.

Anschließend nahm sie ihre Kaminutensilien und gab vor, mit ihrer Arbeit zu beginnen. Dank der Umstände hatte sie Glück, denn das allgemeine Durcheinander im Haus verschaffte ihr genug Ruhe und Zeit, die beiden Pulver unbemerkt zu vertauschen. Erleichtert machte sie sich anschließend an ihre übliche Arbeit. Als sie später in der Wohnkammer den Kamin reinigte, vernahm sie die Stimmen von Constantin und Heide Mindermann aus seinem Schlafraum.

»Nein, es war wirklich nicht zu ermüdend. Ich fand es sogar sehr lehrreich«, klang die helle Stimme der Hausherrin durch die Tür.

»Aber es wurde doch nur über den Krieg gesprochen, über Soldaten, Bauern und Ausrüstungen«, erwiderte ihr Gemahl.

»Das macht nichts, wo du bist, ist mir nicht langweilig.«

»So? Das sind ja ganz neue Töne, die du anschlägst. Wirst du dich am Ende doch geändert haben?« Sein Misstrauen war deutlich zu hören.

»Oh, du weißt, wie sehr ich dich liebe, und mit deiner Hilfe werde ich es sicher schaffen, die Frau zu werden, die du dir wünschst.«

Lena verdrehte die Augen, als sie das hörte, lauschte aber weiter gespannt.

»Du würdest mich unendlich glücklich machen, Heide.«

»Das ist mein größter Wunsch. Dennoch möchte ich dir nicht mit den anderen Frauen folgen. Hier fühle ich mich einfach sicherer.«

»Vorerst bist du in der Stadt gut aufgehoben. Sollten wir aber verlieren, flieh mit Helene und Wilfried zu deiner Schwester.«

»Sorge dich nicht, mein Geliebter, ich warte hier auf dich, und ihr werdet gewinnen. Bei Duckels Plan kann ja nichts schiefgehen.«

Der Ratsherr seufzte laut. »Dein Wort in Gottes Ohr. Dennoch, er ist manchmal ein Hitzkopf und muss wie ein junger Hengst behandelt werden.«

Lena hatte sich lange genug in dem Raum aufgehalten und verschwand, um ihre übrigen Aufgaben zu erledigen. Als Rosa am Mittag noch einiges auf dem Markt zu besorgen hatte, bat Lena darum, mitgehen zu dürfen, und erhielt die Erlaubnis.

Der Markt war voller als sonst, und wo man in dem Gedränge auch hinhörte, überall sprachen die Bürger mit Besorgnis über den bevorstehenden Krieg gegen Hoya. Außerdem kauften die Leute an Lebensmitteln, was für Geld zu haben war, sodass einige Händler rasch keine Waren mehr hatten und mit ihren leeren Karren von dannen zogen. Nur Theresa schien einen nie enden wollenden Vorrat an Maronen zu haben, und Lena kaufte einige bei ihr.

»Hast du keine Angst vor dem Krieg?«, wollte Lena von dem blinden Mädchen wissen, das immerzu lächelte.

»Was soll mir geschehen?«, antwortete Theresa.

»Wenn sie Bremen nehmen, könnten sie plündern, rauben und morden. Frauen könnten geschändet werden.«

»Ja, das könnten sie sicher, aber dazu müssen sie uns erst einmal finden.«

»Ah, ihr seid also in das geheimnisvolle Versteck gezogen?«

»Psst! Sonst machst du die Menschen neugierig und würdest uns verraten. Und ja, wir haben es getan. Es wäre nicht gut, wenn jemand herausbekommen würde, dass wir … du weißt schon.«

Lena wusste, dass Theresas Vater Jude gewesen war. Früher hatte sich kaum jemand darum gekümmert, aber in den vergangenen Wochen war es wohl zu Übergriffen auf Juden gekommen. Daraufhin war Theresas Familie umgezogen. »Verzeih, es war nicht meine Absicht, euch zu verraten.«

»Ich weiß.«

Lena legte ihre Hand auf die von Theresa. »Und nun muss ich weiter, sonst bekomme ich Schelte.«

»Frau Margarete?«

»Nein, dort bin ich nicht mehr, aber verrate mich nicht, sie lässt bestimmt nach mir suchen.«

Theresas Lächeln vertiefte sich. »Ich wusste immer, dass du dort nicht hingehörst.«

»Danke. Pass gut auf dich auf!«

Als Lena sich nach Rosa umsah, konnte sie diese nirgends

entdecken und bahnte sich suchend einen Weg durch die Menschen, die dicht an dicht ihre Einkäufe erledigten. Nachdem sie den Markt einmal überquert hatte, ohne Rosa zu finden, nahm sie die Gelegenheit wahr, schnell zu Laurenz zu laufen.

Sein Haus stand in der Nähe des Töchterhauses, doch sie kam unerkannt dort an, fand allerdings die Tür wie bei den letzten beiden Malen verschlossen vor. Sie wollte nicht weiter im Ungewissen bleiben und klopfte beherzt bei den direkten Nachbarn. Vielleicht konnten die ihr sagen, wo er war. Inständig hoffte sie, dass keiner ihrer Freier ihr öffnete, doch sie hatte Glück, denn ausnahmslos Frauen kamen an die Türen.

Leider teilten ihr alle das Gleiche mit: Sie hatten Laurenz seit Wochen nicht mehr gesehen, womit Lenas Sorge wuchs. Enttäuscht kehrte sie auf den Markt zurück, der sich inzwischen sichtbar geleert hatte. Rosa stand am Rand und hielt nervös Ausschau. Als Lena ihr auf die Schulter klopfte, drehte sie sich erschrocken um.

»Herrje, wo warst du denn?«

»Ich habe mich nur ein wenig umgesehen, und dann warst du im Gedränge verschwunden. Hier …«, damit reichte sie ihr eine Marone, »von Theresa.«

Offenbar versöhnt griff Rosa zu. »Bleib nächstes Mal einfach nah bei mir.«

»Ja.«

»Wir können von Glück reden, dass ich noch einige Kohlköpfe und etwas Mehl erstanden habe. Auch Milch werden nur zwei Eimer geliefert. Alle kaufen wie besessen. Die Ratsherrin wird nicht zufrieden sein. Vermutlich müssen wir bald mit einer Blockade rechnen, und dann gibt es nichts mehr zu kaufen.«

Rosa war ernster als gewohnt. Aber es war auch kein Wunder, bei dem, was ihnen bevorstand. Auch Lena war schon längst nicht mehr gelassen. Sie spürte eine Unruhe, die sich ähnlich anfühlte, als wenn sie in einen dunklen Keller hinabsteigen müsste. Man wusste nie, was einen dort erwartete. Noch mehr fehlte ihr Veronika – dagegen erschien ihr selbst der Krieg harmlos.

»Wieso bleibst du im Haus des Ratsherrn und verschwindest nicht heimlich aus der Stadt?«

Rosa sah sie erstaunt an. »Und wohin? Meine Eltern leben

nicht mehr, meine Geschwister sind in alle Winde verstreut. Was meinst du, wohin ich gehen sollte?«

»Sicher würdest du anderswo ebenfalls Arbeit finden«, erwiderte Lena.

»Vielleicht. Aber hier ist mein Zuhause. Ich mag die Stadt, und ich habe es gut bei den Ratsleuten. Wir haben nichts auszustehen.«

»Das ist wahr.« Lena meinte, was sie sagte, allerdings konnte sie auch schlecht sagen, dass der Hausherr höchstwahrscheinlich ein Mörder war. Nicht mehr mit Männern arbeiten zu müssen, war an sich schon eine Befreiung, und zudem ging es ihnen wirklich sehr gut. Widerwillig gestand sie sich ein, dass auch sie sich im Hause der Mindermanns trotz allem nicht so unwohl fühlte, wie sie eigentlich sollte.

Kein Mensch konnte ahnen, wie lange diese Fehde, wie lange der Krieg dauern oder wann sie Laurenz wiedersehen würde und, was am wichtigsten war, wann sie ihr Kind finden würde. Was sollte sie jetzt tun? Sie konnte nichts mehr unternehmen, wenn der Ratsherr fort war, und hatte keine Ahnung, wo sie nach Veronika suchen sollte.

Hatte sie überhaupt noch eine Möglichkeit, ihn zu überführen? Konnte sie beweisen, dass er das Gift gestohlen und Marie getötet hatte? Lena nahm sich vor, ihn bei der nächsten Gelegenheit einfach nach ihrer Tochter zu fragen, egal, was dann mit ihr geschehen würde. Wenn man sie nicht einsperrte und sie Veronika wiederhatte, würde sie versuchen, Laurenz zu finden, und wenn sie ihm in den Krieg folgen müsste. Das taten schließlich auch andere Frauen.

Kapitel 10

In der Frühe am nächsten Morgen war im Haus ein Lärm zu vernehmen, der vom Markt herüberwehte. Neugierig gingen die drei Dienstmägde ans Fenster ihrer Kammer. Lena wurde von der Sonne geblendet und musste ihre Hand über die Augen halten, damit sie etwas sehen konnte.

Auf dem Markt sah sie viele Soldaten und deren Angehörige, die voneinander Abschied nahmen oder sich gemeinsam auf die Reise vorbereiteten. Die Menschen jubelten den tapferen Männern zu, die nun in den Krieg ziehen würden. Es wurde musiziert, Gaukler spielten, und einige Töpfe dampften. Daneben weinende Frauen und Kinder, denen die Angst ins Gesicht geschrieben stand, da sie einer ungewissen Zukunft entgegensahen.

»Tüddeln wir nich«, flüsterte Helene, wandte sich schaudernd ab und eilte die Treppe nach unten.

Der Ratsherr stand schon fertig angezogen in der Wohnstube, richtete seine Amtstracht, unter der er jetzt eine lederne Rüstung trug, und nahm den Helm unter den Arm. Der gesamte Haushalt stand bereit, um ihn auf den Markt zu begleiten und zu verabschieden.

»Meine Anweisungen kennt jeder. Hier bleibt alles wie gehabt. Sollten wir verlieren«, der Ratsherr machte eine Pause und blickte jeden eindringlich an, »sollten wir verlieren, flieht aus der Stadt oder versteckt euch. Vielleicht ist mein Gut auf dem Land dann noch sicher, es liegt weit genug weg. Schlagt euch dahin durch und sagt Otto, was geschehen ist. So er noch kann, wird er sich um euch kümmern. Flieht nicht nach Osten oder Süden, da kommt ihr in Hoyas Gebiet. Gott schütze euch.«

Damit verließ er, gefolgt von seiner Frau und Wilfried, das Haus, ohne dass Lena noch eine Gelegenheit hatte, ihm ihre Frage zu stellen. Helene weinte, und auch die Übrigen machten finstere Mienen. Lena hörte noch immer die Worte des Ratsherrn; Zuversicht klang anders, und ihr wurde mulmig zumute.

Als alle angezogen waren, folgten sie dem Ratsherrn auf den Markt. Lena zog ihren Umhang tief ins Gesicht, denn sie sah einige Kunden aus dem Töchterhaus und hoffte, dass man sie nicht erkennen würde. Gleichzeitig versuchte sie, nach Laurenz Ausschau zu halten, doch es war ein sinnloses Unterfangen. Hier waren mehrere hundert Menschen versammelt. Als der Ratsherr sich noch einmal von ihnen verabschiedet hatte, stieg er auf sein Pferd und wendete es. Lena lief hinterher und griff nach seinem Fuß. Erstaunt zügelte er das Pferd, das gerade lostraben wollte, und sah auf sie hinunter.

»Lena?«

»Bitte sagt mir die Wahrheit. Habt Ihr meine kleine Tochter irgendwo versteckt?«

Seine Augen weiteten sich. »Wie meinst du das? Welche Tochter?«

»Bitte«, flehte Lena und sah ihm fest in die Augen.

»Es tut mir leid, ich weiß nicht, wovon du sprichst, und das ist die Wahrheit.«

»Ratsherr Mindermann, seid Ihr so weit?« Ein Gardist nahm die Zügel, um ihn zu seiner Truppe zu führen.

»Wir sprechen über deine Sorgen, wenn ich wieder da bin. Gott schütze dich.«

Lena blieb zurück und sah ihm nach, bis er von anderen Berittenen verdeckt wurde.

Das Schlimmste an seinen Worten war, dass sie ihm glaubte. Wie auch alles zusammenhängen mochte, er wusste offenbar von nichts. Traurig kehrte sie zu den anderen zurück, die sie mit fragenden Gesichtern empfingen.

»Was wolltest du von ihm?«, fragte Rosa.

»Ich habe ihm nur Glück gewünscht.«

Anscheinend schoben sie ihr seltsames Verhalten auf ihre Aufregung, denn niemand fragte weiter.

Nach einer Weile war es so weit. Bürgermeister Doneldey hielt eine Ansprache, der Bischof und ein Dutzend Priester segneten die Soldaten, und dann wurden Befehle gebrüllt. Die Menschen waren still geworden, sodass die Kommandos von den umstehenden Häusern widerhallten. Schließlich setzte sich die gewaltige Bremer Armee, angeführt von den Ratsherren und Rittern in ihren glänzenden Rüstungen, in Bewegung. Die meisten Soldaten waren unberitten und zogen kriegswillig in die Schlacht.

»Wir sehen einer ungewissen Zukunft entgegen, doch ich bin sicher, dass Gott unseren tapferen Soldaten zum Sieg verhelfen wird. Wir müssen jetzt alle unser Bestes geben und dürfen nicht Trübsal blasen.«

Frau Mindermann saß in ihrem Sessel, und trotz ihrer Jugend zeigte sie heute Würde und Stolz. Sie erinnerte Lena immer mehr an Frau Margarete.

»Geht heute alle nach draußen. Vergnügt euch noch einmal, denn es wird vorerst das letzte Mal sein. Seid vor Einbruch der Dunkelheit zurück. Helene zahlt euch etwas Geld aus, und dann geht. Ich möchte, dass nur Wilfried im Haus bleibt.«

Damit waren die Bediensteten für den Tag entlassen.

Lena wunderte sich, dass ausgerechnet der alte Stallknecht bei der Hausherrin bleiben sollte, und fragte Rosa während ihres gemeinsamen Spaziergangs an der Weser danach.

»Er ist von ihrem Bruder geschickt worden. Vorher war er bei ihm als Stallbursche«, antwortete Rosa, deren Stimmung sich langsam etwas hob. »Frau Mindermann kennt ihn wohl schon lange und vertraut ihm von allen am meisten.«

»Er macht aber auf mich einen eher mürrischen Eindruck.«

»Das täuscht, er kann auch ganz drollig sein, allerdings meistens, wenn er betrunken ist.«

»Ja, das Gefühl habe ich auch.« Unauffällig lenkte Lena ihre Schritte zu der Gasse, in der Laurenz wohnte, doch als sie an seinem Haus vorbeigingen, drang kein Laut heraus.

***

Ausgelaugt von der Hitze des Tages und der vielen Arbeit, lehnte sich Lena an die kühle Hauswand im Hof. Nur ein paar Grillen unterbrachen die Stille, die seit Kriegsbeginn über Bremen lag. Inzwischen hatten viele Menschen die Stadt verlassen, doch Lena war geblieben, ebenso Rosa und ein paar Knechte, wie Wilfried und Seibold. Nun, da sie nur noch zwei Mägde waren und sich auch in absehbarer Zeit keine neuen Dienstboten finden lassen würden, hatten Rosa und Lena die doppelte Arbeit.

Die Ratsherrin verlangte allerdings nicht, dass der Haushalt genauso gut geführt wurde wie früher, und half sogar hin und wieder bei der Arbeit mit. Auch wenn es nicht viel war, so zählte doch der gute Wille.

Nach wie vor hatte Lena nichts über Laurenz' Verbleib in Erfahrung bringen können, und nun kam sie auch bei der Suche nach Veronika nicht weiter. Die ganze Zeit über hatte sie sich auf den Ratsherren versteift und nicht einmal in Betracht gezogen, dass jemand anderer als Täter in Frage kommen könnte. Seit sie nun daran zweifelte, dass der Ratsherr der Täter war, hörte sie sich die Stimmen der männlichen Dienstboten genau an, doch keine ähnelte auch nur im Entferntesten der Stimme von Maries Mörder. Wie war Maries Gift dann in dieses Haus gelangt?

Ihre kleine Tochter war nun schon seit Monaten verschwunden. Sie wusste nicht mit Sicherheit, ob sie noch lebte. Aber sie fühlte, dass sie nicht tot war, und nur das gab ihr die Kraft, weiterzuleben und zu hoffen. Seit ein paar Tagen jedoch hatte sie immer wieder daran gedacht, für eine Weile fortzugehen und erst zurückkehren, wenn der Krieg vorbei war. Doch würde die Ratsfamilie sie dann noch einmal in den Dienst nehmen? Da Lena es nicht wusste, blieb sie vorerst.

Die Wand in ihrem Rücken brachte wenigstens etwas Abkühlung. Sie setzte sich, schloss die Augen, döste vor sich hin und schlief schließlich ein. Es war bereits dunkel, und der beinahe volle Mond stand hoch am Himmel, als sie durch Stimmengemurmel aufwachte. Kurz überlegte sie, wo sie sich befand. Seit sie nicht mehr im Töchterhaus war, hatte sie einen leichteren Schlaf entwickelt, was ihr hier im Haus zugutekam.

Ihre Glieder taten weh, weil sie zusammengesunken im Sitzen geschlafen hatte. Leise gähnend streckte sie sich. Die Stimmen schwollen wieder an. Sie kamen aus dem Rosengarten. Geschützt durch die dichten Sträucher, schlich Lena näher heran. Als sie eine gute Position hatte, um ungesehen durch die Hecke zu spähen und gleichzeitig die Worte verstehen zu können, ging sie in die Hocke.

Sie erkannte die Stimme ihrer Hausherrin. Sie unterhielt sich mit einem Mann, der in etwa die Statur des Hausherrn hatte und mit dem Rücken zu Lena viel zu eng bei Frau Mindermann saß. Lena stutzte über diese Vertrautheit, aber vielleicht war es ein Verwandter, ihr Bruder oder jemand anderer aus der Familie.

»Es ist nicht meine Schuld, dass es nicht gewirkt hat. Hättest du das Richtige besorgt, wären unsere Probleme womöglich längst erledigt.« Die Stimme der Ratsherrin verriet Trotz.

»Bist du denn sicher, dass du ihm auch davon gegeben hast?«, fragte eine männliche Stimme, und die traf Lena wie der Blitz: Er war es, der sie zu ihrem Kind führen konnte. Maries Mörder. Ihr Herz pochte heftig gegen ihre Schläfe. Was sollte sie jetzt tun?

Für den Augenblick musste sie herausfinden, wer er war und was er vorhatte. Vielleicht würde er preisgeben, wo er Veronika hingebracht hatte. Gespannt lauschte Lena.

»Hältst du mich für einfältig?«, wollte Frau Mindermann empört wissen.

»Aber nein.« Er legte ihr seine Hand an die Schulter und strich über ihren Hals, wobei es beinahe den Anschein hatte, als wollte er sie würgen.

»Lass das.« Heide Mindermann drehte sich weg, woraufhin er seine Hand auf ihren Busen legte.

»Du weißt, ich mag das nicht.« Ihre Stimme klang immer noch gereizt, aber trotzdem rückte sie näher an ihn heran.

»Scht … nicht dass uns noch jemand hört. Außerdem weiß ich, dass du es gerne hast«, flüsterte er.

Heide Mindermann drehte sich dem Mann wieder zu. »Küss mich.« Kokett schlug sie die Augen nieder und öffnete leicht ihre Lippen.

Was für eine durchtriebene Person, dachte Lena.

Stürmisch fiel der Mann über die Ratsherrin her. Er streifte ihr das Kleid von den Schultern und raffte ihre Röcke nach oben, während sie ihre Arme um seinen Hals schlang. Lena war entsetzt, als sie mitansehen musste, wie die beiden den armen Ratsherrn betrogen, während dieser in den Krieg zog. Ein Frösteln lief über den Rücken, und ihre Nackenhärchen stellten sich auf. Zum Glück dauerte es nicht lange. Der Mann war ungestüm und nicht sehr auf das Wohl der Ratsherrin bedacht, wie die meisten Männer. Als er von ihr abließ und seine Kleider ordnete, wirkte die Ratsherrin enttäuscht.

»Du warst schon einmal zärtlicher zu mir«, schmollte sie.

»Wenn wir wieder mehr Zeit für uns haben und uns nicht wie Bettler zwischen den Büschen vergnügen müssen, dann werde ich es auch wieder sein.« Er stopfte sein Hemd in die Hose und schloss seine Uniform.

»Ich wünschte, du würdest nicht in den Krieg ziehen. Bremen wird euch überlegen sein, und du könntest fallen. Warum bist du nur auf Hoyas Seite gewechselt?«

»Weil Hoya diesen Krieg gewinnen wird.«

»Was macht dich so sicher?«

Er lachte leise. »Harre einfach aus, dann wirst du es sehen. Und um unser Problem kümmere ich mich schon.«

»Nur dass er fort ist und wir nicht wissen, wann er zurückkommt. Aber vielleicht haben wir ja ein wenig Glück, und er fällt in der Schlacht.«

Die kalten Worte der Ratsherrin verschlugen Lena die Sprache.

»Du machst dir einfach zu viele unnötige Sorgen. Vertrau mir einfach, es ist für alles gesorgt.«

»Oh, verrate mir, wie.«

»Nein, besser du weißt es nicht.«

Erschrocken keuchte Lena auf und biss sich sofort verärgert auf die Lippen. Doch die beiden hatten sie gehört und sahen augenblicklich in ihre Richtung. Lena duckte sich und lugte ängstlich durch die Büsche. Der Mann erhob sich und zog sein Schwert. Langsam kam er näher.

»Da ist jemand. Greif ihn dir!«, erklang die Stimme der Ratsherrin.

»Wer auch immer sich da versteckt, gib dich zu erkennen, dann verschone ich dich«, sagte darauf der Mann.

Lena dachte nicht daran, den Worten Glauben zu schenken. Mit einem Satz war sie an der Küchentür und schlüpfte hindurch. Sie musste fliehen, denn sie wusste, dass der Mann ihr folgen würde. Sie hatte zu viel gehört. Schnell war sie die Treppe hinauf, als sie auch schon hinter sich die Tür klappen hörte. Oben rannte sie an der erstaunten Rosa vorbei und floh zur Vordertür hinaus.

Laurenz' Haus war das Erste, was ihr einfiel. Wenn sie sich durch die kleinen Gassen schlug, konnte sie den Mann vielleicht abhängen. Sie ließ den Marktplatz hinter sich, hetzte um die Ecke eines Hauses und drückte sich mit pochendem Herzen und nach

Luft schnappend gegen die Wand. Deutlich hörte sie die schnellen Schritte vom Markt. Sie musste weiter.

Ihr Weg durch die finsteren Gassen von Bremen führte sie zur Rückseite des Doms, wo die Geistlichen lebten. Sie lief, bis die Eingangstür zum Kloster in Sichtweite kam. Ein Blick über die Schulter verriet ihr, dass sie offenbar einen Vorsprung hatte, der Mann war noch nicht zu sehen. Sie hoffte, dass er sie auf der anderen Seite des Marktplatzes suchte. Das würde ihr etwas Zeit geben. Entschlossen griff sie zur Türklinke. Sie ließ sich nicht hinunterdrücken. Panisch sah sie sich um, konnte aber in der Schwärze nichts sehen. Ehe sie einen klaren Gedanken fassen konnte, waren plötzlich Schritte zu hören. Sie durfte nicht hierbleiben.

»Ich weiß, wo du steckst«, hörte sie den Mann ganz in der Nähe sagen. Er war viel näher, als sie gehofft hatte.

Lena saß in der Falle, denn das hier war eine Sackgasse. Ihr Blick streifte die Mauer, die sich dunkel vom Nachthimmel abzeichnete. Vielleicht konnte sie hinüber, wenn sie einen Baum oder Busch fand, an dem sie hochklettern konnte. Und tatsächlich, einer erschien ihr hoch genug. Ohne lange nachzudenken, schwang sich Lena mit gerafftem Rock auf den untersten Ast, hangelte sich hoch und gelangte mit Mühe auf die Mauer. Keine Sekunde zu früh, denn schon sah sie den Schatten ihres Verfolgers unter sich.

Der Kirchenhof war noch dunkler, sodass sie nicht sehen konnte, was unter ihr war, aber sie hatte keine Wahl und sprang. Als sie aufkam, knickte sie mit dem Fuß um und fluchte leise. Sie konnte nur hoffen, dass der Mann ihr nicht hierherfolgen würde. Der Mond war inzwischen weiter gewandert, und die hohen Mauern verhinderten, dass sein Licht in den Hof fiel. Lena brauchte einen Moment, ehe sie etwas sehen konnte. Ihr Verfolger rüttelte leise an der Tür, drückte die Klinke hinunter. Offenbar hatte er doch keine Skrupel, ihr auch hier nachzustellen.

Langsam gewöhnten sich ihre Augen an die Dunkelheit, und sie sah etwas Helles an der Hinterseite des Doms aufblitzen, einen Türknauf. Wenn diese Tür ebenfalls verschlossen war, gab es kein Entkommen mehr. So schnell ihr schmerzender Fuß es zuließ, machte sie sich auf den Weg, stolperte durch die Dunkelheit und erreichte keuchend die Tür, welche tatsächlich aufsprang. Lena atmete erleichtert ein und schlüpfte hindurch.

Im Inneren umgab sie absolute Schwärze, doch zum Glück hatte sie immer ein Talglicht und Feuersteine in der Tasche. Das Licht flackerte auf. Sie befand sich auf einem Gang, von dem eine Treppe nach oben führte. Dort schliefen sicherlich die Geistlichen. Sie humpelte vorsichtig weiter. Plötzlich öffnete der Gang sich und mündete im Kircheninneren.

Hier war sie schon mit Mindermanns gewesen. Eine Fackel machte ihr Talglicht überflüssig, und sie löschte ihr Licht. Lena betete, dass das Hauptportal offen sein möge, doch sie hatte abermals Pech. Schritte machten ihr klar, dass ihr Verfolger inzwischen auch im Inneren der Kirche sein musste. Hektisch rannte sie ein Stück zurück. Auf der anderen Seite des Kirchenschiffs war eine Tür, durch die die Priester immer zur Messe kamen. Erneut betend, rannte sie darauf zu, drückte die Klinke, und diesmal sprang die Tür glücklicherweise auf.

Ein großer Tisch mit zwei Stühlen dominierte den kleinen Raum, von dem zwei weitere Türen abgingen. Sie nahm die rechte und stand tatsächlich im Freien. Kurz orientierte sie sich, wo sie war, bevor sie sich eng an die Häuser gedrückt auf den Weg zu Laurenz' Haus machte. Immer wieder sah sie sich um, aber ihr Verfolger war nicht zu sehen oder zu hören.

Unbehelligt erreichte sie schließlich das Haus. Da die Tür verschlossen war, kletterte sie auf der Rückseite durch ein Fenster. Laurenz war nicht da.

Außer Atem ließ sie sich auf das Lager fallen. Ihr Herz schlug noch immer heftig, und bei jedem Geräusch zuckte sie zusammen. Sie atmete ein paarmal tief durch, bis das Rauschen in ihren Ohren endlich nachließ und ihr Herz sich auch etwas beruhigte. Das war knapp gewesen.

Was sie heute Abend gehört hatte, änderte alles. Nicht Ratsherr Mindermann war der Übeltäter, sondern seine Frau, zusammen mit ihrem Liebhaber. Der hatte Marie ermordet und sicher auch Veronika entführt. Doch wohin hatte er sie gebracht? Lena hatte keine Antwort darauf. Immerhin wusste sie, wo der Mann zu finden sein würde. In Hoya, besser gesagt, bei der Truppe von Hoya.

Obwohl es ein heißer Endsommertag gewesen war, fror Lena. Schnell hatte sie ein kleines Feuer entzündet und etwas zu trinken gefunden. Ein paar Tage konnte sie sich hier sicherlich gut verstecken, aber was dann? Sie musste aus der Stadt heraus. Wenn ihr nichts Besseres einfiel, würde sie zu Frau Margarete gehen und zur Not betteln, damit sie ihr half.

***

Am zweiten Morgen stand Laurenz plötzlich am Bett.

»Lena!« Seine Überraschung war nicht zu überhören.

Müde richtete sie sich auf. »Laurenz, der Heiligen Jungfrau sei Dank! Ich dachte schon, ich sehe dich nie wieder.«

»Das Gleiche habe ich von dir gedacht.« Seine Miene wurde einen Moment finster, doch gleich darauf wirkte er erleichtert.

»Entschuldige, dass ich so einfach hier eingebrochen bin, aber ich wusste nicht, wohin.« Lena setzte sich auf und versuchte, ihre wirren Haare etwas glatt zu streichen.

»Mach dir darüber keine Gedanken. Ich bin froh, dass es dir gut geht. Aber nun sag mir, was passiert ist, man sucht dich überall.« Er zog einen Hocker neben das Bett und setzte sich.

»Das ist eine längere Geschichte. Wieso sucht man mich, und wo warst du die ganze Zeit?«

»Ich wurde zum Dienst vor der Stadt eingeteilt und habe mich so lange bei Marie einquartiert, zumal ich immer noch hoffte, Veronika zu finden und dass du zurückkommst, nachdem du einfach so verschwunden bist. Heute Morgen kam ein Kamerad und erzählte, dass Lena von Riede gesucht wird. Du wärst Magd bei Ratsherrn Mindermann gewesen. Man beschuldigt dich des Diebstahls.«

Lena goss Bier in einen Becher und reichte ihn Laurenz.

»Danke.« Er nahm einen langen Schluck.

»Ich bin wirklich bei den Mindermanns gewesen, aber gestohlen habe ich nichts. Es kam so überraschend, dass mich Ratsherr Mindermann als Mündel annahm, dass ich dir nicht mehr Bescheid geben konnte. Dass ich gleich dableiben sollte, konnte ich nicht wissen, und anschließend habe ich dich nie angetroffen, um dir zu sagen, wo ich bin.« Lena stieß einen Seufzer der Erleichterung aus. »Nun ja, das ist auch kein Wunder, wenn du doch bei Marie im Haus warst. Verzeihst du mir?« Sie legte ihren Kopf etwas schräg und lächelte.

Laurenz wischte sich mit dem Handrücken über den Mund und nickte, sagte aber nichts.

»Zuerst dachte ich, dass der Ratsherr Maries Mörder ist. Ich sah sogar, wie er ein Pulver, das ich für Wolfswurz hielt, in einen Becher für seine Frau gab. Als ich dann noch Maries Tontopf fand, war für mich alles klar, und ich überlegte, was ich tun sollte. Das Gift habe ich ausgetauscht. Dann kam der Krieg. Wie du sicher weißt, ist Mindermann mit den Soldaten dem Grafen entgegengezogen.«

Laurenz nahm einen weiteren Schluck, dann zog er seine Uniform aus, hängte sie über dem heruntergebrannten Feuer auf und legte einige Scheite nach. Lena beobachtete ihn dabei. Er hatte einen wohlgeformten Körper, starke Arme und kräftige Hände. Als er wieder saß, fuhr sie fort.

»Ich hatte ein paarmal daran gedacht, fortzugehen. Veronika bleibt verschwunden, das Töchterhaus wird mich sicher suchen, dich wähnte ich im Krieg, der Ratsherr war nicht da, also was sollte ich noch hier?«

Lena nahm das Funkeln war, das bei ihren Worten in Laurenz' Augen aufflackerte, aber als sie darauf achten wollte, war es bereits wieder verschwunden. Er machte sie heute irgendwie nervös. Bisher hatte er ihr nur Freundschaft und Geborgenheit angeboten. Nie war er zudringlich geworden.

»Aufzugeben kann ich mir bei dir nur schwer vorstellen.«

»Ich habe es ja auch nicht gemacht.« Sie schenkte sich ebenfalls ein Bier ein, genoss den ersten Schluck und erzählte ihm, was sich im Rosengarten zugetragen hatte.

»Und seitdem verstecke ich mich hier. Ich hätte sonst nicht gewusst, wohin.«

»Es war richtig, dass du hierhergekommen bist. Die Ratsherrin und ihr Liebhaber sind schlau. Grade jetzt, wo es Krieg mit Hoya gibt, ist Diebstahl ein Grund, jemanden ohne Verhandlung hinzurichten.«

Lena stellte ihren Becher hart auf den Tisch. »Sicher hat er das eingefädelt. Wenn sie mich töten würden, könnte ich niemandem mehr von ihren Machenschaften erzählen. Heide Mindermann ist einfältig und naiv. Sie glaubt, dass dieser Kerl sie liebt, aber er ist bestimmt nur hinter dem Geld her. Sie wollen den Ratsherrn beseitigen, und die arme Marie stand ihm nur wegen etwas Gift im Weg. Und ich kann nichts dagegen tun.« Wütend schlug Lena mit der Faust auf ihren Oberschenkel. »Einer ehrbaren Ratsfrau glaubt man eher als einer entlaufenen Hure.«

»Erst mal bist du hier sicher. Niemand wird dich hier bei mir vermuten.« Laurenz ergriff ihre Hand. »Wir überlegen in Ruhe, wie es weitergeht.«

»Das bedeutet, ich bin wieder eingesperrt.« Lena presste die Lippen zusammen.

»Nein, du bist nicht eingesperrt. Ich kann dich jederzeit aus der Stadt bringen.« Laurenz setzte sich neben sie auf das Bett und nahm sie in den Arm. »Du hast mir gefehlt.«

Im ersten Moment wollte Lena ihn von sich stoßen, doch in Wahrheit hatte sie sich so sehr danach gesehnt. Er gab ihr Kraft und Halt. Wie ein kleines Mädchen schmiegte sie sich an ihn, während er ihren Kopf streichelte. Intensiv nahm sie seinen Duft war. Er roch nach Wald, den Kräutern von Marie und Männlichkeit. Eine betörende Mischung. Sanft schob sie ihn von sich und sah in seine Augen.

»Du hast mir auch gefehlt, und ich habe mir verdammt noch mal Sorgen um dich gemacht.«

Er lachte. »Das war ganz alleine dein Verdienst.«

»Ja, ich weiß«, grummelte Lena.

Am nächsten Abend kam Laurenz mit einem Leinensack von seinem Dienst.

»Hast du da eine Leiche drin?«, neckte Lena ihn.

»Platz genug wäre dafür, aber ich dachte, dass du ein paar Sachen gebrauchen kannst.« Er öffnete den Sack und schüttete den Inhalt auf das Bett. Lena war erfreut zu sehen, dass es Sachen waren, die sie bei Mindermanns zurückgelassen hatte.

»Laurenz«, rief sie erfreut, »wie bist du darangekommen?«

Er lächelte, während Lena alles sortierte. »Ich bin hingegangen und habe gesagt, dass wir nach Hinweisen suchen müssen und alles mitnehmen, was dir gehört. Schließlich wollen wir die

Diebin ja finden. Die Herrin war so überrascht, dass sie uns deine Sachen anstandslos ausgehändigt hat. Rosa scheint ebenfalls nicht zu glauben, dass du eine Diebin bist, aber sie hat nichts gesagt. In der Wachstube habe ich alles fein säuberlich durchsucht und meinen Kollegen berichtet, dass es nur ganz normale Kleidung wäre. Ich sagte, ich wüsste, wer sie brauchen könne, und habe sie mitgenommen.«

»Laurenz, du bist wunderbar.« Lena fiel ihm um den Hals und gab ihm einen Kuss. Verwirrt hielt er sie einen Augenblick fest, dann gab er sie lächelnd frei.

Verlegen ordnete Lena weiter, wobei ihr das Holzpferdchen in die Hand fiel.

»Von wem hast du es?«, fragte Laurenz.

»Der Ratsherr gab es mir. Es war zerbrochen, und darüber war ich traurig.« Sie hielt es ihm entgegen und deutete auf die feine Leimstelle. »Siehst du?«

Laurenz nickte. »Ein großzügiges Geschenk für ein paar Tränen.«

Funkelnd sah Lena zu ihm auf. »Nun ja, ich habe bei einem Feuer seiner Frau das Leben gerettet. Auch dafür hat er mich belohnen wollen. Weiter war nichts, ob du es glaubst oder nicht.« Beleidigt drehte sie ihm den Rücken zu.

»So war das nicht gemeint. Es ist nur ein sehr kostbares Geschenk für eine Magd.«

»Das ist mir egal, Laurenz. Für mich ist es einfach nur hübsch anzusehen.«

Lena zog einen Leinenbeutel aus ihrem Dienstkleid. »Ha! Sieh nur, hier ist das Gift von Marie.« Sie hielt es Laurenz hin, und sofort war der kleine Streit vergessen.

»Wir sollten es nicht behalten. Wenn man es bei uns findet, wird man uns hinrichten! Ich vergrabe es vorerst hinter dem Haus. Dann wissen wir, wo es ist, und können es holen, sollten wir es brauchen.«

Laurenz machte sich ans Werk, während Lena eine Gemüsesuppe aus den Zutaten kochte, die er ebenfalls mitgebracht hatte. Beim Essen überlegten sie gemeinsam, wie es weitergehen sollte, doch an diesem Abend fanden sie keine Lösung.

Erst am nächsten Tag wusste Lena, was sie tun wollte. Als Laurenz nach seinem Dienst heimkehrte, war ihr Entschluss gefasst, doch sie brauchte seine Hilfe.

»Laurenz, du sagtest, du kannst mich aus der Stadt herausbringen.«

»Ja, aber wohin willst du denn? Hier bist du vorerst sicher.«

»Ich habe beschlossen, Maries Mörder zu suchen. Er wird mich zu meinem Kind bringen.«

Laurenz wurde laut. »Du willst was? Da draußen herrscht zufällig gerade Krieg. Wir wissen nicht einmal, bis wo die feindlichen Truppen bereits vorgedrungen sind. Wenn der Mörder bei den Hoyanern ist, wird er in der Schlacht oder auf dem Weg dorthin sein.«

»Bitte sei nicht zornig mit mir.« Sie wollte ihre Hand auf seinen Arm legen, doch er zog ihn ärgerlich weg.

»Laurenz, er wird nicht zur Schlacht gehen, die ist nämlich an der Aller. Ich will zu Duckels Land, denn ich bin sicher, dass er dort ist.«

»Lena, das ist närrisch. Dann kannst du dich gleich in die Weser stürzen. Kein Mensch weiß, wie das alles enden wird, wie schlimm es dort ist und was passiert, wenn wir den Krieg verlieren.«

»Ich weiß, aber ich werde nie aufhören, meine Tochter zu suchen, und ich bin es Marie schuldig. Nichts und niemand wird mich davon abhalten.« Sie verschränkte die Arme vor der Brust, und Laurenz' Miene gefror.

»Bitte, ganz wie du willst.« Seine Worte waren so kalt, dass Lena ein Schauer über den Rücken lief.

»Sei nicht zornig auf mich, das ertrage ich nicht. Versteh doch, ich kann nichts anderes tun.«

»Oh doch, das kannst du. Und zur Abwechslung mal darauf vertrauen, dass wir unsere Arbeit machen.«

»Was wollt ihr denn unternehmen?« Lena sprang auf und funkelte ihn wütend an. »Erzähle mir nicht, dass ihr die Ratsherrin verhaftet, und selbst wenn, was nie geschehen wird, woher wissen wir, ob sie etwas von Veronika weiß? Aber mit der Verhaftung würde der Mann gewarnt sein. Dann sehe ich meine Kleine nie wieder. Natürlich kann man einen Boten hinter Mindermann herschicken, aber ich bezweifle, dass man ihn einfach so findet.

Und was soll der Bote übermitteln? Wo wollt ihr den Mörder suchen, und vor allem, wie wollt ihr es ihm beweisen? Das Wort einer Hure und Diebin ist nichts wert. Nein Laurenz, hier kann ich nichts machen.«

»Ich könnte gehen.«

»Nein! Das lasse ich nicht zu!«

Er kratze sich verlegen am Kopf und ließ sich schwer auf den einzigen Hocker im Raum fallen. »So stur!« Er sah sie an, und seine Züge wurden etwas weicher. »Dann lass mich dich wenigstens begleiten.«

»Mich begleiten?« Lena war gerührt von seinem Vorschlag, hielt dies aber für genauso unvorsichtig von ihm, wie er es ihr vorwarf.

»Ja, nur so kann ich dich wenigstens ein bisschen beschützen, und außerdem wüsste ich, wo du grade bist, und würde nicht verrückt vor Sorge.«

»Laurenz, du hast gerade gesagt, dass es gefährlich ist. Das gilt auch für dich.«

»Ich weiß«, unterbrach er sie. »Aber das ist meine Bedingung, sonst kette ich dich hier an.« Seine Augen wurden zu Schlitzen, aber ein unterdrücktes Grinsen zuckte in seinen Mundwinkeln. »Und glaub mir, ich mache meine Drohung wahr.«

Mit krausgezogener Stirn betrachtete sie ihn und wusste, dass er meinte, was er sagte.

»Also gut.« Sie lächelte ihn dankbar an. »Wann brechen wir auf?«

Kapitel 11

Nachdem sie in der Dunkelheit ungesehen aus Bremen entwischt waren, beschlossen sie, die Nacht in Maries Hütte zu verbringen.

Die Erinnerungen trafen Lena mit voller Wucht, als sie das Häuschen betraten. Sowohl Marie als auch Veronika waren allgegenwärtig, und auch die Gerüche verband sie mit den beiden, die sie so schmerzlich vermisste. Kleine Holzspielzeuge lagen neben dem Bett, in dem Veronika geschlafen hatte. Kräuter, die Marie zum Trocknen aufgehängt hatte, baumelten stumm von der Decke. Lena seufzte.

»Wir finden sie wieder.« Laurenz legte ihr die Hand auf die Schulter. Eine Berührung, die ihr in diesem Moment Halt gab.

Lena ließ sich schwer auf das Bett fallen. Sie nahm einen kleinen Holzklotz, mit dem ihre Tochter so gern gespielt hatte, und drehte ihn in der Hand. Das Verlangen, sie zu spüren, war übermächtig, und so griff Lena sich die Decke und roch daran. Lavendel, ein Hauch von Veronika, vermischt mit dem Staub der letzten Wochen. Das war alles, was ihr im Moment von ihr blieb. Entschlossen steckte sie den abgegriffenen Holzklotz in ihre Tasche, in dem neben ein paar Kleidungsstücken von Laurenz, etwas zu essen und einem Feuerstein auch das Holzpferdchen von Mindermann verborgen war.

»Ja«, sagte Lena. »Wir werden sie finden.«

Als sie am nächsten Morgen aufbrachen, sah sie nicht einmal zurück. Sie wollte wiederkommen und nicht Abschied nehmen.

Nach zwei Stunden Marsch begann es zu regnen.

Der Wald, an dessen Rand sie dicht neben der Hauptstraße entlangliefen, schützte sie etwas, doch bald waren ihre Kleider durchnässt. Immer wieder sahen sie kleinere oder größere Höfe, auf denen es betriebsam zuging. Die Ortschaften mieden sie, und so machten sie um Achim, Bierden und andere Dörfer einen Bogen. Donnerstedt war bereits besetzt, wie sie an den vielen Kundschaftern von Hoya erkennen konnten.

Nach einiger Zeit änderte sich das ländliche Bild. Sie entdeckten den ersten niedergebrannten Hof. Jetzt war es Gewissheit, es herrschte Krieg im Land.

»Da wir noch nah an Bremen sind, werden es die Hoyaner gewesen sein«, sagte Laurenz finster.

Lena fröstelte. Sie wusste aus Erzählungen, dass gerade die Bauern wegen der Versorgung mit Nahrung nicht verschont wurden. Manche wurden einfach nur von der Gegenseite ausgeraubt, doch hin und wieder wurde auch getötet und gebrandschatzt. »Sollen wir nachsehen, ob jemand der Hilfe bedarf?«

»Das Feuer ist schon lange erloschen. Ich glaube nicht, dass dort noch jemand ist. Ein kurzer Blick kann jedoch nichts schaden.«

Als sie vor der Ruine ankamen, bot sich ihnen ein furchtbares Bild. Tierkadaver und menschliche Leichen verrotteten in der aufgeweichten Erde. Hier war regelrecht geschlachtet worden. Der Hausrat lag zum Teil auf dem Hof verstreut, die Möbel waren zerschlagen oder verbrannt.

»Wer tut so etwas? Wenn sie die Tiere wenigstens als Nahrung genommen hätten.« Lena wandte sich erschüttert ab, und Laurenz legte ihr den Arm um die Schulter.

»Krieg ist leider etwas sehr Grausames. Lass uns ein Gebet sprechen.«

Lena nickte.

»Herr, lass nicht zu, dass Unschuldige leiden müssen.

Erbarme dich dieser Menschen und nimm sie zu dir in dein Reich. Denn Dein ist das Reich und die Kraft und die Herrlichkeit, in Ewigkeit. Amen.

Laurenz nahm Lena beim Arm. »Komm, lass uns gehen, für die armen Seelen können wir nichts mehr tun.«

So zogen sie weiter und machten nur Rast, um etwas zu essen und zu trinken.

In einer kleinen Senke, die ihnen Schutz vor Entdeckung bot, schlugen sie ihr Lager auf. Die Nacht war kühl, denn der Sommer ging dem Ende entgegen, aber sie wagten es nicht, ein Feuer zu machen, zu groß war die Gefahr einer Entdeckung.

Immer wieder hatten sie in den letzten Stunden kleinere oder größere Truppen in ihrer Nähe gehört und sich verstecken müssen. Lenas Zähne klapperten, als sie sich in ihren Umhang einschlug. Laurenz sah zu ihr herüber.

»Wenn wir eng beisammenliegen, können wir uns gegenseitig wärmen. Ich habe nichts Unehrenhaftes im Sinn, darauf hast du mein Wort.«

Er hob seine Decke, und Lena überlegte nicht lange, sondern schlüpfte hinein und breitete ihren Umhang darüber aus. Ihre Zähne klapperten immer noch, doch nach einer Weile spürte sie seine Wärme. Zaghaft nahm er sie in den Arm. Lena konnte kaum glauben, dass sie so nahe bei einem Mann lag und dieser nicht versuchte, sie zu besteigen. Dennoch lag sie stocksteif auf dem Rücken, bis sie irgendwann sein gleichmäßiges Atmen hörte und selbst in den Schlaf fand.

Gegen Mittag des nächsten Tages erreichten sie die Grenze zu Hoya. Entlang der Straße standen einige Zelte von Hoyas Soldaten.

»Liegt das Land von Duckel in Hoya?«, fragte Lena verwundert, als sie vorsichtig durch dichtes Gestrüpp spähten.

»Nein, es liegt an der Grenze. Wir müssen jetzt nach Süden.«

»Und wenn unser Mann unter den Soldaten da drüben ist?«

Laurenz zuckte mit den Schultern. »Das finden wir nur heraus, wenn wir uns einen Platz suchen und das Lager beobachten.«

Überall war der Boden aufgeweicht, so auch in ihrem Versteck an einer leicht abschüssigen Böschung, von wo aus sie einen guten Überblick über die knapp zwei Dutzend Soldaten hatten. Zwar machte es den Anschein, als würde die Truppe nicht mit Schwierigkeiten rechnen, doch ihre Wachgänge nahmen sie sehr ernst. Einmal kamen sogar zwei von ihnen bedrohlich nahe an ihnen vorbei, sodass Lena und Laurenz kurzzeitig die Luft anhielten, damit die beiden sie nicht entdeckten. Die Soldaten waren beinahe vorüber, als Lena spürte, dass sie rutschte. Gleich würden die Männer sie entdecken. Panik stieg in ihr auf, und sie sah sich nach einem Halt um, als Laurenz ihre Hand ergriff und so verhinderte, dass sie fiel. Von alledem bekamen die beiden Männer nichts mit und setzten unbeirrt ihren Weg fort.

Lena und Laurenz beobachteten die Garnison, bis sie einigermaßen sicher sein konnten, dass der gesuchte Mann nicht in dieser Einheit war. Schließlich machten sie sich wieder auf den

Weg. Sie wollten Abstand zwischen sich und das Lager bringen, ehe sie sich einen sicheren Schlafplatz suchten.

Entlang der Grenze waren die Verwüstungen schlimmer. Von einigen Gehöften stiegen sogar noch Rauschschwaden auf. Sie hielten vorsichtig nach Überlebenden Ausschau, doch überall bot sich ihnen das gleiche Bild: Tod und Verwüstung. Auch vor Kindern hatte man nicht haltgemacht, und bei jeder kleinen Leiche fürchtete Lena, es könnte Veronika sein. Auf manche Toten hatten sich die Mörder sogar erleichtert. Es war grauenvoll.

Hier und da hatten einige Tiere überlebt und suchten verzweifelt nach ihren Besitzern oder rannten panisch davon, wenn sie Lena und Laurenz sahen.

Schließlich fanden sie auf einem kleinen Hof einen verwundeten Mann, der ihnen noch zu verstehen geben konnte, dass es die Truppen von Hoya gewesen waren, die hier gewütet hatten. Lena hörte es mit einer gewissen Erleichterung, denn sie hatte befürchtet, dass auch Bremer beteiligt gewesen waren. Für den Mann konnten sie nicht mehr viel tun, außer ihn nicht allein sterben zu lassen. Seine Verletzungen waren einfach zu schwer. Sie blieben bei ihm, bis er nicht mehr atmete, dann zogen sie weiter.

Sie überquerten aufgeweichte Wiesen und Felder. Der anhaltende Regen hatte überall große Schlammareale entstehen lassen. Nicht selten sanken sie bis zu den Waden ein. Immer wieder mussten sie sich im Unterholz verstecken, weil andere Reisende ihren Weg kreuzten, die ebenfalls fern der Straßen unterwegs waren. Laurenz vermutete, dass die meisten von ihnen flüchtende Bauern aus Hoya oder Bremer waren, die sich vor dem Krieg in Sicherheit bringen wollten. Manchmal hörten sie von den Straßen auch Hufschläge, dann waren sie besonders auf der Hut. Einmal klang es sogar nach einer größeren Truppe, die in Richtung Aller unterwegs war.

Niemandem durften sie sich zeigen, weder den Bremern noch den Soldaten von Hoya. Die Bremer kannten Laurenz, und die Gefahr, dass jemand Lena aus dem Töchterhaus kannte, war ebenfalls groß. Die Hoyaner ihrerseits verfolgten jeden, selbst die eigenen Leute, weil zu viele Bauern aus Hoya geflüchtet waren.

»Wie weit ist es noch?«, fragte Lena müde, als es bereits lange nach Mittag war. Sie fror, denn sie waren immer noch durchnässt bis auf die Haut. Die Kleider waren kalt, und dieses Jahr wollte der Herbst offenbar den Sommer frühzeitig verdrängen.

»Vielleicht noch zwei oder drei Stunden. Könnten wir auf der Straße gehen, wären wir bereits gestern Abend dort gewesen.« Leicht besorgt betrachtete Laurenz sie. »Kannst du noch, oder sollen wir rasten?«

»Nein, es geht schon.« Dass ihr Knöchel immer noch schmerzte, sagte sie ihm nicht.

Nach einer weiteren halben Stunde, die sie sich durch den dichten Wald kämpften, tat sich vor ihnen plötzlich offenes Feld auf.

»Daran habe ich nicht gedacht, weil wir früher nur auf der Straße hierher unterwegs waren. Aber über das Feld zu gehen, ist nicht gut. Wir wären schon von Weitem sichtbar.« Laurenz betrachtete besorgt den Acker. »Wir müssen leider ein Stück zurück und einen Umweg machen.«

Lena versuchte abzuschätzen, wie weit der Waldrand auf der anderen Seite entfernt war. Es waren ein paar Hundert Ellen.

»Wir haben schon länger keine Menschen mehr gesehen oder gehört. Meinst du nicht, dass wir es einfach wagen sollten?«

»Überall könnten Kundschafter sein. Es wäre ein großes Wagnis.«

»Kann sein. Aber es ist weit, und meine Füße tun mir wirklich weh.« Sie rieb sich den empfindlichen Knöchel, der noch geschwollen war.

»Dann sollten wir hier rasten und die Dunkelheit abwarten. In der Nacht ist die Gefahr nicht so groß, dass man uns sieht.«

Lena war einverstanden und dankbar, etwas ausruhen zu können. Laurenz legte die Decke aus, und sie setzte sich. Die Decke war noch immer feucht, und der Boden darunter unbequem, aber alles war besser, als weiterzulaufen.

Schweigend aßen sie ihr letztes Brot und das trockene Fleisch. »Was machen wir bei Duckels Land? Wenn alles von Hoyanern besetzt ist, wird es schwer, etwas zu essen zu kaufen.«

»Ich kann jagen«, sagte Laurenz zwischen zwei Bissen. »Außerdem habe ich etwas Geld bei mir, vielleicht gibt es doch einen fahrenden Händler oder einen Hof, der etwas erübrigen kann.«

»Wenn du jagen kannst, werden wir nicht verhungern. Marie hat mir beigebracht, welche Waldfrüchte essbar sind.«

»Siehst du, der Herr wird für die Seinen sorgen.« Laurenz zwinkerte ihr zu.

Nach dem Essen zog Lena ihren Umhang aus, rollte sich zusammen und deckte sich bis unters Kinn zu. »Glaubst du, dass die Schlacht schon angefangen hat?«

»Schwer zu sagen. Seit Kriegsbeginn drang kaum noch etwas von außen in die Stadt. Sicher wurden die Kuriere abgefangen.« Laurenz trank einen Schluck Wasser.

»Was würden die Hoyaner mit uns machen, wenn sie uns erwischten?« Lena hatte sich noch keinerlei Gedanken darüber gemacht und nur ihr Ziel vor Augen gehabt. Sie wollte Maries Mörder und ihre Tochter finden.

»Was sie mit Entlaufenen anstellen, möchte ich mir lieber nicht ausmalen.«

»Hm.

»Im schlechtesten Fall werden sie uns einfach töten.«

»Laurenz!« Bleich geworden setzte sie sich auf. Auch wenn sie es mit eigenen Augen gesehen hatte, so wollte sie nicht wahrhaben, dass es ihnen ebenso ergehen könnte.

»Es ist Krieg, da ist alles anders.« Er streckte sich und zog seelenruhig seine Schuhe aus, während Lena fröstelnd unter ihrem Umhang kauerte. »Wenn du Zweifel hast, dann lass uns umkehren.«

»Nein«, sagte sie hastig. »Ich will mein Kind zurück. Dieser Mann darf nicht davonkommen. Das willst du doch auch nicht, oder?«

»Nichts täte ich lieber, als ihn mit meinen eigenen Händen zu töten«, gab Laurenz zu, und seine Augen verdunkelten sich zornig. Beruhigend legte Lena ihm ihre Hand auf die Schulter.

Er sah sie an. »Lena, ich …«

»Scht«, machte sie und küsste ihn zaghaft auf den Mund.

Laurenz tat nichts, während Lena mit ihrem Finger die Linien in seinem Gesicht nachfuhr. Er hatte feste und gleichzeitig weiche Haut, die eine leichte Bräune angenommen hatte. Sie selbst war recht bleich, da sie nur selten das Haus der Mindermanns verlassen durfte.

»Was tust du da?«, fragte er amüsiert.

»Ich wollte dein Gesicht fühlen.« Sie lächelte ihn an. »Das habe ich bei Theresa oft gesehen.«

»Und hast du dort etwas Besonderes gefunden?«, fragte er und küsste ihre Hand.

»Ja.«

»Was?«

»Dass du dich lange nicht rasiert hast.«

Er grinste, zog sie plötzlich zu sich heran und küsste sie leidenschaftlich. Atemlos ließ er von ihr ab. »Lena, ich habe mich seit Langem danach gesehnt, hatte aber immer die Befürchtung, dass du es nicht willst, nach allem, was du erlebt hast.«

Bei seinen Worten verflog die Kälte in ihrem Inneren augenblicklich und machte einer Wärme Platz, die sie vorher nicht gekannt hatte. Bei den ganzen Männern im Töchterhaus hatte sie nie etwas Derartiges gespürt. »Bei dir ist es anderes, Laurenz. In dir sehe ich nicht einen von ihnen.«

Erneut küssten sie sich, dieses Mal länger und fordernder. Sein Atem beschleunigte sich, genau wie ihr eigener. Ihre Hand wanderte über seine Brust, und sie spürte unter den Muskeln sein Herz schlagen. Es schlug schnell und kräftig. Lena erkundete seinen Körper weiter, ließ ihre Hand über seinen Rücken zu seinem Po gleiten. Sie fuhr über die Rundung. Ihr Griff verstärkte sich, und Laurenz stöhnte leise auf, während er sie mit seiner einen Hand an sich drückte und mit der anderen zärtlich ihre Brust streichelte. Lena öffnete ihr Kleid, und er strich über ihre Brustwarzen, die sich aufgestellt hatten. Das erste Mal in ihrem Leben wollte sie einen Mann, wollte ihn fühlen und in sich spüren, so sehr, dass es beinahe wehtat.

»Lena …«, hauchte er. »Weißt du, dass du wunderschön bist?«

»Du auch«, flüsterte sie heiser zurück.

Er beugte sich vor, spielte mit seiner Zunge zärtlich an ihrer Brustwarze, und das Verlangen fuhr heiß durch ihren Körper. Sie setzte sich auf seinen Schoß. Er war bereit, und sie wölbte sich ihm entgegen.

***

Laurenz zog sich seine Hose an, während Lena die Decke zusammenrollte.

»Wir beobachten Duckels Land und halten nach dem Mann Ausschau. Wenn wir ihn entdeckt haben, sollten wir versuchen, ihn zu stellen und auszufragen«, schlug Laurenz vor. »Wenn nicht, dann möchte ich, dass wir zurückgehen.«

»Das klingt vernünftig. Aber wir müssen vorsichtig sein.« Lena stopfte die Decke in den Beutel. »Ich hoffe nur, dass er dort ist und wir dann auch eine Möglichkeit haben, ihn ungesehen zu stellen.«

»Das wird sich finden.« Laurenz kam zu ihr, streichelte ihre Wange und küsste sie. Dann lösten sie sich voneinander.

»Laurenz, es war ganz anders mit dir als mit jedem anderen Mann.«

Seine Augen lachten. »Das will ich hoffen.«

»Nein, bleib ernst. Ich meine es wirklich so.«

Er nickte stumm und küsste sie erneut. »Ich glaube dir, doch wir sollten jetzt weitergehen.«

Die Nacht war hereingebrochen, und der Regen hatte wieder verstärkt eingesetzt. Dadurch waren sie im Vorteil, denn die Sicht war schlecht.

»Also, bist du bereit? Wir müssen schnell sein.« Laurenz fasste sie bei der Hand.

Lena nickte, und sie rannten so schnell wie möglich über das Feld. Die Ähren standen schon kniehoch, streiften nass ihre Beine und boten im Notfall vielleicht etwas Schutz.

Sie hatten etwa einhundert Ellen geschafft, als sie hinter sich eine Stimme hörten: »Bleibt stehen, ihr zwei!«

Erschrocken hielten sie an und drehten sich um. Gleich mehrere bewaffnete Soldaten kamen über das Feld auf sie zugerannt. Hoyaner! Lena gefror das Blut in den Adern. Sie hatten sie nicht kommen gehört.

Laurenz fasste sich als Erster. »Wir sind nur Bauern und auf dem Heimweg.«

»So, Bauern«, spottete der Hauptmann. »Und da rennt ihr wie der Teufel über die matschigen Felder, statt die Straße zu nehmen, noch dazu in der Dunkelheit? Wo soll denn euer Hof sein?«

»Es ist viel Gesindel dieser Tage unterwegs. Ich hielt es für sicherer, nicht auf der Straße zu laufen. Allein schon wegen der

Bremer. Unser Hof liegt an der Grenze zu Bremen, gleich hinter dem Land von Duckel.«

Lena war froh, dass er so schnell reagierte. Er hatte in seinem Dienst bereits einige Male die Ratsherren begleitet und kannte sich hier in der Gegend ein wenig aus.

»So, so. Dann sag mir doch mal deinen Namen und wie viele Leute auf dem Hof leben und wann du das letzte Mal da warst.« An dem Tonfall des Soldaten war deutlich zu hören, dass er Laurenz nicht glaubte.

»Frost«, antwortete Laurenz. »Frost ist mein Name. Wir waren vier Tage unterwegs. Und es wohnen noch fünf Leute mit uns auf dem Hof, außerdem unsere zwei Kinder.«

»Tja, scheinbar warst du länger als vier Tage nicht mehr auf deinem Hof, denn er steht seit Wochen den Soldaten des Grafen zur Verfügung. Von den Bauern, die dort gelebt haben, sind nur noch das alte Ehepaar und eine Magd geblieben.« Er zog sein Schwert und deutete damit auf Laurenz. »Ich glaube eher, dass ihr geflohene Bauern des Grafen seid.« Sein Ton wurde drohender. »Ihr werdet jetzt mit uns kommen.«

»Es hätte schlimmer kommen können«, beruhigte Laurenz sie flüsternd. Manch anderer hätte mich vermutlich getötet und dich geschändet.«

»Vielen Dank für die tröstenden Worte«, antwortete Lena spitz, wusste aber, dass er recht hatte.

Die restliche Nacht verbrachten sie unter strenger Bewachung der fünf Männer angebunden an einem Baum. Die Lederriemen schnitten ihnen in die Arme und waren so fest, dass an eine Flucht nicht zu denken war. Die Soldaten erwiesen sich als streng, aber nicht unmenschlich und gaben ihnen sogar zu trinken und etwas Brot. Flüsternd überlegten Lena und Laurenz, wohin man sie nun bringen würde.

»Es ist gut, dass sie uns wenigstens für ihre eigenen Leute halten und nicht für Bremer«, flüsterte Laurenz.

»Aber kein Mensch weiß, was sie mit Entflohenen machen.«

»Wenn sie ihre eigenen Leute einfach töten oder einsperren würden, bräuchten sie keinen Krieg mit Bremen zu führen.« Womit Laurenz natürlich recht hatte. »Versuch, etwas zu schlafen. Ich bleibe wach.«

Lena war tatsächlich müde, doch sie wollte nicht schlafen. Zu groß war ihr Misstrauen den Soldaten gegenüber. Irgendwann übermannte sie die Müdigkeit, doch in ihren Träumen sah sie Kinderleichen, und jede hatte das Gesicht ihrer Tochter. Schweißnass wachte sie auf, weil Laurenz sie sanft rüttelte.

»Schlecht geträumt?«, fragte er besorgt.

Lena nickte nur, noch entsetzt über die Bilder aus ihrem Traum.

Am nächsten Morgen brach die Sonne durch die Wolken und trocknete langsam ihre feuchten Kleider. Sie erfuhren, dass man sie auf das Land des Bremer Ratsherrn Duckel bringen würde, wo sich sehr viele Bauern aus Hoya aufhielten. Dass sie ihr Ziel als Gefangene erreichen würden, hatten Lena und Laurenz nicht in Betracht gezogen.

Der Ratsherr besaß ein riesiges Gut. Zwei Stunden lief man, ehe man es komplett umrundet hatte. Als sie zu großen Stallungen kamen, rief der Hauptmann ihrer kleinen Truppe einen jungen Soldaten, der lässig auf einem Holzklotz saß. Sofort sprang er auf und eilte zu ihnen.

»Das Weib hier kommt zu den anderen Weibern. Kümmere dich darum.« An Laurenz gewandt sagte er: »Sie bleibt hier, und du kommst mit uns.«

»Nein, ich lasse sie nicht mit euch allein!«

Ohne Vorwarnung riss Laurenz sich los und ergriff Lenas Hand. Es folgte ein dumpfer Schlag, worauf er in die Knie sank und auf den schlammigen Boden fiel. Einer der Männer hatte ihm seinen Schwertgriff auf den Kopf geschlagen.

»Tut ihm nicht weh, bitte«, flehte Lena und wollte sich nach ihm bücken.

»Nimm sie mit«, befehligte der Hauptmann den Wachposten.

Der Wachposten nickte gehorsam. »Komm«, sagte er und zog sie grob von Laurenz weg. Lena versuchte, sich zu wehren, und zog in die entgegengesetzte Richtung, doch er war stärker und sein Griff unnachgiebig.

»Hey du!«, rief er nach einigen Schritten einer rundlichen Frau zu, die aus der Entfernung zusah, was sich hier abspielte. »Komm her, ihr habt hier eine Neue.«

Die Frau folgte seiner Anweisung. »Hab keine Angst, ich bringe dich zu den anderen Frauen«, sagte sie.

»Aber Laurenz braucht mich«, flehte Lena und warf einen Blick zurück. Er kam langsam wieder zu sich und hielt sich den Kopf, wo ihn der Schwertgriff getroffen hatte.

»Ihm wird nichts geschehen, wenn er tut, was die Männer sagen. Und für uns gilt das Gleiche. Nun komm.«

Seufzend folgte Lena ihr. Die Frau warf einen verstohlenen Blick über die Schulter, als sie außer Hörweite der Hoyaner waren. »Lass uns schnell von hier verschwinden. Es ist besser, wenn man nicht zu viel mit ihnen zu schaffen hat«, flüsterte sie eindringlich und schritt zügig voraus.

Als sie sich ein gutes Stück von der Gruppe entfernt hatten, bogen sie um einen großen Stall. Lena warf einen Blick hinein, sah aber keine Pferde.

»Ich heiße Silke und du?«

»Lena.«

Silke folgte Lenas Blick zu den leeren Ställen. »Die meisten Pferde wurden für den Krieg gebraucht, und die beiden letzten waren zwei lahme Klepper. Hoyas Soldaten haben sie geschlachtet.«

»Oh.«

Silke musterte Lena freundlich. »Woher kommst du? Von uns bist du keine. Ich kenne alle, die hier in der Gegend gelebt haben.«

»Nein, wir sind aus Bremen geflohen, als man uns erwischt und hierher verschleppt hat.«

»Das ist komisch. Halten sie euch für Hoyaner?«

»Ja, sie nehmen an, wir wären Entflohene.«

»Dann habt ihr Glück gehabt, sonst wärt ihr nicht mehr am Leben.«

Lena erschauderte.

»Nun mach dir keine Gedanken, bei mir ist euer Geheimnis sicher. Wir können nur hoffen, dass die Bremer diesen Krieg gewinnen oder sich anders mit dem Grafen einigen. Keiner will zurück nach Hoya.«

»Ich verstehe.«

»Hier schlafen wir. Meistens sogar unbehelligt von den Soldaten.« Silke deutete auf eine Scheune, die etwas abseits stand. Im

Inneren hatten vielleicht vierzig Menschen Platz zum Schlafen. Überall waren kleine Lager aus Stroh hergerichtet, die im Moment jedoch bis auf zwei verwaist waren. In den beiden belegten schliefen zwei hochschwangere Frauen. Ihr Anblick versetzte Lena einen Stich.

Ein paar Kinder spielten mit Steinen, die sie in ein Loch schnippten. Sie waren für ihre Lage verhältnismäßig sauber, wenn auch leicht unterernährt. Lena schöpfte Hoffnung. »Gibt es hier noch mehr Kinder?«

»Ja, eine ganze Schar. Die größeren spielen drüben am Teich, an dem ihre Mütter oder andere Verwandte sich um die Wäsche der Soldaten kümmern.«

»Kann ich sie sehen?«

»Sicherlich. Suchst du einen Verwandten?«

»Ja, ein kleines Mädchen. Sie ist zwei Jahre. Habt ihr ein Mädchen in dem Alter hier?«

Silke schaute auf die spielenden Kinder, dann schüttelte sie den Kopf. »Leider nein. Alle Kleinen siehst du hier.«

Enttäuscht sah Lena sich noch einmal um, aber Veronika war nicht unter ihnen.

»Tut mir leid.« Silkes Bedauern schien ehrlich zu sein.

»Ich werde sie schon finden.«

»Ich hoffe es für dich.«

Lena musste das Thema wechseln, denn ein dicker Kloß schwoll in ihrem Hals an. »Lebt ihr die ganze Zeit schon hier im Stall?«

Lena erinnerte sich – es war im letzten Herbst Stadtgespräch in Bremen gewesen, dass dem Grafen von Hoya die Bauern wegliefen, weil er sie bis aufs Blut auspresste. Bremen hatte diese Menschen aufgenommen, und Ratsherr Duckel, der das größte Land besaß, gewährte ihnen für ein Jahr Unterschlupf und Schutz. Anschließend sollten sie eingebürgert werden. Doch Lena konnte sich kaum vorstellen, dass sie seither mit den kleinen Kindern hier in einer zugigen Scheune gelebt hatten. Im Winter musste es hier lausig kalt und zugig gewesen sein.

»Nein, erst seit der Belagerung durch die Soldaten«, antwortete Silke. »Wir konnten vorher mit den Dienstboten im Gesindehaus wohnen. Es war zwar sehr eng, aber wir waren mit unseren Männern und Kindern zusammen und hatten es warm und trocken. Als die Soldaten kamen, haben sie uns einfach hinausgeworfen. Wir haben uns dann hier eingerichtet, so gut es ging. Außer ein paar Mäusen, die uns nachts auf der Nase herumtanzen, geht es uns noch gut. Die Männer müssen sogar im Freien schlafen. Bei Wind und Wetter. Ich mag mir nicht vorstellen, wie es für sie im Winter wird.«

»Glaubst du denn, dass es so lange dauern wird?« Lena hoffte das Gegenteil.

»Nein, ich hoffe, dass es bald vorbei ist.« Silke sah in eine von vier großen Holzkisten, die früher vermutlich Futter und Gerätschaften beherbergt hatten, jetzt jedoch mit Wäsche, Töpfen und allerlei Haushaltsutensilien gefüllt waren. Sie wühlte einen Moment herum, dann zog sie eine Decke heraus.

»Wusste ich es doch. Die hat der alten Sieglinde gehört, aber die braucht sie nicht mehr. Hat vor Kurzem ihre Augen für immer geschlossen. Ich hoffe, es macht dir nichts aus?«

»Nein.« Lena schüttelte den Kopf und nahm die Decke.

»Hier ist noch ein Platz.« Silke wies auf eine Ecke unter der Leiter, die zum Heuboden führte.

»Was ist da oben?«

»Da schlafen die Kinder.«

»Und was macht ihr den ganzen Tag?«

»Wir flicken die Uniformen der Soldaten, kochen und waschen für sie und für uns, bestellen das Land und warten auf das Ende dieses Krieges.«

»Seht ihr eure Männer manchmal?«

Einen kurzen Moment spiegelte sich Unsicherheit in Silkes Miene, dann schüttelte sie den Kopf. »Nein. Dahinten ist noch etwas Stroh. Nimm dir davon, was du brauchst. Ich gehe jetzt wieder zu den anderen. Du findest uns am See hinter dem Pferdestall, dort arbeiten wir. Wenn du dich eingerichtet hast, komm rüber. Ich stelle dich dann den anderen Frauen vor.«

»Werde ich machen. Hab Dank, Silke.«

Nachdem Lena sich aus dem Stroh eine kleine Liegefläche geformt, die Decke ausgebreitet und ihren Umhang zum Trocknen über eine Sprosse gehängt hatte, schaute sie sich ein wenig um. Viel gab es hier nicht zu sehen. Die meisten Gerätschaften waren in einer Ecke gestapelt. Hier und da lag ein Kleid bei einer Decke. Die beiden Schwangeren schliefen, und die Kinder beäugten Lena neugierig. Als Lena ihnen zulächelte, wandten sie sich wieder ihrem Spiel zu.

Hinter dem Pferdestall, der einmal mindestens zwanzig Tieren Platz geboten haben musste, war der See, an dem gut zwei Dutzend Frauen mit Waschen beschäftigt waren. Ringsherum saßen Wachposten in Zweiergruppen und beobachteten sie oder unterhielten sich. Einige ältere Frauen hockten auf der Erde und flickten Kleider, andere waren mit Kochen beschäftigt und rührten abwechselnd in zwei riesigen Kesseln. Auch hier waren Kinder am Spielen oder halfen ihren Müttern. Einen Augenblick sah Lena zu, wie einige Jungs trotz der Kälte der vergangenen Tage übermütig im Wasser planschten. Sie beneidete die Kinder, die sich nicht zu sorgen brauchten, sondern selbst hier ausgelassen sein konnten.

Ein Knabe fiel Lena besonders ins Auge. Er erinnerte sie an ihren Bruder Kurt, der jetzt ungefähr im gleichen Alter sein musste. Ehe sie die Traurigkeit über den Verlust übermannte, sah sie sich nach Silke um und entdeckte sie hinter dichtem Schilf mit zwei weiteren Frauen. Die drei sahen jetzt in ihre Richtung, und Silke winkte Lena zu sich heran. Als sie auf die kleine Gruppe zuging, legte eine der Frauen ihre Hand vor den Mund, als hätte sie einen Geist gesehen.

Vielleicht ist ihr nicht wohl, dachte Lena, während sie sich ihnen näherte. Als sie die Frauen beinahe erreicht hatte, blieb sie ungläubig stehen. Sie starrte die Frau an und blinzelte. Nein, es war kein Traum. »Mutter?«, flüsterte Lena ungläubig.

Die Angesprochene ließ ihre Hand sinken und nickte langsam. Lenas Herzschlag beschleunigte sich. Es war tatsächlich ihre Mutter, und sie lebte. Sie war hier! Ohne auf etwas anderes zu achten, rannte sie die letzten Ellen. Dann fielen sie sich in die Arme. Die fragenden Blicke der Soldaten und einiger Frauen folgten ihr neugierig.

»Lena, meine Lena, bist du es wirklich?«, fragte Judith von Riede und schlang die Arme fest um ihre Tochter, sodass sie meinte, keine Luft mehr zu bekommen.

»Ich bin es«, keuchte sie. Heiß liefen die Tränen über ihre Wange und vermischten sich mit denen ihrer Mutter.

»Das ist also deine Tochter, von der du erzählt hast. Was für eine glückliche Fügung, wir sollten dem Herrn beim Mittagsmahl danken.« Silke war an sie herangetreten und legte beiden freundlich ihre Hände auf die Schultern. »Gebt vor zu arbeiten, bevor die Wachen noch herkommen, sie beobachten euch schon argwöhnisch. Wenn sie sich abgewendet haben, schleicht euch in die Scheune.«

Judith nickte wissend. »Komm, mein Kind. Ich zeige dir, was wir hier tun, und in der Zwischenzeit haben die Wachen uns wieder vergessen. Dann können wir in Ruhe reden.«

Lena war noch immer fassungslos und ließ sich willig alles zeigen und erklären, obwohl sie nicht wirklich zuhörte. Ihre Gedanken rasten. Sie war in diesem Moment so glücklich wie schon lange nicht mehr.

Nach einer Weile schienen die Wachen tatsächlich keine Notiz mehr von ihnen zu nehmen. Ihre Mutter fasste Lena bei der Hand und führte sie durch Schilf und Büsche zurück in die Scheune. Dort setzten sie sich auf eins der Lager, hielten sich an den Händen und sahen einander einfach nur an. Lena konnte nichts sagen, ein dicker Kloß saß in ihrem Hals fest.

Wie früher nahm die Mutter eine Decke und hängte sie ihrer Tochter um die Schultern. »Du bist ja halb erfroren. Am besten, du ziehst die feuchten Sachen aus und wir besorgen dir ein paar trockene Kleider.« Sie nahm den kleinen Korb, den Lena noch von zu Hause kannte, packte etwas Brot und Käse aus, goss ihnen Wasser ein und betrachtete ihre Tochter dann eingehend. Dankbar nahm Lena einen Schluck.

»Du bist erwachsen geworden«, stellte die Mutter fest, während Lena ihre Kleider wechselte.

Lena nickte und bemerkte ebenfalls Veränderungen im Gesicht der Mutter. Ein paar Falten hatten sich unter die Augen und neben den Mund geschlichen, doch sonst war ihre Haut noch sehr ansehnlich. In den Haaren schimmerten ein paar graue Strähnen, aber es stand ihr gut, und obwohl sie recht dünn wirkte, war sie noch immer hübsch anzusehen.

»Wie geht es dir, Mutter, und wo sind die anderen? Ich glaube, Kurt habe ich schon gesehen.«

Wie aufs Stichwort kam ihr kleiner Bruder in die Scheune

geflitzt und blieb außer Atem vor ihnen stehen. Seine nassen Haare tropften noch, und in seinem Gesicht hatten sich inzwischen lustige Sommersprossen gebildet. Judith von Riede zog ihn heran und hängte ihm ebenfalls eine Decke um. Er hatte die gleichen grünen Augen wie ihre Mutter, aber die Mundpartie und die Nase waren eindeutig von seinem Vater.

»Setz dich zu uns, Kurt. Erkennst du deine Schwester Lena noch?«

Folgsam setzte er sich und betrachtete Lena eingehend. Dann hellte seine Miene sich auf, und er nickte. Dabei leuchteten seine großen Augen.

»Kurt, ich habe dich so vermisst und oft an dich gedacht. Groß bist du geworden, bald ein Mann.« Anerkennend wuselte sie ihm durch das feuchte Haar, dann zog sie ihn an sich, was er widerwillig über sich ergehen ließ. Anschließend sah er seine Mutter an, deutete auf Lena und ließ zwei Finger über die Decke laufen. Verwirrt sah Lena von ihm zu ihrer Mutter.

»Ja, sie war lange fort, aber nun ist sie wieder bei uns. Das ist wirklich ein Wunder.« Die Mutter streichelte ihm über den Kopf, während sich der Kloß in Lenas Hals wieder vergrößerte.

»Was ist mit ihm?«, fragte sie heiser. »Wieso sagt er nichts?«

»Ach, eigentlich geht es ihm gut, er spricht nur einfach nicht mehr.«

»Wieso spricht er nicht mehr?«

»Kurt, geh zu Elisabeth und hol uns etwas Suppe. Wir haben einiges zu bereden.« Judith von Riede gab ihrem Sohn einen Klaps, worauf dieser ihr lächelnd eine lange Nase zeigte, sich jedoch auf den Weg machte.

Als er außer Sicht war, ergriff die Mutter wieder Lenas Hand und streichelte sie. »Sag mir erst mal, wie es dir ergangen ist.«

Lena spürte eine lange vermisste Geborgenheit, die sie zuletzt bei Laurenz gefunden hatte, aber auch Beklemmung. Vieles hatte sich offenbar im Leben ihrer Familie verändert. Sie fühlte sich wie eine Fremde, aber das behielt sie für sich.

»Da gibt es nicht viel zu erzählen. Es hätte mich sicherlich schlimmer treffen können. Wie Vater damals sagte, ich hatte immer zu essen und einen warmen Platz.« Mehr wollte sie nicht preisgeben, und ihre Mutter schien das zu verstehen.

Sie atmete tief durch, ehe sie sprach: »Glaub mir, ich wollte nicht, dass er dich fortbringt. Aber ich konnte nichts dagegen tun.« Tränen schimmerten in ihren Augen. »Ich hatte damals bis zuletzt gehofft, dass du eines Tages einen guten Ehemann bekommst und dir dieses Schicksal erspart bleiben würde.« Sie ließ den Kopf sinken.

»Ich weiß.« Lena straffte sich. Jetzt hielt sie es allerdings vor Neugierde nicht mehr aus. »Mutter, wieso seid ihr hier, wo sind die anderen, und was ist mit Kurt?«

Ihre Mutter tupfte sich die Tränen weg. »Eigentlich wollten wir in dem Sommer, in dem er dich fortbrachte, ebenfalls nach Bremen, und ich hoffte, dich dann dort zu finden und irgendwie wieder zu uns zu holen. Doch dann kam eins zum anderen. Der Vogt nahm deinem Vater fast alles Geld ab, das er gespart hatte, und so mussten wir bleiben. Ein, zwei gute Ernten, sagte dein Stiefvater, nur ein oder zwei.« Sie lachte bitter.

»Wir schränkten uns ein und kamen mehr schlecht als recht über die Runden. Aber es vergingen ein paar Jahre, und dann hörten wir im Frühjahr von einigen Nachbarn, dass sie sich auf den Weg hierher machen wollten. Der Bremer Bürgermeister versprach nach einem Jahr und einem Tag die Bürgerfreiheit und Schutz vor dem Grafen. Dein Stiefvater war nicht mehr zu halten, denn er wollte nicht länger ein Leibeigener sein. Wir verkauften, was wir noch erübrigen konnten, und schlichen uns bei Nacht und Nebel davon. Und es war wirklich nebelig.« Judiths Blick verlor sich in der Ferne.

»Leider hatten wir nicht so viel Glück wie andere. Inzwischen hatte der Graf Truppen ausgesandt, alle Reisenden zu kontrollieren. Was soll ich sagen, wir konnten uns nicht mit Sack und Pack verstecken, als sie uns entgegenkamen.« Lenas Mutter tupfe sich erneut ihre feuchten Augen trocken und versuchte ein tapferes Lächeln. Lena streichelte behutsam ihre Hand.

»Dein Stiefvater wurde vor unseren Augen gehängt, deine beiden größeren Brüder nahmen sie einfach mit, und Kurt und ich wurden hierhergebracht. Die Hoyaner hatten gerade das Land von Duckel eingenommen. Seit dem Vorfall spricht Kurt nicht mehr. Was aus Martin und Konrad geworden ist, wissen wir nicht. Hätten wir geahnt, was geschehen war, wären wir nicht aufgebrochen.«

Lena war erschüttert. Obwohl sie ihren Stiefvater nicht mochte, hatte er doch immer nur das Wohl seiner Familie im Sinn gehabt, und das war auch Lenas Familie. Dass Kurt und ihre Mutter mitansehen mussten, wie er gehängt wurde, stellte Lena sich grausam vor.

»Der Priester hier meint, dass dein Bruder sicher irgendwann wieder sprechen wird.«

»Das hoffe ich.«

»Aber sag, Lena, wie bist du nun hierhergekommen und warum?«

Lena erzählte ihrer Mutter von ihrer Schwangerschaft, von Veronika, von Marie und deren Tod. Erzählte von Laurenz und ihrer Suche, ihrem Plan, den Mann zu finden, den sie unter den Soldaten von Hoya vermutete. Judith hörte schweigend und betroffen zu. Nach Lenas Erzählung war sie von Marie so angetan, als hätte sie die Heilerin persönlich gekannt. Sie war dankbar, dass sie sich so gut um Lena und Veronika gekümmert hatte. Lena fiel es schwer, von der Kleinen zu sprechen, und sie schluckte ein paarmal.

»Du bist eine gute Mutter und wirst deine Tochter finden, das weiß ich. Der Krieg verwischt viele Spuren, aber immerhin weißt du, wo der Mann sein könnte.«

»Das schon, aber ich nehme nicht an, dass er Veronika nach Hoya gebracht hat. Vermutlich ist sie irgendwo in Bremen oder in der Nähe.«

Eine Weile saßen sie nebeneinander und hielten sich einfach nur an den Händen. Plötzlich schmunzelte Judith von Riede.

»Was ist?«, fragte Lena neugierig.

»Weißt du noch, wie deine Brüder waren, als du noch bei uns gelebt hast?«

»Ja, ich erinnere mich noch sehr gut. Sie waren wie der Vater.«

Judith nickte. »Sie versuchten, ihm nachzueifern. Sie kannten ja auch nichts anderes. Doch als er am Tag, nachdem er dich fortgebracht hatte, ohne dich zurückkehrte, haben sie sich verändert.«

»Wie haben sie sich verändert?«

»Sie wollten nicht mehr so sein wie er. Zwar haben sie nie nach dir gefragt, doch ich las diese unausgesprochene Frage lange

Zeit in ihren Gesichtern. Ich glaube, seitdem haben sie ihn mit anderen Augen gesehen, und sie haben dich vermisst, auch wenn sie es nie zugegeben hätten.«

»Oh.« Es berührte Lena, die ihre Brüder allesamt gern gehabt, die beiden großen auch immer mal verteufelt hatte, wenn sie wie der Stiefvater geklungen und sich auch so benommen hatten.

»Sie haben sogar ohne zu murren deine Aufgaben übernommen.«

»Hat Martin den Stall gemacht?« Lena kicherte, denn sie erinnerte sich noch genau, wie sie sich das damals vorgestellt hatte.

»Und noch viel mehr. Er hat sogar die Wäsche mit mir gemacht. Vielleicht aus Angst, dass dein Stiefvater mich auch eines Tages fortbringen würde. Wer weiß.«

»Hast du es ihnen nicht erklärt?«

»Er hatte es verboten. Was sollte ich tun? Aber im Nachhinein war es mir ganz recht, dass deine Brüder sich zum Guten verändert hatten. Martin ist sogar einmal dazwischengegangen, als dein Stiefvater mich wieder prügelte. Er stellte sich schützend vor mich und schrie ihn an, er solle mich in Ruhe lassen. Dein Stiefvater stand da, als hätte sich vor ihm die Erde aufgetan. Wutschnaubend ist er aus der Hütte gestürzt und erst am Abend zurückgekommen. Danach hat er mich nie mehr angerührt.«

»Das freut mich sehr.«

Judith trank einen Schluck Wasser und sah Lena über den Schlauch hinweg an. »Wie willst du eigentlich den Mann erkennen, wenn du doch nur eine Stimme gehört hast?«

»Ich sah seine Statur. Er ist sehr groß, größer als die meisten Männer, ebenso wie der Ratsherr.«

»Dann wird er bestimmt herausstechen. Aber was machst du, wenn du ihn findest?«

Lena richtete sich auf. »Ich werde versuchen, aus ihm herauszubekommen, wo Veronika ist, und dann werde ich ihn töten, Mutter.«

Kapitel 12

Die Wäsche der Soldaten kam in solchen Mengen, dass die Frauen täglich am See zu tun hatten und ihnen kaum Zeit für andere Dinge blieb. Bereits am zweiten Abend waren Lenas Hände rot und rissig. Sie pflückte sich Schafgarbe, die überall auf den Wiesen wuchs, presste sie und legte sie dann in Tüchern auf ihre Haut. Einige Frauen sahen, wie Lenas Hände sich über Nacht etwas erholten, und baten ebenfalls um diese Tücher.

»Hat Marie es dir beigebracht?«, wollte ihre Mutter wissen, die aufmerksam zugesehen hatte, wie Lena Umschläge zubereitete.

Bei der Erinnerung an die Unterweisung von damals musste Lena lächeln. Marie war eine geduldige Lehrerin gewesen. »Als ich bei ihr gelebt habe, hat sie mir viel über Heilkräuter beigebracht.«

»Das ist ungemein nützlich.«

»Wenn du möchtest, bringe ich dir bei, was sie mich gelehrt hat.«

»Das würdest du tun?«

»Natürlich.«

»Dann erzähl mir alles, was du weißt.« Judith strahlte aufgeregt.

Lena arbeitete mit ihrer Mutter und Silke, die ein ausgesprochen fröhliches Gemüt besaß und sie immer wieder zum Lachen brachte, wenn die Wachen gerade nicht hinsahen. In solchen Momenten vergaßen die Frauen sogar ihren Hunger, der sie immerzu quälte. Einmal täglich bekamen sie Brot und etwas Gemüse. Manches davon war allerdings schon nicht mehr essbar. Fleisch erhielten sie überhaupt nicht.

Judith riet ihrer Tochter, sich den Soldaten nach Möglichkeit nicht zu viel zu zeigen. Was sie damit meinte, konnte Lena sich gut vorstellen, und sie hielt sich an den Rat. Zum Glück kamen die Männer nicht in den Stall, was ihn zu einem Ort machte, an dem sie sagen konnten, was ihnen beliebte. Abends oder beim Essen saßen sie alle zusammen und sprachen von ihren Hoffnungen und Sorgen.

Für die meisten war die schlimmste Befürchtung, dass Bremen den Krieg verlieren würde. Dann müssten sie zurück nach Hoya und stünden wieder unter den Fittichen des Grafen. Alle bangten um ihre Angehörigen, ob Männer oder Söhne, die entweder Gefangene oder Soldaten waren.

»Warum sind eigentlich die Frauen von den Männern getrennt?«, fragte Lena ihre Mutter, die gerade damit beschäftigt war, hartes Brot aufzuweichen.

»Damit niemand fortläuft. Da der Mann nicht weiß, was mit seiner Frau ist, und umgekehrt, versucht kaum jemand zu fliehen.«

In diesen Tagen lernte Lena ihren Bruder Kurt immer besser zu verstehen. Er hatte eine Fingersprache erfunden und konnte sich so einigermaßen verständigen. Geduldig versuchte er ihr verständlich zu machen, dass er seine Brüder vermisste, aber froh war, dass Lena wieder bei ihnen war, und wurde immer anhänglicher. Er besaß noch das Holzpferd, das sie ihm auf das Kissen gelegt hatte, als sie fortgebracht wurde. Es berührte sie tief, es wiederzusehen, vor allem weil der kleine Bruder es so in Ehren hielt. Seinen Vater erwähnte er nicht, und auch ihre Mutter vermied das Thema, wenn Kurt in der Nähe war.

Sonntags kam ein Priester zu ihnen und zelebrierte eine kleine Messe. Er besuchte sowohl die Frauen als auch die Männer, sodass er Botschaften in beide Richtungen übermitteln konnte.

Der Geistliche war noch recht jung, hatte strohblonde Haare und eine Nase, die an einen Habicht erinnerte. Heute erzählte er von der Befreiung Jerusalems, und das so inbrünstig, dass selbst Lena ergriffen lauschte. Am Ende verkündete er das Neueste von der Front: »Die Schlacht an der Aller steht kurz bevor. Es heißt, dass beide Seiten inzwischen in Stellung gegangen sind. Leider weiß noch niemand, wann es zur Entscheidung kommt, ob es noch eine gütliche Einigung gibt. Der Graf von Lüttich hat sich mit seinen Truppen Hoya endgültig angeschlossen.«

Der Priester machte eine Pause, weil ein Raunen durch die Reihen der Frauen ging. Angst spiegelte sich in ihren Gesichtern wider. »Dennoch soll Bremen noch immer zahlenmäßig überlegen sein, wenn auch nicht mehr so stark wie zuvor.«

Das klang alles danach, als würde Bremen es nun schwerer haben. Lenas Magen zog sich empfindlich zusammen. Bremen war ihr Zuhause geworden. Sie mochte die Stadt an der Weser.

»Was geschieht mit uns, wenn Bremen verliert?«, fragte eine der Frauen besorgt.

»Ja, und mit unseren Männern und Söhnen, was wird aus ihnen?«, warf eine andere ein.

Der Priester hob die Hände, und die Frauen verstummten. »Wir müssen beten und Gott vertrauen. Er wird es richten.«

»Ja, ja«, erklang es aus einer Ecke.

»Nur im wahren Glauben werdet ihr Kraft finden«, mahnte der Priester, dessen Gesicht die Farbe einer unreifen Kirsche annahm.

Schließlich drängten sich die Frauen um ihn und erkundigten sich nach ihren Männern, Söhnen und anderen Verwandten. Sie gaben dem Priester Botschaften für sie mit auf den Weg und erbaten auch für ihre Kinder seinen Segen, den er gern gab.

Als Lena an der Reihe war, betrachtete er sie einen Moment.

»Du bist also Lena.«

»Ja, woher wisst Ihr das?«

»Ich war gestern Morgen im Lager der Männer, weil einer von den Ältesten zu unserem Herrn heimgegangen ist. Dort sprach mich Laurenz an. Ich soll dir ausrichten, dass es ihm gut geht. Du sollst nichts unternehmen, bis du von ihm hörst.«

»Er sorgt sich um mich.« Lena lächelte.

»Das schien mir auch so. Er meinte, du neigst dazu, überstürzt zu reagieren.«

»Hm. Ich werde nichts ohne ihn unternehmen. Würdet Ihr ihm das ausrichten, damit er beruhigt ist?«

»Von Herzen gerne.«

»Danke, Hochwürden.«

»Und wie geht es dir hier?«

»Gut. Richtet Laurenz bitte auch aus, dass ich meine Mutter und meinen Bruder hier wiedergefunden habe.«

»Das werde ich ihm gern übermitteln. Hast du sonst noch etwas auf dem Herzen?«

Lena schüttelte den Kopf. »Nein.«

»Der Herr beschütze und behüte dich.«

»Amen.«

Er wandte sich an die versammelten Frauen, die aufgeregt miteinander tuschelten. »So wünsche ich euch eine gesegnete

Woche. Ich werde versuchen, etwas zu essen für euch zu beschaffen.« Damit verabschiedete er sich von allen und verließ sie eilig.

Kurz nach dem Mittag brach plötzlich unweit des Stalls ein Tumult aus. Ein Pferd wieherte lautstark, und Männer schrien durcheinander. Neugierig sahen die Frauen nach, was da vor sich ging, und entdeckten ein wild bockendes Pferd und einige Soldaten, die versuchten, es einzufangen. Gespannt verfolgten sie das Spektakel. Das Pferd stieg auf und trat mit den Vorderhufen, nur um gleich darauf wie ein Bock herumzuspringen und mit den Hinterhufen auszuschlagen. Dabei warf es die ganze Zeit den Kopf hoch und runter.

»Dem Pferd fehlt etwas, vielleicht etwas am Huf« sagte Silke.

»Oder eine Kolik«, warf Grete, eine alte Bäuerin, ein.

Ein beherzter Soldat sprach behutsam auf das bockende Pferd ein, während er sich ihm näherte. Und tatsächlich hielt das Pferd an, schüttelte aber noch immer seinen Kopf.

»Der soll vorsichtig sein, dem Gaul ist jetzt nicht zu trauen«, meinte Grete.

Doch der Mann hörte sie nicht und ging näher. Als er vor dem Pferd angekommen war, streckte er seine Hand aus und griff blitzschnell nach dem Zügel. Die umstehenden Männer jubelten, doch das Pferd schien darüber weniger begeistert. Es stieg erneut auf und erwischte den Mann mit den Hufen am Arm. Das Knacken der Knochen war bis zu den Frauen zu hören, die erschrocken zusammenzuckten. Mit einem Aufschrei fiel der Mann um, rollte sich aber geistesgegenwärtig ein Stück zur Seite.

Das Pferd wollte fliehen, aber ein weiterer Soldat erwischte die Zügel und hielt es fest. Andere kamen ihm zu Hilfe, und gemeinsam gelang es ihnen schließlich, das Tier zu beruhigen. Beherzte Soldaten kümmerten sich um den Verletzten, der nun im Gras saß und sich seinen Arm hielt.

»Kennt sich eine damit aus?«, brüllte ein Hauptmann mittleren Alters mit einer Halbglatze und schwarzem Vollbart den Frauen zu.

Die meisten von ihnen schüttelten den Kopf, murmelten ein

Nein vor sich hin und verzogen sich wieder an ihre Arbeit. Lena jedoch nickte zaghaft.

»Kind, halt dich da raus, sie haben eigene Leute dafür.« Ihre Mutter versuchte, sie mit sich zu ziehen, doch Lena entzog ihr sanft ihren Arm.

»Komm mit, Mama, vielleicht brauche ich deine Hilfe.«

Seufzend gab Judith nach.

Der Verletzte war im Alter ihrer Mutter, hatte graue Schläfen und war von der Sonne braun gebrannt wie die meisten der Männer. Er hatte wache blaue Augen, die Lena jetzt qualvoll ansahen.

»Bist du Heilerin?«, fragte der Bärtige und maß die beiden Frauen skeptisch.

»Ich habe bei einer gelebt und ihr geholfen, Brüche zu behandeln.« Sie hatte einige Male zugesehen, wenn Verwundete zu Marie kamen, und war ihr sogar hin und wieder zur Hand gegangen.

»Also bist du nun Heilerin oder nicht?«, wollte er ungeduldig wissen.

»Ich kann ihm vielleicht helfen, ist das nicht viel wichtiger?«

Der Hauptmann brummelte etwas in seinen Bart und deutete dann auf den Verwundeten.

»Habt ihr denn selbst keinen Heiler oder Bader bei euch?«, fragte Lena, während sie sich hinkniete.

»Unser Heiler ist vor zwei Nächten gestorben, und die anderen sind bei der Truppe des Grafen.«

Lena wandte sich dem Verletzten zu. »Darf ich mir deinen Arm ansehen? Ich fürchte allerdings, dass es schmerzhaft werden kann.«

Er nickte. Kleine Schweißperlen hatten sich auf seiner Stirn gebildet.

Vorsichtig zerschnitt Lena die Bänder seiner ledernen Rüstung und seine Uniformjacke. Als der Arm freilag, sah sie einen Knochen unterhalb des Ellenbogens herausragen. Es sah schlimm aus und blutete stark. Einige Soldaten wurden blass, und einer drehte sich sogar weg, um sich zu übergeben.

»Wir brauchen einen kleinen Knüppel, einen Lederbeutel oder etwas Ähnliches, auf das er beißen kann, außerdem zwei

Holzbretter oder Äste sowie ein Stück Seil oder Lederbänder«, sagte sie zu den umstehenden Männern.

Die Männer beeilten sich, die Sachen zu besorgen, und kurz darauf wurden ihr ein Ledersäckchen sowie mehrere Äste gereicht. Lena sortierte die krummen aus und behielt die drei Äste, die am besten geeignet waren, um den Arm später zu schienen.

»Wie heißt du?«, fragte sie den Verwundeten und lächelte zuversichtlich.

»Thomas«, presste er zwischen den Zähnen hervor.

»Moment!« Der Hauptmann griff Lena am Arm und zog sie ein Stück von der Gruppe fort.

Lena funkelte ihn zornig an. »Er blutet stark. Lasst mich meine Arbeit machen.«

Er ignorierte ihre Worte. »Ich habe das schon einmal gesehen. Der Arm muss ab!«

»Nein«, widersprach sie. »Ich glaube, dass wir den Arm retten können. Besorgt mir Hirtentäschelkraut, um die Blutung aufzuhalten. Kennt Ihr die Pflanze?«

Der Hauptmann nickte widerwillig.

»Außerdem brennendes Wasser. Habt Ihr welches?«

»Ja, haben wir, wozu brauchst du es?«

»Ich muss die Wunde spülen, und wir müssen ihn betrunken machen, dann wird er es leichter verwinden, wenn ich den Arm richte.«

»Das kann man nicht mehr richten. Ich habe das schon oft gesehen, und die Männer behielten ihre Arme oder Beine nie, wenn ein Knochen herausragte.«

»Bitte lasst es mich versuchen. Es wäre doch besser, er behält seinen Arm, oder nicht?«

Auch Marie hatte schon die eine oder andere Amputation durchführen müssen, aber nur, wenn die Knochen zertrümmert waren, so wie bei einem Zimmermann, der von einem Haus gestürzt war, oder wenn Gliedmaßen faulten.

Der Soldat drehte sich um und betrachtete Thomas einen Moment. »Nun gut, versuch dein Glück. Ich besorge dir, was du brauchst.«

Bereits nach kurzer Zeit war Thomas sturzbetrunken. Dabei lallte er, wie hübsch ihre Mutter sei. Sie grinste amüsiert, während sie immer wieder von dem brennenden Wasser nachschenkte. Lena selbst stürzte auch einen Becher voll hinunter, um ihre Angst zu verbergen.

Kurze Zeit später kam ein junger Soldat mit einem Sack Hirtentäschelkraut. Lena ließ das Kraut in dem Tuch und begann, es mit einem Stein zu zerdrücken. Anschließend gab sie ein klein wenig Wasser hinzu und machte einen Brei daraus. Dann wandte sie sich an den Verletzten.

»Thomas, du musst keine Angst haben. Ich habe es oft gesehen und glaube, ich kann dir helfen. Die Frau, die mir alles beibrachte, was ich weiß, war eine sehr gute Heilerin. Beiße nun auf das Leder.« Sie schob ihm den Beutel zwischen die Zähne.

Thomas nickte, aber die Panik stand ihm ins Gesicht geschrieben. Er drehte seinen Kopf zur Seite, um nicht hinzusehen, und biss tapfer auf den Lederbeutel.

»Mutter, würdest du bitte seinen Kopf halten und ein paar Männer seine Schultern und die Beine. Wenn er vor Schmerzen zappelt, kann ich den Arm nicht richten.«

Die Männer sprachen ihrem Kameraden Mut zu, und schließlich machte Lena sich mit einem leichten Unbehagen ans Werk. Sie umfasste den Arm, brachte ihn in die richtige Position. Dann nickte sie den Leuten zu, die Thomas hielten, und brachte mit einem Ruck die Knochen wieder zusammen. Thomas und ein Soldat, der ihn festgehalten hatte, fielen gemeinsam in Ohnmacht.

»Mannsbilder«, unkte ihre Mutter und grinste, auch wenn sie selbst etwas blasser um die Nase geworden war. In ihren Augen spiegelte sich Bewunderung, als die Männer Lena applaudierten, Komplimente aussprachen und ihr die Schulter klopften.

Nachdem sie sich vergewissert hatte, dass die Knochen richtig zusammensaßen, legte Lena die Umschläge auf die blutende Wunde. Empfindlich zuckte Thomas zusammen und kam wieder zu sich, während sie den Arm schiente und verband.

»Wenn es sich entzündet, blutet oder er unnatürlich lange Schmerzen hat, sagt mir bitte Bescheid. Ich würde mir die Wunde gerne für den Anfang alle zwei Tage ansehen, wenn das möglich ist«, sagte sie dem Hauptmann, dessen Haltung ihr gegenüber sich schlagartig geändert hatte.

»Mit dem Arm ist er sowieso zu nichts zu gebrauchen. Er wird jetzt hier als Wache eingeteilt, dann kannst du ihn sehen, sooft es nötig ist.« Er räusperte sich. »Wir sind dir zu Dank verpflichtet.«

»Nein, Ihr schuldet mir keinen Dank. Aber wie wäre es mit etwas zu essen für die Frauen und Kinder?«

Er nickte ernst. »Ich werde anordnen, dass man euch noch heute etwas bringt.«

»Danke.«

»Dank mir nicht, denn dafür werde ich dir ab jetzt die Männer schicken, die krank oder verletzt sind.«

Der Hauptmann hatte nicht zu viel versprochen: Sie erhielten eine ganze Wagenladung Nahrungsmittel. Selbst ein Bier- und ein Weinfass waren dabei. Die Frauen bedankten sich überschwänglich bei Lena und richteten am Abend ein regelrechtes Festessen her.

In einem ruhigen Augenblick nahm Lena ihre Mutter zur Seite. »Gibt es eine Möglichkeit, zu unseren Männern zu kommen? Weißt du, wo die Soldaten ihr Quartier haben?«

Judith von Riede legte den Kopf schief und betrachtete ihre Tochter nachdenklich. »Du hast doch etwas Waghalsiges im Sinn?«

»Nein. Zumindest noch nicht.« Lena lächelte.

»Wenn ich dich hinführe, versprich mir, dass du dich nicht in Gefahr bringst und vorsichtig bist.«

»Ich verspreche es.«

»Nun gut, hinein kommen wir nicht, aber ich kann dir das Lager zeigen. Wir müssen sehr leise sein.«

In der Nacht verließen sie die Scheune durch ein loses Brett an der Rückwand. Da keine der Wachen zu hören oder zu sehen war, schlichen sie unbemerkt zu einer Baumgruppe, die etwas Schutz vor Entdeckung bot. Von hier aus gingen sie in Richtung Osten, vorbei an einer großen Pferdekoppel und durch ein Wäldchen.

»Warum hast du dem Soldaten geholfen?«, fragte Judith nach einer Weile.

»Marie hat es mich gelehrt. Sie sagte, kein Mensch, ob Freund oder Feind, solle leiden, wenn sie etwas dagegen tun könne.«

»Marie war eine weise Frau. Nicht jeder hätte dem Feind geholfen. Einige der Frauen haben sogar über dich getuschelt.«

»Lass sie nur. Ich bin Gerede gewöhnt. Außerdem sind die Soldaten auch nur Menschen, die ihre Pflicht tun. Ob es ihnen gefällt oder nicht. Kaum einer hat die Wahl, sich frei zu entscheiden, wie er sein Leben verbringen will.« Lena klang vorwurfsvoll, obwohl es nicht ihre Absicht gewesen war.

»Ich verstehe, was du meinst«, sagte Judith mit Betroffenheit in der Stimme. »Es ist wie mit Tieren, die lässt man auch nicht unnötig leiden.«

»Es war nicht so gemeint.«

Judith drückte sanft Lenas Arm. »Du hast allen Grund, zornig auf das Leben zu sein. Aber weißt du, die Frauen haben ihre Meinung über dich geändert, als sie die Nahrungsmittel gesehen haben.«

»Und ich freue mich, dass ich etwas für sie tun konnte.«

»Ab jetzt sollten wir nicht mehr laut sprechen. Auch in der Nacht sind Spähtrupps unterwegs«, flüsterte ihre Mutter. »Hast du von deinem Laurenz gehört?«

»Ja. Der Priester sagte, er sei wohlauf, doch die Arbeit ist schwer«, flüsterte Lena zurück.

»Das habe ich mir gedacht. Die anderen Frauen berichten Ähnliches.«

»Welche Arbeit müssen die Männer denn verrichten?« Lena versuchte, einer Pfütze auszuweichen, von denen es zahlreiche gab, rutschte jedoch ab und landete unsanft im Nassen. »Mist!«, schimpfte sie.

Judith ergriff kichernd Lenas Hand und zog sie auf die Beine. »Hast du dir etwas getan?«

»Nein, nichts außer einem nassen Arsch.« Lena kicherte nun ebenfalls leise.

»Im Lager gibt es viel Arbeit«, knüpfte Judith wieder an die Frage an. »Vom Reinigen der Nachttöpfe über die Pflege der Pferde, das Putzen von Waffen, und auch Baumfällen und Ausheben von Gräben gehören dazu.«

»Ich hoffe, sie bekommen wenigstens genug zu essen, wenn sie doch so viel arbeiten müssen.«

»Dort hinten ist das Anwesen, in dem die Soldaten sich eingenistet haben.« Ihre Mutter deutete durch einige Büsche und Bäume hindurch.

Sie schlichen hinüber, und Lena sahen im schwachen Schein des Mondes einige Häuser. Fackeln erhellten den Platz um einen Brunnen, und die Silhouetten mehrerer Wachen waren zu erkennen.

»Näher können wir nicht herangehen. Sonst sehen sie uns.«

Lena spähte durch das Gestrüpp und sah mehrere große Häuser, einen Stall, eine Scheune und im Hintergrund ein prächtiges Fachwerkhaus. Umgeben war das Anwesen von einem breiten Graben, über den es nur einen Zugang zu geben schien.

»Mutter, ich würde gerne morgen sehen, ob ich Laurenz entdecken kann, und möchte hierbleiben. Es würde mir sehr viel bedeuten.«

»Ich verstehe dich, Lena, aber stell dir vor, Kundschafter finden dich hier. Die Strafe wäre nicht auszudenken. Vielleicht würde man auch bemerken, dass du im Lager fehlst.«

»Die Büsche sind dicht, und ich verstecke mich gut, das verspreche ich.«

Einen Moment lang überlegte Judith, dann nickte sie. »Wenn es dir so viel bedeutet, dann bleib, auch wenn ich es nicht gutheiße.« Sie nahm den Wasserbeutel, den sie an einer Schnur um ihre Taille trug, und reichte ihn Lena. »Wenn du morgen keine Gelegenheit bekommst, zurückzukehren, wirst du hungern müssen.«

»Ich habe heute Abend genug gegessen. Es wird reichen.«

»Dann, dann …«, stotterte Judith und streichelte Lena über die Wange. »Pass bitte auf dich auf, ich möchte dich nicht noch einmal verlieren.« Sie küsste ihr die Stirn, drehte sich um und wurde nach ein paar Metern von der Dunkelheit verschluckt.

Lena warf noch einen Blick auf das Gut, dann machte sie es sich auf der Erde so bequem, wie es ging, und rollte sich in ihren Umhang ein.

Am nächsten Morgen wurde sie zeitig vom Gezwitscher der Vögel geweckt. Verschlafen rieb sie sich die Augen. Die Sonne war noch nicht aufgegangen, und im Lager rührte sich nichts. Lena setzte sich auf, trank einen Schluck aus dem Wasserschlauch und wartete.

Auf den Wiesen waberten Nebelschwaden umher, die in der aufgehenden Sonne rosa leuchteten. Ein Feldhase war auf der Suche nach etwas Essbarem und hielt seine kleine Nase schnuppernd in die Luft. Er hoppelte weiter, hielt an, schnupperte erneut, hoppelte erneut weiter, und langsam verschluckte der Nebel ihn. Lena konzentrierte sich wieder auf das Lager.

Nach einiger Zeit sah sie die ersten müden Soldaten aus den Häusern kommen. Sie gingen zu einem Brunnen, wuschen sich und schöpften Wasser. Andere kamen hinzu, riefen Befehle, woraufhin immer mehr Männer auf dem Platz erschienen. Schließlich wurden die Gefangenen aus der Scheune geholt und in Gruppen aufgeteilt. Für einen Moment meinte Lena, Laurenz gesehen zu haben, aber er wurde sofort von anderen verdeckt, und die Gruppe verschwand aus ihrer Sicht.

Auch nach dem gesuchten Mann hielt Lena Ausschau. Leider trugen die meisten Soldaten einen Helm, und die ohne Helm waren von normaler Größe. Lena beobachtete, wie sie mit ihren Übungen begannen. Sie schossen mit Pfeil und Bogen auf Zielscheiben, andere gingen mit Übungsschwertern aufeinander los, eine weitere Gruppe balgte sich im Ringkampf auf dem Boden. Ein paar Berittene galoppierten auf Strohpuppen zu und droschen auf deren Häupter ein. Allmählich lichtete sich der Nebel, und Lena duckte sich noch weiter in die Büsche.

Neben Vogelgezwitscher und einigen summenden Hummeln drangen Johlen und Lachen aus dem Lager herüber. Es machte Lena wütend, dass diese Männer auch noch Vergnügen an dem hatten, was sie taten. Mit welchem Recht amüsierten sie sich, während andere litten? Unwillkürlich ballte sie ihre Hände zu Fäusten. Vermutlich war Maries Mörder ebenfalls dort, lachte und trank. Angewidert wandte sie sich ab und fuhr zusammen. Hinter ihr stand ihre Mutter.

»Was machst du hier?«, fragte Lena verwundert.

»Das, was ich die letzten Jahre nicht konnte, auf dich aufpassen.« Judith lächelte und reichte Lena ein Brot. Dankbar nahm sie es und biss hinein. Sie war tatsächlich schon wieder hungrig.

»Wird es nicht auffallen, wenn wir beide fehlen?«

»Silke erzählt lautstark, dass zwei von uns krank sind und seltsamen Ausschlag haben. Ich hoffe, dass sie sich dann nicht in den Stall wagen. Falls jemand Heilung von dir braucht, wird er auf morgen vertröstet, wenn es dir *besser* geht. – Und, hast du deinen Laurenz schon entdecken können?« Leise hockte Judith sich neben sie, drückte vorsichtig einige Zweige zur Seite und spähte hindurch.

»Ich glaube, ihn vorhin kurz gesehen zu haben. Mutter, wieso laufen die Frauen nicht einfach weg, wenn es so leicht ist, sich aus dem Lager zu schleichen?«

»Weil sie ihre Männer oder Söhne dort nicht zurücklassen wollen.« Sie deutete auf das Lager. »Ein paar, die niemanden mehr hatten, haben es versucht, doch sie wurden gefasst und getötet.«

»Hm«, machte Lena und strich sich, noch immer zornig, eine Haarsträhne aus dem Gesicht.

Plötzlich zog Judith sie fort. »Da kommt ein Spähtrupp.« Sie deutete nach rechts, wo über eine kleine Anhöhe vier berittene Männer auf dem Weg ins Lager waren und nahe an ihrem Versteck vorbeikommen würden.

»Meinst du …«, setzte Lena leise an, doch Judith legte ihr einen Finger auf den Mund, weil die Berittenen nun gefährlich nahe waren. Sie unterhielten sich und achteten offenbar nicht auf die Umgebung. Als sie vorbei waren, atmete Lena erleichtert ein.

»Es wird besser sein, wenn wir uns auf den Rückweg machen.«

Die Miene ihrer Mutter verdeutlichte ihr den Ernst ihrer Lage. Und es war Lena nur recht, von hier wegzukommen.

Kapitel 13

Der Hauptmann hatte sein Vorhaben wahr gemacht, denn die nächsten Tage war Lena mehr damit beschäftigt, kranken Soldaten zu helfen als den Frauen bei der Wäsche. Die Männer litten an allem Möglichen, angefangen von Husten und Ausschlag über Knochenbrüche bis hin zu Entzündungen. Vielen konnte Lena ohne die heilsamen Kräuter, die sie von Marie kannte, nicht helfen, aber sie beriet sie, so gut es ging. Die Knochenbrüche konnte sie richten, und schon bald bezeichnete man Lena auf Duckels Land als die Knochenflickerin.

Thomas kam regelmäßig, damit sie sich seinen Arm ansehen konnte. Der Bruch verheilte überraschend gut, und obwohl seine Behandlung nie lange dauerte, blieb er von Mal zu Mal länger im Lager der Frauen. Er brachte den Kindern etwas zu essen mit und erzählte ihnen Geschichten. Schon bald wurde er freudig begrüßt und sogar eingeladen, mit den Frauen und Kindern zu essen.

Wenn keine Kranken zu ihr kamen, half Lena beim Waschen, auch wenn alle sie ermahnten, sie solle sich ausruhen. Wenn sie etwas Zeit erübrigen konnte, vor allem abends, spielte sie mit Kurt. Lena hatte Steine als Spielfiguren gesammelt und malte auf den sandigen Boden ein Mühlebrett.

Kurt begriff das Spiel schnell und schlug sie bereits nach der dritten Partie. Ihre Mutter und auch einige andere Kinder saßen fasziniert daneben und sahen zu. Nachdem Kurt sie zweimal hintereinander geschlagen hatte, gab Lena auf, er wurde des Spielens jedoch nicht müde, und so überließ sie einem etwa neunjährigen Mädchen ihren Platz.

An diesem Abend war Lena besonders müde und fiel erschöpft auf das Strohlager, wo sie kurz darauf einschlief. In ihren Träumen vermischten sich viele Ereignisse. Verbrannte Leichen, die aussahen wie Marie oder Laurenz, ihr aufgeknüpfter Stiefvater, der aussah wie Erich von Geestemünd, und immer wieder rief Lena den Namen ihrer Tochter.

Mitten in der Nacht legte sich eine Hand auf ihren Mund. Erschrocken schlug Lena die Augen auf. Es war stockfinster, und sie sah nur einen Umriss. Im ersten Moment dachte sie, einer der Soldaten wolle ihr zu Leibe rücken, aber dann hörte sie eine weibliche Stimme in ihr Ohr flüstern: »Sei still und komm mit, draußen wartet jemand auf dich.«

Lena kannte die Stimme. Es war Johanna, eine von den jüngeren Frauen. Sie nickte vorsichtig und erhob sich äußerst leise. Außer den Schlafgeräuschen der anderen war nichts zu hören. Nachdem sie sich ihren Mantel umgehängt hatte, nahm Johanna sie an der Hand, die sich recht kühl anfühlte, und bahnte ihnen einen Weg durch die Schlafenden.

»Es tut mir leid, dass ich dir den Mund zugehalten habe, aber ich wusste nicht, ob du schreien würdest«, sagte sie, als sie durch das lose Brett nach draußen geschlüpft waren.

»Das hätte ich auch beinahe getan. Wohin bringst du mich, Johanna?«

»Wir gehen nicht weit. Es ist gleich bei den Ställen.«

»Und wer wartet dort?« Sie hatte ein ungutes Gefühl. Immerhin war es möglich, dass Johanna eine Späherin war und einem Hoyaner ein Opfer bringen wollte.

»Laurenz heißt er.«

Kaum hatte Johanna es ausgesprochen, da trat er aus dem Stall, und Lenas Angst verflog auf der Stelle. Rennend kam sie bei ihm an und fiel ihm in die Arme. Er hatte abgenommen und war patschnass. »Oh, Laurenz. Ich hatte solche Angst um dich.«

Johanna entfernte sich grinsend.

»Und ich um dich«, antwortete er atemlos. »Ich habe es vor Sorge nicht länger ausgehalten und musste mich davon überzeugen, dass du wohlauf bist.«

»Bitte verzeih mir. Ich habe uns in diese furchtbare Lage gebracht.«

»Nein, es war nicht deine Schuld. Ich hätte darauf bestehen müssen, dass wir im Wald bleiben.« Er streichelte ihr über das Haar. »Aber vermutlich wären sie auch da auf uns gestoßen.«

»Aber ich war es, die unbedingt hierherwollte. Und was hat es uns gebracht? Nichts, außer das wir nun Gefangene sind und in Gefahr schweben und erst recht nicht mehr nach Veronika suchen können.«

»Gibst du etwa auf?« Laurenz sah ihr tief in die Augen.

Lena schüttelte den Kopf. »Nein, ich habe immer noch die Hoffnung, ihn zu finden, aber von hier aus ist es schwieriger denn je. Aber wer weiß …« Lena seufzte tief. »Vielleicht läuft uns der Kerl ja irgendwann über den Weg.«

»Wenn du ihn findest, beobachte ihn, aber unternimm nichts alleine. Versprichst du es mir?«

Er verlangte viel, aber andererseits hätte sie allein auch keine Möglichkeit, ihn zu stellen. Sie hatte ja gesehen, wie es Marie ergangen war. »Ja, ich verspreche es.«

»Gut.«

»Warum bist du so nass, und wie bist du eigentlich aus dem Lager herausgekommen?«

»Markus, der Ehemann von Johanna, hat ein Schlupfloch gefunden und nutzt es immer wieder mal in der Nacht, um sich mit seinem Weib zu treffen. Am Sonntag ist die beste Gelegenheit. Da betrinken sich viele Soldaten und sind nicht so wachsam. Ein bisschen Ablenkung, und so konnte ich hinaus. Nur dass man durch den Graben muss, und der ist mit Wasser gefüllt. Es war lausig kalt, aber ich wollte dich im Arm halten, wenn auch nur für einen Moment.« Er nahm ihr Kinn zwischen seine Hände und sah ihr in die Augen.

»Du fehlst mir, Laurenz.« Lena lächelte.

»Du mir auch. Lass uns reingehen, es ist geschützter, und es liegen dort sogar ein paar Decken. Dann kann ich zumindest einen Moment meine nassen Kleider ausziehen.«

»Ich hoffe, du hast nichts Verwerfliches im Sinn.« Lena grinste.

»Wenn es verwerflich ist, dass ich dich bei mir haben will, dann ja.« Mit funkelnden Augen zog er sie mit sich.

Als sie im Stall waren, hörten sie von der linken Seite ein Flüstern und Kichern, worauf sie sich nach rechts wandten. Offenbar vergnügte sich das andere Pärchen dort. In dem hintersten Pferdeständer lagen einige Decken. Lena schloss daraus, dass sich hier öfter Paare heimlich trafen.

Nachdem Laurenz seine nassen Kleider ausgezogen hatte, schlüpfte er zu ihr unter die Decke. Zärtlich nahm er sie in den Arm, und sie küssten sich. Dann lehnte Lena ihren Kopf an seine Schulter. Seine Haut fühlte sich noch kalt an, und er roch nach Wiese und Wasser.

»Raus mit der Sprache, wie geht es dir, und was ist das für eine Geschichte mit der Knochenflickerin und mit deiner Mutter?«

Lena erzählte von Thomas und den anderen und bestätigte ihm, dass es ihnen hier jetzt verhältnismäßig gut ging. Zwar gab es kein Fleisch, aber sie hatten, seit sie kranke Soldaten behandelte, ausreichend Gemüse, Brot und Bier. Anschließend berichtete sie ihm alles von ihrer Familie.

»Ein bedauerliches Ende für deinen Stiefvater. Aber ich freue mich aufrichtig, dass du deine Mutter wiedergefunden hast und natürlich auch deinen Bruder. Soweit ich mich erinnere, hatte Marie schon solche Fälle, wo es jemandem die Sprache verschlagen hat. Ausgelöst wird es wohl durch ein schreckliches Erlebnis, und das hatte er. Manche finden ihre Sprache irgendwann wieder, andere nicht. Ich wünsche deinem kleinen Bruder das Beste und hoffe, dass es deinen älteren Brüdern gut geht.«

»Das wünsche ich mir auch, allein schon um Mutters willen.« Lena streckte sich, um Laurenz einen Kuss zu geben, dann kuschelte sie sich wieder an ihn. Es war schön, seine nackte Haut zu spüren, ihn zu riechen. Seltsam, wie vertraut er ihr geworden war, obwohl sie nur einmal zusammengelegen hatten.

»Wie kann es sein, dass ihr einfach aus dem Lager hinausmarschiert, aber niemand flieht?« Dass sie sein Lager gesehen hatte, verschwieg sie, er sollte sich nicht unnötig sorgen müssen.

»Wir sind zu viele. Wenn die Soldaten nüchtern sind, sind sie schärfer als ein Hofhund.«

»Verstehe.« Lena war enttäuscht. »Und hast du einen Mann gesehen, auf den meine Beschreibung passt?«

»Nein, bisher nicht. Aber es wohnen einige Soldaten mit den Hauptmännern im Herrenhaus. Die bekommen wir eher selten zu sehen. Gut möglich, dass er dort ist, oder bei einem Spähtrupp.«

»Manchmal glaube ich …« Lena zögerte. »… dass alles eine große Dummheit war und ich uns unnötig in Gefahr gebracht habe.«

»Nein, das war es nicht.« Laurenz streichelte ihr über den Arm. »Wir werden ihn finden. Sieh mich an, Lena.«

Sie blickte auf und las Zuversicht in seinem Blick.

»Glaub mir«, fuhr er fort. »Außerdem hast du deine Mutter gefunden. Ist es das etwa nicht wert gewesen?«

»Ja, schon. Und dennoch zweifele ich. Wäre ich allein gegangen, würde es dir gut gehen.«

»Lena.« Er ergriff ihre Arme und schüttelte sie sacht. »Ich würde in Bremen vor Sorgen und Sehnsucht nach dir vergehen. Was meinst du, hätten die Soldaten mit dir gemacht, wenn ich nicht da gewesen wäre? Hör auf, dich zu bemitleiden, das passt nicht zu meiner starken Lena.« Sein schiefes Lächeln wirkte ansteckend.

Leider waren ihnen nur ein paar zärtliche Stunden vergönnt, ehe Laurenz zurückmusste, damit die Soldaten nicht bemerkten, dass er fehlte.

Seit sie ihn gesehen hatte, ging es Lena etwas besser. Sie kümmerte sich weiter um die Kranken und Verletzten, beobachtete die Schwangeren, wenn auch schweren Herzens, und half am See oder beim Kochen. Nur ihrer Mutter verriet sie, dass sie Laurenz gesehen hatte.

»Wie schade. Ich hätte ihn gerne kennengelernt. Aber du siehst glücklicher aus als noch vor einigen Tagen.«

»Ja, das bin ich auch, aber ich habe kein Recht, glücklich zu sein, und schäme mich dafür.«

»Das brauchst du nicht. Glück ist etwas Kostbares, Kind. Und deine Tochter hat nichts davon, wenn du vor Gram vergehst.«

***

Am folgenden Sonntag änderte sich plötzlich alles. Immer mehr Soldaten strömten auf das Land von Duckel. Ganze Truppen in teilweise zerschlissener Kleidung, darunter auch viele Verwundete. Eins war ihnen anzusehen: Sie hatten einen Grund, vergnügt zu sein, und das war für die Frauen ein sicheres Zeichen, dass Bremen diesen Krieg verloren hatte. Keine wagte es auszusprechen, und sie bewahrten sich einen Funken Hoffnung, doch in ihrem Innersten wussten sie, was geschehen war.

Die Angst, die mit dem Eintreffen der Truppen unter den Frauen einherging, war allgegenwärtig. Silke wurde nachdenklich und riss auch keine Possen mehr. Selbst die Kinder spürten es, und ihr fröhliches Lachen verstummte. Als ein großer Trupp Hoyaner mit vielen gefangenen Bremern an ihrer Scheune vorüberzog, wurde es zur Gewissheit.

Lena erkannte unter den Gefangenen einige Ratsherren wieder. Sogar Duckel war unter ihnen. Er war nicht verletzt – wenigstens etwas. Den Ratsherrn Constantin Mindermann konnte Lena nicht entdecken, was schlimme Befürchtungen in ihr aufkeimen ließ.

Als an diesem Tag der Priester erschien, sah er mitgenommen aus. Er berichtete, dass er vielen Soldaten und auch Gefangenen die letzten Sakramente geben musste. Nachdem er etwas fahriger als beim letzten Mal die Messe verlesen hatte, ging er nahtlos zu den jüngsten Ereignissen über.

»Wie ihr euch denken könnt oder vielleicht auch schon wisst, hat Bremen die Schlacht verloren.« Er machte eine dramatische Pause, worauf die meisten Frauen stumm nickten.

»Es gab in der Schlacht auf beiden Seiten viele Tote und Verletzte. Bremen hat am Ende kapituliert.«

»Was wird nun aus uns und unseren Männern und Söhnen?«, fragte Silke geradeheraus.

Der Priester zuckte mit den Schultern. »Genaues kann ich noch nicht sagen, aber ich hörte, dass der Graf seine Leute zurückhaben will.«

»Dann wird er uns nicht töten«, lachte eine Frau beinahe hysterisch.

»Davon gehe ich aus. Dieser Krieg wäre ohne jeden Sinn, wenn er euch nun etwas antun würde. Ich hörte, ihr brecht nach Hoya auf, sobald die Verwundeten einigermaßen reisen können. Bereitet euch also darauf vor.« Er segnete und verabschiedete sich, doch eine kleine Frau hielt ihn fest.

»Werdet Ihr mit uns gehen?«

Erstaunt sah der Priester auf die kleine Person hinunter. Dann änderte sich seine Miene, und er lächelte. »Ja, ich werde bei euch bleiben, reise allerdings mit den Männern.«

Sichtbar erleichtert ließen sie ihn gehen. Vielen war es wichtig, dass ein Priester sich ihrer annahm.

Später saß Lena mit Kurt und ihrer Mutter zusammen.

»Was wirst du nun tun?«, wollte Judith von ihr wissen.

»Ich werde abwarten, was mit den Gefangenen geschieht,

und habe noch immer die Hoffnung, dass ich Maries Mörder entdecke. Vielleicht war er doch bei der Schlacht und ist nun mit den anderen zurückgekommen.«

Das Auftauchen des Hauptmanns im Stall unterbrach sie.

»Lena?«

»Ja?« Sie stand auf.

»Wir brauchen deine Hilfe. Unsere Heiler sind zwar mit den Truppen zurück, können aber nicht alle Verwundeten behandeln. Komm mit mir.«

Judith warf ihr einen warnenden Blick zu, der sagte, sie solle vorsichtig sein. Lena wusste, in welcher Gefahr sie sich befand, und nickte. Sollte sie auch die Bremer Soldaten behandeln, würde sie vielleicht von jemandem erkannt werden.

Es war wirklich schlimm. Viele bluteten aus zahlreichen Stichwunden oder hatten gebrochene Gliedmaßen. Für manche würde jede Hilfe zu spät kommen, das konnte jeder sehen, auch wenn er nicht einmal das bisschen von Heilung verstand, das Lena bei Marie gelernt hatte.

»Ich brauche wieder brennendes Wasser. Es hat den Vorteil, dass es viel schneller betrunken macht.«

Der Hauptmann kratzte sich ratlos den Bart. »Ich weiß nicht, ob noch welches da ist.«

»Dann bringt uns wenigstens Bier oder Wein, um die Schmerzen zu lindern. Wir brauchen es für die Schwerverletzten und die, deren Knochenbrüche ich richten muss.«

Lena bekam einen kleinen Vorrat von allem und konnte so wenigstens die dringendsten Fälle versorgen. Sie wies die gesunden Soldaten an, Hirtentäschelkraut zu zerstoßen und als Breiumschläge auf die schlimmen Blutungen der Soldaten zu geben. Sie selbst besah sich Wunden, nähte einige Verletzungen und richtete mit Hilfe der gesunden Soldaten einige Knochenbrüche.

In den nächsten drei Tagen hatte sie alle Hände voll zu tun. Von den Heilern der Armee musste sie sich schief ansehen lassen, weil sie sich in einigen Fällen gegen eine Amputation von Armen oder Beinen aussprach. Als sie mit den Soldaten aus Hoya und Lüttich fertig war, durfte sie endlich nach den etwa einhundertsechzig gefangenen Bremern sehen und denen helfen, die es nötig hatten.

Allerdings musste sie hier ohne das brennende Wasser, Wein oder Bier auskommen.

Die Heiler der Armee des Grafen hielten sich zurück und halfen bei den Bremern nicht mit. Lena fühlte sich überfordert und alleingelassen, bis die Frauen sich an ihre Seite begaben und ihr halfen. Die Bremer waren dankbar. Einige entschuldigten sich sogar, dass sie den Krieg verloren hatten. Lena hörte das Gerücht, dass Bremen in einen Hinterhalt geraten war, ohne den man diesen Krieg gewonnen hätte.

Schließlich konnte sie einige Worte mit dem Ratsherrn Duckel wechseln und ihn nach Constantin Mindermann fragen.

»Als ich ihn das letzte Mal gesehen habe, lebte er und war wohlauf. Er wollte, dass ich mit ihm komme, und riet zum Rückzug, doch …« Duckel zuckte mit den Schultern. »Ich wollte einfach nicht einsehen, dass wir unterlegen waren.«

»Das heißt, er lebt?«

»Das nehme ich an.«

Ehe sie weitere Fragen stellen konnte, wurde sie erneut gerufen, um den Oberschenkel eines Bremer Soldaten zu versorgen, der von einem Schwerthieb getroffen worden war.

Abends kam Lena ausgelaugt in den Stall zurück, wo Thomas auf sie wartete.

»Du siehst aus, als würdest du bald umfallen«, stellte er besorgt fest.

Sie strich sich die verschwitzten Haare aus dem Gesicht und versuchte ein Lächeln, doch es wollte nicht ganz gelingen.

»Es sind so viele Verwundete, und manche Verletzungen sind einfach furchtbar.«

»Dann freut es dich zu hören, dass einer unserer Bader sich ab jetzt um meinen Arm kümmern wird. Er hat übrigens sehr viel Lob für dich gehabt, auch als er meine Wunde sah.«

Thomas goss ihr einen Becher Wasser ein, brach Brot und Käse ab und reichte ihr beides. Lena nahm dankbar an, obwohl sie viel zu müde war und keinen Hunger verspürte.

»Iss erst einmal«, sagte er und wandte sich an ihre Mutter, wobei seine Miene nichts Gutes verhieß.

»Wir packen und haben die Order, morgen bei Sonnenaufgang aufzubrechen. Ich wollte es euch wissen lassen.«

»Wohin bringen sie uns, Thomas?« Judith von Riede war offenbar weniger besorgt als Lena selbst.

»Zurück nach Hoya. Die Bauern, die freiwillig zu den Ländereien zurückkehren, sollen etwas dafür erhalten. Die Leute, die kein Land zu bestellen haben, werden wohl Parzellen zugewiesen bekommen. Was aus den anderen wird, das weiß ich nicht.«

»Und die gefangenen Bremer, was wird aus ihnen?«

»Ich habe euch etwas Trockenfleisch mitgebracht.« Er wickelte ein großes Stück aus einem Tuch und reichte es Judith.

»Du bist so gut, Thomas.«

»Nein, nein. Ich habe euch mehr zu danken.« Er sah kurz Lena an, dann wieder ihre Mutter. »Die Befehlshaber und Ratsherren werden in ein Lager kommen, das man bereits errichtet hat. Die einfachen Soldaten kommen ins Burgverlies.«

»Das sind sicher über vierzig Mann«, stellte Lena fest. Verliese waren meistens ein Herd von Krankheiten, vor allem wenn zu viele Gefangene auf zu engem Raum lebten. »Ist das Verlies denn groß genug?«

»Nein.« Er schüttelte bedauernd den Kopf. »Es ist für höchstens zehn Gefangene ausgerichtet.«

»Was haben die Grafen denn mit den Leuten vor?«

Thomas zuckte mit den Schultern. »Vielleicht wird man mit Bremen um sie feilschen.«

Das waren tatsächlich keine guten Nachrichten, und da einige andere Frauen das Gespräch verfolgt hatten, verbreiteten sich die Neuigkeiten rasch und schürten die Angst.

An diesem Abend wurden die Wachposten um ihr Lager herum verdoppelt. Vielleicht glaubte man, dass die Frauen jetzt doch noch fliehen würden, doch hatte niemand die Absicht.

»Henrike und Emma stehen kurz vor der Niederkunft. Wenn die Kinder nicht noch heute Nacht kommen, sondern auf dem Weg nach Hoya, wird es Probleme geben.« Judith betrachtete Henrike sorgenvoll.

»Sie haben doch sicher Fuhrwerke. Vielleicht lassen sie die Schwangeren und Alten dort mitfahren?«

Lena war von ihrem Einwand selbst nicht überzeugt, aber sie wollte nicht schwarzmalen und den Frauen noch mehr Angst machen.

»Ich hoffe es für Henrike. Ihre Schwangerschaft war nicht einfach. Sie hatte mehrfach Blutungen, und es ist ein Wunder, dass sie das Kind nicht verloren hat.«

Lena fühlte sich an ihre Schwangerschaft erinnert und bedauerte die junge Frau aufrichtig. »Dann werden wir ihr einfach helfen, so gut es geht.« Zuversichtlich strich sie ihrer Mutter über den Arm. »Was hältst du davon, wenn wir vorsorglich ein paar Tragen bauen?«

Überrascht sah Judith sie an. »Können wir das denn?«

»Wenn wir gemeinsam anpacken, wird es gehen.«

»Kind, das ist ein wirklich guter Einfall.«

»Dann komm, Mutter. Wir trommeln ein paar Frauen zusammen und machen uns ans Werk.

Zu fünft und mit Hilfe der Kinder, die sowohl Weidenäste als auch Schilf und Binsen sammelten, hatten sie tatsächlich innerhalb weniger Stunden drei recht ordentliche Tragen zusammengeflickt. Die Ablenkung tat ihnen gut, und nach getaner Arbeit waren sie sogar ein wenig stolz auf ihr Werk und die Schwangeren außerordentlich dankbar.

»Für wen ist die dritte Trage?«, fragte Henrike und richtete sich mühsam auf.

»Die ist für den Fall, dass eine unterwegs kaputtgeht oder jemand einen Unfall hat, sich den Fuß verletzt oder krank wird. Ansonsten können sich die Älteren unter uns abwechselnd darauf ausruhen.«

»Lena, du bist ein wahrer Segen für uns.« Henrike lächelte sie offen an.

Früh am nächsten Morgen war es so weit. Eine berittene Truppe rückte an, und der Hauptmann richtete das Wort an die Frauen.

»Wir brechen in der nächsten Stunde auf. Wer zu alt oder schwach oder gar krank ist, wird zurückgelassen. Wir können nicht auf euch warten. Die Männer sind schon unterwegs.«

»Aber wir haben zwei schwangere Frauen unter uns«, wandte Silke zaghaft ein.

»Wenn sie unterwegs Schwierigkeiten machen, müssen sie zurückbleiben. Wir haben keine Zeit zu warten.«

Mit offenen Mündern starrte Silke dem Soldaten nach, der

ungerührt sein Pferd wendete und davonritt. »Mögen seine Kinder und Kindeskinder an Krätze krepieren!«

»Wir werden niemanden hierlassen.« Lena war fest entschlossen. »Emma …« Sie wandte sich an die Schwangere. »Komm bitte her und leg dich einmal hierrauf.«

Mit Hilfe zweier Frauen erhob Emma sich schwerfällig und setzte sich vorsichtig auf die Trage, als wäre es ein schwankendes Schiff.

Lena nickte zufrieden. »Gut, und nun brauchen wir ein paar starke Frauen.« Lena sah sich um. »Silke?«

Die Angesprochene nickte und stellte sich an das Kopfende. »Versuchen wir es.«

Ächzend hoben sie die Trage an, doch Lena merkte augenblicklich, dass es auf Dauer für sie beide zu schwer sein würde. »Wir brauchen zwei weitere Frauen, sonst kommen wir nicht weit.«

Sofort waren Johanna und eine etwas ältere, aber kräftige Frau mit Namen Eva bei ihnen, und es wurde merklich leichter.

»Lasst uns ein Stück gehen.«

Nach einigen Schritten fragte Lena: »Wie ist es, Emma, ruckelt es nicht zu sehr?«

»Da ich seetauglich bin, macht mir das Schwanken nichts.« Sie lächelte. »Danke für alles, Lena.«

Peinlich berührt winkte Lena ab. Sie hätte nicht tatenlos zusehen können, wenn man die Frauen einfach zurückgelassen hätte.

»Wir sollten ein Tuch um die Griffe wickeln, damit uns das Holz nicht die Hände wund scheuert«, schlug Silke vor, und sie setzten es in die Tat um.

Schließlich verließen die Frauen und Kinder mit hängenden Köpfen und schweren Herzen das Land des Ratsherrn Duckel in Richtung Hoya. Ihre Hoffnung auf ein besseres Leben als freie Bürger von Bremen ließen sie zurück. Immerhin waren sie am Leben und würden hoffentlich bald wieder mit ihren Männern zusammen sein.

Lena beneidete die Frauen um ihre Familien. Würde sie selbst ihre Tochter jemals wiederfinden? Inzwischen konnte sie sich kaum noch an die Stimme des Mörders erinnern und fürchtete, dass sie ihn nicht einmal mehr erkennen würde, wenn er sie direkt ansprach. Ach, wenn Laurenz nur bei ihr wäre!

Ihre Gedanken wanderten nach Bremen, während sie einen Fuß vor den anderen setzte. Was geschah nun mit der Stadt, jetzt, da sie den Krieg verloren hatte? Auch gegen ihren Willen war sie ihr Zuhause geworden. Würde sie nun ein Teil von Hoya sein, oder blieb Bremen frei? Was würde sich für die Bürger, das Töchterhaus, Frau Margarete, Dorothea und Rosa ändern? Was würde aus Frau Mindermann werden – hatte sie nun alles, was sie wollte?

Obwohl sie zu viert an den Tragen waren, wurden Lenas Arme nach einer Weile bleischwer. Hinter ihr stöhnte Johanna bei jedem Schritt leise auf. Ebenso erging es den Frauen an den anderen beiden Tragen. Sie brauchten eine Rast oder zwölf Frauen, die sie ablösten. Suchend sah Lena sich um, doch sie kam auf höchstens fünf, die dazu in der Lage waren.

Thomas war glücklicherweise bei der Begleittruppe und sah immer wieder mitleidig zu ihnen herüber. Lena fasste sich ein Herz und winkte ihn zu sich herüber.

»Glaubst du, dass wir eine kurze Rast einlegen können? Die Frauen sind vollkommen erschöpft.«

»Ich fürchte nein, aber ich werde Männer auftreiben, die euch ablösen. Haltet noch einen Moment aus.«

»Danke, das ist überaus freundlich von dir.«

Er schenkte ihr ein ehrliches Lächeln und lief dann zu einer Truppe, die hinter den Frauen herging, und er hatte Erfolg. Kurze Zeit später wurden sie tatsächlich von einem Dutzend Soldaten abgelöst. Dankbar ging Lena neben der schwangeren Henrike her.

Die Männer lösten sich auf dem weiteren Tagesmarsch gegenseitig ab, sodass die Frauen einfach nur mitlaufen mussten. Lena bot den Männern unterwegs Wasser an und brachte ihnen etwas zu essen. Thomas kehrte nicht zu den anderen Soldaten zurück, sondern marschierte mit den Frauen. Auch als sie das Nachtlager aufschlugen, blieb er vorerst bei ihnen.

»Woher aus Hoya stammt ihr?«, wollte er bei einer Rast von Lena und ihrer Mutter wissen.

»Aus Riede. Meine Tochter jedoch lebt seit einigen Jahren in Bremen«, antwortete Judith, während Lena und Kurt sich die kalte Gemüsesuppe teilten, die sie vorsorglich für die Reise gekocht hatten.

»Aus Bremen?« Thomas wurde blass. »Lasst das um Himmels willen niemand anderen erfahren. Ich möchte nicht wissen, was sie sonst mit ihr anstellen.«

Peinlich berührt sah Judith auf. »Es tut mir leid, Lena. Das habe ich nicht gewollt. Bitte verrate es niemandem, Thomas.«

»Mach dir keine Sorgen, Mutter, irgendwann wäre es vermutlich auch so herausgekommen.«

»Ich werde es nicht erzählen, das schwöre ich euch bei Gott.«

Lena glaubte Thomas. »Bis vor ein paar Jahren habe ich bei meinen Eltern in Riede gelebt«, sagte sie und gab Kurt die restliche Suppe. »Aber das ist eine lange Geschichte. Ich war mit einem Mann unterwegs, als eine eurer Truppen uns gefangen nahm. Sie trennten uns, weil sie glaubten, dass wir entlaufene Bauern sind, und erst hier habe ich meine Mutter und meinen Bruder wiedergetroffen.«

»Wie gesagt, behaltet es besser für euch. Zu eurem eigenen Schutz. Der Graf und meine Kameraden sind nicht gut auf Bremer zu sprechen«, mahnte Thomas eindringlich.

»Danke für deine Warnung.« Lena war nun doch etwas mulmig zumute.

»Ich habe noch das Stück Land, das ich mit meinem verstorbenen Mann bestellt habe. Können wir nicht dorthin gehen?«, fragte Judith.

Bedauernd schüttelte Thomas mit dem Kopf. »Ihr seid Entlaufene, darüber wird der Graf entscheiden.«

»Wohin bringt ihr denn die Frauen, die kein Land haben?«

»Alle sollen zum Gut des Grafen. Von dort gehen dann die, die noch Ehemänner haben, mit ihnen zurück auf ihre Ländereien. Die Äcker liegen brach und müssen bestellt werden, und zwar schnell, sonst droht uns im Winter eine Hungersnot. Die Frauen, die niemanden mehr haben … nun ja, einige bleiben am Hof, und bei den anderen wird sich bestimmt etwas finden.«

»Verstehe. Der Schwarze Tod hat wohl auch viele Hoyaner das Leben gekostet, nicht nur Bremer«, sagte Lena. »Ich bin froh, dass wir nichts davon mitbekommen haben.«

»Dafür kannst du dem Herrn danken. Mir hat die Pest die Frau und zwei meiner Söhne genommen.«

»Das tut mir leid.« Lena meinte es ehrlich. »Wie alt bist du,

Thomas?« Sie konnte ihn schwer einschätzen. Eigentlich hatte er ein knabenhaftes Gesicht, aber die grauen Schläfen und die Fältchen um die Augen zeigten sein Alter.

»Ich bin verglichen mit dir ein Methusalem. Im Herbst werde ich zweiundvierzig Jahre.«

»Methusalem?« Lena hatte diesen Namen noch nicht gehört.

»Er ist ein Mann aus der Heiligen Schrift. Mein Onkel kannte einen Gelehrten, der die lateinische Sprache beherrschte und ihm diese Geschichten erzählte. Und er gab sie dann weiter an uns. Methusalem war der älteste Mensch, der je gelebt hat. Er wurde beinahe tausend Jahre alt.«

»Tausend? Das kann nur ein Wunder gewesen sein.«

»Kurz nachdem Gott die Menschen aus dem Paradies verbannt hatte, wurden die Menschen noch sehr alt.«

»Aha.« Lena fand die Geschichte spannend. Sie fühlte sich wohl in Thomas' Gegenwart, und auch ihre Mutter, die das Brot für sie aufteilte, lauschte seinen Erzählungen, während Kurt sich an sie kuschelte. Die schöne Stimmung wurde jäh unterbrochen, als ein Schrei durch das Lager ging. Alle Frauen eilten besorgt zu Henrike. Thomas und Judith blieben mit Kurt und den anderen Kindern zurück und sahen ihnen besorgt hinterher.

»Henrike liegt in den Wehen«, sagte Silke mit verschwitztem Gesicht.

»Wie lange schon?«, fragte Lena besorgt.

»Eine Weile, aber sie wollte kein Aufsehen erregen und hat nichts gesagt.«

»Du bist sehr tapfer.« Lena streichelte Henrikes Hand. Sie fühlte sich heiß und feucht an.

»Sie hört dich vermutlich nicht. Sie fiebert.«

Wie zur Bestätigung schrie die junge Frau erneut, bäumte sich auf, rief ein paar Schimpfwörter und sackte wieder zusammen.

»Silke, wir brauchen saubere heiße Tücher und etwas gegen das Fieber.«

»Sieh dich um, woher sollen wir das nehmen?«

»Warte. Vielleicht kann Thomas helfen.«

Lena eilte zu ihm. »Thomas, einer der Schwangeren geht es sehr schlecht. Meinst du, wir können hier heiße Tücher auftreiben?«

»Ich will sehen, was ich machen kann.« Höflich verbeugte er sich vor ihr und Judith und verschwand. Während ihre Augen Thomas folgten, hörte Lena Henrike immer wieder schreien und erschauderte.

Thomas hatte die Mildtätigkeit seiner Landsleute wohl überschätzt, denn einer der Hauptmänner lieferte sich ein Wortgefecht mit ihm. Die beiden gestikulierten heftig, worauf der Hauptmann seinem Pferd die Sporen gab und zu ihnen herübergeritten kam. Vor der Schreienden zügelte er sein Pferd, sprang herunter und stützte seine Hände in die Hüften. »Was ist mit ihr?«, fragte er barsch in die Runde.

»Sie bekommt ihr Kind, aber es gibt Probleme«, antwortete Silke.

»Was für Probleme? Wird sie bald fertig sein?«

»Das wissen wir nicht. Wir tun, was wir können, aber sie liegt schon seit dem Morgen in den Wehen. Wir brauchen Tücher und heißes Wasser.«

Thomas näherte sich ebenfalls wieder den Frauen, doch er hatte die Lippen fest aufeinandergepresst. »Wenn es länger als bis zum Morgen dauert, könnte ich mit ihnen nachkommen«, schlug er seinem Hauptmann vor, doch dieser gebot ihm zu schweigen.

»Unsere gesamten Vorräte an Wäsche sind im Trupp der Gefangenen. Ich kann euch nicht helfen. Ich gebe euch Zeit bis Sonnenaufgang, dann müssen wir weiter, mit oder ohne sie.« Mit diesen Worten sprang er wieder auf sein Pferd und ritt zu seiner Truppe zurück.

»Bitte, Herr …«, rief Silke ihm nach, doch er hörte nicht mehr zu. Besorgt befühlte sie den dicken Bauch, worauf Henrike wieder aufschrie, sich vor Schmerzen krümmte und dann kraftlos nach hinten sank. Ihre Stirn war schweißnass und ihre Haut sehr blass. Plötzlich ergoss sich ein Schwall Blut in ihren Rock. Viel zu viel Blut. Silke drückte ihr Tücher zwischen die Beine, bis der Blutstrom verebbte.

»Das wird jetzt sehr wehtun, hörst du, Henrike?« Silke hatte sich zu ihr hinuntergebeugt und hoffte auf eine Regung, doch Henrike schüttelte nur wirr den Kopf hin und her und phantasierte.

»Kommt und helft mir. Haltet sie gut fest.«

Lena und einige Frauen umklammerten den Oberkörper Henrikes von hinten, sodass ihr Kopf auf Lenas Bauch lag. Zwei weitere Frauen hielten die Arme und Beine. Dann drückte Silke mit ihrer Hand kräftig auf den Bauch der Schwangeren.

»Was machst du?«, fragte Lena, der bei dem Anblick ganz flau wurde.

»Ich versuche, das Kind zu schieben.«

»Wie soll das gehen?« Lenas Stimme überschlug sich. Es kam ihr sehr grob vor, was Silke da machte. Außerdem hatte sie es bei Marie nie gesehen.

Verschwitzt sah Silke kurz auf. »Sie kann in dem Zustand nicht pressen, das siehst du doch. Irgendwie muss das Kind aber raus, sonst sterben beide.«

Lena schüttelte sich innerlich. Henrike musste unsägliche Schmerzen leiden, denn sie schrie jetzt noch schriller.

Beherzt fühlte Silke nach dem Kind, und plötzlich war der Kopf zu sehen. Judith stand neben ihrer Tochter und starrte ebenfalls schweigend auf die Geburt. Es gab ein reißendes Geräusch. Henrike schrie erneut, und überall war Blut. Dann war der Kopf heraus, aber etwas stimmte nicht. Der Kopf war groß wie der eines ausgewachsenen Menschen. Henrike erschlaffte in Lenas Armen. Die umstehenden Frauen waren kreidebleich geworden.

»Das ist ein Zeichen Gottes. Er straft uns, dass wir weggelaufen sind.« Die alte Anna bekreuzigte sich.

Lena wurde übel. Judith fasste sie am Arm und führte sie weg. »Sieh nicht hin. Ich fürchte, Henrike und ihr Kind werden nicht überleben, und wir sollten uns jetzt um Emma kümmern, sie braucht uns dringender. Sie hat bestimmt furchtbare Angst.«

»Mir tut sie schrecklich leid, Mutter. Ob Anna recht hat?«

»Das weiß nur der Herr allein. Komm.«

Tatsächlich war Emma ebenso blass wie die anderen. Ihre Hände waren zum Gebet gefaltet, ihre Augen waren geschlossen. Lena und Judith setzten sich zu ihr, woraufhin sie die Augen aufschlug und sie ängstlich ansah.

»Wird der Herr mich und mein Kind ebenso strafen?«

»Nein, ich glaube nicht. Hab keine Angst. Henrike hatte eine komplizierte Schwangerschaft, und es sah schon vorher so aus, als würde es eine schwere Geburt werden. Bei dir ist alles normal verlaufen, oder?« Lena streichelte ihr die Haare und versuchte, ein aufmunterndes Lächeln zustande zu bringen.

Emma nickte, doch sie schielte immer wieder zu Henrike hinüber, die nun leblos mit ihrem Kind in den Armen auf dem Boden lag. Die Frauen deckten die beiden gerade zu und bekreuzigten sich.

»Heilige Jungfrau Maria, beschütze mein Kind.« Emmas Augen lagen tief in den Höhlen, Tränen kullerten haltlos heraus. Auch Lena war nach Weinen zumute, doch sie schluckte die bitteren Tränen hinunter. Sie hatte Angst, nie wieder damit aufhören zu können, wenn sie es jetzt zuließ.

»Emma, du tust gut daran zu beten. Die Heilige Jungfrau wird dir beistehen. Glaub mir.«

Judith von Riede behielt recht, denn noch ehe der Morgen anbrach, gebar Emma ein prächtiges kleines Mädchen. Mutter und Kind waren erschöpft, aber wohlauf.

Lena freute sich aufrichtig mit Emma, aber ihr eigenes Herz war von tiefer Traurigkeit erfüllt. Zu schmerzlich wurde ihr bewusst, wie schnell die Menschen starben. Und ihre Tochter fehlte ihr mehr denn je.

Bald nach der Geburt drängte der Hauptmann zum Aufbruch und die Frauen beeilten sich, Silke und ihr Kind anständig zu begraben.

Kapitel 14

Sie marschierten vier volle Tage, meistens schweigend, denn der Weg war anstrengend und von Entbehrungen geprägt. Schließlich erreichten sie die Burg Hoya, die auf einer Insel in der Weser stand.

Zum ersten Mal sahen die meisten der Frauen hier ihre Männer und Söhne wieder. Glücklich betrachteten sie einander und schlossen sich in die Arme. Als Lena Laurenz müde, aber unversehrt auf sie zukommen sah, atmete sie ebenfalls erleichtert auf. Sie merkte erst jetzt, wie sie sich um ihn gesorgt hatte. Doch ihre Miene verriet nichts von alledem.

»Es geht dir gut.« Sie nahm ihn ungeniert in die Arme, und er hielt sie einen Augenblick fest an sich gedrückt. Dann schob er sie von sich und verbeugte sich vor ihrer Mutter. Kurt reichte er die Hand, der sie wie ein kleiner Mann stolz ergriff.

Ein Horn ertönte und unterbrach ihre Wiedersehensfreude. Dann bellte ein Offizier: »Der Graf von Hoya kommt. Verbeugt euch.«

Alle verbeugten sich ehrfürchtig, als der Mann in voller, glänzender Rüstung auf den großen Marktplatz des Dorfs Hoya ritt. Sein Hofstaat und einige Adelige und Ritter folgten ihm. Auch der Graf von Lüttich wurde angekündigt und ritt erhobenen Hauptes an den Menschen vorbei. Als er bei Hoya ankam, reichten sie sich feierlich die Hand. Dann rief der Lütticher seine Leute zusammen, nickte dem Grafen von Hoya zu und ritt über die Weserbrücke, die in den Burghof führte. Der Graf von Hoya drehte sein Pferd langsam im Kreis, und nur der Hufschlag war zu hören.

»Bauern – Männer und Frauen«, begann er. »Gott hat uns recht gegeben. Bremen hat den Krieg trotz Übermacht verloren. Ihr seid Hoyaner. Mein Land ist euer Zuhause. Hier sind viele von euch geboren, haben ihre Familien zurückgelassen und auf ein anderes Leben gehofft. Ihr wart unzufrieden, aber es sind schwere Zeiten gewesen. Die Pest hat kaum eine Familie verschont. Doch nun kommen bessere Zeiten auf uns zu, und ihr seid wieder ein Teil davon. Die Bremer haben einen Fehler gemacht und euch ein Versprechen gegeben, das sie nicht einhalten konnten. Wir haben sie eines Besseren belehrt.«

Er machte eine dramatische Pause, wendete sein Pferd erneut und sprach jetzt zur anderen Seite. »Ich könnte euch bestrafen, das wusstet ihr, als ihr fortgelaufen seid und uns im Stich gelassen habt. Aber ich werde Gnade walten lassen. Mehr noch, ihr dürft ein Viertel der nächsten Ernte für euch behalten. Esst es selbst oder verkauft es. Verfahrt, wie euch beliebt. Ebenfalls erlasse ich euch ein Jahr die Steuern. Des Weiteren wird in Zukunft jeder einen Teil seiner Ernte behalten dürfen.«

Einige begannen zaghaft zu jubeln, und innerhalb eines Wimpernschlages stimmten die meisten mit ein. Laurenz schnaufte verächtlich durch die Nase, während der Graf sich im Jubel sonnte und in die Runde blickte. Lena bemerkte, dass seine Soldaten nicht so gelassen waren wie er selbst. Sie beobachteten die Bauern sehr genau und hatten die Hand an den Schwertern. Doch die Angst, jemand könne sich auf den Grafen stürzen, war unbegründet. Der Graf von Hoya hatte die Leute in seinen Bann gezogen und sie mit den Zugeständnissen wieder auf seine Seite gebracht. Nach einer Weile hob er beide Hände, und nach und nach verebbten die Jubelrufe.

»Sollte jedoch je wieder einer von euch weglaufen, werde ich nicht mehr so milde mit ihm umgehen. Ich hoffe, ihr habt etwas gelernt. Nun geht nach Hause. Bestellt euer Feld. Wer kein Heim hat, wendet sich an meinen Vogt. Er wird euch sagen, wo wir noch kräftige Männer und geschickte Frauen gebrauchen können.«

»Ein Hoch auf den Grafen von Hoya«, stimmte irgendjemand in der Menge an, und die Leute folgten dem Beispiel, dieses Mal jedoch weniger zögerlich. Unter großem Jubel ritt der Graf ebenfalls über die Brücke davon.

Die Bauern waren beinahe wie berauscht und umarmten einander glücklich. Wenigstens für sie war nicht alles Leid umsonst gewesen. Es schien sich zum Guten zu wenden. Lena freute sich mit ihnen.

»Ich soll euch mitnehmen«, sagte plötzlich eine männliche Stimme hinter ihnen, die Lena kannte.

»Thomas.« Judith war offenkundig erfreut, ihn zu sehen. »Das ist Lenas Laurenz.«

Die beiden Männer grüßten sich knapp.

»Wohin sollst du uns bringen?«, fragte Lena besorgt.

»Ich habe ein gutes Wort für euch eingelegt. Ihr Frauen könnt in der Burg als Mägde arbeiten. Den Jungen könnt ihr mitnehmen.« Er deutete auf Kurt, der ein Stück hinter seine Mutter getreten war, und wandte sich dann an Laurenz.

»Dich muss ich zu den Kriegsgefangenen bringen, da du erzählt hast, dass du Bremer bist.«

Lenas Herzschlag setzte aus, während Thomas' Miene Bedauern zeigte. »Ich hoffe, du machst mir keine Schwierigkeiten.«

Laurenz lächelte Thomas an. »Das habe ich nicht vor, schließlich verdanke ich es dir, dass ich kurz mit Lena sprechen konnte.«

»Ich bin sicher, dass sich eure Leute bald um euer Freikommen bemühen werden.«

»Ja, es ist beinahe der gesamte Stadtrat unter den Gefangenen. Da werden sich die übrigen und der Bürgermeister hoffentlich nicht viel Zeit lassen.«

Thomas nickte knapp, fuhr sich mit der Hand in den Nacken und lächelte erleichtert. Offenbar hatte er Laurenz' Reaktion gefürchtet. »Wartet bitte hier«, sagte er an Judith gewandt.

Nachdem sie sich voneinander verabschiedet hatten, sahen sie den beiden Männern nach, bis sie über die Brücke in der Menge verschwanden. Lena hoffte, dass der Graf auch die einfachen Soldaten einigermaßen gut behandeln würde.

Die Frauen, die wochenlang zusammengelebt hatten, wünschten sich gegenseitig alles Gute, die Bauern gingen nach und nach zurück auf ihre Höfe. Silke umarmte Lena und bat sie, einmal zu Besuch zu kommen, wenn sich die Lage wieder für alle normalisiert hatte. Lena und Judith versprachen, es zu versuchen. Silke streichelte Kurt über den Kopf und machte sich mit ihrem Mann auf den Weg. Lena beneidete sie, denn sie gingen in ein neues und besseres Leben.

Schließlich waren nur noch eine Handvoll Menschen auf dem Platz übrig, umgeben von einer Vielzahl Soldaten. Wie so oft hielt Lena Ausschau nach großen Männern und ließ ihren Blick über die Soldaten schweifen. Als sie tatsächlich einen großen Dunkelhaarigen auf einem Pferd entdeckte, stockte ihr der Atem.

Er trug die Uniform eines Hauptmanns, hatte ihr den Rücken

zugewendet und redete mit seinen Kameraden. Lena bohrte ihren Blick in sein Kreuz und hoffte, dass er sich umdrehen würde. Ein Zupfen an ihrem Ärmel erweckte sie aus ihrer Starre.

»Kind, sieh doch.« Judith deutete in die entgegengesetzte Richtung, wo ebenfalls ein sehr großer Mann mit dunklen Haaren stand. Er hatte die Uniform eines gemeinen Soldaten an und wurde teilweise von anderen Männern verdeckt. »Könnte er das sein?«

»Es wäre möglich, aber auch der dort drüben.« Lena zeigte auf ihre Entdeckung.

Ihr Bruder Kurt hatte die beiden Frauen aufmerksam beobachtet und zupfte nun ebenfalls an Lenas Kleid.

»Was ist, mein Kleiner?«

Kurt streckte, wie zuvor ihre Mutter, seine Hand aus und zeigte zu einem großen dunkelhaarigen Mann. Er stand auf der Burgmauer und beobachtete das Treiben auf dem Hof. Lena wurde unsicher. Sie hatte immer gehofft, dass sie Maries Mörder, den Geliebten von Heide Mindermann, sofort erkennen würde, wenn sie ihn sähe. Mit drei von ihnen hatte sie nicht gerechnet. Aber immerhin waren drei besser als keiner. Ehe sie einen Plan fassen konnte, war Thomas wieder bei ihnen.

»Kommt mit, es wird euch in der Burg gut gehen. Aber sagt um Himmels willen nicht, dass Lena Bremerin ist.« Er lächelte schief, und Lena ahnte, dass er sich mit viel Mut für sie eingesetzt haben musste.

»Von uns werden sie es nicht erfahren. Aber was ist mit den Soldaten, die Laurenz und mich gefangen nahmen?«

Thomas winkte ab. »Die haben hier nichts zu suchen. Außerdem werden viele von ihnen wieder nach Hause gehen. Nur der Graf von Lüttich, seine Ritter und ein paar Hauptmänner und Wachtmeister werden bleiben.«

Sie gingen über die Brücke in den Innenhof der gewaltigen Burg, die von einer hohen Mauer und mehreren Türmen umgeben war.

»Kennst du eigentlich jeden hier?«, fragte Lena.

»Die meisten. Wieso fragst du?«

»Ach, mir sind einige Männer aufgefallen, die ungeheuer groß sind. Das finde ich doch ungewöhnlich.«

Er stutzte. »So? Welche denn?«

Lena deutete auf die Burgmauer. »Der dort zum Beispiel. Wirkt er nicht wie ein Riese?«

»Das ist Michael. Und du hast recht, er überragt viele von uns. Habt ihr denn nur kleine Männer in Bremen?« Er grinste frech, was ihm ein jungenhaftes Aussehen verlieh.

»Nein, aber irgendwie ist er mir aufgefallen, genauso wie der dort.« Lena zeigte auf den Mann, der inzwischen vor ihnen zum Stall ritt.

»Seinen Namen kenne ich nicht. Er ist erst kurz vor Kriegsbeginn zu uns gestoßen, wie viele andere auch. Er kann von einem anderen Lehen stammen oder wer weiß woher.«

»Es ist auch nicht wichtig.« Lena wechselte das Thema, um Thomas nicht misstrauisch zu machen. »Was müssen wir denn für Dienste in der Burg verrichten?«

»Das wird euch Gudrun sagen. Sie steht dem Gesinde vor, ist streng, hat aber ihr Herz auf dem rechten Fleck.«

***

Alles war wie im Haus des Ratsherrn, nur um ein Vielfaches größer. Der gesamte Hofstaat umfasste gut zweihundert Menschen, und solange der Graf von Lüttich hier verweilte, waren es noch einmal siebzig mehr. Lena musste aufpassen, sich nicht zu verlaufen, denn es gab mehrere Treppenaufgänge und viel Flure in der Burg.

Die höhergestellten Personen fanden sich täglich im größten Saal der Burg ein. Zu den Mahlzeiten und an den Abenden nahmen auch der Burgherr und seine Gemahlin sowie seine Schar Kinder am gesellschaftlichen Leben teil. Ansonsten zog die Familie sich in ihre privaten Gemächer zurück.

Den gewaltigen Saal sah Lena meistens leer, weil sie nur frühmorgens die Überreste der Gelage beseitigen musste. Am Tage hatte sie hier nichts zu suchen, sondern half in der Küche oder bei der Wäsche, was ihr ganz recht war. Ihre Mutter war für die Kammern zuständig, richtete Betten her und schaffte Ordnung. Eine Aufgabe, die sie bereits als junges Mädchen verrichtet hatte, und zwar genau hier, wo sie auch Lenas Vater kennengelernt hatte, wie sie ihr eines Abends erzählte.

Nach einer Woche, der Herbst war langsam ins Land gezogen, sprach Frau Gudrun Lena an. Sie war von kleiner Statur, musste im Alter ihrer Mutter sein und hatte eine strenge Linie um den Mund, doch ihre freundlichen Augen verrieten das, was Thomas von ihr behauptet hatte: eine gute Seele.

»Kind, du machst deine Arbeit wirklich gut. Kannst du auch Gäste bewirten?«

Lena dachte an ihre Zeit im Töchterhaus. Dort hatte es immer mal Feierlichkeiten gegeben, bei denen die Mädchen die Männer bewirten mussten. »Ja, ich glaube schon.«

»Dem Herren sei Dank.« Sie wirkte erleichtert. »In zwei Tagen gibt der Graf ein Abschiedsfest für die Lütticher. Dann brauchen wir jede Hand, die nicht vor Ungeschicklichkeit strotzt. Ich werde dir etwas Passendes zum Anziehen heraussuchen lassen. So …«, sie maß Lena mit hochgezogenen Brauen, »… so kannst du auf keinen Fall vor diesen Leuten erscheinen.«

Lena zuckte mit den Achseln. »Leider habe ich nichts anderes mehr.« Sie sah selbst an sich herunter. Ihr Kleid war an einigen Stellen gerissen und schmutzig, und in diesem Moment schämte sie sich für ihre Aufmachung.

»Mach dir nichts daraus. Wir finden schon etwas Kleidsames.«

Lena war mit der Arbeit oft so früh fertig, dass ihr zwischen den Aufgaben immer wieder etwas Zeit blieb, um sich auf dem Burggelände umzusehen. Schnell fand sie heraus, wo die Gefangenen untergebracht waren. Doch wenn sie versuchte, durch eins der Kerkerfenster zu schauen, war nur Finsternis zu sehen, außerdem stank es bestialisch nach menschlichen Ausscheidungen. Lena schüttelte sich, wusste aber nicht, wie sie Laurenz hier helfen sollte, denn besuchen durfte man die Gefangenen nicht.

Sie erkundete, wo die Soldaten nächtigten und in welchen Räumen die höheren Personen wohnten. Merkte sich, wann Wachablösungen stattfanden, wie viele Männer auf der Mauer patrouillierten und wann und für wen das innere Tor geöffnet wurde. Händler wurden beim Hereinkommen kontrolliert, beim Hinausfahren jedoch nicht. Vielleicht konnte diese Beobachtung einmal von Nutzen sein.

Die Burg lag mit einer Kirche gut geschützt auf der Insel

in der Weser und bestand aus einem Schloss, einem Bergfried, mehreren Nebengebäuden und zwei Ställen. In dem einen war nur Platz für die Pferde der gräflichen Familie. Im anderen Stall hielt man einige Kühe und Schafe, die morgens von ein paar Jungen auf eine Weide geführt wurden. Die Hühner hatten einen kleinen Verschlag, und die Hunde liefen frei im Hof herum, jagten hin und wieder eine Katze und bewachten aufmerksam das Areal. Die einfachen Soldaten mussten erst ins Dorf, um an ihre Pferde zu kommen. Das Dorf schien nur als Burgerweiterung zu dienen. Beinahe alles, was in der Burg keinen Platz fand, war dort zu finden, ob Tuchmacher, Schreiber oder verschiedene Handwerker wie der Schmied oder Zimmermann.

Auf der Burg selbst wurde derzeit rund um die Uhr gefeiert, und nicht selten sah man betrunkene Soldaten mit einer Magd oder einem Mädchen aus umliegenden Töchterhäusern, die eigens zur Unterhaltung hergebracht wurden, in irgendwelche Kammern verschwinden. Manch ein Mann vergriff sich auch an anscheinend ehrbaren Mädchen, doch auch das wurde stillschweigend geduldet. Sollte ihr ein Mann zu nahe kommen, wüsste Lena sich ihrer Haut zu wehren.

Am folgenden Tag begannen die Vorbereitungen für das Abschiedsfest, und unter dem Gesinde wurde es hektisch, und die Laune war gereizt. Es wurde geschlachtet und ausgeweidet, was die Jäger und Bauern an Tieren brachten. Männer hatten die Aufgabe, das Fleisch von den Knochen zu lösen und es dann in die Küche zu bringen. Dort wurden verschiedene Gerichte zubereitet. Manches wurde mariniert und gewürzt und manches blieb halb roh. Brot wurde gebacken, Gebäck hergestellt, Kompott gekocht. Den ganzen Tag wurden die Feuer geschürt. Da das Fest bereits am nächsten Mittag beginnen sollte, herrschte geordnetes Durcheinander.

Als die Gäste schlafen gingen, wurde die große Halle geschrubbt, mit frischen Binsen ausgestreut und dekoriert. Dazu wurden bunte Tücher aufgehängt, Talglichter ausgetauscht und neue Fackeln in die Halter gesteckt sowie Zweige mit buntem Herbstlaub aufgehängt. Als Lena abends im Bett lag, tat ihr jeder Knochen im Leib weh. Ihrer Mutter ging es ebenso. Auch sie gehörte zu den Frauen, die auf dem Fest die Speisen auftragen würden.

Am nächsten Morgen bekamen sie Kleider von Frau Gudrun. Sie waren Lena etwas zu groß. Die Frau, der es vor ihr gehört hatte, musste eine enorme Oberweite gehabt haben.

»So schlimm ist es nicht«, sagte Judith, nachdem sie Lenas Kleid hinten fester zusammengezogen hatte.«

»Ach, mir ist es egal, wie ich aussehe. Je hässlicher, desto besser. So habe ich wenigstens meine Ruhe vor den Mannsbildern.«

Lena betrachtete ihre Mutter, als diese sich ihr Kleid anzog. »Dein Kleid scheint aber aus dem vorherigen Jahrhundert zu stammen.« Sie kicherte.

»Ja, eine Augenweide ist es nicht grade, aber ich will damit ja auch keinen Mann gewinnen«, lachte Judith.

»Warum eigentlich nicht? Mutter, du bist zu jung, um alleine zu bleiben.«

»Sicher wird der Graf irgendwann jemanden bestimmen. Vielleicht als Gefälligkeit für einen seiner Lehnsleute. Ich mache mir darüber erst einmal keine Gedanken.«

Dass ihre Mutter es so leicht nahm, einfach einen Fremden heiraten zu müssen, war für Lena unvorstellbar. »Warst du nie verliebt?«

Ihre Mutter errötete bis zum Haaransatz. »Doch, Lena, das war ich mal.« Sie seufzte. »Aber das ist lange her.«

»Wer war er?«

Ihre Mutter zog sich die Schuhe an und betrachtete ihren Fuß. »Deinen Vater habe ich geliebt.«

»Oh.« Lena griff sich ebenfalls ihre Sandalen und schlüpfte hinein. »Du hast nie über ihn geredet.«

»Wegen deinem Stiefvater nicht.«

»Erzähl mir von ihm.« Lena war nun neugierig geworden.

Der Blick ihrer Mutter schweifte in die Ferne, als sie zu erzählen begann: »Es war hier auf der Burg, das weißt du ja bereits. Meine Mutter brachte mich in diesen Haushalt, als ich …« Sie betrachtete Lena einen Augenblick. »… ein oder zwei Jahre jünger war als du. Er, also dein leiblicher Vater, war damals ein junger Ritter. Später hat der Graf ihm übrigens einige Ländereien übergeben.« Sie seufzte tief.

»Alle Mädchen waren von ihm angetan, doch er hat immer nur mich angesehen.« Die Augen der Mutter begannen zu glänzen, während sie weitererzählte. »Damals war die erste Magd die alte Hulda. Sie war sehr mütterlich mit uns jungen Dingern. Sie hat gesehen, was los war, und mich gewarnt. Sie sagte, er würde mich nie heiraten können, selbst wenn er wollte. Nur in Schande könnte ich mit ihm zusammen sein. Ich sagte ihr, dass er mir seine Liebe gestanden hätte und mit mir fortgehen wollte. Hulda fragte mich, ob ich wirklich sein Leben zerstören wollte. Darauf habe ich mir einen Mann, deinen Stiefvater, vom Grafen zuweisen lassen. Ich beichtete ihm sofort, dass ich glaubte, schwanger zu sein. Doch er sagte, das mache ihm nichts. Er hatte eine anständige Mitgift vom Grafen erhalten.«

»Wie hat mein Vater reagiert?«

»Um ehrlich zu sein, ich weiß es nicht. Ich habe ihn nie wiedergesehen. Als dein Stiefvater mich zu sich nach Hause holte, war er nicht da.« Sie strich sich über ihre Haare. »Aber genug davon. Jetzt sollten wir uns beeilen.« Sie stand auf und eilte hinaus. Lena folgte ihr gedankenversunken.

Nach und nach trafen stolze Ritter in prächtigen Rüstungen, eitle Frauen in teuer bestickten Kleidern, junge und betagte Adelige, Kirchenmänner und andere Gäste auf der Burg ein. Die Kammern waren hergerichtet, wenn sich auch die niederen Adeligen eins zu zweit oder dritt teilen mussten.

Es war ein strahlend schöner Herbsttag. Viele Leute gesellten sich auch nach draußen, um in den Zelten zu feiern, die zu Spiel und Spaß aufgebaut waren. Lena hatte alle Hände voll zu tun, sodass sie kaum dazu kam, nach dem gesuchten Mann Ausschau zu halten, den sie gerade heute zu entdecken hoffte. Dennoch spitzte sie die Ohren und glaubte immer wieder einmal, die Stimme von Maries Mörder zu hören, doch jedes Mal, wenn sie hinsah, gehörte sie nicht zu einem großen Mann. Ihre Angst wuchs, dass sie ihn nicht wiedererkennen würde.

Nach dem Essen spielten Musikanten auf, Barden sangen ihre Lieder, die zum größten Teil Spottlieder auf Bremen und die Ratsherren waren. Narren gaben ihre Späße zum Besten, Akrobaten führten ihre Künste vor, und Huren bezirzten die Männer.

Nach einigen Stunden gab es die ersten Volltrunkenen, die von ihren Kameraden an die frische Luft befördert wurden. Einen musste Lena gemeinsam mit Thomas, den sie heute das erste Mal wiedersah, nach draußen bringen. Es war ein alter Soldat, der sich offenbar in der Schlacht um Bremen sehr verdient gemacht hatte und zum Ritter geschlagen worden war, was er mit ausschweifendem Alkoholgenuss gefeiert hatte. Nachdem sie ihn in ein leeres Zelt gelegt hatten, wollte Lena wieder hinein, doch Thomas hielt sie am Arm zurück.

»Ruh dich einen Augenblick aus.«

»Aber ich werde drinnen gebraucht«, protestierte Lena, auch wenn sie der Aufforderung nur zu gern nachkommen wollte.

»Ein paar Minuten werden nicht auffallen. Ich hole dir etwas zu trinken.«

Ehe Lena protestieren konnte, war Thomas in der Menge verschwunden. Ärgerlich überlegte sie, einfach hineinzugehen, aber er meinte es gut. Also beschloss sie zu warten, setzte sich mit dem Rücken an eine Zeltwand und zog sich die Schuhe aus, um ihren Füßen auf den kühlen Steinen ebenfalls etwas Erholung zu gönnen. Sie beobachtete die Soldaten, die sich mit Geschicklichkeitsspielen die Zeit vertrieben, und ließ ihren Blick über die feiernde Menge schweifen. Ein Mann fiel ihr ins Auge, der sich verstohlen mit Flora, der ältesten Tochter des Grafen von Hoya, unterhielt. Er war sicher doppelt so alt wie sie und trug keine Soldatenuniform, sondern die Kleider eines Bürgers. Sie himmelte ihn regelrecht an, und die beiden sahen sich auffallend lange in die Augen. Zwischendurch senkte sie kokett den Blick, woraufhin er ihren Arm ergriff und sie langsam von der Menge wegzog.

Es geht also in Richtung Stall, dachte Lena und grinste verschmitzt. An der Stalltür sahen sie sich tatsächlich noch einmal um und schlüpften dann schnell hindurch. Wenn der Graf dessen gewahr würde, bräche hier sicher die Hölle los. Der Mann war sicher keiner, der als Bräutigam in Frage kam. Ach, sollen sie sich doch vergnügen, dachte Lena und wandte sich wieder suchend den Feiernden zu. Wo blieb Thomas nur? Hier hinter dem Zelt würde Frau Gudrun sie nicht sofort entdecken, aber wenn ihr Fehlen auffiel, würde sicherlich eine Bestrafung auf sie warten.

Aus den Zelten hörte man Paare, die sich vergnügten, oder welche, die sich unterhielten. Genau in ihrem Rücken liebte sich ebenfalls ein Paar lautstark. Lena grinste erneut und überlegte, sich einen anderen Platz zu suchen, aber sie war zu müde, um aufzustehen. Andere Laute als die, die Lena aus dem Töchterhaus wohl bekannt waren, würden die beiden sicher nicht von sich geben.

Die Worte, welche die Frau sprach, ließen darauf schließen, dass sie mit Sicherheit keine brave Bürgerin war. »Meine Güte, wie wild du warst. Richtig ausgehungert.« Ein heiseres Lachen war zu hören.

»So gut hat dich bestimmt noch keiner geritten«, sagte der Mann, und Lena richtete sich kerzengerade auf. Diese Stimme! Sie hatte wochenlang befürchtet, sie nicht mehr zu erkennen, und nun hörte sie sie. Das war der Mann, der Marie getötet hatte und sie zu ihrer Tochter führen konnte.

»Oh nein. Du bist der beste Hengst, der mich bisher geritten hat«, gab die Frau zurück.

»Das sagst du sicher zu jedem, oder?«, fragte er eine Spur schärfer.

Lenas Nackenhaare stellten sich auf, und ihr Herz begann lautstark zu klopfen, doch sie zwang sich zur Ruhe. Jetzt etwas zu überstürzen, würde sicher jede Möglichkeit vernichten, Näheres über ihn zu erfahren.

»Aber nein«, sagte die Frau. »So wild und so leidenschaftlich wie du war kein anderer. Für dich würde ich es auch umsonst tun.«

Der Mann lachte. »Das brauchst du nicht. Ich habe genug Geld. Ich bin reich. Oder zumindest bald.«

»So wie der Graf dich hofiert, dachte ich, du wärst bereits ein reicher Mann?«

»Ich brauche nur noch einen Brief an die Bremer Abgesandten zu übergeben, sobald diese hier eintreffen, dann dauert es nicht mehr lange.«

»Wenn es so einfach ist, dann lerne ich doch glatt schreiben.« Die Frau lachte erneut.

»Das wird dir nichts nützen. Es ist mein Geld, ich hole mir nur, was mir zusteht.«

Lena hielt sich die Hand vor den Mund. Nicht dass ihr das Gleiche wie im Rosengarten passierte und der Mann sie entdeckte. Sie war froh, dass sie auf der Rückseite des Zelts saß und die beiden sie beim Verlassen nicht sofort entdecken würden. Sie wusste ja nicht, wie viel er damals von ihr gesehen hatte und ob er sie jetzt wiedererkennen würde.

»Dann ist es dir also gestohlen worden. Wie bekommst du denn dein Geld zurück?«

»Jemand hat etwas sehr, sehr Böses getan. Oder zumindest wird man das glauben. Doch nun schweig, es gelüstet mich nach dir.«

In diesem Moment kam Thomas mit zwei Krügen, einen in der gesunden Hand, einen unter den Arm geklemmt, zurück. Lena machte große Augen und legte ihren Finger auf die Lippen. Verwundert runzelte er die Stirn, worauf sie ihm bedeutete, sich neben sie zu setzen.

»Oh ja«, hauchte die Frau im Inneren des Zelts.

Das verschaffte Lena etwas Zeit. »Dadrin ist ein Mann, den ich seit Wochen suche. Ich muss wissen, wer es ist. Bitte verrate mich nicht«, flüsterte Lena Thomas ins Ohr. Er verstand mit Sicherheit nicht, was hier vorging, aber er schwieg.

»Er darf mich nicht sehen, sonst bin ich in Gefahr. Ich erkläre dir später alles, versprochen«, flüsterte Lena weiter.

Thomas nickte, und gemeinsam lauschten sie, doch alles, was sie zunächst hörten, war das Liebesgeplänkel des Paares.

Sie hatte ihn gefunden, endlich. Sechs Monate waren vergangen. Sechs Monate, in denen sie ihre Tochter nicht gesehen hatte und nicht wusste, wo sie sich befand. Wenn Laurenz nur hier wäre …

Als das Paar fertig war, hörte man das Rascheln ihrer Kleider.

»Wirst du länger hierbleiben?«, wollte der Mann wissen.

»Solange der Graf uns hier haben will.«

»Dann stehe nur mir zur Verfügung.«

»Aber …«, setzte die Frau zaghaft an, wurde jedoch unterbrochen.

»Ich sorge schon dafür, dass du keine Scherereien bekommst, und werde dich fürstlich entlohnen.«

Einen Moment herrschte Stille, in der Lena ihr Herz klopfen

hörte. Thomas beäugte sie aufmerksam, nahm ihre Hand und drückte sie kurz.

»Dann sprich mit meiner Wirtin. Bei mir würde sie annehmen, ich wollte mich drücken oder gar an dich heranmachen«, antwortete die Frau unsicher.

»Wir gehen gleich zu ihr, und danach bringe ich dich nach oben. Der Graf hat mir eine Kammer in seinem Flügel zuweisen lassen.«

»Dann stehst du wirklich sehr gut mit dem Grafen.«

»Sagen wir es so … Bitte nach dir.« Die Zeltwände gerieten in Bewegung, und Lena duckte sich, doch Thomas beugte sich geistesgegenwärtig über sie, als würde er sie küssen, und zwinkerte ihr zu. Er meisterte die Situation ausgezeichnet.

»Danke.« Die Frau kicherte beim Verlassen des Zelts.

Lena schielte aus der Umarmung zu dem Paar hinüber. Es war der Mann, der auf dem Pferd gesessen hatte, als sie hier in Hoya eintrafen. Nun konnte sie endlich sein Gesicht sehen und es sich einprägen. Er hatte schwarzes Haar, das hinten zu einem Zopf gebunden war, dunkle Augen und war hübsch anzusehen, wenn man ihn nicht gerade hasste. Eine leichte Ähnlichkeit mit Mindermann konnte sie ebenfalls feststellen. Vermutlich hatte Heide Mindermann eine Schwäche für diese Art Männer. So ungefähr musste der Ratsherr früher ausgesehen haben.

»… er steht tief in meiner Schuld«, fuhr der Mann fort. In diesem Moment schien er Lena und Thomas zu bemerken. »Wir waren wohl äußerst anregend für die beiden.«

»Pssst«, machte die Frau, warf ihnen einen verstohlenen Blick zu und zog den Mann mit sich. Thomas ließ von Lena ab.

»Bitte verzeih mir. Nichts liegt mir ferner, als dir zu nahe zu treten.«

Lena machte eine wegwerfende Handbewegung. »Ich danke dir für deine Besonnenheit. Damit hast du mich vor einer Entdeckung bewahrt.«

»Das war mein Ansinnen. Möchtest du mir erzählen, was es mit dem Mann auf sich hat?«

»Kennst du seinen Namen?«

»Das war Ludwig Hastedt. Er ist erst kurz vor Kriegsbeginn zu uns gestoßen. Warum durfte er dich nicht sehen?«

»Das ist eine lange Geschichte, Thomas. Ich werde sie dir erzählen, aber ich muss nun wirklich zurück.«

Betreten sah er sie an. Dann straffte er seine Schultern und griff Lenas Hand. »Warte.«

Verwundert blieb sie stehen. Sie befürchtete, dass Thomas vielleicht eine Schwäche für sie entwickelt hatte, und suchte schon nach Worten, die ihm klarmachten, dass sie nicht interessiert war. Worte, die ihn nicht verletzen sollten.

»Deine Mutter erzählte mir von deinen Brüdern und was mit ihrem Ehemann geschehen ist. Da du, abgesehen von Kurt, die Einzige bist, die aus eurer Familie mit ihr hier ist, möchte ich dich bitten, bei deiner Mutter für mich vorzusprechen.«

»Was?« Alles hatte sie erwartet, aber nicht das. Sie war froh. Thomas war ein guter Kerl, vermutlich tausendmal besser als Lenas Stiefvater. Er deutete ihr Zögern offenbar falsch.

»Ich weiß, dass ich nur ein einfacher Soldat bin, dennoch würde ich versuchen, sie glücklich zu machen.«

»Thomas, was jemand ist, war ihr noch nie wichtig, und ich werde von Herzen gern mit ihr sprechen.« Lena drückte erleichtert Thomas' gesunden Arm.

»Ich danke dir, Lena. Nun ist mir wohler ums Herz.«

»Wir müssen warten, was Mutter dazu sagt. Übrigens, wie geht es deinem Arm? Ich sehe, die Schiene ist ab.«

»Fast wie neu.« Er schenkte ihr ein strahlendes Lächeln.

»Das freut mich. Aber nun muss ich zurück, sonst gibt es mehr als nur Ärger. Und nochmals vielen Dank.«

Das Fest ging bis spät in die Nacht, und das Gesinde hatte so viel zu tun, dass Lena keine Möglichkeit hatte, ihrer Mutter von ihrer Entdeckung zu erzählen. Der Graf hatte sich bereits seit zwei Stunden mit seiner Familie zurückgezogen, aber einige Hartgesottene feierten noch munter weiter. Den Mann sah Lena nicht wieder, aber immerhin wusste sie nun seinen Namen. Sicher vergnügte er sich noch immer mit der Frau in seiner Kammer, während die kleine Veronika vielleicht entsetzliche Angst litt und nach Lena rief.

Als ihre Augen feucht wurden, konzentrierte sie sich auf ihre Arbeit. Sie begann, in der Halle zu kehren, als nur noch ein paar betrunkene Schläfer ihren Rausch ausschliefen. Auch draußen war es inzwischen ruhiger geworden. Selbst die Musikanten und die Akrobaten waren schlafen gegangen, und nur eine Handvoll Männer saß um ein Feuer und sang Lieder. Erst als der Morgen graute, durfte das Gesinde endlich zu Bett gehen.

Judith schlief sofort ein, und so verschob Lena es auf den nächsten Tag, ihr von Ludwig Hastedt zu erzählen.

Kapitel 15

Der nächste Morgen begann für den kleinen Kurt aufregend. Er durfte im Stall helfen und war den ganzen Tag dort beschäftigt. Später zeigte er ihnen stolz, dass er das Pferd des Grafen versorgt hatte, das nun prächtig glänzte. Nachdem er rechtschaffen müde eingeschlafen war, hatte Lena endlich eine Gelegenheit, mit ihrer Mutter zu sprechen.

Sie saßen auf den Strohbetten ihrer kleinen Kammer, die provisorisch für sie hergerichtet worden war, und flickten ihre Wäsche im Schein der Talglichter.

»Mutter, würdest du gerne wieder heiraten?«

Erstaunt blickte Judith von dem Kleid auf, das auf ihrem Schoß lag. »Darüber haben wir doch schon gesprochen«, gab sie etwas ungehalten zurück und blickte wieder auf ihre Hand, welche die Fischgräte geschickt durch den Stoff schob.

»Ich weiß, aber du sagtest letztes Mal, dass sie dir einen Ehemann zuweisen werden.«

Ihre Mutter nickte stumm. Ihre Lippen waren ein schmaler Strich, ein Zeichen, dass sie über das Thema nicht weiter reden wollte. Lena jedoch ließ sich nicht entmutigen.

»Was wäre, wenn es jemanden gäbe, der nicht auf den Befehl eines Höheren um dich werben wollte?«

Der Strich formte sich zu einem Schmunzeln, und sie sah erneut zu Lena herüber. »Dann wäre es ein Tölpel, denn ich besitze nichts mehr. Sicherlich ist unser Land schon längst an jemand anderen vergeben.«

»Kann es nicht sein, dass dich jemand um deiner selbst willen möchte?«

»Lena, wer, glaubst du, sollte das sein? Was hätte er noch an mir? Ich bin kein junges Mädchen mehr.«

»Das ist ihm egal, er ist auch nicht mehr der Jüngste.«

»Ha!«, machte ihre Mutter. »Also ein alter Mann, den ich umsorgen und pflegen soll. Nein danke, und nun gib Ruhe, ich will nichts mehr davon hören.«

»Also gut. Dann eben nicht.«

Lena betrachtete ihre Mutter noch einen Moment, doch diese

ließ sich nicht davon stören. Sie war immer noch eine schöne Frau, wenn man ihr auch die Jahre ansah und ein paar silberne Strähnen in ihrem Haar schimmerten. Ärgerlich über die Sturheit ihrer Mutter, legte Lena die Nähsachen zur Seite und zog sich ihre Decke bis zum Hals hinauf, obwohl es für den Herbstanfang an diesem Tag noch recht mild war.

Judith machte noch ihre Naht zu Ende, und kurz darauf erlosch das Talglicht. Das Rascheln verriet, dass sie sich ebenfalls schlafen legte. Lena war verärgert, denn sie war davon überzeugt, dass Thomas ein guter Ehemann sein würde. Es dauerte nicht lange, da raschelte es erneut, und das Talglicht wurde wieder entzündet. Lena öffnete die Augen und sah, dass ihre Mutter wieder aufrecht im Bett saß.

»Um Himmels willen, sag mir endlich, wer es ist, Lena.«

Grinsend setzte Lena sich auf. »Thomas. Er hat mich gebeten, bei dir vorzusprechen.«

»Thomas also.« Die Augen ihrer Mutter begannen zu leuchten.

»Oho«, machte Lena erfreut. »Dann liegt dir also auch etwas an ihm.«

»Hm.«

»Aha. Es liegt dir sogar sehr viel an ihm. Das wird ihn sicher erfreuen.«

»Untersteh dich, es ihm zu sagen.« Nun funkelten Judiths Augen dunkel zu ihr herüber.

»Aber wieso?« Lena verstand nicht, was sie im Schilde führte. »Er wäre sicher erleichtert. Immerhin hat es ihn Überwindung gekostet, mich zu fragen.«

»Man soll einen Mann ruhig etwas warten lassen. Wenn er dann schnell aufgibt, liegt ihm nichts an der Frau. Bleibt er hartnäckig, sieht es anders aus.«

»Aha.«

»Nun hast du also auch mal was von mir gelernt.«

»Ich werde es mir merken. Doch wie lange willst du ihn auf die Antwort warten lassen?«

»Morgen nach dem Mittagsmahl ist früh genug.«

Lena schnappte sich die Decke und hielt sie sich vor den Mund, ehe sie sich einem Lachkrampf hingab. Sie wollte Kurt nicht wecken. Vor sich hin brummelnd löschte die Mutter das Licht erneut.

Nachdem von Judith nur das gleichmäßig ruhige Atmen zu hören war und Lena sich beruhigt hatte, wanderten ihre Gedanken wieder zu Veronika. Sie versuchte sich vorzustellen, wie sich die kleinen Hände und die Haut ihrer Tochter anfühlten. Wie beinahe jeden Abend holte sie dann den kleinen Holzklotz hervor, streichelte ihn und roch daran. Endlich hatte sie eine Spur, die sie zu ihrer Tochter führen konnte. Im Gedanken versprach sie Veronika, dass sie nicht mehr lange auf ihre Mutter warten musste.

Ludwig Hastedt war also kurz vor Kriegsbeginn beim Grafen von Hoya aufgetaucht und stand in seiner Gunst. Dann war er offenbar für eine gute Woche verschwunden und wieder zurückgekommen. Der Graf hatte ihm ein Kommando übergeben, und Hoyas Sieg war wohl nicht zuletzt Hastedt zu verdanken gewesen. Was er mit dem Ratsherrn im Schilde führte und wie er zu Heide Mindermann stand, hatte Lena noch nicht herausbekommen. Da sie aber inzwischen wusste, in welcher Kammer er untergebracht war, würde sie versuchen, mehr zu erfahren.

Im Traum sah sie wieder ihre Tochter, die sich an einen Baum klammerte und jämmerlich nach ihr rief. Sie versuchte, zu ihrem Kind zu kommen, aber etwas hielt sie fest, und die Kleine entfernte sich immer weiter. Verkohlte Leichen lagen überall herum, auch ihr Stiefvater war darunter … Schweißgebadet wachte Lena auf, als jemand an ihrer Schulter rüttelte. Das Talglicht brannte, sodass sie das besorgte Gesicht ihrer Mutter erkennen konnte.

»Du hast wieder geschrien.« Mitleidig streichelte Judith ihr das nasse Haar. Kurt saß mit müden Augen auf dem Bett.

»Es tut mir leid«, sagte Lena zu ihm. Kurt nickte verständnisvoll und legte sich wieder schlafen.

»Mutter, ich kann sie nicht erreichen. Es ist immer derselbe Traum.« Tränen rannen über Lenas Wangen und tropften salzig auf ihre trockenen Lippen.

»Ich weiß.« Judith hielt ihr einen Becher voll Wasser hin, den Lena dankbar nahm.

»Du wirst sie finden. Ich bete jeden Abend darum.«

»Danke, Mama.«

»Nun schlafe noch etwas.«

Doch Lena konnte nicht mehr einschlafen und lag grübelnd wach, bis es Zeit war, aufzustehen.

Am nächsten Abend verkündete Frau Gudrun, dass der Graf in der Burg nicht mehr so viele Frauen brauche und gedenke, für die Witwen und Jungfern einen Mann zu finden, damit sie nicht ohne Auskommen dastände.

Lena fürchtete, dass es für sie und ihre Mutter zu ernsten Problemen kommen konnte. Sie musste sich beeilen und einen Fluchtplan für ihre Familie und für Laurenz ersinnen.

***

Zweimal hatte Lena in den folgenden Tagen Gelegenheit gehabt, an der Kammertür von Ludwig Hastedt zu horchen. Beim ersten Mal wurde sie enttäuscht, denn es war absolut still. Beim zweiten Mal, am späten Abend, hörte sie, dass sich das Pärchen hinter der Tür wieder einmal vergnügte. Die Hübschlerin war also immer noch bei ihm. Als Lena an diesem Abend erneut durch die Flure schlich und vor Hastedts Kammer haltmachte, hörte sie die beiden hitzig miteinander sprechen. Sie stritten sich, wenn auch in gemäßigtem Ton.

»Ich habe genau gesehen, wie du dem ältesten Sohn des Grafen schöne Augen gemacht hast.«

»Bitte zürne mir nicht. Ich habe ihm doch nur einmal freundlich zugelächelt. Mehr nicht. Bitte glaub mir.«

»Einer Hure glauben? Ha! Das wäre ja, als würde man den Teufel anbeten!«

»Aber …«

Lena hörte aus der traurigen Stimme des Mädchens heraus, wie sehr ihr diese Schelte zusetzte.

»Wenn du es wünschst, werde ich gehen.«

Es ertönte ein dumpfer Schlag, gefolgt von einem Aufschrei, der Lena zusammenzucken ließ.

»Tu mir nicht weh, ich habe nichts Unrechtes getan«, bettelte das Mädchen mit zitternder Stimme. Lena presste sich die Faust vor den Mund. Was sollte sie nur tun? Sie konnte das Mädchen nicht einfach ihrem Schicksal überlassen. Dieser Mann war zu allem fähig, das hatte er schon bewiesen. Wieder ertönte ein Schlag, und das Mädchen begann laut zu weinen.

»Still«, fauchte Ludwig.

Lena dachte nicht länger nach. Sie sah sich nach einem guten Versteck um, und als sie eine Nische entdeckte, klopfte sie drei Mal energisch gegen die Tür. Im nächsten Moment war sie in der Nische verschwunden und verschmolz mit der Dunkelheit. Sie konnte von ihrem Platz aus sehen, wie die Tür aufgerissen wurde. Nach zwei Wimpernschlägen trat Hastedt, nur mit Beinlingen bekleidet, auf den Gang, sah sich in beide Richtungen um und blieb noch einen Augenblick lauschend stehen. Lena hielt die Luft an, bis sie glaubte, ihre Lungen würden platzen. Dann endlich verschwand er wieder, und die Tür fiel zu. Erleichtert atmete Lena aus.

In der Burg waren die meisten Bewohner bereits zu Bett gegangen, und auch sie hätte sich auf den Weg machen sollen, doch eine innere Unruhe hielt sie davon ab. Sie verharrte noch eine Weile in der Nische und dachte schon daran zu gehen, als Hastedt plötzlich die Kammer verließ. Dieses Mal trug er seine Uniformjacke und Schuhe zu den Beinlingen. Er zog die Tür hinter sich zu und begab sich nach unten.

Lena folgte ihm in sicherer Entfernung, indem sie von Versteck zu Versteck huschte. Ludwig ging nicht, wie sie angenommen hatte, in die große Halle, sondern begab sich ganz nach draußen. Nebelschwaden waberten von der Weser herauf über den Burghof. Eigentlich mochte Lena keinen Nebel, doch heute hieß sie ihn willkommen. So hatte sie wenigstens etwas Deckung.

Im Hof standen nur noch ein halbes Dutzend Zelte. Die meisten Soldaten waren inzwischen wieder abgereist. Die verbliebenen Soldaten, die noch in den Zelten wohnten, waren nur noch zur Verstärkung gedacht, würden aber auch in absehbarer Zeit nach Hause zurückkehren. Viele waren einfache Leute wie Bauern und ihre Knechte, Handwerker, ihre Lehrlinge und Händler. Der Krieg hatte sie zu Soldaten gemacht, doch bis auf wenige Ausnahmen wollten sie jetzt nur noch zu ihren Familien zurück.

Lena wunderte sich, denn Ludwig schlich förmlich zwischen

den Zelten hindurch. Plötzlich stürzten sich wie aus dem Nichts zwei Schatten auf ihn. Erschrocken versteckte Lena sich hinter einem Zelt.

»Wir dachten schon, dass du dich nicht mehr raustraust«, zischte einer der beiden Angreifer und setzte dem am Boden liegenden Ludwig ein Schwert an den Hals. »Aber wir hofften, dass dich der Spieltrieb früher oder später aus deinem Mauseloch kriechen lässt.«

»Bring ihn nicht gleich um. Vielleicht ist er gekommen, um seine Schulden zu begleichen«, höhnte der zweite.

»Zu meiner Schuld stehe ich, und nun nimm das verdammte Schwert weg«, antwortete Ludwig mit zitternder Stimme. »Ich gab euch mein Wort.«

»Oh, dann ist heute Zahltag.« Einer der Männer half Ludwig, aufzustehen. »Hast du nun unser Geld dabei oder nicht?«

Ludwig klopfte sich die Uniform ab. »Nein, noch ist es nicht so weit. Geduldet euch noch ein paar Tage.«

»Pfff. Das hast du schon beim letzten Mal gesagt. So viel Geduld, wie du erwartest, besitzt niemand.« Der Mann spuckte demonstrativ vor Ludwig aus. »Also, was ist nun?«

»Ja, ich weiß. Ich erhielt heute eine Nachricht, dass ich beim Schreiber etwas abholen kann. Das gebe ich weiter an die Abordnung. Dann dauert es nicht mehr lange und ihr bekommt euer Geld.«

»Ich bekomme langsam das Gefühl, dass du das alles nur erfunden hast und es kein Vermögen gibt.«

»Zweifelst du an meinem Wort, Mann?« Ludwig legte seine Hand auf seinen Schwertknauf.

»Mach dich nicht so breit und wage es nicht, deine Waffe zu ziehen, Bürschchen. Wir wollen unser Geld. Wie du es beschaffst, ist uns egal. Du hast noch eine Woche Zeit, sonst wird es dir schlecht ergehen, und wir stehen zu unserem Wort.«

»Eine Woche ist kurz, allein der Weg nach Bremen dauert zwei Tage. Das kann ich unmöglich schaffen.«

»Dann lass dir was einfallen. Du stehst doch so gut mit dem Gräfchen, vielleicht bekommst du von ihm das Geld.«

»Aber –«

»Kein Aber. Eine Woche.«

Damit verschwanden die beiden wieder im Nebel. Ludwig sah ihnen nach und fluchte leise vor sich hin, dann ging er auf das einzige beleuchtete Zelt zu und trat hinein.

Lena wusste, was darin vor sich ging. Einige Soldaten frönten dort regelmäßig dem Glücksspiel. Thomas hatte ihr erzählt, dass manch einer dabei schon sein Hab und Gut verspielt hatte. Lena reichte, was sie gehört und gesehen hatte. Hastedt würde zum Schreiber gehen. Der Mann musste irgendwie in die Geschichte verwickelt sein.

Am nächsten Nachmittag war sie damit beschäftigt, den großen Küchenkessel zu spülen, als Thomas plötzlich hinter ihr stand. Er hatte heute Wache auf der Burgmauer und konnte von dort den gesamten Burghof übersehen. Lena hatte ihn gebeten, ihr Bescheid zu geben, sollte Hastedt sich draußen sehen lassen.

»Er ist gerade auf dem Weg zum Tor.«

»Danke, Thomas.« Sie sah sich um. Es war niemand in der Nähe, dem ihr Fortgehen auffallen würde, und so spülte sie schnell den Topf aus und machte sich mit Thomas ebenfalls auf den Weg zum Tor.

»Hatte er es denn eilig?«

»Nein, er ging ganz normal.«

»Dann kann ich ihn vielleicht noch einholen.«

»Sei bitte vorsichtig, ich kann dich nicht begleiten.«

»Ich versuche es.«

Am Tor angekommen, wollte ein Wachposten Lena den Weg versperren.

»Lass sie bitte durch, sie macht nur eine Besorgung für mich«, sagte Thomas, worauf der Mann sie passieren ließ.

Das Dorf Hoya, das direkt auf der anderen Seite der Brücke lag, bestand aus vier kleinen Gassen und einem großen Marktplatz mit Brunnen. Es war der Platz, auf dem sie sich nach ihrer Rückkehr versammelt hatten. Suchend sah Lena sich um. Einige Bürger eilten geschäftig umher, ein Junge zog mit einer Karre rumpelnd über den Hauptweg in Richtung Burg, und zwei Frauen standen an einem Brunnen und unterhielten sich beim Wasserschöpfen. Lena wurde von ihnen misstrauisch beäugt, aber nachdem man sie wohl als harmlos eingestuft hatte, fuhren sie mit ihrer Unterhaltung fort. Da Ludwig nirgends zu sehen war, ging sie auf die Frauen zu.

»Guten Tag. Ich komme von der Burg des Grafen. Ist hier zufällig ein Soldat entlanggekommen? Ich suche ihn und soll ihm etwas ausrichten.«

»Da in die Gasse ist er gegangen.« Die Frauen deuteten in Richtung Osten.

»Wohnt dort zufällig der Schreiber?«

»Ja, ist das vierte Haus«, antwortete die Frau. Lena bedankte sich und bog in die schmale Gasse ein. Es gab dort eine Apotheke, einen Tuchhändler, einen Bäcker und einen Rechtsgelehrten. Auf beiden Seiten standen je sechs Häuser dicht zusammen. Ludwig Hastedt war nicht zu sehen.

Als sie am besagten Haus ankam, hörte sie eine männliche Stimme, die etwas vorlas:

»›Und deswegen wird sich ein Teil der Truppe an der Aller in einer Senke positionieren, eine weitere Truppe wird von Norden kommen, und eine wird von hinten angreifen, um Hoya in ihre Mitte zu nehmen. Man wird dort versuchen, sie einzukreisen und niederzumachen. Geplant sind auch Gräben aus Feuer. Da Bremen von vornherein in der Überzahl ist, wird Hoya selbst mit der Hilfe von Lüttichs Mannen keine Aussicht auf einen Sieg haben. Wir haben diese Vorgehensweise im Rat besprochen und angenommen. Zahlt mir, was euch diese Information wert ist, aber bewahrt Stillschweigen. Constantin Mindermann‹. Ich hoffe, Euer Herr wird mit mir zufrieden sein.«

»Das wird er, das wird er. Lasst mich noch einmal die Schrift vergleichen.«

»Hier, seht selbst.«

Lena kauerte direkt unter dem Fenster, um alles zu verstehen. Sie hoffte nur, dass man sie dabei nicht sah. Einen Blick hinein wagte sie aus Angst vor einer Entdeckung nicht.

»Ihr seid ein Künstler. Die Schrift ist perfekt«, hörte sie Ludwig Hastedt sagen, und in seiner Stimme schwang Anerkennung mit. »Ich werde sicher bei Gelegenheit ebenfalls eure Dienste in Anspruch nehmen.«

Der Schreiber bedankte sich überschwänglich.

»Also, es bleibt dabei. Zu niemandem ein Wort.«

Das Klingen von Münzen ertönte. Es wurde für Lena höchste Zeit, sich aus dem Staub zu machen, doch sie hatte Angst, etwas Wichtiges zu verpassen.

»Über meine Arbeit ist noch nie etwas über meine Lippen gekommen, und das wird es auch in Zukunft nicht. Meinen Kopf möchte ich schon dort behalten, wo er sich derzeit befindet.«

Hastedt lachte kehlig, und Lena lief ein Frösteln über den Rücken. Jetzt wurde es wirklich Zeit, und sie beeilte sich, aus der Gasse zu kommen. Als sie am Brunnen vorbeikam, standen die beiden Frauen noch immer dort.

»Hast du ihn gefunden?«, wollte die eine wissen.

»Nein, er war es nicht. Vielleicht ist er noch gar nicht hinausgegangen«, antwortete Lena schnell. Es wäre sicherlich fatal, wenn sie Ludwig Hastedt darauf ansprachen, dass ihn eine Frau suchte. Als Lena durch das Tor kam, sah sie ausgerechnet einen Hausdiener des Grafen.

»Und was hattest du draußen verloren?«

»Ich … ich sollte eine Besorgung machen, vergaß aber, Geld mitzunehmen.«

»Für wen?«

»Einen Soldaten.«

»Für die bist du nicht zuständig, und außerdem glaube ich dir auch nicht. Vor der Arbeit drücken wolltest du dich.« Seine Augen durchbohrten Lena. »Wegen deiner Faulheit wirst du heute den Boden in der großen Halle kehren, allein. Kommt es noch einmal vor, dass du dich davonstiehlst, bekommst du die Peitsche zu spüren.«

»Bitte verzeiht mir. Es wird nicht noch einmal geschehen.«

Der Mann sah von oben auf sie herab. »Nun geh an deine Arbeit.«

Lena eilte in Richtung Küche davon, sah sich aber vor der Tür noch einmal um und beobachtete, wie der Diener in einem anderen Eingang verschwand.

Peitsche hin oder her, sie musste Thomas finden.

Lena eilte zu den Torwachen zurück, nachdem der Diener verschwunden war.

»Bitte kannst du mir sagen, wo ich Thomas finde?«

»Welchen? Wir haben hier mehrere.«

»Der mit dem gebrochenen Arm, mit dem ich eben hier war.«

»Versuch's mal auf der Mauer beim Bergfried«, sagte die Wache, und Lena machte sich auf den Weg.

Thomas stand an der Wehrmauer und unterhielt sich mit einem kleinen, dicken Wachposten. Als er Lena bemerkte, verabschiedete er sich von dem anderen und kam zu ihr herüber. Er nahm sie am Ellenbogen und ging mir ihr ein Stück an die Seite, wo sie ungehört reden konnten.

»Nun, hast du etwas herausbekommen?«

»Ja. Der Mann treibt ein teuflisches Spiel, und es wird den Ratsherrn Mindermann den Kopf kosten. Aber es gibt wohl noch einen weiteren Mann, der in die Sache verwickelt ist. Nun möchte ich dich um deine Hilfe bitten.«

»Was kann ich tun?«

»Thomas, ich weiß, dass es sehr viel verlangt ist, aber du bist meine einzige Hoffnung.« Lena holte tief Luft. »Gibt es eine Möglichkeit, dass wir einen Boten nach Bremen schicken?«

Bedauernd schüttelte Thomas den Kopf. »Ich fürchte, niemand würde sich derzeit dorthin wagen.«

Das hatte Lena schon vermutet. »Ich muss den Ratsherrn aber irgendwie warnen.« Nachdenklich drehte sie ihren Zopf um den Finger, ließ ihn wieder los, um ihn erneut aufzurollen.

Thomas räusperte sich. »Hast du schon mit deiner Mutter über mich geredet?«

»Es tut mir leid, dass ich nicht daran gedacht habe. Natürlich habe ich mir ihr geredet.« Lena schenkte Thomas ein Lächeln. »Sie hat eingewilligt, dass du um sie werben darfst. Ich glaube, sie hat dich gern.«

Seine Augen begannen zu leuchten. Er nahm ihre Hand und küsste sie. »Das ist eine wunderbare Nachricht, auf die es sich zu warten gelohnt hat. Ich werde morgen beim Grafen vorstellig und um seine Erlaubnis bitten.«

»Tu das.«

»Wärst du ein Mann, würde ich dich hier hinausbringen und du könntest dich selbst nach Bremen durchschlagen. Aber als Weib ist es viel zu gefährlich.«

»Ich würde meine Familie nie alleine hierlassen.«

»Das würde ich auch nicht.« Er lächelte.

»Aber Thomas, das ist es!«

Verwundert sah er auf sie herunter, denn er überragte sie ein gutes Stück.

»Gibt es irgendeine Möglichkeit, Laurenz aus dem Kerker zu befreien?« Sie wusste, dass es ihn den Kopf kosten konnte, wenn man ihn dabei erwischte. Andererseits hielt sie Thomas für intelligent genug, dass er Mittel und Wege kannte, es nicht so weit kommen zu lassen.

Er kratze sich nachdenklich am Kinn, und schließlich nickte er. »Das könnte ich versuchen, doch zuvor muss ich wissen, was es mit dem Mann auf sich hat.«

»Thomas.« Lena ergriff seine Hand. »Wirst du es niemandem verraten, wenn ich es dir erzähle?«

»Niemandem. Das verspreche ich.«

Erleichtert ließ Lena seine Hand wieder los. »Dieser Mann, Ludwig Hastedt, hat eine Frau getötet, und er ist vermutlich der Einzige, der weiß, wo meine kleine Tochter ist. Zumindest im Augenblick. Sie ist zwei Jahre alt und verschwand, als er Marie, die Heilerin, bei der ich meine Tochter geboren habe, wegen eines Gifts umbrachte. Jetzt plant er offenbar ein sehr übles Spiel mit einem der Ratsherren. Hastedt hat gemeinsam mit der Frau dieses Ratsherrn versucht, ihn zu töten. Ich weiß, es ist wirklich viel verlangt, aber außer dir habe ich nur noch meine Mutter hier, der ich vertrauen kann.«

»Es ehrt mich, dass du es so siehst.«

»Meinst du, man könnte Laurenz befreien, damit er den Ratsherrn warnt?«

»Vielleicht. Aber ich müsste der Wache etwas anbieten.«

Lena dachte nach. Geld besaß sie nicht, und Laurenz hatte sicher auch nichts. »Das Einzige, was ich habe, ist ein Holzpferdchen. Es ist klein, aber sicher sehr wertvoll. Warte bitte, ich hole es sofort.«

Als sie ungesehen wieder zurück war, zog sie das Pferd behutsam aus der Tasche und hielt es Thomas hin. Er ließ einen leisen Pfiff hören, als er es von allen Seiten betrachtete.

»Du hast recht, es sieht wirklich sehr wertvoll aus. Vielleicht lässt sich damit etwas anfangen. Woher hast du es?«

»Der Ratsherr hat es mir geschenkt.«

Erstaunt blickte Thomas sie an.

»Nein, nicht was du denkst.« Lena lachte leise. »Es war nur eine nette Geste, mehr nicht, und es hat nichts zu bedeuten.«

»Dann sehe ich später, was ich tun kann.«

»Ich danke dir.«

»Soll ich Laurenz etwas ausrichten, wenn es gelingt, ihn zu befreien?«

Lena nickte. »Er soll sich nach Bremen durchschlagen und zum Ratsherrn Mindermann gehen. Ludwig Hastedt spinnt eine böse Intrige gegen ihn, die ihn den Kopf kosten kann. Ein Brief ist im Spiel. Noch habe ich keine Beweise in der Hand, weiß aber, wo wir sie finden. Mindermann soll am besten mit einer Abordnung herkommen. Sag Laurenz, dass ich den Mann gefunden habe, sag ihm auch, dass er auf sich aufpassen soll. Hast du das alles?«

»Ja.« Thomas wiederholte den ungefähren Wortlaut, und Lena war zufrieden. Sie gab ihm einen Kuss auf die Wange.

»Schließlich bist du vielleicht bald mein Stiefvater. Mach also um meiner Mutter willen nichts Unvorsichtiges.«

Thomas lächelte. »Nein, ich werde achtgeben, immerhin habe ich ihr zugesagt, um sie zu werben, und ich möchte mein Wort halten.« Er zwinkerte Lena zu, und sie verabschiedeten sich.

Kapitel 16

Zum Glück kannte Laurenz den Weg durch die Katakomben des Doms von seinen Streifgängen. Manch anderer würde sich hier mit Sicherheit verlaufen. Man konnte lange hier umherirren, ohne das Tageslicht wiederzusehen. Als er schließlich aus dem Dom trat, brach der Morgen gerade an.

Es hatte aufgehört zu regnen, aber es blieb trüb. Sicher würden bald die Händler kommen und ihre Stände aufbauen. Hier und da brannten in den Häusern schon Talglichter oder Fackeln und erhellten die Fenster. Laurenz musste sich beeilen, wenn er unentdeckt zum Ratsherrn kommen wollte.

Als er den Markt überquerte, fielen ihm sofort die verkohlten Überreste des Rolands auf, der hier gestanden hatte. Wer hatte das nur getan und warum? Verwundert schüttelte er den Kopf. Darum konnte er sich jetzt nicht kümmern. Als er an die Vordertür von Mindermanns Haus klopfte, musste er eine Weile warten, ehe eine verschlafene Bedienstete öffnete und ihn von oben bis unten mit ihrem Blick maß.

Laurenz ärgerte sich, dass er nicht zuvor bei sich vorbeigegangen und etwas Frisches angezogen hatte. Seine Kleider strotzten vor Dreck, waren teilweise zerschlissen und löchrig, außerdem stank er mit Sicherheit, aber nun musste es eben so gehen.

»Hier braucht ihr euch nicht mehr zu beschweren«, sagte die Frau und wollte die Tür umgehend wieder schließen, aber Laurenz stellte seinen Fuß dazwischen.

»Ich muss dringend den Ratsherrn sprechen, Frau!«

»Das wollen dieser Tage viele Leute. Er ist nicht da, und nun nimm deinen Fuß aus der Tür oder ich rufe die Wachen.«

»Es geht um Leben und Tod. Ich komme grade aus Hoya.«

Die Frau maß ihn erneut, zog nachdenklich die Augenbrauen hoch und zuckte schließlich mit den Schultern.

»Er ist wirklich nicht da …«

»Dann sagt mir, wo er ist. Ich muss ihn wirklich finden.« Mit seiner Geduld stand es nicht zum Besten, und er war drauf und dran, sie einfach zur Seite zu schieben und selbst nachzusehen, doch er beherrschte sich.

Anscheinend fiel es ihr schwer, den nächsten Satz auszusprechen, denn sie rang sichtlich um Fassung. »Offenbar warst du wirklich nicht in der Stadt. Unser Ratsherr ist im Kerker.«

Laurenz horchte auf. »Was wirft man ihm vor?«

Sie schüttelte den Kopf, als könne sie das Geschehen somit verdrängen. »Verrat. Er soll Bremen an Hoya verraten haben. Aber ich glaube es nicht, genau wie die anderen hier im Haus. Und nun geh.«

Erschrocken, dass die Sache schon so weit vorangeschritten war, zog Laurenz seinen Fuß aus der Tür. »Und seine Frau?«

»Ist bestürzt und in Trauer darüber.« Damit schloss die Frau die Tür.

Ratlos schlug Laurenz den Weg zu seinem Haus ein. Er musste sich waschen, umziehen und überlegen, wie er Mindermann aus dem Kerker bekommen sollte.

Nachdem er sich wieder halbwegs menschlich fühlte und sein altes Schwert vertraut an seiner Seite spürte, machte er sich auf den Weg zum Bürgermeister. Er zog seine Gugel bis zu den Augen und hoffte, dass ihn keiner seiner Kollegen erkennen würde, besser noch, dass ihm niemand über den Weg lief. Doch er hatte nicht das Glück und musste sich zweimal verstecken, ehe er beim Haus des Bürgermeisters ankam. Zwei Männer hielten davor Wache. Das war neu. Zu seinem Glück waren es keine seiner Kameraden.

»Was willst du vom Herrn Bürgermeister?«, fragte der Ältere misstrauisch.

»Es geht um den Ratsherrn Mindermann. Ich habe eine Nachricht, die Bürgermeister Doneldey sicher interessiert.«

»Trägst du Waffen bei dir?« Ohne Laurenz' Antwort abzuwarten, tastete er ihn ab und nahm das Schwert an sich. Dann nickte er knapp in Richtung Tür und trat zur Seite.

Nachdem ein Bediensteter ihn eingelassen hatte, dauerte es nicht lange, bis er empfangen wurde.

»Setz dich.« Der alte Mann deutete auf einen freien Stuhl ihm gegenüber.

»Danke.« Laurenz nahm Platz.

»Bring uns Wein und Käse«, wies er seinen Diener an. Nachdem dieser eingeschenkt und den Raum verlassen hatte, sah der Bürgermeister Laurenz forschend an. »Ich kenne dich. Du gehörst doch zu den Bütteln?«

Laurenz nickte. »Ja, Herr –«

»Soweit ich informiert bin, giltst du seit einiger Zeit als vermisst«, unterbrach er Laurenz, der sich darüber wunderte, dass Doneldey darüber Bescheid wusste. »Nun sagte mein Diener mir soeben, dass du in Hoya warst und dringliche Neuigkeiten über Constantin Mindermann bringst. Das hat mich neugierig gemacht. Lass mich also hören, was du zu sagen hast.«

Laurenz nahm einen Schluck Wein.

»Ich bin mit einer Frau nach Hoya gegangen, um den Mörder meiner Tante zu finden.«

»Dann hast du deswegen Bremen in Kriegszeiten im Stich gelassen? Du weißt sicher, was das bedeutet.« Er machte eine Pause und forschte in Laurenz' Augen.

»Ja, ich weiß, doch Lena, so heißt das Mädchen, wäre sonst alleine gegangen. Das konnte ich nicht zulassen.«

»Wieso hat sie den Krieg nicht abgewartet?« Doneldey spielte mit seinem Becher, indem er ihn hin- und herdrehte.

»Sie wurde gesucht. Aber ich glaube, es ist besser, wenn ich euch die ganze Geschichte erzähle.«

Der Bürgermeister nickte und lehnte sich zurück. Schweigend hörte er zu, wie Laurenz ihm von Lenas Schwangerschaft erzählte, von dem Tod seiner Tante und vom Verschwinden Veronikas, von Lenas Nachforschungen bei Mindermanns, die er selbst nicht gutgeheißen hatte, und schließlich von ihrer Entdeckung, ihrer Flucht und ihrer Reise nach Hoya.

»Du musst das Mädchen schon sehr lieben, wenn du deinen Kopf für sie riskierst.«

Laurenz überlegte einen Moment, denn wirklich eingestanden hatte er es sich bis heute selbst nicht. »Das tue ich.« Er trank noch etwas, da sein Mund vom Reden und der Erkenntnis trocken geworden war.

»Lena arbeitet jetzt mit ihrer Mutter auf der Burg des Grafen. Dort hat sie den Mörder … Ludwig Hastedt«, korrigierte Laurenz sich rasch, »entdeckt. Sie hat ihn belauscht und herausgefunden, dass er gegen den Ratsherrn Mindermann ein Komplott schmiedet, das ihn seinen Kopf kosten wird. Aber im Hintergrund gibt es vermutlich noch jemanden.«

Doneldey schoss nach vorn. »Ich wusste es! Genau das habe ich die ganze Zeit vermutet. Kein Mindermann würde je Bremen verraten.« Er lächelte. »Weißt du zufällig auch, um was für ein Komplott es sich handelt?«

»Nur so ungefähr. Es soll um ein Schriftstück gehen, das dieser Mann fälschen ließ und der Bremer Abordnung überreichen wollte.«

»Das ist tatsächlich in Hoya geschehen. Einige Ratsherren waren vor einigen Tagen beim Grafen, um mit ihm über die Freilassung unserer Männer zu verhandeln, was sich momentan als schwierig erweist. Dort ließ man meinem Bruder ein Schreiben zukommen, in dem Mindermann dem Grafen von Hoya unsere Vorgehensweise in der Schlacht verraten hat. Da Mindermann ebenfalls in Hoya war, sagte mein Bruder nichts, sondern brach die Verhandlungen vorerst ab und drängte zur Rückkehr. Hier legte er dann das Schreiben vor, und wir mussten Constantin einsperren. Was für ein Fehler!«

Doneldey stand auf, faltete seine Hände auf dem Rücken und lief hin und her. Laurenz griff nach dem Käse. Er hatte seit Hoya nur ein Stück trockenes Fleisch gegessen. Das war drei Tage her. Er war am Verhungern.

»Hast du Beweise?« Der Bürgermeister war stehen geblieben und sah Laurenz eindringlich an.

Dieser nickte rasch, kaute und schluckte den Bissen mit etwas Wein hinunter. »Lena weiß, wo der Schreiber zu finden ist.«

»Sehr gut!«

»Weißt du, warum dieser Hastedt Mindermann nach dem Leben trachtet?«

Bedauernd schüttelte Laurenz den Kopf. »Leider weiß ich nur das, was ich euch erzählt habe.«

Nachdem der Ratsherr ihnen Wein nachgeschenkt hatte, läutete er nach seinem Diener.

»Trommel mir die Ratsherren Dettenhusen, meinen Bruder Albert, Erich von Geestemünd und …«, er rieb sich das rasierte Kinn, »… und Wigger zusammen. Auf der Stelle. Und schicke jemanden zum Verlies, auf dass Mindermann augenblicklich hierhergebracht wird. Ich gebe dir ein Schreiben für die Wachen mit.«

Er setzte sich, griff nach Feder und Tinte und schrieb etwas auf ein Pergament. Anschließend trocknete er es, faltete es zusammen und besiegelte es. Dann gab er es seinem Diener. »Damit sollte es keine Schwierigkeiten geben.«

»Wird erledigt«, sagte der Diener, nahm das Pergament und verschwand.

»Du hast Bremen und Constantin Mindermann vermutlich einen großen Dienst erwiesen. Du und deine Lena, denn ich für meinen Teil glaube dir. Wir müssen nur noch die übrigen Ratsherren und den Vogt davon überzeugen.« Er machte eine kurze Pause und grinste in sich hinein. »Eine angeblich diebische Hure und ein geflohener Büttel.«

Es versetzte Laurenz einen Stich, als der Ratsherr Hure sagte. »Sie ist keine Hübschlerin mehr, und gestohlen hat sie auch nichts. Das war eine Lüge.«

Betroffenheit spiegelte sich auf Doneldeys Gesicht wider. »Du weißt, dass sie es bleibt, solange sie nicht verheiratet ist.«

Laurenz nickte. »Und so Gott will, wird sie bald meine Frau sein.«

»Der Bürgermeister klatschte begeistert in die Hände. »Welch ein Edelmut. Einen wie dich müssten wir im Stadtrat haben.«

»Ob ich mich jemals mit der Politik anfreunden kann, weiß ich nicht.«

»Die Zeit wird es richten.«

Als Mindermann gebracht wurde, sah man ihm deutlich an, dass er drei Tage in einem dunklen Verlies zugebracht hatte. Unter seinen Augen lagen dunkle Ringe. Er war unrasiert, seine Kleider waren fleckig.

»Mein lieber Constantin.« Der Bürgermeister umarmte den Ratsherrn freundschaftlich. »Ich wusste, dass du unschuldig bist, und nun bringt uns dieser Mann ...« Er zeigte auf Laurenz. »Verzeih mir, wie ist noch mal dein Name?«

»Laurenz, Herr Bürgermeister.«

»Ja, genau. Also Laurenz bringt uns den Beweis dafür.«

Erstaunt hob Mindermann die Augenbrauen. »Dann schulde

ich dir mein Leben. Aber sag mir, wie hast du das geschafft, und wer steckt dahinter?«

Erneut musste Laurenz seine Geschichte erzählen.

»Das Mädchen, das bei uns gearbeitet hat und von der mein Weib behauptet, sie hätte gestohlen?«, wollte Mindermann am Ende des Berichts wissen.

»Genau die.«

Constantin Mindermann war überrascht. »Dann schulde ich euch beiden mein Leben. Und …« Er nahm den Becher Wein entgegen, den der Bürgermeister ihm hinhielt. »Hab Dank«, sagte er und wendete sich wieder Laurenz zu. »Und ich muss wissen, wer dieser Mann ist, der mir nach dem Leben trachtet und mir so eine niederträchtige Lüge unterstellt.«

»Sein Name ist Ludwig Hastedt. Lena kennt ihn und weiß, wo wir ihn finden. Aber dazu müssen wir wieder nach Hoya.«

»Auf was warten wir dann noch?«, wollte Mindermann von Doneldey wissen.

»Gemach, mein Freund. Wir brechen morgen früh auf. Doch zuvor müssen wir die anderen überzeugen.«

Mindermann nickte finster.

Als sich die übrigen Herren schließlich eingefunden hatten, musste Laurenz die Geschichte ein drittes Mal erzählen, aber er wurde nicht müde dabei. Doneldey und Dettenhausen waren freudig überrascht, Erich von Geestemünd hingegen schien nicht überzeugt.

»Wer sagt, dass es nicht alles erstunken und erlogen ist und diese Leute, ein Büttel, der seine Stadt in größter Not im Stich lässt, und eine Hure, uns nicht in eine Falle bugsieren?«

Die Männer debattierten, bis die Talglichter heruntergebrannt waren und ein müder Diener neue aufstellte, doch dann wurden sie sich einig. Ein Ratsherr und der Vogt würden in der Stadt bleiben und der Bürgermeister mit den Übrigen und einer kleinen Truppe Soldaten nach Hoya aufbrechen. Niemand durfte ein Wort über die Sache verlieren, bis sich alles aufgeklärt hatte.

Nachdem die Versammlung sich aufgelöst hatte, wollte auch Mindermann nach Hause, doch Laurenz hielt ihn davon ab.

»Eure Frau steckt mit in der Geschichte, und niemand weiß,

dass Ihr frei seid. Bleibt lieber hier und regelt das mit ihr, wenn wir zurück sind.«

Widerwillig gab sich Mindermann geschlagen, und so brachen sie am nächsten Morgen in Richtung Hoya auf.

***

Nachdem auch die letzten Gäste abgereist und die Burg wieder in Ordnung gebracht war, atmete man dort sichtlich auf. Lena jedoch hatte nur noch eine Sache im Kopf, seit Laurenz fort war. Sie hoffte, dass er unversehrt Bremen erreicht hatte und es rechtzeitig schaffen würde, den Ratsherrn zu warnen. Mehrmals am Tag hielt sie Ausschau, doch Laurenz war nicht zu sehen.

Wenn er zurückkäme, mussten sie versuchen, Hastedt gefangen zu nehmen und notfalls aus ihm herauszuprügeln, wo er Veronika versteckt hielt. Wenn erst ihre Tochter wieder bei ihr war, konnte Laurenz mit dem Mann verfahren, wie er wollte. Später würde sie mit ihrer Familie erst einmal auf das kleine Stück Land ziehen, das Thomas' Schwester gehörte. Vielleicht würde Thomas Lenas Mutter dort heiraten. Alles Weitere würde sich dann finden. So weit ging ihr Plan, und es klang so einfach, doch das war es nicht. Zu viele Hindernisse lagen auf ihrem Weg.

Einen Tag, nachdem sie Thomas gebeten hatte, Laurenz zu befreien, hatte er die frohe Nachricht gebracht, dass er das kleine Holzpferd an einen Hauptmann verkaufen konnte. Er hatte einen guten Preis bezahlt, und Thomas konnte von dem Geld die Wachmänner bestechen und Laurenz befreien. Es war sogar noch etwas Geld übrig, das er Lena geben wollte, doch sie hatte abgelehnt. Er sollte es als Mitgift für ihre Mutter betrachten, mit der er sich inzwischen sehr regelmäßig traf.

Auch Kurt schien Thomas sehr zu mögen. Er besuchte ihn, während er Dienst auf dem Hof oder auf dem Wehrturm hatte. Thomas erklärte ihm dort sehr geduldig seine Aufgaben. Es waren gute Voraussetzungen für eine glücklichere Ehe als die vorherige, und Lena freute sich für die drei.

Sie selbst verbrachte jede freie Minute damit, Ludwig Hastedt zu beobachten. Doch außer dass er einen Hang zum Prahlen und zum Glücksspiel hatte, entdeckte sie nichts Neues. Er verließ die

Burg nicht mehr, ritt nicht aus und schien sehr für sich zu sein. Seine einzige Begleitung war nach wie vor die Hübschlerin aus dem hiesigen Töchterhaus.

Einen Tag, nachdem Laurenz sich auf den Weg gemacht hatte, wurden mehrere Gefangene krank. Sie litten an Übelkeit und Erbrechen. Als am Abend bereits ein Drittel der Gefangenen die gleichen Leiden zeigten, wurde es zur Gewissheit. Die Ruhr war in der Burg ausgebrochen. Niemand außer einigen Priestern, die ihnen das Essen brachten, durfte mehr in den Kerker hinab. Auch drei Wachtmeister steckten sich an. Sie wurden außerhalb der Burg untergebracht.

Täglich starben tapfere Männer, und die Krankheit breitete sich immer weiter aus. Die Menschen auf der Burg wurden von Panik ergriffen, und man tat alles, um die Seuche einzudämmen, denn immerhin waren die Gefangenen das Kapital des Grafen. Auf Anraten der Kirchenmänner, der Bader und Ärzte wurden die Gesunden von den Kranken getrennt. Das Wasser in der gesamten Burg wurde mehrmals täglich ausgetauscht und abgekocht, das alte Wasser wurde weit weserabwärts entsorgt. Die Gefangenen bekamen frisches Stroh, und das alte verbrannte man einfach mit den Leichen der Verstorbenen. Doch das alles schien zumindest in den ersten drei Tagen nichts zu nützen, denn immer neue Männer erkrankten.

Lena befürchtete ernsthaft, dass Laurenz sich noch angesteckt haben konnte. Die Warterei auf seine Rückkehr wurde zu einer zermürbenden Geduldsprobe, zumal jeder jeden argwöhnisch beäugte, wenn man einmal öfter als gewöhnlich den Abtritt aufsuchte.

Lena zählte die Tage, hielt Augen und Ohren offen. Dabei erfuhr sie erst sehr spät, dass am Tag nach Laurenz' Flucht eine Abordnung der Bremer beim Grafen gewesen war. Doch sie sollten noch am selben Tag unverrichteter Dinge wieder abgereist sein. Sicher hatte Hastedt seinen Plan bei der Gelegenheit in die Tat umgesetzt.

Lena hatte die Bremer nicht gesehen, da sie sich mit dem Grafen wegen der Ruhr vor der Burg getroffen und über die Gefangenen verhandelt hatten. Sie erfuhr außerdem durch eine Unterhaltung der Diener, dass seit ihrer Ankunft in Hoya schon dreimal eine Abordnung vor der Burg gewesen war, doch die ersten beiden Male wurde sie vom Grafen gar nicht erst empfangen. Es hieß, dass der Graf ein fuchsiger Taktiker sei, der wusste, wie man den Preis in die Höhe trieb. Ob Mindermann bei einer der Abordnungen gewesen war, konnte Lena nicht in Erfahrung bringen.

Während des Tages stürzte sie sich in die Arbeit, um nicht an ihre Tochter oder Laurenz denken zu müssen. Sie verrichtete ihre Aufgaben so gut, dass Frau Gudrun sie eines Abends ansprach.

»Du bist wirklich ein sehr tüchtiges Mädchen. Darum möchte ich dir anbieten, hier im Hause des Grafen zu bleiben. Wir würden dir einen guten Mann an die Seite stellen, vielleicht einen Knecht oder sogar einen Diener.«

Lena ließ sich nicht anmerken, wie überrascht sie war. »Ich danke für dieses Angebot, aber ich möchte eines Tages mit meiner Mutter fortgehen. Ich bin nicht für ein Leben auf einer Burg geschaffen.«

»Was für ein Leben wird das sein? Du hast hier die Möglichkeit, dir einen Mann auszusuchen. Abseits der Burg musst du nehmen, was man dir zuweisen wird. Ob es ein Greis oder ein Junker wird, ist, gelinde ausgedrückt, Glückssache.«

»Ich weiß darum, und dennoch, ich kann hier nicht leben.«

»Viele Mädchen wären froh, wenn man ihnen ein solches Angebot unterbreiten würde.« Ihre Stimme bekam einen beleidigten Unterton.

»Auch das weiß ich. Nehmt Mariechen. Sie ist fleißig und liebt das Leben hier. Die Feste, die Soldaten und alles drum herum.«

Mariechen war eine nette Küchenmagd, die gut zupacken konnte und immer fröhlich schien. Sie war im gleichen Alter wie Lena, himmelte die Soldaten an und würde sich alle Finger nach einem Leben auf der Burg lecken.

»Wie du meinst.« Damit drehte sich Frau Gudrun pikiert um und ließ Lena stehen. Ein komisches Gefühl beschlich sie, doch sie konnte nicht sagen, woher es kam. Vielleicht war es ihre Angst, dass man sie für die Ablehnung bestrafen würde, vielleicht auch Angst, dass man sie sogar zwingen würde, hierzubleiben. Energisch fegte sie die letzten Blätter zusammen.

»Was wollte Frau Gudrun?«, fragte Judith, als sie mit einem Eimer Wasser vom Brunnen kam.

»Mich hierbehalten, weil ich so fleißig bin, wie sie sagt. Aber ich habe abgelehnt.«

»Dann hoffen wir, dass sie es dir nicht verübelt.«

»Ja, das hoffe ich auch. Ihr Tonfall war jedenfalls am Ende nicht sehr gnädig.« Lena seufzte und stellte ihr Kehrblech in die Ecke neben der Treppe. »Und wie steht es mit dir und Thomas?«

Das Gesicht ihrer Mutter begann jedes Mal zu strahlen, wenn sein Name fiel. »Er ist ein wirklich liebenswürdiger Mann. Heute hat er um meine Hand angehalten.«

Lena machte große Augen. »Na, ihr habt es aber eilig.« Sie zwinkerte. »Du hast ihm doch sicher schon geantwortet?«

»Ja, das habe ich. Allerdings wird dir sicher nicht gefallen, was ich dir jetzt zu sagen habe.«

»Was ist es?« Lena konnte sich nichts Schlimmes an dem Antrag vorstellen.

»Er fragte mich, ob wir im Haus seiner Schwester leben wollen oder hier, und ich habe mich, auch wegen deiner Brüder, für die Burg entschieden. Hier habe ich die Hoffnung, dass ich eines Tages von ihnen hören werde.«

»Ich würde genauso handeln wie du.«

»Dein Verständnis ist mir sehr wichtig, Lena. Leider weißt du, wie es ist, wenn man sein Kind vermisst.«

Lena senkte traurig den Kopf. »Ja, das weiß ich. Ich glaube allerdings inzwischen, dass sie mich nicht mehr erkennt, wenn ich sie wiederfinde.«

Judith stellte den Wassereimer ab und nahm ihre Tochter in den Arm. »Sag so etwas nicht. Es dauert vielleicht noch, bis du sie findest, und sie muss dich vielleicht erst wiedererkennen, aber ein Kind vergisst die Mutter nicht so schnell.«

Lena nickte, denn der Kloß in ihrem Hals hinderte sie am Sprechen.

»Ich bin mir ganz sicher, dass er sie zu irgendjemand gebracht hat, der auf sie aufpasst, während er hier ist. Im schlimmsten Fall hat er sie verkauft oder einfach irgendwo ausgesetzt.«

»Oh Mutter, ich hoffe, dass sie noch am Leben ist. Nur weiß ich nicht, wie ich ihn dazu bringen kann, mir zu sagen, wo.«

»Es wird sich eine Gelegenheit bieten. Vertrau auf die Heilige Jungfrau.«

Lena wollte tun, was die Mutter ihr riet, und betete lange ein stummes Gebet. Vielleicht würde es helfen.

Am Abend schlich sie erneut zur Kammer von Ludwig Hastedt, doch hinter der Tür war alles still. Vielleicht waren er und die Frau unten in der Halle. Sollte sie es wagen, in seine Kammer zu gehen? Zaghaft klopfte sie, doch nichts rührte sich. Da niemand auf dem Gang zu sehen war, öffnete sie die Tür, die widerstandslos aufsprang.

Die Kammer war aufgeräumt, das Bett gemacht, die Kleider lagen zusammengefaltet auf einem Hocker. In der Ecke stand eine Truhe, daneben lag ein Tuchbeutel. Lena vergewisserte sich noch einmal mit einem Blick nach draußen, dass niemand kam, dann trat sie ein und schloss die Tür hinter sich. Ihr Herz klopfte wild in ihrer Brust, als sie die Taschen der Uniform durchsuchte.

Außer einem Schriftstück förderte sie nichts Aufschlussreiches zutage. Lena verfluchte sich, dass sie nicht besser lesen konnte, aber sie erkannte die Unterschrift von Constantin Mindermann. War dies etwa das Schreiben, das Hastedt vom Schreiber hatte aufsetzen lassen? Vielleicht hatte dieser Hastedt genau wie sie erst spät erfahren, dass die Bremer Abordnung bereits da war, und es noch nicht übergeben können. Sie überlegte, ob sie das Schreiben einfach mitnehmen sollte, aber dann würde der Beweis, dass Hastedt im Besitz dieses Schreibens war, am Ende fehlen, und so schob sie es in die Tasche zurück.

Plötzlich hörte sie Schritte und Stimmen auf dem Gang. Ihr Herz drohte stehen zu bleiben. Panisch kroch sie unter das Bett, dem einzigen Versteck, das sich hier bot. Sie rechnete jeden Augenblick damit, dass sich die Tür öffnete, doch die Schritte entfernten sich langsam, und die Stimmen verstummten. Zitternd kroch Lena wieder unter dem Bett hervor und wischte sich den Staub vom Kleid. Schnell untersuchte sie den Tuchbeutel, doch dieser gehörte offenbar der Hübschlerin.

In der Truhe machte Lena einen interessanten Fund: ein kleiner Lederbeutel, der offenbar ein wenig getrocknete Wolfswurz enthielt. Was wollte er damit – noch jemanden töten? Lena konnte nicht riskieren, länger hier zu verweilen, und schlich wieder nach draußen. Gerade als sie die Tür leise hinter sich zugezogen hatte, hörte sie ein Rascheln. Es kam aus der Nische, in der sie sich beim letzten Mal versteckt hatte. Die Nische lag im Dunkeln, und sie konnte nicht sehen, ob sich dort jemand versteckte. Sie wollte nachsehen, doch am anderen Ende des Korridors öffnete sich eine Tür, und Stimmen wurden laut. Lena machte, dass sie fortkam, und eilte die Treppe hinunter.

In den beiden folgenden Tagen gab es keine neuen Erkrankungen, und man atmete langsam auf. Vielleicht hatten sie die Krankheit endlich im Griff. Siebzehn Männer, zwei Kinder und eine Frau hatte sie das Leben gekostet, und es hätte noch weitaus schlimmer kommen können. Trotzdem machte man keine großen Jubelsprünge, denn die, die noch an der Krankheit litten, waren noch nicht über den Berg.

Lena widmete sich der Arbeit und wartete immerzu auf die Ankunft einer Abordnung. Falls Laurenz es überhaupt geschafft hatte, sich nach Bremen durchzuschlagen, und falls man ihm überhaupt glaubte. Dessen war sie sich inzwischen nicht mehr so sicher. Die Geschichte klang sicher sehr verwegen, und eine Ratsfrau ohne Zeugen oder Beweise zu beschuldigen, konnte einen sogar den Kopf kosten. Glaubte man Laurenz nicht, wäre es ein glücklicher Umstand, wenn man ihn lediglich eingesperrt hätte. Je mehr Lena grübelte, desto unruhiger wurde sie.

Ein seltsames Spektakel im Burghof riss sie aus ihren Gedanken. Die dralle Hurenwirtin des hiesigen Töchterhauses bestand darauf, mit ihren Hübschlerinnen endlich abreisen zu dürfen. Sie zeterte und schimpfte, dass sie Angst um die Gesundheit ihrer Mädchen habe. Doch gerade aufgrund dieser Krankheit gewährte man den Frauen die Abreise nicht. Die Hurenwirtin ließ Schimpftiraden gegen die Soldaten los, trat ihnen gegen die Schienbeine, bis der Graf ihr endlich ausrichten ließ, dass er sie weiterhin bezahlen werde, wenn sie augenblicklich Ruhe einkehren ließe. Andernfalls würde man sie zu den Gefangenen in den Kerker sperren. Mit den letzten Worten kehrte schlagartig Ruhe ein, und die Hurenwirtin ging erhobenen Hauptes in die Burg zurück.

Lena musste lächeln, denn diese Frau war so ganz anders als

Frau Margarete, die alles ruhig und im Stillen erledigte. Die Hübschlerinnen verteilten sich wieder. Auch das Liebchen von Ludwig Hastedt war im Hof und ging auf einen Mann zu, der sich nun umdrehte und Lena mit kalten Augen fixierte. Hastedts Augen durchbohrten sie förmlich.

Lena hatte ihn in dem Menschenauflauf vorher nicht bemerkt und sah erschrocken weg. Mit zitternden Fingern nahm sie ihre Arbeit wieder auf. Irgendetwas hatte er bemerkt, das konnte sie ganz klar an seinen Augen ablesen, doch was? Hatte er sie erkannt? Hatte er vielleicht in der Nische gestanden und gesehen, wie sie aus seiner Kammer kam?

Diese Sache machte Lena unsicher, und das Gefühl, verfolgt zu werden, begleitete sie fortan, doch jedes Mal, wenn sie sich umsah, war niemand zu sehen. Sie bildete es sich wohl nur ein, aber sie beschloss, vorsichtshalber erst einmal nicht mehr zu Hastedts Kammer zu gehen. Bei Gelegenheit musste sie Thomas von ihren Befürchtungen erzählen.

Kapitel 17

»Lena?« Thomas tippte ihr außer Atem auf die Schulter, als sie gerade dabei war, mit ihrer Mutter Wäsche zum Trocknen aufzuhängen.

»Herrje«, rief sie erschrocken aus. »Was ist geschehen?«

»Nichts«, er lächelte zuversichtlich und verbeugte sich vor ihrer Mutter. »Liebste Judith.«

Judith blickte verlegen zu Boden.

Dann wandte Thomas sich wieder an Lena. »Deine Bremer sind da. Wieder vor dem Dorf. Wegen der Ruhr dürfen sie noch nicht weiter heran.«

Lenas Herz machte einen Freudensprung, und sie lugte kurz zu ihrer Mutter.

»Geh nur«, sagte Judith und sah mit einem verliebten Blick zu Thomas. Beide erröteten, und Lenas Mutter wirkte dabei wie ein junges Mädchen. Es war einfach schön, sie so glücklich zu sehen.

Lena musste sich von dem Anblick losreißen und stopfte sich ihre losen, verschwitzten Haarsträhnen unter ihr Tuch. »Kannst du mich dorthin bringen?«

»Ich hoffe es. Wie du weißt, darf eigentlich niemand mehr herein oder hinaus.« Er grübelte einen Moment und sah in Lenas flehende Augen. »Ach komm, versuchen wir es einfach.«

»Viel Glück«, rief Judith ihnen hinterher, und Thomas blickte lächelnd zu ihr zurück.

Am Tor hielt man sie an. »Keiner darf hinaus, außer mit Erlaubnis vom Graf von Hoya.«

»Sie muss Heilkräuter für die Kranken sammeln, und ich gehe mit ihr, um aufzupassen. Du kennst mich gut, Wilfried.«

Der Wachposten sah sich nach allen Seiten verstohlen um und nickte dann grimmig. »Ich habe euch nicht gesehen, wenn man euch erwischt.«

»Danke.«

Das Dorf wirkte wie leer gefegt. Man sah keine fleißigen Frauen auf dem Markt im Gespräch, und auch sonst herrschte Stille. Die meisten Fensterläden waren geschlossen. Nur das letzte bunte Laub der Bäume raschelte im Wind.

»Die Menschen haben Angst, sich anzustecken«, sagte Thomas, dem Lena ansah, dass ihm auch nicht wohl in seiner Haut war.

»Das kann ich verstehen. Diese Krankheit ist furchtbar.«

Ein Stück hinter der Dorfgrenze schlugen ein paar Männer gerade ein kleines Lager auf. Lena erkannte Mindermann und Laurenz schon von Weitem, und ihr Herz purzelte in ihrer Brust. Die beiden Männer unterhielten sich angeregt, bis Laurenz zufällig in ihre Richtung sah. Er deutete zu ihr herüber, nickte dem Ratsherrn zu und rannte ihr entgegen. Ungestüm fielen sie sich in die Arme.

»Meine Lena.« Laurenz hob sie hoch und drehte sie im Kreis. »Geht es dir gut?«, fragte er, nachdem er sie abgesetzt hatte.

»Ja«, antwortete sie außer Atem. »Und dir?

»Jetzt ja.« Er zwinkerte ihr zu.

»Ich hatte solche Angst, dass du es nicht schaffen würdest. Hast du etwas von Veronika gehört?«

»Leider nein.«

Fast hatte sie mit der Antwort gerechnet, doch nach wie vor die Hoffnung gehegt, dass ihre Tochter in Bremen vielleicht irgendwo aufgetaucht war.

»Aber etwas mehr Vertrauen darfst du mir schon entgegenbringen.« Er grinste schelmisch.

»Oh, das tue ich, aber wir haben die Ruhr, und ich hatte Angst, dass du dich angesteckt haben könntest.«

»Nein, habe ich nicht. Ich hörte schon davon. Wie schlimm ist es?«

»Es hat fast zwei Dutzend Leben gefordert, doch nun scheint die Krankheit eingedämmt.«

»Die armen Männer im Kerker. Ich kannte viele von ihnen – hoffentlich sind sie nicht unter den Opfern.« Laurenz' Miene zeigte Bedauern.

»Nicht nur Männer, Laurenz. Auch eine Frau und zwei Kinder. Ein Wachtmeister aus dem Kerker hat die Krankheit mit zu seiner Familie gebracht.«

Lena streichelte ihm über den Kopf und schob eine seiner Haarsträhnen nach oben, die ihm in die Augen gefallen war, während er ihre Hand nahm und küsste. Thomas kam nun ebenfalls bei ihnen an und räusperte sich verlegen. Die beiden Männer nickten sich zu.

»Danke noch einmal für alles.« Damit reichte Laurenz ihm die Hand, und Thomas ergriff sie lächelnd. »Kommt«, sagte Laurenz. »Die Ratsherren warten. Wir sind durchgeritten und haben nur einmal gerastet, damit die Pferde etwas verschnaufen konnten.«

»Ich wusste gar nicht, dass du reiten kannst.«

»Nun ja, das eine oder andere Mal habe ich tatsächlich auf einem Pferd gesessen, doch nie so lange wie dieses Mal. Glaub mir, meinen Hintern möchtest du nicht sehen.« Er grinste, und Lena errötete.

Mindermann begrüßte sie freundlich. »Die kleine Späherin, die mir das Leben gerettet hat. Ich stehe tief in deiner Schuld.« Er verbeugte sich, wie es nur vor ehrbaren Frauen Sitte war.

»Ich bin ehrlich, ich tat es, weil ich euch für den Mörder hielt und weil ich meine Tochter zu finden hoffte.«

»Ich hörte es. Aber das schmälert deine Taten nicht.«

Lena wurde in ein Zelt geführt, das soeben fertig aufgebaut worden war, und erstarrte. Auch Ratsherr von Geestemünd war bei der Abordnung. Und dieses Mal erkannte er sie auf Anhieb.

Seine Miene zeigte augenblicklich tiefe Verachtung, und ein spöttischer Zug säumte seinen Mund. Die übrigen Ratsherren begrüßten Lena äußerst freundlich, und auch Erich von Geestemünd hatte sich schnell wieder unter Kontrolle und schloss sich dem Gruß an. Lena hielt Laurenz' Hand fest umklammert. Ihr war übel, als die Erinnerung sie einholte.

»Nun erzähl uns, was du herausbekommen hast. Gibt es Beweise dafür, dass jenes Schriftstück eine Fälschung ist?« Bürgermeister Doneldey musterte sie aufmerksam.

»Ja, der Mann, der alles zu verantworten hat, ist auf der Burg des Grafen. Er hat Marie getötet, mir mein Kind genommen und diese Intrige gegen Ratsherrn Mindermann gesponnen.«

»Ludwig Hastedt, sagst du?«, fragte Mindermann nach.

Lena nickte. »So heißt er.«

Die Herren des Stadtrats sahen sich ratlos an. Keiner von ihnen kannte ihn oder hatte den Namen jemals zuvor gehört.

»Ich hatte gehofft, dass Laurenz den Namen nicht richtig übermittelt hat, aber es scheint nicht so. Vielleicht ist es nicht sein richtiger Name«, vermutete Mindermann. »Wenn er noch auf der Burg ist, sollten wir versuchen, ihn gefangen nehmen zu lassen. Am Ende bekommt er Wind von der Sache und sucht sein Heil in der Flucht.«

»Ich werde das veranlassen. Wartet auf mich.« Erich von Geestemünd verließ das Zelt, stieg auf sein Pferd und machte sich mit finsterer Miene auf den Weg.

Während sie auf ihn warteten, schenkte man Lena Wein ein.

»Weißt du, wo die gefangenen Ratsherren untergebracht sind?«, fragte der Bürgermeister.

»Im Bergfried. Ich selbst war noch nicht dort, aber ich weiß, dass ihre Speisen gut sind. Offenbar mangelt es den gefangenen Ratsherren und Edelleuten an nichts, außer der Freiheit.«

»Und kennst du vielleicht Namen von Ruhropfern?«

»Leider nein. Aber es soll eine Liste geben.«

»Danke, Lena. Ich werde einfach die überlebenden Gefangenen fragen, wenn sie wieder in Freiheit sind.«

Thomas konnte den Bürgermeister zu seiner Erleichterung beruhigen. Die gefangenen Hauptleute, Bannerherren, Ritter und Ratsherren waren nicht erkrankt.

Kurze Zeit später kehrte von Geestemünd zurück.

»Ich war beim Grafen und habe ihn gebeten, den Mann in den Kerker zu sperren, bis wir in der Angelegenheit Klarheit haben. Er schien nicht sehr begeistert davon, gab aber schließlich nach, als ich ihm eine zusätzliche Entlohnung anbot.«

»Dieser Hund!«, fluchte Albert Doneldey.

Thomas ließ sich nicht anmerken, was er von der Beschimpfung seines Herrn hielt.

»Lena, gibt es noch andere Beweise gegen diesen Mann, diesen Hastedt?«

»Ich denke schon. Hier im Dorf wohnt ein Schreiber. Er hat das Schriftstück gefertigt. Ich hörte selbst, wie er einige Zeilen vorlas und am Ende Constantin Mindermann als Unterzeichner nannte. Auch sah ich ein Schreiben, das Euer Siegel trug«, wandte sich Lena jetzt an den Ratsherrn selbst.

»Das bedeutet gar nichts. Ich will Beweise, dass dieser Brief gefälscht ist!« Erich von Geestemünd blickte ihr feindselig entgegen, und Laurenz straffte sich.

»Dann brauchen wir diesen Mann als Zeugen. Kannst du den Schreiber herbringen, würde er es bestätigen?«, fragte der Bürgermeister mit einem vernichtenden Seitenblick auf Erich von Geestemünd.

»Ich werde mit Lena zu ihm gehen.« Thomas verbeugte sich vor den Abgesandten. »Da ich den Mann kenne, wird er vielleicht auf mich hören.«

»Dann warten wir hier, damit er keinen Verdacht schöpft«, sagte der Bürgermeister.

»Ich begleite sie zur Sicherheit«, schlug Laurenz vor, doch der Bürgermeister schüttelte den Kopf.

»Nein, das würde ihn vielleicht misstrauisch machen. Lass sie vorerst alleine gehen. Wir warten hier.«

»Beeilt euch, sonst komme ich euch suchen.« Laurenz begleitete sie bis zum Rand des Dorfs, und Lena und Thomas machten sich auf den Weg zum Haus des Schreibers.

»Verzeih bitte den Ausbruch des Ratsherrn gegen den Grafen. Er hat ja nicht dich gemeint.« Lena war es unangenehm, zwischen den Fronten zu stehen.

»Unrecht hat der Ratsherr gar nicht. Der Graf ist ein Pfennigfuchser.«

Lena lachte erleichtert.

Nach dem zweiten Klopfen beim Schreiber zog Thomas verwundert die Stirn kraus. »Normalerweise ist er um diese Zeit immer zu Hause.« Er klopfte noch einmal, dieses Mal lauter. »Hans!«, rief er den Schreiber beim Namen.

Wieder bekamen sie keine Antwort. Thomas drückte gegen die Tür, und sie sprang quietschend auf.

»Hans?«, rief er erneut, während sie eintraten.

Staubpartikel flirrten in der Luft, als die Sonnenstrahlen durch die offene Tür hineinfielen. Sofort sahen sie, dass hier etwas geschehen war. Auf dem Tisch lag ein umgestoßenes Fässchen, dessen Tinte sich über mehrere Pergamente ergoss. Ein Hocker lag umgeworfen auf dem Boden.

»Hier stimmt etwas nicht«, stellte Thomas fest. »Besser …« Er stieß einen erstickten Schrei aus und sackte zusammen.

»Thomas«, schrie Lena entsetzt und wollte ihn auffangen, doch er war zu schwer, entglitt ihr und ging unsanft zu Boden. Gleich darauf stürzte Ludwig Hastedt hinter einem Vorhang hervor und packte sie. Erschrocken versuchte Lena, sich zu befreien. Es gab ein Gerangel.

»Halt still, du Hure!«, zischte er, und etwas traf ihren Arm.

»Wo hast du mein Kind gelassen, du Mörder?«

Seine Augen wurden groß. »Welches Kind?«

»Das kleine Mädchen, das bei der Heilerin war, die du getötet hast.«

»Jetzt verstehe ich.« Er lachte und holte aus. Seine Faust traf sie im Gesicht, und für eine Sekunde sah sie Sterne vor den Augen tanzen. »Das würdest du wohl gerne wissen.«

Lena achtete nicht auf den Schmerz, sondern trat mit voller Wucht zu. Fluchend ließ er sie los und hielt sich das Schienbein. Sie musste fliehen, solange er abgelenkt war, doch sein Körper versperrte die Tür. Panisch riss sie den Vorhang beiseite und machte eine grausige Entdeckung. Ein Mann lag mit aufgeschnittener Kehle auf dem Boden. Blut sickerte aus der Wunde. Sein Gesicht kam ihr seltsam bekannt vor.

Hastedt hatte offenbar den Schmerz überwunden und setzte ihr nach. Lena hatte keine Zeit zu überlegen, sondern rannte auf die Hintertür zu und flüchtete in einen Hof. Da alles von einer Mauer umgeben war, gab es nur einen Weg hinaus.

Er war dicht hinter ihr. Sie rannte, so schnell sie konnte, und schrie im Laufen, hoffte, dass sie irgendjemand hören würde. Fluchend folgte Hastedt ihr und holte auf. Lena sammelte all ihre Kraft und rannte schneller. Ihre Lungen schmerzten bereits, aber sie durfte nicht anhalten.

Der Weg führte zu einem Gatter auf ein offenes Feld, auf dem ein Dutzend Pferde grasten. Da die Wiese von Bäumen umringt war, wusste sie nicht genau, in welcher Richtung die Burg lag. Eine Scheune am Ende des Feldes war das Einzige, was ihr vielleicht helfen konnte. Sie hoffte nur, dass das Tor nicht verschlossen war.

Als sie dort ankam, lag ein Balken davor. Lena hob ihn mit letzter Kraft an und schlüpfte durch das Tor.

Drinnen war alles voller Heu und Gerätschaften, um dieses einzuholen. Links stand ein Ochsenkarren, und daneben führte eine Leiter nach oben. Sie griff sich eine Sichel und hechtete die

Leiter hinauf. Als sie noch nicht ganz oben war, wurde das Tor aufgerissen, und ihr Verfolger kam herein.

»Ha! Nun sitzt du in der Falle«, rief er und zog das Tor hinter sich zu. »Du bist doch einfältiger, als ich gedacht habe.«

Lena sah sich hektisch um. Auch hier oben lagen einige Heuballen. Schnell versteckte sie sich hinter einem. Seine Schritte näherten sich der Leiter, dann knarrte die erste Sprosse. Lena duckte sich, die Sichel fest in der Hand. Sie war schwer, gab ihr aber das Gefühl, nicht vollkommen wehrlos zu sein.

»Du musst mir noch verraten, wie du auf mich gekommen bist.« Eine weitere Sprosse knarrte.

Sich hier zu verstecken, war eine dumme Idee. Er würde sie mit zwei, drei Schritten gefunden haben. Sie saß tatsächlich in der Falle.

Noch eine Sprosse knarrte.

Ohne weiter nachzudenken, sprang Lena auf und ging auf die Leiter zu. Ludwig Hastedt hatte sie bereits zur Hälfte erklommen.

»Ah. Nun können wir uns wenigstens einmal in Ruhe in die Augen sehen.« Er grinste und blieb stehen.

»Wage es nicht, weiter hochzukommen.« Bedrohlich fuchtelte Lena mit der Sichel. Aus ihrer Kindheit wusste sie wenigstens, wie sie zu benutzen war, wenn auch nur, um Heu damit zu ernten.

»Tja, dann sollte ich wohl hier verweilen, bis du runterkommst.«

»Sag mir, wo mein Kind ist. Bitte.« Lena versuchte es in einem flehenden Ton, doch er schüttelte nur den Kopf.

»Tot, würde ich meinen.«

Es war, als würde die Welt gerade einen riesigen Schlund öffnen, in den Lena hineinzustürzen drohte. Schwindelig ließ sie sich auf die Knie fallen. »Nein.« Sie versuchte trotz allem, überzeugend zu klingen. »Sie ist nicht tot. Das weiß ich.«

»Dann bist du ein gutgläubiges Mädchen und solltest weiter glauben.«

»Was hast du mit ihr getan?«

»Sie in die Weser geworfen.«

Lena wurde schwarz vor Augen. Sie kippte nach vorn, während sich unten erneut das Tor öffnete.

Als Lena die Augen aufschlug, stieß Ludwig Hastedt gerade einen erschrockenen Schrei aus. »Wer …« Er starrte Constantin Mindermann an, verzog noch das Gesicht zu einem schiefen Lächeln und sackte dann unendlich langsam in die Knie. »Du!«

»Nein!«, schrie Lena und fuhr auf, wobei ihr Kopf dröhnte. »Nein!« Sie wollte etwas tun, musste etwas tun. Dieser Mann durfte nicht sterben, ehe er ihr nicht die Wahrheit über ihre Tochter gesagt hatte. Sie wollte den Mann retten und stürzte auf ihn zu, doch Laurenz hielt sie zurück. Flehend blickte sie zu ihm auf.

»Aber er ist der Einzige, der weiß, wo Veronika ist.«

Ratsherr Mindermann sank neben Ludwig Hastedt in die Knie und hob behutsam dessen Kopf an, der aus einer Wunde blutete. »Bruder! Warum? Bei Gott, warum nur?«

Constantin Mindermann war verzweifelt und streichelte unendlich zärtlich das Haar seines Bruders.

Kapitel 18

Als Lena aufwachte, lag sie in einem Zelt, ihre Mutter war bei ihr und betupfte ihr die Stirn mit einem feuchten Tuch. Nun lächelte sie erleichtert.

»Danke, Heilige Jungfrau«, sagte sie und küsste die Hand ihrer Tochter. »Mein Kind.«

Schlagartig war die Erinnerung wieder da. Veronika, tot. Tot. Tot. Verzweifelt brach sie in Tränen aus.

»Wein nur, wein, so lange und so viel du willst. Manchmal hilft es.«

Und Lena weinte, bis sie vor Erschöpfung zurück ins Kissen sank und einschlief. Als sie das nächste Mal die Augen aufschlug, war sie allein. Die Sonne stand tief, und sie wusste nicht, wie viel Zeit vergangen war. Stunden oder Tage? Sie fühlte sich leer, und ihr Mund war trocken.

Neben ihrer Pritsche stand ein Krug mit Wasser. Hastig trank sie, bis sie ihn nach Atem ringend abstellte. Die Geschehnisse sausten an ihrem geistigen Auge vorbei. Immer noch konnte sie nicht glauben, dass ihr Kind tot sein sollte. Eine Mutter müsste das doch spüren, oder nicht?

Thomas fiel ihr ein. Erschrocken, ihn vollkommen vergessen zu haben, entfuhr ihr ein Schrei, und sofort wurde die Zeltöffnung beiseitegeschoben. Laurenz kam herein.

»Lena. Alles in Ordnung?« Er nahm ihre Hand und streichelte sie behutsam.

»Thomas liegt verwundet im Haus des Schreibers! Und der Schreiber ist tot!«

Laurenz schüttelte beruhigend den Kopf. »Nein, Thomas ist auf der Burg und wird gesund gepflegt. Er hat Glück gehabt, dass er noch lebt. Das Schwert ist in Schulterhöhe glatt durch das Fleisch gedrungen. Der Schreiber ist allerdings wirklich tot.«

Traurig lehnte Lena sich an Laurenz. »Ich hatte ihn einfach vergessen.«

»Das ist nicht verwunderlich, nach alledem.«

»Laurenz, Veronika ist nicht tot.«

»Lena …«

Zornig fuhr sie mit dem Kopf herum und funkelte ihn an. »Glaub mir. Sie lebt. Ich weiß es.«

Er nickte zögerlich. »Also gut. Ludwig, wie auch immer, kann gelogen haben. Aber wenn sie noch lebt, wissen wir nicht, wo sie im Moment sein könnte.«

Damit hatte er recht. Die Weser war lang, und dieser Ludwig hatte nicht gesagt, wo er sie in den Fluss geworfen hatte, wenn es überhaupt stimmte. Sicherlich aber war er mit dem Kind nicht weit geritten. »Ich weiß, aber ich werde nicht aufgeben.«

»Nein, das sollst du auch nicht. Und ich werde dir helfen.« Liebevoll drückte er ihre Hand. »Lena, ich muss dich etwas fragen.«

»Alles, was du willst.«

Ein leises Lächeln umspielte seinen Mund, seine Augen strahlten. »Heirate mich.«

»Was?« Erstaunt sah sie ihn an. Sie hatte gehofft, dass er sie das eines Tages fragen würde. So sehr gehofft. Aber jetzt war alles anders. Ihre Suche war noch nicht zu Ende. Er konnte nicht auf ein friedliches Familienleben mit ihr hoffen.

Offenbar zeichneten sich ihre Gedanken auf ihrem Gesicht ab, denn Laurenz nickte, ohne dass sie etwas sagen musste.

»Ehe du Nein sagst, höre mich an. Ich werde mit dir nach Veronika suchen, und wenn es das Letzte ist, was ich tue.«

»Ich weiß, Laurenz. Aber im Moment dreht sich mir der Kopf. Ich kann keinen klaren Gedanken fassen. Kein Mensch kann wissen, wie lange ich sie suchen muss. Vielleicht mein ganzes Leben. Möchtest du so ein Leben führen?«

»Solange es mit dir ist, würde ich jedes Leben führen.«

Scheu lächelte sie. War das ein Liebesbeweis?

»Morgen werden wir ihn befragen und zur Not mit Folter aus ihm herausbringen, was wirklich mit Veronika geschehen ist.«

»Was?« Nun war sie gänzlich verwirrt. »Wen?«

»Ludwig Mindermann, oder Hastedt, wie er sich hier nannte.«

»Oh.« Lena wurde schwindelig. »Er … er lebt also noch?«

»Ja, er hat nur einen Schlag auf den Kopf bekommen. Man hat ihn auf die Burg gebracht und in den Kerker gesperrt. Wir versuchen herauszubekommen, warum man von Geestemünds Bitte nicht Folge geleistet hat.«

»Laurenz, lass mir ein wenig Zeit zum Nachdenken.«

»So lange du willst. Aber denk daran, auch ich kann stur sein und werde nicht aufgeben.« Er küsste sie zärtlich. Sein Mund schmeckte nach Bier, und er roch nach Rauch und frischem Schweiß. Ein Räuspern unterbrach sie.

»Verzeiht mir die Störung. Geht es dir besser, Lena?« Constantin Mindermann betrat das Zelt, doch er sah nicht glücklich aus.

»Ja, ein wenig«, antwortete sie.

Laurenz machte ihm an ihrem Lager etwas Platz. »Wir haben soeben beschlossen, weiter nach Veronika zu suchen.«

»Aber –«

»Ich weiß, was Ihr sagen wollt, Herr Mindermann, aber ich glaube nicht, was Euer Bruder behauptet hat«, fiel Lena ihm ins Wort.

»Nun gut, vielleicht hast du sogar recht. Mein Bruder war schon von klein auf sehr nachtragend und verlogen, egal, welche Strafen ihm für seine kleinen Rachespielchen drohten. Warum also sollte er dieses Mal die Wahrheit gesagt haben?«

»Nehmt doch Platz.« Laurenz zog ihm einen Hocker heran, woraufhin der Ratsherr sich müde setzte.

Lena fiel auf, dass er dunkle Schatten unter den Augen hatte. Auch für ihn musste diese ganze Sache ein furchtbarer Schock gewesen sein. Der eigene Bruder, der ihm zusammen mit seinem Eheweib nach dem Leben trachtete, ihn als Verräter hinstellte, die Tage im Kerker. All das spiegelte sich in seinem Gesicht wider.

»Ludwig streitet alles ab. Dass er unter falschem Namen hier war, sei nur gewesen, damit man ihn nicht für einen Bremer Verräter hält. Und Erich von Geestemünd ist außer sich über den Grafen, weil er Ludwig nicht einsperren ließ. Außerdem zweifelt er trotz allem noch immer an der Sache mit dem Schriftstück. Er meint, ohne die Aussage von Ludwig könnten wir viel behaupten, und der tote Schreiber beweist bestenfalls, dass er ermordet wurde.«

Ein Laut der Empörung entfuhr Lena. Verwundert sah sie Laurenz an, doch offenbar hatte er schon von den Zweifeln gewusst. »Aber es ist die Wahrheit, was wir gesagt haben. Thomas wird sich schwerlich im Haus des Schreibers selbst verletzt haben, und Ihr habt Euren Bruder doch gefunden, als er mich in die Scheune verfolgt hatte. Ist das alles nicht Beweis genug? Außerdem ist es doch nur die Stimme von Stadtrat Erich von Geestemünd. Die anderen glauben uns doch wohl?«

»Ja, das schon, aber der Rat besteht aus zwölf Stadträten und einem Vertreter. Acht Ratsherren befinden sich in der Gefangenschaft des Grafen. Wie du siehst, sind wir in der Minderheit. Erich von Geestemünd hat viel Gewicht im Rat. Und das Schlimme ist, wir haben wirklich keine Zeugen oder schriftlichen Beweise, oder?«

Bedauernd schüttelte Lena den Kopf. Mehr hatte sie einfach nicht zu bieten. Wenn das nicht reichte, war zumindest für den Ratsherrn alles verloren.

Die beiden Männer sahen sich düster an.

»Was noch?«, fragte Lena.

Laurenz seufzte, überließ aber dem Ratsherrn das Wort.

»Erich von Geestemünd droht uns, wenn wir keine Beweise haben, würde er nicht nur mich wieder einsperren, sondern euch beide ebenfalls.«

»Aber das kann er doch nicht. Wir haben nichts getan, und außerdem – hat das nicht der Bürgermeister zu bestimmen?«

»Ich sagte ja, der Mann hat viel Gewicht im Rat, und es kommt ihm grade recht, wenn er Schuldige findet, die es zu verantworten haben, dass der Krieg verloren wurde. Weißt du, inzwischen hat sich das Volk erhoben, sodass man Bürgermeister Doneldey sogar Wachen vor die Türen stellen musste. Sie haben das Rathaus gestürmt und dort gewütet, den Roland niedergebrannt, und bei einigen Stadträten sind sie in die Häuser eingedrungen und haben geplündert.«

»Aber dafür können wir doch nichts«, wandte Lena entrüstet ein.

»Das ist richtig, aber die Bürger verlangen schnell einen Schuldigen.«

»Herr im Himmel.« Lenas Augen brannten. Noch mehr schlechte Nachrichten wollte sie heute nicht hören. Erschöpft ließ sie sich in das Kissen sinken und schloss die Augen.

»Wir haben dich zu sehr angestrengt. Es tut mir leid.« Der Ratsherr erhob sich, und sie öffnete die Augen wieder.

»Mir ist tatsächlich etwas schwindelig. Aber das gibt sich bestimmt gleich wieder.«

»Schlaf noch etwas, wir haben später noch Zeit zu überlegen.« Laurenz küsste ihr die Stirn und begleitete den Ratsherrn nach draußen.

Dankbar versuchte Lena, sich dem Schlaf hinzugeben, doch der wollte sich nicht einstellen. Jetzt wurde ihr klar, warum Laurenz sie so schnell heiraten wollte. Als angeklagte Hure hatte sie keinerlei Rechte. Als seine Frau, und damit als eine ehrliche Frau, sah es zumindest etwas besser aus. Zum Schutz oder aus Mitleid sollte er sich nicht an sie binden. Obwohl es das beste Angebot war, das sie jemals erhalten würde, konnte sie es nicht zulassen, auch wenn es sehr edelmütig von ihm war.

Schließlich schlief sie ein und wachte erst auf, als ihre Mutter ihr eine heiße Suppe brachte.

»Wie fühlst du dich, mein Kind?«

»Etwas besser. Und wie geht es Thomas?«

Judith reichte ihr die Suppenschüssel. »Iss etwas, das gibt dir Kraft.«

Lena merkte schnell, dass die heiße Brühe ihre Lebensgeister wieder anregte. Nach dem dritten Löffel ging es ihr tatsächlich etwas besser. Wohlwollend nickte ihre Mutter.

»Thomas geht es gut. Er macht sogar schon wieder Späße damit, dass es ja die gleiche Seite wäre, auf der er sich auch den Arm gebrochen hatte.«

»Er ist ein feiner Mensch.«

»Ja, das ist er.« Eine leichte Röte überzog Judiths Gesicht.

»Und wann soll eure Hochzeit sein?«

»Sobald er genesen ist.« Sie trat auf Lena zu und umarmte sie herzlich. »Leider muss ich wieder zurück. Ich wollte selbst nach dir sehen. Erhol dich weiter.«

»Ich versuche es. Danke, Mutter.«

An der Zeltplane drehte Judith von Riede sich noch einmal um. »Ach, Kurt fragte mich vorhin, ob er dich besuchen darf.«

»Aber natürlich. Schick ihn nur her.«

»Das wird ihn freuen, aber morgen ist es früh genug.« Damit verschwand sie.

***

Am nächsten Morgen hatte sich die Stimmung im kleinen Lager der Bremer Abgeordneten keineswegs gebessert. Im Gegenteil, Erich von Geestemünd verlangte, dass sie endlich mit dem Grafen verhandeln sollten, damit sie nach Bremen zurückkehren konnten. Nur mit Mühe gelang es Bürgermeister Doneldey, ihn dazu zu bewegen, noch einen Tag länger zu warten.

»Wozu soll das gut sein? Der Graf verhöhnt uns. Und die Geschichte um die Fälschung ist an den Haaren herbeigezogen, um Mindermann vor seiner gerechten Strafe zu schützen. Und die anderen beiden …« Er zeigte mit dem Finger auf Lena und Laurenz, die nebeneinandersaßen und empört zuhörten. »… hängen mit drin. Sie hat in seinem Haus gearbeitet, eine Hure. Der liebestolle Büttel ist ihr gefolgt, um Mindermanns Kopf zu retten. Womöglich haben sie den armen Schreiber selbst umgebracht.«

»Das ist genug!« Laurenz sprang auf und zog sein Schwert. »Nehmt das sofort zurück! Wie könnt Ihr uns so etwas unterstellen? Welche Beweise habt Ihr für derartige Vermutungen?« Seine Augen sprühten vor Zorn.

Erich von Geestemünd stand ebenfalls auf und stieß verächtlich die Luft durch die Nase aus. »Solange ihr eure Behauptungen nicht beweisen könnt, ist es für mich und viele andere eine Lüge.«

»Genug!«, donnerte der Bürgermeister. »Ich sagte, wir warten auf den Grafen. Wenn uns bis dahin nichts einfällt, reiten wir mit dem Gefangenen zurück. In Bremen wird er unter Folter sicher bestätigen, was behauptet wird. Ich glaube den dreien.«

»Das hätte ich voraussagen können, ohne ein Seher zu sein.« Mit diesen Worten drehte Erich von Geestemünd sich um, stieg auf sein Pferd und ritt davon.

Mindermann legte Lena freundschaftlich die Hand auf die Schulter. »Er beruhigt sich hoffentlich wieder. Nehmt euch seine Worte nicht so zu Herzen. Ich weiß auch nicht, was mit ihm los ist.«

Ratsherr Dettenhusen sah von einem zum anderen, nahm einen Schluck Wein und räusperte sich. »Es liegt doch auf der Hand«, sagte er plötzlich, und alle sahen ihn erstaunt an, denn normalerweise war er eher der Schweigsame. »Dass der Stadtrat geteilt ist, wissen wir alle. Erich und die Seinen waren gegen den Krieg und wollten, dass wir die Bauern freilassen, damit wir nicht die Hanse zu Hilfe holen müssen. Mindermann, der Bürgermeister und wir Übrigen waren dafür. Da wir uns nicht einigen konnten, stand plötzlich der Graf vor Bremen, und wir waren gezwungen, ohne die Hanse in diese Schlacht zu ziehen.«

Er machte eine kurze Pause und sah Constantin Mindermann eindringlich an. »Würdest du von der Bildfläche verschwinden, würden die meisten Abstimmungen sicher nach Erichs Willen verlaufen.«

»Aber er würde doch nicht so weit gehen, in Kauf zu nehmen, dass Constantin als Verräter dastünde«, warf nun Albert Doneldey ein.

»Und er war schon immer mürrisch. Allein, weil sein Weib ihm keine Kinder schenken kann. Das kann einen Mann aus der Bahn werfen, der auf einen Stammhalter hofft. Auch mir blieb dieser Wunsch bisher versagt«, gab Mindermann offen zu.

»Ja, aber du bist nicht so wie er«, meinte der Bürgermeister.

»Warum ist von Geestemünd gegen die Hanse?«, wollte Laurenz wissen, der aufmerksam zugehört hatte.

»Weil er ein Kaufmann ist, der reicher werden will«, antwortete Mindermann verächtlich.

»Aber mit der Hanse hätte Bremen einen sehr mächtigen Verbündeten.«

»Damit hast du recht, Laurenz. Doch von Geestemünd ist lieber sein eigener Herr und meint, Bremen sollte es auch sein. Die Hanse boykottiert Flandern, von Geestemünds Schiffe liefern aber weiter an Flandern. Natürlich zu überhöhten Preisen. Das kommt ihm sehr gelegen.«

»Verstehe.« Laurenz wirkte nachdenklich.

Kurt kam um die Ecke des Zelts. Laurenz stieß Lena an und nickte mit dem Kopf in dessen Richtung.

»Oh. Entschuldigt mich, meine Herren.«

Sie begrüßte ihren Bruder freudig und bot ihm einen kleinen Spaziergang an. Willig nahm Kurt ihre Hand, und sie gingen am Ufer der herbstlichen Weser entlang. Bäume und Büsche, die den Fluss säumten, trugen vereinzelt noch rote oder gelbe Kleider. Alles wirkte so friedlich. Kurt gab ihr zu verstehen, dass er die letzten Tage Angst um sie gehabt hatte, und Lena beruhigte ihn.

»Mir geht es wieder gut. Es ist nichts geschehen. Der Mann sitzt im Kerker und wird mir nichts mehr tun. Also mach dir keine Sorgen.«

Kurt schüttelte den Kopf.

»Wirklich, ich bin in Sicherheit«, versicherte Lena ihm, doch Kurt schüttelte erneut den Kopf. Sie verstand, warum er solche Angst hatte, immerhin war es sehr tragisch, was er in seinem Alter schon alles hatte mitbekommen müssen.

An einer günstigen Stelle warfen sie ein paar Steine in den Fluss, und Kurt schaffte es sogar, sie ein paarmal auftrumpfen zu lassen, ehe sie untergingen.

»Das machst du sehr gut«, lobte Lena ihn, und er lächelte stolz. Ihre eigenen Steine gingen erbarmungslos unter, und nach dem siebten Versuch gab sie es lachend auf.

Sie pflückten sich ein paar Äpfel und kehrten dann ins verwaiste Lager zurück. Von Weitem sahen sie, dass die Ratsherren am Dorfrand standen. Neugierig ging Lena zu Laurenz, um zu erfahren, was los war.

»Erich von Geestemünd ist nicht wiedergekommen, vermutlich war er doch so erzürnt, dass er alleine nach Bremen geritten ist. Außerdem haben wir eine Nachricht vom Grafen erhalten, dass er auf dem Weg zu uns ist, um zu verhandeln«, teilte Laurenz ihr mit.

Plötzlich kam Lena ein Gedanke. Etwas hatte sie gestört, aber es wurde ihr erst jetzt bewusst, weil sie schon so viele Male Hure genannt worden war. Ludwig Mindermann hatte sie Hure genannt. Wenn es nicht einfach ein bösartiges Schimpfwort von ihm war, hatte er es nur von einem wissen können: Erich von Geestemünd. Wann aber waren die beiden in Kontakt getreten? Es konnte doch nur mit dieser Abordnung gewesen sein. Dann musste Geestemünd zwangsläufig mit Ludwig Mindermann gesprochen haben.

»Laurenz«, sagte Lena eindringlich, »von Geestemünd steckt hinter allem!«

»Wie kommst du darauf?«

»Als Ludwig mir in die Scheune folgte, nannte er mich Hure, doch das konnte er eigentlich nicht wissen, zumindest erinnere ich mich nicht, ihn damals je gesehen zu haben.«

»Er war auch selten in der Stadt, wie der Ratsherr sagte.«

»Siehst du. Also kann er es nur von Erich von Geestemünd haben. Er muss es ihm unmittelbar vorher gesagt haben.«

»Das würde sehr vieles erklären. Ich habe in den letzten drei Tagen einiges über den Zwiespalt im Stadtrat erfahren. Komm, lass es uns dem Bürgermeister mitteilen.«

»Geh du nur. Ich gehe mit Kurt in mein Zelt und spiele Mühle mit ihm.«

»Lass deine Schwester nicht gewinnen.« Laurenz zwinkerte Kurt zu, und dieser zwinkerte zurück.

»Warum halten Männer immer zusammen?«, fragte Lena lachend und führte Kurt in das Zelt, in dem sie dank des Stadtrats zwei Tage gelebt hatte.

Nach einigen Spielen, die Lena, sehr zur Freude von Kurt, verlor, erschien der Graf mit seiner Frau, der ältesten Tochter Flora und einigen Mägden in ihrem Lager. Als Lena Flora sah, fiel ihr schlagartig ein, woher sie das Gesicht des toten Schreibers kannte. Er war der Mann, mit dem die Grafentochter in der Scheune verschwunden war.

Zur Besprechung zogen sich die Männer höflich in ein Zelt zurück, während die Frauen und Kinder draußen saßen. Nach einer Weile stand die Gräfin auf.

»Ich ziehe es vor, etwas zu gehen, möchtest du mich begleiten, Flora?«

»Wenn es dir nichts ausmacht, würde ich gerne hierbleiben«, antwortete die Tochter.

Die Gräfin nickte und ging gemäßigten Schrittes über die Wiese. Das Gesinde folgte ihr. Lena ergriff die Gelegenheit und sprach die Tochter des Grafen an.

»Darf ich Euch Gesellschaft leisten, Frau Gräfin von Hoya?«

»Warst du nicht eine unserer Mägde?« Das Mädchen schnitt eine Grimasse, da es gegen die Sonne blicken musste.

»Ja, Frau Gräfin von Hoya, aber irrtümlicherweise.«

Mit einer Handbewegung bot sie Lena an, Platz zu nehmen.

»Habt Dank, aber würde es Euch vielleicht gefallen, wenn wir uns die Pferde auf der Koppel ansehen? Ich sah heute ein junges Fohlen mit seiner Mutter.« Lena wusste aus den vielen Erzählungen auf der Burg, dass die junge Gräfin eine Schwäche für Fohlen hatte.

Begeistert wie ein Kind klatschte Flora in die Hände. »Natürlich. Auf welcher Weide sind sie? Ich hoffe, es ist nicht weit, denn wenn man nach mir suchen muss, bekomme ich eine Schelte.«

Lena deutete auf einen kleinen Weg, der zur Wiese führte. »Ihr könnt das Gatter von hier aus sehen.«

»Ah, ja. Dann zeigt mir das Fohlen, rasch.«

Als sie am Gatter standen, zeigte Lena auf die Stute mit dem Fohlen. Wie alt es wirklich war, wusste sie nicht, doch sie wollte mit Flora ungestört reden.

»Ich habe Euch nicht wegen der Pferde hierhergelockt«, gestand Lena, pflückte etwas Gras und ließ einen leisen Pfiff hören, um die Pferde anzulocken.

»Weswegen dann?« Neugierig sah Flora sie an.

»Ich habe Euch auf dem Fest mit dem Schreiber beobachtet.«

Ein Schatten huschte über Floras Gesicht, und sie bekam rote Ohren. Auffällig sah sie sich nach allen Seiten um, dann blitzten ihre Augen Lena feindselig an. »Wer würde dir glauben, einer einfachen Magd?«

»Beruhigt Euch bitte. Ich habe nicht vor, es irgendjemand zu erzählen. Ihr wisst, dass der Schreiber tot ist?«

»Ihr lügt!« Ihre Augen jedoch schienen Lena zu glauben, denn sie weiteten sich angsterfüllt.

»Nein.« Freundschaftlich legte sie Flora die Hand auf die Schulter. »Es tut mir sehr leid. Wir haben ihn gestern Morgen gefunden.«

Floras gesunde rosige Farbe wich langsam aus ihrem Gesicht, und sie hielt sich krampfhaft am Gatter fest.

»Himmel«, sagte Lena. Sie hielt das Mädchen am Ellenbogen, ehe sie umfallen konnte. »Verzeiht mir, ich dachte wirklich, Ihr wüsstet es.«

Die junge Gräfin schüttelte den Kopf.

»Ich habe Euch nicht davon erzählt, um Euch traurig zu machen, aber auch für mich steht einiges auf dem Spiel, und ich hoffe, dass Ihr mir helfen könnt.« Lena wartete einen Augenblick, bis Flora sich einigermaßen gefasst hatte.

»Wisst Ihr zufällig etwas über eine Urkunde, die der Schreiber anfertigen sollte?«

Tränen schimmerten in den Augen des Mädchens. Es starrte

auf das Pferd, das inzwischen bei ihnen angekommen war und neugierig die Ohren spitzte. »Woran ist er gestorben?«, fragte es gedankenverloren.

»Er wurde …« Lena wusste nicht, wie sie es ihr beibringen sollte, und stockte.

»Sagt es mir«, befahl die Gräfin und sah Lena mit verweinten Augen an.

»Er wurde ermordet. Und wir wissen bereits, wer der Mörder ist.«

Langsam nickte Flora. »Ja, ich weiß von einem Brief. Er hat mir immer alles erzählt. Es war ein sehr gut bezahlter Auftrag. Wir wollten zusammen weggehen, wenn es erledigt ist. Aber Hans hatte noch ein paar Dinge zu regeln. In drei Tagen gibt mein Vater ein Fest, dann wollten wir aufbrechen.« Sie schniefte, holte ein Tuch aus ihrem Ärmel und tupfte sich Augen und Nase.

»Wer ihm den Auftrag gegeben hat, wisst Ihr nicht, oder?«

»Nicht mit Namen. Aber es war einer der Bremer Abordnung. Abgeholt hat ihn dann Ludwig Hastedt.«

»Danke! Damit helft Ihr uns. Ludwig Hastedt war es auch, der Euren Hans ermordet hat, ihn und eine gute Freundin von mir.«

»Dann muss es mein Vater sofort erfahren! Also … nicht das von mir, aber von dem Mord. Er wird ihn hinrichten.«

Bitterer Zorn war an die Stelle der Traurigkeit getreten. Flora wollte sich umdrehen und gehen, doch Lena hielt sie fest.

»Wartet. Er sitzt bereits im Kerker Eures Vaters.«

Die Gräfin blieb stehen und sah Lena an. »Dort soll er nur noch zum Sterben herauskommen, und anschließend soll er in der Hölle schmoren!« Ihre Stimme triefte vor Hass.

»Das wird er, wenn es Gerechtigkeit gibt.« Lena hatte Mitleid mit der jungen Gräfin. »Würdet Ihr das, was Ihr mir hier erzählt habt, auch vor dem Bremer Rat sagen?«

»Und damit meine Schande gestehen? Nein. Es tut mir leid. Und ich würde es sogar unter Eid abstreiten, jemals so etwas gesagt zu haben.« Sie legte ihre Hand auf die von Lena. Sie war zierlich und weich. »Versteh mich nicht falsch. Ich will auch, dass dieser Mann bestraft wird, aber die Schande würde ich nicht überleben. Mein Vater wäre außer sich und würde mich in ein Kloster stecken.«

Lena nickte, wagte aber noch einen Versuch. »Und nur dem Bürgermeister, ganz allein ihm, ohne Zeugen?«

Flora überlegte offenbar ernstlich und nickte dann langsam. »Vielleicht, wenn …«

Plötzlich kam Thomas mit verbundener Schulter um die Ecke und unterbrach ihr Gespräch. Lena war froh, ihn zu sehen, auch wenn es nicht gerade der günstigste Moment war, den er sich ausgesucht hatte.

Er verbeugte sich vor der Gräfin. »Wir brechen auf, Lena, noch in dieser Stunde.« Dann wandte er sich an Flora. »Und Euer Vater sucht nach Euch.«

»Habt Dank, Frau Gräfin von Hoya. Vielleicht komme ich auf meine Bitte noch einmal zurück, doch im Augenblick sieht es nicht danach aus.«

»Ich wünsche euch eine gute Reise.«

»Was ist geschehen?«, fragte Lena Thomas, als Flora außer Hörweite war.

»Ludwig Hastedt ist verschwunden. Euer von Geestemünd hat seine Freilassung veranlasst, ehe er mit ihm fortgeritten ist.«

»Dann ist Ludwig Mindermann erneut frei?«

»Ja. Wir hoffen, dass wir sie noch vor Bremen einholen.«

»Wir? Kommst du denn mit?«

»Aber ja, und deine Mutter und Kurt ebenfalls. Glaubst du, wir lassen dich jetzt allein?«

Kapitel 19

Sie erreichten Bremen am nächsten Nachmittag. Ohne größere Rast waren sie durchgeritten, doch Erich von Geestemünd und Ludwig Mindermann mussten das Gleiche getan haben, denn außer ihren Spuren sahen sie von den beiden auf dem ganzen Weg nichts.

Obwohl der Graf ihnen frische Pferde zur Verfügung gestellt hatte, waren die Tiere erschöpft, ebenso wie die Reiter. Am schlimmsten erging es Lena, ihrer Mutter und Kurt, die nie zuvor auf einem Pferd gesessen hatten. Doch sie hatten sich wacker geschlagen und ohne ein Wort durchgehalten.

Unterwegs hatte Lena erfahren, dass die Abordnung sich wegen der Gefangenen schnell mit dem Grafen geeinigt hatte. Albert Doneldey war zurückgeblieben, um deren Freilassung und Heimreise zu überwachen, und Lena hatte berichtet, was sie von Flora von Hoya erfahren hatte.

Am Bremer Stadttor hielt ihre Gruppe nun an. Der Bürgermeister fragte die Büttel nach Erich von Geestemünd. Der Mann bestätigte, ihn gesehen zu haben, und zeigte in Richtung Markt.

»Erich ist zu seinem Haus geritten«, informierte der Bürgermeister sie. »Dettenhusen, schick uns ein paar kräftige Büttel zum Haus von Erich. Lass allen Torwachen ausrichten, dass sie die beiden nicht aus der Stadt lassen sollen.«

Dettenhusen nickte und machte sich auf den Weg.

An der Gassenecke von Erich von Geestemünds Haus hielten sie an. Lena glaubte, keinen Schritt laufen zu können, so sehr schmerzten Hinterteil und Beine.

»Thomas, wir Männer gehen zu Fuß weiter. Sollten sie in seinem Haus sein, wären sie sonst gewarnt. Bleib du mit den Frauen und Kurt bei den Pferden und wartet auf uns«, ordnete der Bürgermeister an.

Thomas nickte und half ihnen vom Pferd. Lenas Beine kribbelten, als langsam das Blut wieder zu zirkulieren begann. Sie musste Schwielen am Hinterteil haben, zumindest fühlte es sich so an. Dennoch beobachtete sie aufmerksam, wie die Männer in der Dämmerung zu einem Haus schlichen und energisch an die Tür klopften. Es dauerte einen Augenblick, ehe eine Magd öffnete.

»Wir wollen zu Ratsherrn von Geestemünd.« Der Bürgermeister setzte bereits einen Fuß in die Tür.

»Aber Herr Bürgermeister, er ist nicht da.«

»Davon überzeuge ich mich lieber selbst.« Die Frau wurde einfach beiseitegeschoben, und die Männer verschwanden im Haus.

Thomas und Judith hatten die Männer ebenfalls beobachtet und unterhielten sich nun flüsternd. Kurt hockte mit geschlossenen Augen auf dem Boden neben den Pferden. Er musste vollkommen erschöpft sein. Lena wollte zu ihm gehen, als ihr die frischen Pferdespuren auffielen, die am Haus des Ratsherrn vorbeiführten und dahinter scharf abbogen. Was, wenn die Männer noch gar nicht im Haus waren, sondern sich versteckten?

Langsam ging sie den Hufspuren nach und landete auf einem Weg, der zu einem Stall führte. In der Dämmerung war er nur als Silhouette auszumachen. Es musste die Rückseite des Hauses sein. Da sie den Weg selbst kaum noch erkennen konnte, ging sie vorsichtig tastend weiter. Schließlich stand sie vor dem Tor und stieß unsicher dagegen, als irgendetwas am Rock zupfte. Erschrocken fuhr sie zusammen. Kurt war ihr gefolgt.

»Junge, wieso bist du nicht bei Mutter?«

Als Antwort ergriff Kurt ihre Hand und hielt sie fest umklammert.

Lena atmete tief ein. »Also gut, aber bleib hinter mir. Ich will nur sehen, ob die Pferde der beiden Männern hierdrin sind.«

Lena nahm ein Talglicht aus ihrer Tasche und zündete es an. Dann öffnete sie vorsichtig das Tor. Drinnen war es stockfinster. Als sie mit dem Talglicht hineinleuchtete, hörte sie von oben ein Flattern. Offenbar hatte sie ein paar Tauben aus dem Schlaf gerissen.

Hier vorn war der Stall leer, aber von weiter hinten hörte sie die Pferde schnauben. Langsam gingen sie weiter, und tatsächlich standen dort zwei Pferde, noch gesattelt und das Fell nass geschwitzt.

Plötzlich nahm sie ein Geräusch hinter sich wahr. Kurt wurde grob in eine Ecke geschubst, und eine Hand schloss sich fest um ihren Arm. Lena stieß einen panischen Schrei aus, doch dann drückte sich kalter Stahl an ihren Hals, und sie verstummte.

»Du dachtest, du kannst mich dem Henker zuführen, was? Da hast du dich getäuscht!«

Lena lief ein Schauer über den Rücken. Das war die Stimme von Ludwig Mindermann. Kurt war an der Stallwand gelandet und berappelte sich kopfschüttelnd.

»Ich bringe erst dich um und dann dieses kindliche Gewürm.« In seiner Stimme lag so viel Hass, dass Lena ihm jedes Wort glaubte.

Kurt sah auf und erstarrte.

»Du hast richtig gehört, erst sie und dann du«, sagte Ludwig kalt zu dem Jungen. Unendlich langsam drehte er Lena zu sich herum. »Und ich werde dir sogar dabei in die Augen sehen.«

Als sie ihm gegenüberstand, konnte Lena seine wutverzerrte Miene kaum ertragen. Seine Muskeln spannten sich, und er holte mit dem Dolch aus.

Gleich würde es vorbei sein. Nur um Kurt tat es ihr so unendlich leid.

Plötzlich ertönte ein Schrei neben ihr. Kurt sprang auf und rannte in Ludwigs Beine.

***

Laurenz wartete im Wohngemach mit der Ratsfrau von Geestemünd, während die anderen die Kammern durchsuchten. Die Frau saß mit blasser Miene auf dem Stuhl und hatte ihre Hände zum Gebet gefaltet. Die Augen hielt sie geschlossen. Sie zitterte. Laurenz wusste nicht, ob er Mitleid empfinden sollte.

»Hier oben ist er«, ertönte die Stimme von Ratsherrn Mindermann, der nun mit von Geestemünd oben an der Treppe erschien.

»Hier in der Kammer ist nur eine Amme mit einem Kind«, rief der Bürgermeister.

Rasch versammelten sich alle mit Geestemünd als Gefangenem in der Wohnkammer.

»Geht nach oben«, bat der Bürgermeister die Ratsfrau, worauf diese ihre Augen öffnete, ihren Mann mit einem hasserfüllten Blick bedachte und hinaufging.

»Wo ist Euer Bruder?«, fragte Laurenz den Ratsherrn Mindermann.

»Nicht hier. Aber Geestemünd kann uns sicher sagen, wo er sich aufhält.« Er drückte den beleibten Mann auf einen Stuhl nieder. »Sag schon, Mann. Wo ist er?«

Von Geestemünd zuckte nur mit den Schultern. »Vermutlich draußen bei den Pferden.«

In diesem Moment ertönte hinter dem Haus der Schrei eines Kindes. Laurenz sprang auf und rannte gefolgt von Mindermann hinaus. Auch Thomas und Judith hatten den Schrei vernommen. Gemeinsam stürzten sie in den Flur, der hinter das Haus führte.

»Wir brauchen Licht«, rief Mindermann über die Schulter, und kurz darauf erschienen die Büttel mit einem brennenden Kienspan. Nach einigen Schritten sahen sie eine offene Stalltür. Laurenz bedeutete den Männern, die ihre Waffen gezückt hatten, leise zu sein und zu warten. Er schlich zur Stalltür und spähte um die Ecke. Er nahm im Dunkel mehrere Umrisse wahr. Lena war eindeutig darunter, und der kleine Kurt hatte sich am Bein von Ludwig Mindermann festgekrallt und biss zu.

Fluchend sah Ludwig Mindermann nach unten, während Kurt seine Zähne in die Beinlinge stieß. Dann brach das Chaos los. Das Tor flog polternd auf, gleichzeitig wurde es hell, Lena bekam einen Stoß, und während sie fiel, sah sie Laurenz und zwei Ratsherren, die sich auf Ludwig und Kurt stürzten.

Es gab ein heftiges Gerangel. Auffliegendes Heu und Arme und Beine wirbelten in einem Knäuel herum. Sie hörte Schreie und das Wiehern der Pferde. Kurt kam zum Vorschein und wurde zur Seite geschleudert. Lena reagierte sofort und zog ihn am Arm zu sich heran. Sie drängte sich mit ihm an die Wand, während der Kampf vor ihr weiterging. Es gab ein Geräusch, als würde etwas Metallisches auf einen Knochen stoßen. Dann wurde es still, die Schreie verstummten. Lena hielt einen Augenblick den Atem an, während sie ihren zitternden Bruder an sich drückte.

Nacheinander kamen die Ratsherren und Laurenz auf die Beine. Auf dem Boden zurück blieb nur der regungslose Ludwig Mindermann. Blut sickerte im Rhythmus seines Herzschlags aus seinem Hals, floss ins Stroh, das es gierig aufsog. Die Männer keuchten, Bürgermeister Doneldey stützte sich dabei auf seine Knie, und Laurenz trat zu Lena, die es – erleichtert, ihn lebend zu sehen – wieder wagte, Luft zu holen.

»Ist einer von euch verletzt?«, fragte Laurenz schnaufend und sah besorgt auf sie herunter.

Lena schüttelte den Kopf. »Kurt, hat er dich verletzt?«

»Nein«, sagte Kurt, und seine Stimme klang wie eingerostet. Lena schlug ihre Hände vor das Gesicht, während Laurenz dem Jungen aufhalf. Sie hatte sich vorhin also nicht getäuscht, als er geschrien hatte.

»Ich wusste doch, dass er eines Tages wieder sprechen wird«, meinte Laurenz lachend, während er Lena an sich drückte.

»Heilige Jungfrau Muttergottes«, war alles, was sie in diesem Moment hervorbrachte, denn Tränen hinderten sie am Sprechen. Beinahe im selben Moment sprach ihre Mutter genau die gleichen Worte und stürmte auf ihren Sohn und ihre Tochter zu, die sie tränenreich in die Arme nahm.

»Du blutest«, stellte Thomas fest, als er Laurenz auf die Schulter klopfte.

Laurenz betrachtete seinen Arm, an dem ein Schnitt zu sehen war. »Ach, das ist nichts.«

Gemeinsam gingen sie schließlich ins Haus, wo eine Magd ihnen etwas zu trinken brachte. Dankbar nahm Lena einen großen Schluck Wein. Es tat gut und beruhigte ein wenig ihre flatternden Nerven.

Ratsherr Erich von Geestemünd saß kreidebleich mit gefesselten Händen und Füßen auf einem Stuhl. Angsterfüllt sah er ihnen entgegen, als sie die große Wohnkammer betraten.

Seine Frau war genauso bleich wie ihr Mann und gab einer Magd Anweisungen, ihre Sachen zu packen. Dann wandte sie sich an den Bürgermeister. »Ich werde mit meiner Tochter noch in dieser Stunde die Stadt verlassen. Ich hoffe, Ihr lasst mich gehen.«

»Nun ja, sicher könnt Ihr gehen, wohin es Euch beliebt, aber es drängt Euch niemand zur Hast. Vor morgen zur Mittagsstunde wird es nicht bekannt werden, was hier geschehen ist. Bis dahin könnt Ihr in Ruhe packen.«

Energisch schüttelte sie den Kopf. »Nein. Ich bin Euch dankbar für die Worte, aber je eher ich von hier und von diesem Menschen wegkomme, desto besser. Er hat große Schande über uns gebracht, und ich will nichts mehr mit ihm zu schaffen haben.«

Erich von Geestemünd starrte seine Frau aus großen Augen an. »Ich tat alles für dich und das Kind.«

»Nein, Erich. Du hast es für dich getan. Immer. Du bist ein schrecklicher Mensch, grob und unnachgiebig. Nun wirst du deine gerechte Strafe erhalten.«

Die Umstehenden sahen betreten auf den Boden, nur Lena blickte die Frau an. Sie konnte nachvollziehen, was sie mit grob meinte. Schließlich hatte sie es selbst erlebt, was er für ein Liebhaber war. »Wisst Ihr, wohin Ihr gehen könnt?«, fragte sie offen heraus.

»Ja, zu meiner Schwester und ihrem Mann. Dort ist immer ein Platz für mich.«

»Ich wünsche Euch viel Glück.«

»Danke, mein Kind.« Sie sah nun den Bürgermeister an. »Was für eine Strafe erwartet ihn?«

»Der Tod. Es wird kein leichter Tod werden, aber über die Umstände werden die Richter entscheiden.«

Wenn es möglich war, dass von Geestemünd noch blasser wurde, dann tat er es jetzt. Seine Augen quollen hervor, und er gab ein Röcheln von sich.

»Wir würden aber doch gerne wissen, wie alles zusammenhängt. Vielleicht gewähren wir dir einen schnellen Tod, wenn du uns alles erzählst.« Der Bürgermeister zog sich einen Stuhl heran und setzte sich dem Angesprochenen gegenüber.

Von Geestemünd nickte mit hängenden Schultern. »Nimm es nicht persönlich, Doneldey. Ich habe dich immer geschätzt, doch du wolltest um diese Bauern kämpfen, du wolltest zurück in die Hanse, und dagegen wurden immer mehr Stimmen laut. Für uns Kaufleute ist die Hanse auf der einen Seite gut. Wir verdienen aber mehr, wenn wir die Blockade der Hanse durchbrechen und dort verkaufen, wo sonst nichts mehr ankommt und wo man viel mehr für unsere Waren bezahlt. Mindermann …« Er blickte zu dem Ratsherrn, wandte sich aber schnell wieder dem Bürgermeister zu.

»Mindermann ist ein großer Redner, er kann Menschen überzeugen. Die Kaufmannsgilde hatte Angst, dass wir seinetwegen bald wieder zur Hanse gehören. Grade jetzt, wo wir diesen unsinnigen Krieg verloren haben.«

»Unsinnigen Krieg?« Constantin Mindermann war empört. »Wir haben für die Freiheit der Bauern gekämpft.«

»Denen es jetzt in Hoya viel besser geht!«

»Das können leere Versprechen des Grafen sein, wer weiß das schon, und hier bei uns wären sie frei gewesen.«

»Pah. Und die Hanse?« Herausfordernd sah von Geestemünd Mindermann an.

»Du vergisst, dass uns ein Zusammenschluss viel mehr Vorteile bringt. Diese Stadt besteht nicht nur aus Kaufleuten, die einen Vorteil daraus ziehen, die Ächtung der Hanse aufzugeben. Hier gibt es Bauern, Handwerker und so weiter.«

»Wie dem auch sei«, unterbrach der Bürgermeister den Disput. »Warum musstest du Bremen verraten? Das leuchtet mir nicht ein.«

»Weil ich Mindermann loswerden wollte.«

»Du verrätst deine Stadt wegen einem Mann?«

»Ja, auch wenn ich jetzt sehe, wie dumm es war.«

»Sehr dumm. Ich habe dich immer geschätzt. Aber der Verrat ist noch nicht alles. Ehe wir aus Hoya fortgeritten sind, war der Graf noch in unserem Lager.«

Von Geestemünd nickte. Er ahnte, was jetzt kam, ganz im Gegensatz zu Lena, die neugierig zuhörte.

»Willst du uns nicht sagen, was du ihm angeboten hast, als du das erste Mal nach Kriegsende dort warst, um angeblich um die Freilassung unserer Männer zu verhandeln?«

»Angeblich?«, fragte Laurenz und sog scharf die Luft ein.

»Ja«, bestätigte der Bürgermeister und sah von Geestemünd eindringlich an, bis dieser schließlich aufgab.

»Ich bot dem Grafen Bremen an.«

»Was?«, fragte Constantin Mindermann. »Du hast was getan?«

»Wir haben Schulden, und der Graf hätte sie erlassen. Ich hätte Bremen für ihn verwaltet.«

»Und was wäre in deinem Plan aus den Bremern geworden, denen wir ihre Freiheit zugesichert haben, und was aus uns, dem Rat?«

Erich von Geestemünd schwieg.

»Du Schwein.« Mindermann war so außer sich, dass er Geestemünd ins Gesicht spuckte. Dieser ließ es über sich ergehen und senkte wortlos den Kopf.

»Das reicht.« Bürgermeister Doneldey erhob sich, und die anderen folgten seinem Beispiel.

»Bringt ihn in den Kerker«, wies er die Büttel an, die in der Tür warteten.

Diese ergriffen den Mann und schleppten ihn nach draußen.

»Wir hatten eine beschwerliche Reise. Lasst uns zu mir reiten. Dort essen wir etwas, schlafen uns aus, und morgen beraten wir, wie es weitergehen wird.«

»Ist Ludwig tot?«, fragte Lena mit zitternder Stimme. Wie sollte sie in diesem Fall ihre Tochter wiederfinden?

»Ja, er wird niemandem je wieder etwas antun«, bekräftigte Laurenz und nahm ihre Hand.

Die Frau des Ratsherrn und eine Magd mit einem Kind auf dem Arm erschienen an der Treppe, als die Gruppe des Bürgermeisters ebenfalls das Haus verlassen wollte. Stocksteif blieb Lena stehen und starrte auf das Haar des schlafenden Kindes. Es hatte die gleiche dunkle Haarfarbe wie ihre Veronika. Laurenz, der Lena an der Hand hielt, war ebenfalls stehen geblieben und folgte ihrem Blick. Lena spürte ganz deutlich, wie er sich plötzlich anspannte und ihre Hand drückte.

Mit fragendem Blick kam die Ratsherrin auf sie zu. »Ja?«

»Man sagte … sagte«, stotterte Lena, die ihre Augen nicht von dem Kind lassen konnte, das so friedlich in den Armen der Amme schlummerte. »Man sagte, dass Ihr keine Kinder habt.«

»Das ist richtig, doch sie ist eine Waise, und wir haben sie bei uns aufgenommen. Bitte verzeiht, aber wir müssen jetzt gehen.« Sie wollte sich an Lena vorbeidrängen, doch Laurenz hielt sie zurück.

»Halt!«, sagte er scharf, und in den Augen der Ratsherrin flammte Panik auf.

»Bitte …«, flehte sie und stellte sich schützend vor die Amme, die das Kind tiefer in die Decke hüllte.

»Lasst mich das Kind sehen«, sagte Lena. Ihr Herz klopfte zum

Zerspringen. Zitternd streckte sie die Hand nach der Decke aus, und die Amme wich einen Schritt zurück. Beherzt schob Laurenz die verzweifelte Ratsherrin zur Seite und hielt die Amme fest.

»Sie ist alles, was ich habe, alles, was mir geblieben ist, bitte lasst sie mir«, flehte die Ratsherrin weinend.

Lena achtete nicht auf die Worte, ging mit weichen Knien einen Schritt nach vorn und zog sanft die Decke herunter.

»Heilige Jungfrau Muttergottes!«, stammelte sie und streichelte den Kopf des Kindes, strich ihrer Tochter die Haare aus dem Gesicht. »Veronika«, hauchte sie.

Das Kind schlief friedlich weiter.

In diesem Augenblick kamen die Ratsherren ins Haus zurück, weil sie sich wunderten, wo Laurenz und Lena blieben. Erstaunt verfolgten sie das Geschehen.

Laurenz nahm das kleine Mädchen behutsam aus den Armen der Amme und reichte es Lena. Überglücklich schloss sie die Kleine in ihre Arme, die sich, immer noch schlafend, die Augen rieb. Tränen rannen Lena über das Gesicht. Ihr war es egal, ob die Männer sie weinen sahen. Außerdem waren es brave Männer.

Die Ratsfrau stand daneben und sah verzweifelt zu, wie Lena ihr Kind streichelte. »Er sagte, sie hätte niemanden mehr und hat Geld dafür verlangt.«

»Wer?«, wollte Mindermann wissen.

»Euer Bruder«, antwortete die Ratsfrau.

»Nicht nur dafür wird er in der Hölle schmoren.« Constantin Mindermann nahm die Ratsherrin tröstend in den Arm.

***

»Heirate mich«, sagte Laurenz. »Ich will nicht mehr warten, Lena. Ich liebe dich, und du liebst mich doch auch?«

Lena nickte, weil sie nicht sprechen konnte, ohne in Tränen auszubrechen.

Sie saßen in einem behaglich eingerichteten Zimmer im Haus des Bürgermeisters. Im Kamin prasselte ein wärmendes Feuer, und die Kienspäne brannten knisternd an den Wänden. Einladend sah auch das gemütliche Bett mit seiner Federdecke und dem weichen Kissen aus.

Lena hatte Veronika auf dem Schoß und wollte sie nie wieder loslassen. Zu schön war das Gefühl, sie zu fühlen, zu riechen und zu streicheln. Sie konnte ihr Glück kaum fassen.

Das Kind war aufgewacht, nachdem sie schon beim Bürgermeister angekommen waren. Mit großen Augen hatte es seine Mutter betrachtet, und nach einem Augenblick, in dem Lenas Herz drohte stehen zu bleiben, hatte sich ein zartes, aber zufriedenes Lächeln in Veronikas Gesicht geschlichen. Sie kuschelte sich an ihre Mutter und schlief friedlich weiter.

Laurenz stand auf und streckte seine Hände nach dem Kind aus. »Ich lege sie in dein Bett, dann kannst du dich gleich dazugesellen, wenn ich gegangen bin. Niemand wird sie dir je wieder wegnehmen.«

Einen Moment war Lena versucht, den Kopf zu schütteln und sie fester zu umklammern, aber er hatte recht. Sie waren zusammen und in Sicherheit.

Versonnen beobachtete sie, wie behutsam er Veronika auf das Bett legte und zudeckte. Er streichelte ihr zärtlich über das Haar, dann kam er wieder auf Lena zu.

»Heirate mich«, wiederholte er und setzte sich zu ihr.

Sie nahm einen Schluck Wein, um ihre Kehle anzufeuchten. »Bist du dir sicher? Du weißt, was ich bin.«

»Natürlich bin ich sicher. Und wie oft soll ich dir noch sagen oder zeigen, dass mir egal ist, was du warst?«

»Die Leute werden mich auf offener Straße beschimpfen. Deine Kameraden werden mich erkennen. Ist dir das wirklich egal?«

»Mir ja. Wenn es dich stört, gehe ich mit dir, wohin du willst. Eine andere Stadt, ein anderes Land. Ich will mit dir leben, Lena.« Er griff ihre Hand und streichelte sie. Angst spiegelte sich in seinen Augen.

»Ja. Ja, Laurenz. Seit ich dich kenne, habe ich mir nichts anderes gewünscht.«

Lächelnd nahm er sie in den Arm und hielt sie fest.

»Lass mir Luft zum Atmen«, lachte Lena, woraufhin er sie ein Stück von sich schob. In seinen Augen schwammen Tränen, und nun hielt auch sie ihre nicht mehr zurück.

Epilog

Es war Januar, und der kalte Nordwind hielt den Atem an. Heute war der glücklichste Tag in Lenas Leben; sie kam sich vor wie in einem Märchen. Sie hatte sich bei Laurenz eingehakt, als sie nun frisch vermählt aus dem Portal des St.-Petri-Doms traten.

Nach ihrer Rückkehr nach Bremen hatten die Stadtschreier verkündet, was Erich von Geestemünd getan hatte. Daraufhin war sein Haus von wütenden Bürgern gestürmt und geplündert worden, anschließend versuchten die Leute, in den Kerker zu dringen, doch man konnte sie beruhigen und auf die Hinrichtung vertrösten. Diese fand eine gute Woche später statt, gemeinsam mit der von Frau Mindermann. Es gab einen riesigen Menschenauflauf, man ersparte den beiden Todeskandidaten nichts an Spott und Schimpf.

Laurenz war inzwischen von höchster Stelle in seinem Stand erhoben worden und dem Stadtrat beigetreten. Seit bekannt gemacht worden war, wie Lena sich um Bremen verdient gemacht hatte und dass sie bald das Eheweib eines Ratsherrn sein würde, hatte niemand mehr gewagt, sie eine Hure zu nennen.

Nacheinander kamen nun die Ratsherren und gratulierten ihnen zur Vermählung, ebenso wie viele Bürger, die das Paar inzwischen als Helden feierten. Nachdem elf Ratsherren ihre guten Wünsche ausgesprochen hatten, trat der Bürgermeister an das Paar heran.

»Hier ist die Urkunde, die beweist, dass du nun ein ehrbarer Kaufmann bist.« Er hielt Laurenz das gesiegelte Schriftstück hin.

»Ich fühle mich geehrt.« Mit zitternden Fingern nahm er die Urkunde entgegen, und die Leute jubelten.

Lena sah unter den Menschen auch viele ihrer ehemaligen Freier, aber alle schauten nur bewundernd zu ihnen auf. Als ihr Blick eine verschleierte Frau streifte, stutzte Lena und sah genauer hin. Als hätte sie darauf gewartet, von ihr entdeckt zu werden, hob die Frau den Schleier an. Es war Frau Margarete, und sie warf ihr einen derart hasserfüllten Blick zu, dass Lena ein Frösteln über den Rücken lief.

Frau Margarete lächelte zwar, doch es war nichts Freundliches an diesem Lächeln. Offenbar zufrieden, senkte sie den Schleier wieder und verschwand zwischen den Menschen. Lena hatte das Töchterhaus in den letzten Wochen besuchen wollen, war jedoch nicht dazu gekommen. Ihr Gewissen riet ihr, sich bei der Hurenwirtin zu erklären, obwohl niemand dies noch von ihr verlangen konnte. Sie nahm sich vor, es in den nächsten Tagen nachzuholen.

Laurenz drückte Lenas Hand. »Ist dir kalt?«

»Ein wenig.«

»Dann komm, lass uns feiern gehen.«

Danksagung

Von Herzen gern möchte ich meinem Mann Thomas danken. Er hat mir den Rücken freigehalten, mich zum Schreiben motiviert, wenn ich eine Blockade hatte, mir wunderbare Ideen geliefert, die ich hier verarbeitet habe, und mich unterstützt, wo er nur konnte. Ich liebe dich!

Mein weiterer Dank geht an Jörg, der mit seinen Ideen und seiner kreativen Kritik für mich da war.

Mein Dank gilt auch Anja, die mich unterstützt hat und an mich glaubt. Veronikas Verschwinden ist nicht zuletzt ihr zu verdanken.

Meiner wertgeschätzten Kollegin Susanne Lieder, die mir ebenfalls einige Ideen geliefert und mich motiviert hat.

Meinem Sohn und seiner süßen Familie.

Dirk Meynecke, weil er an mich glaubt.

Dem wundervollen Emons Verlag und seinen Mitarbeitern, welche dieses Buch ermöglichen.

Hilla Czinczoll für die tolle Zusammenarbeit während des Lektorats.

Und Ihnen, liebe Leserinnen und Leser, für das Vertrauen und Ihre Begeisterung für »Rolandsrache«, die mein größter Antrieb sind, weiterzumachen.